文春文庫

ナイルパーチの女子会

柚木麻子

文藝春秋

目次

ナイルパーチの女子会

1

泳ぎたいな、と思った。

シャツ、スカート、下着を足元に脱ぎ捨て、素肌に水の柔らかさと光の屈折を感じて、音のない空間をどこまでも心の赴《おもむ》くままに進んでいきたい。水温が肌になじむにつれ、自分と世界の境界線が曖昧《あいまい》になり、体重も年齢も性別もその意味を失う。言葉を発しようとしたら、すべてあぶくになって高く高く昇り、白い彼方に滲《にじ》んでやがて消えていく。暑い季節は終わろうとしているのに、何故そんな風に思うのだろうか。

そうだ。目の前の早朝のオフィスは、人の気配がない屋内プールによく似ているのだ。コースロープで区切られたように整然と並んだデスク、水面を思わせるしんとした薄青い無人の空間。塩素とインクのトナーのにおいも、何かを思い出しそうになる刺激臭という点で、非常によく似ている。誰にも邪魔されずに仕事をするため、一人になれる時間と場所を探したら、一日の大半を過ごしているこのオフィスに結局、行き着いた。自分のもっとも有能な面を発揮しなければいけない空間なのに、今なら意味不明なことを力の限り叫んだり、でたらめなダンスに興じても構わないのだ。もちろん、そんなことはしない。どんな状況に限らず、大声を上げたり、ダンスなどするような自分ではない。

国内最大手の商社、中丸商事大手町本社ビルの十九階フロア半分を占領する、食品事業営業部は朝六時から七時の間は完全に無人だ。海外から食品を輸入し国内の企業に売る、典型的な商社の業務を受け持つセクションである。

目の前に広がる何にも染まっていない真新しい空気が、志村栄利子《しむらえりこ》の常に結論を求めたがる心と身体を落ち着かせる。一番乗りの義務として、コピー機に電源を入れた。

少女の頃から、なにごとも先取りするのが好きだった。「先手を打つ」のは商社マンにとって大切な資質のうちの一つ、と同じ会社の大先輩でもある父に教えられたからである。世田谷のマンションに一緒に暮らす両親は一人娘が朝食の席に居ないことを不満に思っているようだが、入社して八年目ともなるともう何も言わない。

栄利子は、三十歳になる今も実家を出るつもりはない。母親のサポートなしに、これほど身綺麗さを保ち体調を整えて働くことは不可能だ。母だって、自分が家を離れたら、無口な父と二人きりの日常に息が詰まるだろう。

いかに早く来ても、一人の時間が保てるのは、ほんの四十分足らずだった。同僚の大半が始業八時半の一時間前には出社し、コンビニ食を片手にメールをチェックしているのが当たり前の職場なのだ。五十以上はあるデスクの間を縫うように、母親が蛍光灯の輪郭まではっきり映るほど磨き抜いたTODSのパンプスを交互に絨毯《じゅうたん》に沈め、自分の持ち場をまっしぐらに目指した。食品事業営業部の半分が正社員だが、そのうち女性は、栄利子と十年先輩の四葉佐弥子《よつばさやこ》主任の二人だけだ。対して派遣社員・契約社員は全員女性だが、彼女達が出社するのは始業ぎりぎりと決まっている。

今日の朝ご飯と日経新聞が入っているコンビニ袋が、ベージュのプリーツスカートに擦《こす》れてかさこそと音を立てていた。デスクに向かいパソコンを立ち上げる。起動音が足元を震わせるほど低く響き、目に見えない弧を描きながら、辺り一面へとゆっくり広がっていった。この瞬間だけは、何も考えずとも、何もせずとも許される。もしかして、一日で一番安らぐ時間かもしれない。整理されたデスクトップが表示されるまでの間、ささやかな自由を満喫する。年収一千万をとうに超した今だからこそ、栄利子は自信を持って、この世の中で一番価値があるのは「時間」だと言い切る。時間さえあれば大抵のことはなんとかなる。誰もが慌ただしく日々を過ごしているから、現代は、企画でも商品でも作品でも、時間をたくさん費したものはそれだけで高く評価される。正しい食事の作法や柔らかな季節の挨拶で始まる便箋三枚以上の手紙、素肌のように見える薄化粧、よく手入れされた革製品が素敵とされるのも、そこにかけられた時間への敬意なのだ。

朝食を置くスペースをつくるため、まずはアルコール除菌ティッシュを取り出し、デスクをきゅっきゅっと音を立てて拭き清める。パソコンのキーボードの谷間、電話の受話口も丁寧に拭《ぬぐ》った。神経質、と揶揄《やゆ》されようと、こうでもしないと広すぎる空間に属している一部を自分の持ち場のように感じられない。山積みになった回付書類を突き崩し、一枚一枚素早く目を通す。人の出入りが激しく電話がひっきりなしに鳴り響いている就業中の、数倍のスピードで作業が進んでいく。時間は工夫しだいで生み出せる。社会人になってまず最初に直属の上司から学んだことだ。数分後、書類の山がようやく消えると、栄利子は手を擦りあわせたい気持ちで、いよいよコンビニの袋をデスクの中央に引き寄せた。

紙パック入りのカフェオレ。そして「かりんとうメロンパン」なる新商品の袋入り菓子パンを取り出した。今朝、近所のコンビニを二軒回ったがともに売り切れで、地下鉄駅構内の店でようやく見付けた貴重な品だ。身体に良いものが入っているわけはないと分かっていながらも、つい裏を返して原材料名を確認してしまうのは職業病かもしれない。大手製パンメーカー・ミツザキは穀物部門の得意先である。人工甘味料、保存料、着色料。自然派志向の母が嫌がりそうな食べ物を、こうして隠れて口にすることにこんな年齢になっても背徳めいた喜びを感じてしまう。これでたったの九十八円。中高生の頃、クラスメイトの何人かが購買部でこんな菓子パンを買い、お腹を満たしていたっけ。母の手製のお弁当はもちろん有り難かったけれど、栄利子はどぎつい色の大きなパンが無性に羨《うらや》ましかった。気楽なお菓子でたやすく満たされる同い年のその身体には、呑気《のんき》でのびのびした内面が広がっているように感じられたのだ。

ブックマークしているサイトの列を長く伸ばし、お気に入りのブログのURLにカーソルを合わせ、かちりという音とともに彼女と自分だけの時間に飛び込む。目で追いかけながら、自分の顔ほどもあるメロンパンにかじりつく。ざくりと表面のクッキー生地が壊れ、バターと黒砂糖の風味、メロン味が溢れ出した。確かに、彼女の言う通り。塩気と甘みのバランスは悪くないが、実に安っぽい味がする。それでも、液晶画面に流れる文章と一緒に味わえば、染み渡るように美味しく感じられた。

『かりんとうとメロンパンを一緒にしちゃうっていう発想がアホですよね。コンビニで見つけて、爆笑しました。でも、油っこくてざくっとした、かすかにみたらし風の醬油味がする生地をかみしめれば、トンネルを抜けたように広がる爽やかなメロンの香り。今、やみつきなんですよ。アホな味。アホな値段。こういう「アホ食」で昼飯を済ませてしまうと、色々楽ですよ。人生なめてる感じにやすらぎます。あ、おすすめはしませんけど』

人生なめてる。いい言葉だな、と思う。栄利子にとって人生とはずっと真剣に向き合い、取っ組み合うものだったから。かすかな達成感と胸に広がる古い油の重みにぼんやりしていたら、頭の上から声が降ってきた。

「女子高生みたいなもん、食ってるな、志村。太るぞ」

どんな場面であれ、相手に落ち度がないかまず確認させるような物言いをするのが、水産チームの同僚・杉下康行《すぎしたやすゆき》の持ち味だった。こちらが思わず我が身を振り返っているうちに、どんどん自分のペースを押し通してしまう。そんな態度が批判さえはねのけるらしく、特に完璧主義ということもないのに、彼が上司から叱責されたり、注意されたりする場面を見たことがない。体育会系の多い営業部で杉下の痩せぎすな体つきや整っているけれどやや長い顔や細い顎《あご》、薄く色の悪い唇は目立っている。大学院で建築学を専攻していたという異色の経歴の持ち主のため、同期だが二歳年上になる。

「おはよう。あ、このパンね。ブログで紹介されていたの。やっと手に入れたんだ」

一人の時間が思ったより早く打ち切られたことに失望しつつ、栄利子は咄嗟《とっさ》にパソコン画面を指し示す。杉下がこちらのデスクに手をつき、ぐっと身体を乗り出した。あ、近い――。そう思ったが、身を引こうとまでは思わない。杉下の愛用する整髪料のにおいがつんと鼻をかすめた。

「へー、奥さんブログ？　独身の志村が読んで、なにが面白いんだ？」

『おひょうのダメ奥さん日記』はこの二年、毎日のように読み続けているブログだ。そっけないデザインのトップページ。改行の少ない長文。時々添えられる写真は携帯電話によるもので、お世辞にも上手いとは言いがたい。しかしながら、某サイトの人気主婦ブログランキングでは必ず三十位以内に入っている。主婦ブログにつきものの「アンチ」が居ないのが特徴かもしれない。

「そうなんだけど、なんか主婦主婦してなくて、絶妙に力が抜けてるの。食生活も家事も相当いい加減なのに、不思議と清潔感というか節度があって。同い年ってところも親近感湧くし」

「おひょう」はスーパーマーケットの店長をしている夫と都内のマンションに二人暮らしをしている。子供は今のところつくる気はないらしい。そう裕福なわけでもなさそうなのにパートをしている様子はない。専業主婦にもかかわらず、食事は作ったり作らなかったり。ファミレスや回転寿司で夫と待ち合わせ、夕食を済ますことも多い。そのことを夫はとがめるでもなく、夫婦仲は極めて良さそうだ。かといって仲睦《なかむつ》まじい様子をことさらにアピールすることはない。夫のことを「旦那さん」とか「〇〇くん」ではなく「魔王」と呼ぶセンスも好きだ。

『子供は欲しいけど、作るところまで全然到達しないんです！　セックスって始まってからはそうでもないけれど、やるまでが、面倒くさいじゃないですか。おい、魔王、これ読んでるか？』

なんてきわどい話をさらっとしたりする。

スーパーマーケットやドラッグストアなどのポイントはいっさい貯めない、クーポンも使わない、そういう主義だ、ときっぱり書いた時など実に痛快だった。

『あいつらが、われわれの大事な時間を奪っているんですよ（怒）。ちまちま積み重ねたところで結局、五百円くらいの得のために、レジにいくたびに財布からポイントカードを探し出して差し出す手間を考えたら、いっそ全部なしにした方が、ずっと清々《すがすが》しい。あの手間にかかる時間を一生分全部合計したら十時間くらいになったりして。うち別にお金持ちじゃないから、ものすっごい損しているかもしれないけど、もう面倒くさいから、それでいい〜。思い切って捨てたら、あれ、財布がめちゃくちゃ軽い！　軽やか〜』

栄利子は昔から、母親がポイントカードやクーポンで財布をパンパンに膨らませているのが、嫌いだった。父は随分早い段階で中丸商事の子会社の社長になっていたし、それなりに裕福な暮らしをしているのにもかかわらず、たかが百円、二百円の得のために、売り手の言いなりになっている母を見るのが悲しかった。母は一見マイペースに見えて、押しに弱く、意志を通せないところがあった。貰ったものを捨てられず、いつまでも取っておくタイプだった。それは自分に似ている部分でもあるので、余計に不愉快だったのかもしれない。おひょうはたぶん、時間がお金よりも上だと感覚で知っているのだ。だから、何にも縛られることなく、自分の時間をのびのびと生きることが出来るのだ。

「こんな日記のどこが面白いんだ？　お前の生活になんにも関係ないじゃん。なんか所帯じみてるよ」

　杉下がなんら感情を動かされた様子がないことに、何故かかすかに傷つき、口調を早くする。

「等身大なところがいいじゃない。無理している感じがしないところが、好きなの。なんだか、可愛いなって思う。時間がたっぷりゆっくり流れているところも好き」

「暇な主婦を莫迦《ばか》にして面白がってるの？　嫌だよな、女って。自分より下の女を見付けて安心したがるところがさ」

　男性社員のこうした物言いには慣れっことはいえ、引っかからないでもない。入社したばかりの頃には、社内で女性蔑視の風潮があまりにもまかり通っているのでショックを受けたが、今ではもう諦めている。受け流し、いちいち突っかからないこと。彼らに悪意はなく、驚くほど何も考えていないから、真に受けるだけ損なのだ。目くじらを立てたところで、恥をかくのはこっちだ。父親の後ろ盾があり、正社員の栄利子は誰よりも身綺麗でいることを忘れずに男達に負けないくらい働きさえすれば、対等に扱われる。日常レベルのささいな言葉遣いに苛立《いらだ》っていても仕方がない。機嫌の良さそうな態度を崩すまいとした。

「うーん。そういうことじゃないの。普通、主婦ブログって自分がどれだけ幸せか、家事をちゃんとやってるか、料理が上手いかを、見せびらかすところがあるじゃない。分かってもらいたい、という気持ちがすごく強いのよ。でも、彼女は……」

机の上の電話が鳴り、二人の会話は中断された。受話器を取ると、カリフォルニアの鮪業者からだった。この時間帯はアメリカからの電話が集中する。

「May I have your name, please?　When shall I have him return your call?」

担当者が今、席を外していることを告げると栄利子は再び杉下に向き合う。

うまく説明出来ないのがもどかしい。おひょうのとぼけているようで、シャープなものの考え方が好きなのだ。彼女の言葉は、心地良く胸を流れていく。やさしい言葉遣いながらも知性を感じさせ、絶対に他人を傷つけない。ひたすら怠惰に暮らしているのに、それを恥じるわけでも、無理に意味を持たせるわけでもない。子供が居ないことに、焦りを感じている気配もない。何より、胸に残る言い回しや何気ないのに真似したくなるアイデアに満ちている。

例えば、蒸し暑い日は水着で家事をし、そのままワンピースを頭からかぶり、区民プールに飛び込みに行くという。図書館で借りるのはもっぱら石田千。全巻揃っている玖保キリコ作『バケツでごはん』を読むためだけに、あきらかに税金対策で経営しているやる気のない近所の喫茶店に通い詰め、わざと手間のかかるメニューを注文する。夫婦でカラオケに出掛け洋楽をひたすら歌う。ピザを頼んでテレビで放送しているハリウッド映画を見る。ガリガリ君リッチコーンポタージュを求めてコンビニをはしごする。

日がな一日なにをするでもなく、意味付けを求めるでもなく、予定を決めずにただ猫のように気ままに過ごしている様に惹《ひ》きつけられる。最後にそんな風に過ごしたのはいつだろう。もう思い出せないくらい、昔のことだった。彼女のブログを読むだけで、毎晩の会食や市場調査で張り詰めていた神経がほんの少しほぐれていく。

栄利子はどんな時でもまず時間を無駄にしないよう心掛けている。仕事から離れても、美容やリサーチや勉強に力を入れるし、もちろん休息や睡眠も重視している。行動のすべてが、何かしら利益に結びついているという自信がある。昨日より今日の自分が優れていることに、なんの疑いもない。それでも、三十歳を迎えた頃からだろうか、何かの拍子に鼻の奥がつんと痛む。酸素が足りず、両手を振りまわしても何にも触れないような気持ちに陥ることがある。思い切り深呼吸をして、大丈夫、と何度も言い聞かせ、自分の長所や成長や会社への貢献を一つ一つ数えないではいられない。どうしても落ち着かない時は、必要以上に謙虚な振る舞いで誰かの賞賛を引き出して、ようやく平常心を取り戻す。それでも、もはやどんなにあがこうと、一日の終わりや朝が来る度に、また少しばかり可能性がすり減って、軌道修正がどんどん利かなくなっていくことを実感する。これは年齢から来る焦りなのだろうか。あと数年もすれば慣れてしまうものなのだろうか。自分に似た焦りの気配を、同性からふとした瞬間に感じ取る時、安堵《あんど》とねじれた喜びが滲み出るのを止められない。

おひょうにそんな焦りは感じられなかった。

何よりも――。彼女のブログに登場するのはほぼ夫だけで、女友達がまったく登場しないところに、惹きつけられる。ネットワークを自慢しがちな主婦ブログの中にあって異彩を放っていた。自分と同じ種類の屈託を、上手く飼い慣らす術《すべ》を知っているのではないか、と栄利子は密かに期待している。

彼女のような女にも友達がいないという事実に救われる。奇跡的なバランスで人に不快感を抱かせないキャラクターであれ、ほんのちょっとしたタイミングのずれによって友達が作れないことはあるのではないか。女友達がいないことは、そこまで恥ずべき欠陥ではないのではないか。そもそも欠陥なのではなく、人間関係のバリエーションの一つなのではないか。

『旦那と都内のボロマンションに暮らしている、三十歳の主婦です。一番好きな食べ物は近所の九十八円均一の回転寿司「にっこりずし」で食べるえんがわです』

興味なさげだった杉下は、おひょうのプロフィールを読んで、ようやく身を乗り出した。

「へー、回転寿司のえんがわが好物なんだ。ああいう激安回転寿司のえんがわが、ひらめじゃなくて『おひょう』のえんがわだと知ってて、このハンドルネームなら、相当皮肉が効いてるな」

おひょうは最大で２００キロ超、体長３メートル近くにもなるので、とれるえんがわも巨大だ。水から揚げられる時は激しく暴れるから、アラスカではショットガンを使って仕留めるらしい。栄利子は自分が褒められたような気がして、胸を張りたくなる。

「そういえば、杉下くん。去年、ロシア産のおひょうを担当していたもんね。センタービレッジホールディングとも取引していなかったっけ？」

その大手外食チェーンは「にっこりずし」を傘下に置いているはずだった。杉下のにやりとした表情に、栄利子は思わず手を叩いた。

「わー……。すごい。繋がったねー。おひょうさんの好物は杉下くんの仕事かあ」

感慨を覚えて、栄利子は二人きりのオフィスを見渡した。数字や商品の広がりを追いかけるうちに世界がふっと狭く感じられ、この手で掴めそうになるこんな瞬間が、なによりも好きだった。いつの間にか日が高くなり、八月の終わりの陽射しが斜めに差し込んでいる。頻繁にクリーニングされているせいで、白く毛羽立《けばだ》っている絨毯が日向《ひなた》くさいにおいを放ち始めた。商社に勤めていると、日常の風景に思わぬ奥行きが見えてしまうことがある。例えばこのカフェオレ、パン、新聞。原材料がどこの国で生まれ育てられ、どう流通し、加工され今ここに存在するか。目を細めればそれぞれの物語が広がっていくようだ。そんな、一種の透視能力が、栄利子にも杉下にも備わっていた。

日本の魚介の消費量は約６５２万トン。うち四割を輸入に頼っている。その中には名を持たない魚、つまり代用魚や偽装魚として扱われる種類が数多く存在している。水産チームに配属されてから、栄利子は加工された魚にどんな表示がされていても、すぐに正体を見破れるようになっている。

「ちょっと消費者に対して後ろめたくなるよね。『えんがわ』は部位の名前だから、騙《だま》してるわけじゃないけど」

「でも、冷静に考えれば、ひらめやかれいのえんがわが百円以下で食べられるわけないだろ。消費者だってうっすら気付いてるよ」

「もはや食用魚というより、ちょっとしたエイリアンだよね。怖いな」

「そのエイリアンの握りをうまいうまいって食べてるんだから、みんな幸せだよな。フィッシュバーガーの『フィッシュ』、白身魚のムニエルの『白身魚』。どこのどんな魚なのか突き詰めたらきりがない。世の中、知らなくていいことは本当に多いよ」

こんな風に突き放した物言いをする杉下だけれど、いざ商談の場面になると、びっくりするほど愛嬌を振りまき、なめらかな言葉を口にする。神経質な印象を与えるけれど、実は川越で三代続いている呉服屋の息子なのだ。

「そういう志村こそ、今月からナイルパーチ担当だろ。こんなに回転寿司だのファミレスだのが好きな女なら、お前の取引した魚がいつか彼女の口に入るんじゃないか？」

栄利子は前任者から引き継いだ資料ファイルをぱらぱらとめくる。ナイルパーチはスズキ目アカメ科アカメ属の淡水魚だ。最大2メートルで200キロ。原産はアフリカ大陸。湖や河川に生息している。癖のない淡泊な味わいからは想像もつかないほどの凶暴性を持つ肉食魚だ。なにしろ、アフリカのビクトリア湖に放流したところ、二百種類以上もの固有種の小型シクリッド（カワスズメ科の魚）を絶滅させてしまった。淡泊でくせのない味わいは日本でも受け入れられやすく、九〇年代は「スズキ」や「白スズキ」として流通したこともあるが、最近ではその九割が欧米に輸出されていて、滅多に見ることがない。再び販路を開拓し、現地の設備を整えるために、栄利子はこの数カ月を費していた。ナイルパーチという魚を知れば知るほどどうしようもなく惹きつけられるのだ。

「ナイルパーチってとにかく生命力が強いのよね」

「ひー、肉食魚なんだろ。何食ってるのか分かんないよなあ。怖い、怖い。そうだ。『ダーウィンの悪夢』っていうドキュメンタリー、見た方がいいらしいぞ。ナイルパーチが生態系をぶっ壊していく様子が描かれているらしいから」

「いつかは見なきゃって思ってるけど、時間なくて。それに、次の商談が終わるまでは、あんまり頭に入れたくない情報かも……。人間の手で湖に放たれなければ、ナイルパーチも一生、自分が凶暴だなんて気付かなかったのにね。なんだか可哀想。あ、観賞魚としても人気らしいよ。銀色で、とても綺麗な魚なの。なんていうか寂し気な顔つきでね……」

「新宿に新しく出来た水族館で見られるんだよね。今度一緒に行くか?」

ぼそっとした誘いに栄利子はＹＥＳもＮＯも口にせず、再びブログに夢中になっているふりをした。杉下が自分にうっすらした好意を抱いていることくらい、重々承知している。はっきりした言葉にしたら負け、というルールを勝手に自分に課しているらしく、物欲しさと照れで苦しげな顔つきになっている。こうして突っかかってくるのもきっと愛情表現なのだ。彼ははぐらかされたことを認めたくないのか、大急ぎで話の流れをもとに戻した。

「ま、ブログだけ読んでいる分にはいいかもな。実際に会ったら上手くいくわけないし」

「そんなことないわよ。おひょうさんとはいい友達になれる気がする」

「またまた。お前、女友達いないくせに」

さっと指先が冷たくなる気がした。これほど努力していても、全神経をその一点に集中していても、「女友達がいるようには見えない」。動かしようのない事実に心臓が音を立てている。こちらのショックとは裏腹に、杉下の言葉はどこか、ねっとりとした性的な響きを帯びている。同性の群れに入れない女を見ると、男はかすかに欲情する。自分は手を汚さずに敵対する集団に大きな落ち度を発見したような、そんな誇らしささえ滲み出ている。気付かないふりをして、極めて呑気な声を心掛けた。

「まあ、確かにねえ。就職してからは、大学の時のグループとも疎遠だなあ。女子会に誘われても行く暇がないし」

話を一旦引き受けることで、かえって優位を保つのは、ビジネスで学んだやり口だ。そんな仲間は存在しないし、女子会になど誘われたこともない。いい年した女達がしゃあしゃあと「女子」と名乗る、その図々しさと幼さが時々栄利子にはとても眩《まぶ》しく感じられる。

「志村は派遣の子や他部署の同期ともランチ行かないしな」

口にははっきり出さないが、どうやら杉下は派遣社員の高杉真織《たかすぎまおり》と密かに交際している らしい。やけに女子社員の人間関係に精通しているのは、そのためかもしれない。

「ああ、それね。同期とは時間が合わないし、派遣の子とご飯するのって色々気を使うのよ。千円以内で抑えたい、って思ってる子が多いから、おいそれとは誘えないしね」

まさか誘われないから、とも言えず、栄利子は明るい口調を心掛ける。

「確かに私、昔っから女の子同士の付き合いって苦手だったかもなあ。ほら、自分で言うのも何だけど、私ってキリキリした優等生タイプでしょ？　学級委員とかまとめ役を押しつけられることが多くて、気付くと一人だったの。なんか目に見えない女の子達のルール、みたいなやつよく分かんなくて、知らず知らずのうちに浮いちゃうみたいなんだよね」

自分でも驚くほど早口になっているのが分かる。祈るように思う。頼むから、これ以上、何も訊かないで欲しい。ここから先は未知の領域だ。ボロを出さない自信がない。

「ま、お前みたいに努力なしでなんでも出来る美人は、妬《ねた》まれるんだろうな。女って嫉妬深くておっかないもん」

杉下の目が好ましそうに細まっている。褒めているつもりなのか。高杉真織と比較しているのだろう。仕事が出来なくておしゃべり、その上ぽっちゃりと贅肉《ぜいにく》をだぶつかせた高杉真織。おそらく彼女は杉下にもてあそばれているのだ。でも、真織はいつも女子社員に取り囲まれていて、栄利子はそれを羨ましく思っている。

努力なし。杉下はきっと、このしみ一つない肌や艶《つや》やかな髪にどれだけの時間と金がかかっているのか考えたこともないのだろう。おひょうはどんな化粧水を使っているのだろう、と栄利子はふいに気になり始める。ドラッグストアで投げ売りされているような安物だろうか。それとも案外、オーガニックコスメの愛用者かもしれない。同じものを使ってみたいと思う。過去の日記を探るうちに、唇が動いていた。

「それにしても、このおひょうさん、うちが近所っぽいんだよねえ」

「え。まじか」

「ほら、ここに載ってる『ジゼル』っていうオーガニックカフェ。一駅先にあるんだけど、ここ昔、うちの母が立ち上げに関わっていたからよく知ってるんだ。そもそも、おひょうさんがお気に入りのファストフードやチェーン店、うちの最寄り駅のすぐ傍に全部揃ってるのよね。まあ、どこにでもあるようなお店ばかりだけど」

「そういうことに詳しくなるのってちょっと嫌だな。だってさ、向こうからしたら、お前、ストーカーみたいだろ」

今まで一度たりとも思い浮かべたことのない単語にぎょっとして、栄利子は振り返って杉下をまじまじと見つめた。

「ええっ。なにそれ、私、ブログ読んでるだけよ？　そしたら、たまたま家が近所かもって気付いただけじゃない」

「でも、おひょうさんとやらの食生活を真似して、日々の生活をチェックして、家も近所。悪気はなくても、向こうからすりゃ、ちょっと気持ち悪いだろ。ほどほどにしなよ」

彼は言葉を切ると、踵《きびす》を返して自分のデスクへと引き返す。社員がぽつぽつと姿を現し始めていた。彼がこんなに早く出勤するのは、高杉真織の目を盗んで自分と二人きりになりたいからだろう。そう思うのはうぬぼれなのだろうか。前の恋人と別れて一年が過ぎるけれど、まだ寂しいとは思わない。いつかは結婚したいけれど、今は家と会社の往復で精一杯だ。

おひょうさんは、こんな風に早朝のオフィスで同じパンをかじりながら自分のブログを読むＯＬを想像したことがあるだろうか。やっぱり、彼女は自分という人間をどこかで感じていてくれるはず、という予感がある。おひょうさんは一見、何気ない風を装ってはいるが、たくさんの人へのメッセージを込めているのかもしれない。そのままでいい、肩の力を抜け、一人でもいいじゃないか、と。

鏡の中のもう一人の自分をいとおしむように、栄利子は丹念におひょうの日記を読み直す。

2

丸尾翔子《まるおしょうこ》は携帯電話でブログを更新する手を止め、視線を上げる。

あの洗濯物、落ちそうだなあ、と向かいのマンションのベランダにはためくデニムを見つめた。若い子なんだろうな、あんなスキニー、とてもじゃないが三十歳になった翔子には穿《は》きこなせない。昔はよく血の巡りが悪くなるような細身のパンツでデパートに立っていたっけ。一日に十時間以上立ちっぱなしはざらだった。月に休みが二回しかなかったこともあった。あの頃の自分が今の暮らしを見たらなんと思うだろう。案外、羨ましがるのではないか。

いずれにせよ、ちょっと早く来すぎてしまったかもしれない。オーガニックカフェ「ジゼル」は自宅マンションから歩いて十五分の距離にある、お気に入りの店だ。土曜日のせいか、自分と同じような女性の一人客が数名、目についた。大きなプレートの上に残っている、こんにゃくと鶏レバーのからしマヨネーズあえ、ゴーヤ入りのコールスロー、胡麻とゆかりの玄米おむすび、あおさ入りの卵焼きをひょいひょいと口に運び、自分でもあきれるほどの早さで平らげてしまう。こんなに野菜の多いバランスのとれた食事、久しくしていないし、賢介《けんすけ》にも作っていない。改めて主婦失格だと思う。今夜はせめてひじきくらいは煮よう。いや……、想像しただけで面倒だから、ここで何か包んでもらおうか。皿を洗いたくない。翔子は水仕事が何よりも嫌いだ。

輸入食料品を中心としたスーパーマーケットの店長である賢介とは、アルバイトがきっかけで知り合い、三年前に結婚した。賢介の給料だけで暮らせるよう、基本的には節約を心掛けているが、だからといって考え方が窮屈になるのは嫌だった。小さな無駄遣いは独身時代の貯金を取り崩せば、どうということはない。最近では、ブログのアフィリエイト広告でわずかだが収入も得ている。式も挙げない、指輪も買わない、海外にも行かない。もちろん家も買わない。大きな贅沢《ぜいたく》をしない代わりに、小さなことではせこせこしない。皿洗いをめぐって喧嘩するくらいなら、安い店でいいから外食する道を選ぶ。入籍する時に交わした約束だった。

本当なら今日もドトールかファミレスでもよかったのだが、一応、今日会う相手はマスコミ人種なので、知っている中で一番洒落《しゃれ》たカフェを指定した。木目を基調にしたインテリアはいつ来ても落ち着く。皿を下げにきたアルバイトの橋本《はしもと》くんが、急に身を屈めた。

「翔子さあん。秋の新メニュー、ブログで紹介してくれてありがとう」

「わ、近い、近い。突然、びっくりするじゃん」

耳元にかかる息がくすぐったい。二十五歳の橋本くんは、弟と年が同じせいもあり、話しやすい。軽く身体をぶったら、ひょろりとした外見に似合わない引き締まった上腕二頭筋をシャツの下に感じた。こちらの手を跳ね返すような硬さは、最近また太り始めた夫のぷよぷよとした二の腕と大違いである。

「翔子さんのブログに載った日は、ちょっとだけいつもより人が入るんだよ」

ファミレスとファストフードを好む翔子にとって、「ジゼル」は数少ない行きつけの個人店だった。今年、正月だけの短期アルバイトに入って以来、従業員らと顔見知りになり、辞めた後も月に一、二回は客として通っている。契約社員として働いてみないか、という誘いは断っていた。職場になってしまえば、絶対に人間関係が煩《わずら》わしくなり、こうして普段使い出来なくなるのは目に見えている。

翔子は再び携帯電話に視線を落とす。自分のブログのコメントを辿《たど》るだけで、あっという間に時間は過ぎていく。だらしなさを糾弾する内容はほぼない。むしろ、『安心する』『これでいいんだと元気付けられる』といった応援コメントがほとんどだ。お薦めの商品や店のリンクを張ってくれる人も多い。ようやく居場所を見付けたようで嬉しいが、あまりにも優しい言葉ばかりかけられると、なんだか読者を騙しているような気がしなくもない。それでも、好意的な意見の心地良さがやみつきになり、何時間もコメントを読み返してしまう。スーパー銭湯で低温炭酸風呂に浸かっている感覚によく似ているかもしれない。ストレスがあまりにも少ないと、引き揚げ時がよく分からなくなるのだ。

ネットに限らず、落ち着ける場所や笑顔を交わせる相手を出来るだけ確保しておきたい。上京して八年、未だに東京に慣れる事が出来ない。働いていた頃は、忙しくて遊ぶ暇などなかったし、体調を崩してからは、すっかり出不精になってしまった。ドアベルが鳴ると同時に、四十代くらいのスーツ姿の女が現れた。彼女はすぐにこちらに気付き、ずんずんと近付いてくる。

「おひょうさん……、丸尾翔子さんですか？　初めまして。秀茗社第三書籍編集部の花《はな》井《い》里子《さとこ》と申します」

慌てて立ち上がり頭を下げ、名刺を受け取る。花井里子は整った顔立ちの、それなりにスタイルのいい女だったが、肌が乾燥していて目の下のクマが目立つので、どうにもくたびれた印象が拭えない。

「いや、びっくりしました。おひょうさん、想像していたより、ずっと可愛らしくてチャーミングな方だから」

美人、と言い切らないところに、エリートの用心深さを見た。値踏みされているな——。ずっと眠っていたセンサーが作動したのが分かる。洗いざらしのTシャツに賢介が痩せていた頃穿いていたチノパン、化粧っ気もない。初対面にふさわしい出で立ちではないことくらい分かっている。アパレル会社を辞めて以来、かつてはあれほど夢中で買いあさった洋服への興味はすっかり薄れていた。もともと目を惹く容姿でもない。凹《おう》凸《とつ》のない身体つきだし、目は一重、青白い肌にはそばかすが目立つ。唇がまくれた形をしているので、笑うと歯茎がむき出しになるのがコンプレックスだった。

しかし、ある一部の女は、何故か申し合わせたように、そんな翔子を忌《い》み嫌うのだ。

――男に媚《こ》びている。

というのが彼女らの主張だった。媚びている、のではないのに。女がおそらく同性にごく普通にしている配慮や気遣いを、男相手にならてらもなく出来るというだけだ。女を前にすると何を言っていいのか分からなくなる瞬間が多々訪れるが、異性ならどうすればよいのか、勘で分かる。両親が離婚したため、男親のもとで育ち、兄や弟に囲まれていたせいもあるかもしれない。決してしたたかな性格ではないし、恋愛経験だってそれほど多くない。ただ、異性の前で気楽に振る舞えるというだけで、そんな評価をされるのは心外だった。その用心から、同性の前では必要以上にがさつな態度を心掛けるようになっていた。

花井里子はコーヒーを頼むと、秀茗社が発行しているという主婦雑誌や主婦ブログ本を何冊かテーブルに並べ、あれこれと説明を始めた。正直なところ、翔子はさほど乗り気ではない。昔から期待されることは苦手だ。主婦ブロガー達の幸せを見せびらかすような、むんむんと熱の溢れる文章は読むだけで疲れる。面倒なことは極力避けたい性分だ。こちらの様子にお構いなく、里子は早口でまくしたてている。

「現在、主婦ブロガーは様々な棲み分けがされていますが、おひょうさんのウリは『自然体』です。こうあれ、こうあるべき、がないところがすごくいいですね。多様な価値観が認められる中、揺れている主婦は多い。主婦に限らず、おひょうさんのブレないマイペースさに共感する人は多いはずです。押しつけがましさがなく、働く独身女性にも嫌われない個性をお持ちかと思います」

「はあ……。でも、あんな日記、本になったところで誰が読むのか……」

「ええ、ですから日記をアレンジして、エッセイとして仕上げるのはどうでしょう。頑張らずに暮らす等身大の女性として、生き方指南本を書いていただきたいと思います」

なんだか背中が痒《かゆ》くなるのは気のせいか。これだからインテリと呼ばれる人種は苦手だ。そんなに深い考えを持って文章を書いたことなんてただの一度もない。勝手に意味を押しつけられ、カテゴライズされるのは不愉快だった。

それでも、主婦ブログランキングで上位に入ってから、俄然《がぜん》更新が楽しくなっているのは事実だ。大手である秀茗社の編集者から書籍化の話がサイト宛のメールで届いた時は、予想していなかっただけに戸惑《とまど》った。

何故ここに来たかといえば、

——もう、そろそろさ、社会に出てみてもいいんじゃない。翔ちゃん、すごい人なのにもったいないよ。

という、夫の後押しがあったからだった。

——翔ちゃん、編集者から声が掛かるなんてすごいよ。現代のシンデレラストーリーじゃん。本を出してもらえるなんて有り難いじゃん。

アルバイト時代を思い出す。上司としての賢介はいい加減で決して仕事が出来るタイプではなかったが、目立ちたがりな性格ではなく、人の成功を自分のことのように喜ぶため、アルバイト全員に好かれていたし、職場の雰囲気は悪くなかった。翔子のデパート時代に培《つちか》った接客術を見て、やたらと感心するのもおかしかった。身長は翔子より低いし、体型は年々だらしなくなるけれど、これまで付き合ったどの相手よりも一緒に居て落ち着くことが出来る。

「お気持ちが決まりましたら、是非ご連絡下さい。書籍化されたら必ずヒットさせますので」

半ば押しつけるように何冊もブログ本を差し出し、里子はほとんど手つかずのコーヒーを残して去って行った。翔子はしばし、宙を仰ぎ肩を落とす。一度に放たれた情報量にとても頭が追い付くことが出来ない。全席禁煙でなければ、煙草の一本も吸いたいところだ。

「あのう。ちょっといいですか」

唐突に話し掛けられ、翔子は驚いて顔を向ける。まさにお人形のような美人が立っていた。きめの細かい肌と肩までの艶やかな黒髪。ターコイズブルーの半袖ニットに小粒のダイヤ。年齢が今一つよく分からないが、目尻にかすかに集まる皺《しわ》から推測するに、三十代だろうか。

「あの、ひょっとして、あなた……、『おひょうさん』ですか?」

なんと言っていいか分からず、曖昧に笑みを浮かべると、彼女はぱっと目を輝かせた。

「ごめんなさい。今のやりとり耳に入ってしまって。あと、ブログでここのお店紹介されていましたよね。私、あなたのブログの大ファンなんです！」

戸惑っていると、彼女はすぐに名刺を差し出した。その名刺を出す角度もタイミングも、先ほどの花井里子よりはるかに真っ直ぐで、素早かった。


その晩、「ジゼル」であったことを報告すると、缶詰のタイカレーをつまみに発泡酒で晩酌していた賢介は、珍しく疑わしそうな表情で首を傾《かし》げた。商店街の中にあるこのマンションは家賃八万円の１ＬＤＫ、二人で住むには十分な広さだった。

「大丈夫か、その人？」

「え、編集者さん？　それとも商社の人？」

「商社の人。だって、全然知らない人間だろ」

テレビを消音にし、翔子は背筋を伸ばして、賢介に向き直る。

「いや、会えば分かるよ。同い年とは思えないほど、若くて可愛くて美人なの。身に着けているものが上品で質がよくて。売り場に居たから分かるけど、ああいう人は信じても大丈夫」

実際、志村栄利子の勤め先は誰もが知っている日本最大手の総合商社だった。おまけに橋本くんや店のスタッフとも面識があった。聞けば、彼女の母親は「ジゼル」のオーナーの友人なのだと言う。

「身元もちゃんと分かったし、住んでる場所も教えてもらったよ。ほら、郵便局の前にお金持ちっぽいマンションあんじゃん」

「へー、独身なんだろ？　一人で買ったのかな」

「親御さんと一緒に住んでるみたい」

「なんだ。お嬢様か。この辺、金持ち多いしな」

夫の表情に安堵の色が広がったのを見て、翔子はかすかに引っかかる。

「私さ、東京に知り合いあんまり居ないじゃない。だから、たまに会ってお茶飲むような友達欲しいんだよね。危ない人かどうかはもちろん気を付けなきゃいけないけど」

志村栄利子とは「ジゼル」で十数分ほど向かい合っただけだが、また会いたいと思っている。ブログの熱心な読者と言うのは本当のようで、翔子でも意識していないような長所や面白さを、生き生きと語ってくれた。営業畑の人間らしく笑みを絶やさず、さりげない気配りが行き届いていた。正直なところ、直前に会った花井里子よりよほど好印象を抱いた。何より、この街で生まれ育ったというところに強く惹かれる。彼女と親しくなれば、いつまで経ってもよそ者感が拭えない、この街との距離が縮まる気がした。

「翔ちゃん、やけに用心深いじゃん」

「うん、色々気を付けようと思って。最近ね、ブログにちょっと気持ち悪いメールがよく届いて」

「気持ち悪い？」

言うべきか迷ったが発泡酒を奪って飲み干すと、翔子は夫を見据えた。

「お前の家の場所知ってる、とか、最寄り駅はどこそこだろう、とか」

「やだな、それ、ストーカーじゃないか。気を付けろよ。ま、俺が居るから大丈夫だけど」


　賢介は顔をしかめながらも、箸は休めない。

「私、もうブログとか止めた方がいいのかもしれないな。ただの遊びがどんどん大事《おおごと》になってきてるみたいで面倒くさい。別に賢ちゃんのお給料で普通に食べていけるんだし、無理してまで世の中に出ていきたくない」

「欲がないなあ、翔ちゃんは。そういうところがいいんだけど。ま、好きにしなよ」

「ねー、エッチしようよ。今晩」

　久しぶりに知らない人間に会ったせいか身体のあちこちが強張《こわば》っている。こんな時こそ、ぐさりと貫かれたい。一気に緊張がほぐれ、ぐっすり眠れる。最近は自分から頼めばしてくれるけれど、求められることはない。でも、それでいいと思っている。性欲はそう強くない。

「えー、今日、早番で腰つかいもんになんないもん。疲れないやり方じゃ駄目？」

「げ、あの体位？　やった気がしないんだもんなあ」

「じゃあ、次の休みの前夜。それなら確実だから」

　唇をとがらせながら、翔子は夫と兼用にしているノートパソコンを立ち上げる。せっかくだし、栄利子のことをブログに書こうと思った。彼女も喜ぶだろうし、なんとなく今日のことを記録に残しておきたい気がした。

『行きつけのカフェで、私のブログを読んでくれているという女の子に遭遇！　ひえええ〜、すごい美人！　すごい頭良さそう！　こんなダメ日記読ませてしまって申し訳ない……うう〜』

三十歳にもなって女の子もないかな、とも思ったが、あえてそのままにしておくことにした。若くないのは分かっている。でも、女同士で向き合う時は、いくつになっても「女の子」のままでいいのではないだろうか。

3

線路の向こうに住む、おひょうこと翔子から連絡が来たのは三日前だ。信じられない。こんな自由な出会い方があるのか、と栄利子はあの日からずっと心が弾んでいる。最寄り駅で降りると、まっしぐらに高架下のファミリーレストランを目指した。

想像以上に魅力的な人だった。同い年にはとても見えない。まるで外国の少女のような淡い色の髪にそばかす。すらりとした佇《たたず》まいで、着古したTシャツ姿が決まっていた。おまけにその夜更新されたブログには、自分のことを書いてくれていた。好きなブログに登場するなんて少し不思議な気がするけれど、あの日からずっと胸が温かい。

「女の子」だなんてこの年でくすぐったい。けれど、女同士の集まりを女子会と呼ぶくらいだから、許されてもいいはずだ。

夜のファミレスで待ち合わせ。なんだか人気者の高校生になったみたいで、胸がときめく。都心にある話題のお店とか気の利いたつまみを出すバーとか、そういう場所で会おうとするから、社会人同士の付き合いは気が張るし、続かないのだ。どこにでもあるチェーン店で、それもご近所同士でふらりと会う軽やかさに、目を見張る思いだ。

腕時計を見ると、夜十一時を過ぎている。ドアを押すなり、窓側のソファ席で煙草を吸いながら携帯電話を見ている翔子を見付けた。小走りに彼女のもとへと急ぐ。

「ごめんなさい。接待、なかなか切り上げられなくて。こんな遅くになっちゃって……。旦那さん、ご迷惑じゃないですか？」

「ううん。うちでドラクエやってるから」

翔子は煙草をもみ消し携帯電話を押しやると、こちらにメニューを差し出す。栄利子は温かい紅茶を注文すると、ソファに背中を預けた。何か気の利いた話題を口にしなければ、と少し緊張したが、翔子の方から切り出した。

「商社の営業だっけ。すごい忙しいんだろうね。残業だったの？」

「接待。残業は歓迎されないの」

中丸商事はここ数年、残業や休日出勤が好まれていない。激務に耐えかね、鬱病《うつびょう》を患《わずら》う社員が後を絶たず、労働組合の申し立てで働き方が見直されたのだ。しかし、限られた就業時間内ではとてもこなせる仕事量ではない。自宅へのデータの持ち帰りは過去に漏洩《ろうえい》事件があったことから、複雑な届け出が必要となる。そのため、ほとんどの社員が早朝出勤を選んでいた。

「なんか、変なのー、仕事の量は減らさないくせに、残業は駄目。持ち帰るのも駄目って。矛盾してるよね」

そうなの、と栄利子は力強くうなずく。翔子はおもむろに携帯を引き寄せた。

「編集者からのメールがしつこいの。ブログを本にしろって話がきてるけど、なんだか私はピンとこないんだよねえ」

「えー、なんで。もったいない。私、出たら絶対に買うのに」

するり、とくだけた言葉が出たことに自分で驚く。翔子は肩をすくめた。

「義務になるのって嫌じゃない。それに、あくまで居るかどうか分かんないところで、だらだら垂れ流してたいよ。主婦ブロガーとして、家事や育児に一家言持ってる女性達の目にさらされるのってなんか大変そうじゃん。本出したら、主婦ブロガー同士で雑誌で対談とかしなきゃいけないんだって。無理だよ、私には」

確かに、主婦の輪の中で器用にやっている「おひょう」なんてらしくない。

「分かる。女同士って面倒くさいよね。私も苦手」

思わず眉間《みけん》に皺を寄せたら、翔子が嬉しそうに身を乗り出した。

「そうなの。私、昔っから、女に嫌われやすいタイプでさ」

「えー、嘘。全然、そんな風に見えない。サバサバしてて同性にも人気って感じだよ」

その言葉に嘘はない。こうして話していると、何故彼女のブログに友達が登場しないのか不思議に思えてくる。こんなに明るく楽しい女性でも、一人になることもあるのだ。

「志村さんみたいなタイプって珍しいよね。すごく楽だな」

「楽？　私が？」

「うん、大企業にお勤めしてて美人じゃん。なんでも持ってるせいかな、ちょっと違うステージに居るっていうか。天然入ってるもんね。なんか癒《い》やされるよ」

頭の上を電車が通り過ぎたようだ。初めて耳にする評価に、目が眩《くら》みそうになる。過去の恋人達にも最後は「疲れる」「潔癖症すぎる」と突き放され、自然消滅することが多かったのだ。

「大学卒業してすぐ上京して『ブルーム』っていうブランドで働いてたの。知ってる？」

「へえ、私もニットを持ってる。素敵よね」

「でも、アパレルって、女のドロドロした人間関係で出来てる、いわば大奥なわけよ」

「あー、確かにそんな感じするね。分かる分かる」

相づちを打つ自分が嬉しかった。彼女と言葉が通じること、会話が成立していること、呼吸が合うことが、途方もなく栄利子を満たした。奇跡に思えた。

「ストレスで身体壊しちゃってさ。四年で辞めたの」

「もういいの？」

「うん。フリーターみたいなことをしていたけど、それだけじゃ暮らしていけなくて、ちょうどいいタイミングで、今の旦那に会ったんだよね。まあ、そこからは見ての通り……。ばりばりやってる志村さんからしたら、ダメ人間だろうけど」

「そんなことないよ。別にさ、すべての人が外で働かなきゃいけないってことはないと思う。私だって、母が家に居てくれるおかげで色々助かってるもの。私が面倒かけて、仕事を諦めさせちゃったという負い目はあるんだけどね」

ふいに「ジゼル」から母が手を引いた時のことを思い出す。母がこちらに向ける労《いたわ》るような視線、それまで以上に家事に力を入れるようになったせいで水仕事ですっかり荒れた手。仲間と楽しそうに店を切り盛りしている母が好きだったので、身が細るほど申し訳なかった。

「いいな。親と仲良く一緒に暮らしてるのって。うち、父が再婚してから、なーんか実家にも帰り辛《づら》くてさ」

「そんないいもんじゃないよ。父が定年退職してから、全然会話ないもの。私がしゃべってないと、しーん、って感じ。会社でも家でも、気を使いまくって、ほんと神経がすり減る。時々、何もかも捨てて一人になりたいって思う時があるくらい」

口にして栄利子は驚いてしまう。家庭にストレスを感じている自分に初めて気付いたのだ。日々、どれだけの感情を殺してきたのだろう。翔子を前にすると、するすると心が解き放たれていくようだ。運ばれてきた紅茶にそっと息を吹きかける。

「ふうん。なら、いつでも会おうよ。愚痴なら聞くよ。ご近所なんだし」

さりげない言葉が沁みていく。この年になって、友達が出来るなんて思わなかった。それもこんなに簡単に。

「志村さん、絶対モテるでしょ」

「いや、始まるのは早いけど……。結局フラれてばっかり。結婚もさ、親と一緒のせいかなあ、あんまり生活に危機感ないせいか、そこまでしたいと思わないんだよね」

「うっわ。それなんか分かる。私も東京にひとりぼっち、明日もままならないフリーターという状況でなきゃ、魔王なんかと結婚してたか分からない」

彼女のこういう物言いが好きだ。自虐的に響かず、嘘がない。きっとご主人といい関係を築いているからなのだろう。

「結婚なんて別にしてもしなくてもいいけど、志村さんももし主婦になったら、毎日一緒にだらだらしようよ」

「それ、楽しそうだね。うわ、そんな風に言ってもらえると、急に結婚したくなってきたかも」

会計を済ませ店を出る。翔子はガードレールの前に屈み、自転車を繋いだチェーンを取り外している。ブログで見たのと同じ、男物の自転車だった。確かご主人と兼用だっけ。翔子が自転車を押す速度に合わせ、高架下をゆっくりと並んで歩き出す。

「風が気持ちいいねえ。まだちょっと夏の香りがする。今年は仕事で忙しくて、なんもしないまま、夏が終わっちゃったなあ」

「なに言ってんの。九月はまだ夏でしょ。今からだって遅くないよ。プールでも海でも行けばいいじゃない。なんか、こんな風に並んで自転車押すとか、すごくガキっぽいよね。学校の帰りって感じ」

学校、という言葉が栄利子の胸に刺さる。神殿のように聳《そび》える無数のコンクリート柱がどこまでも続いている。ここがまだ高架ではなかった頃、影も形もなかったことを思うと過ぎ去った年月が突きつけられるようで、思わず目を逸らした。

「私、学校に自転車で行ったことってないの。自転車は何故か禁止で、電車通学だったから。この世田谷にある女子校だったのに。世田谷ってさ、地図で見るとものすごく近くにある場所が、電車だとすっごい遠回りになるんだよね。あれ、嫌だったな」

「おお、都会っ子。私が川沿いをチャリで疾走してた時代に」

「男の子と二人乗りとか？」

「やった、やった」

いいなあ、とため息をついたら、いきなり翔子が瞳を輝かせた。

「ねえ、乗る？　後ろ。郵便局の前のマンションでしょ？　帰り道だし、乗せてってあげる」

しばらくためらっていたが、意を決して後ろの荷台に横座りした。翔子の腰に手を回す。びっくりするほど細かった。自転車が走り出す。終電が二人を追い抜いていった。車内がひどく明るく、乗客の表情まではっきりと確認でき、写真がストップモーションで通り過ぎていくようだった。栄利子はふと、涙ぐみそうになる。翔子のカットソーからは、柔軟剤のにおいがした。そう、ブログで紹介していた『わたあめのにおいがするアメリカ生まれの』柔軟剤。何度も何度も暗記するまで読み返しているから、彼女のことならなんでも知っている。スカートが風で膨らむ。自転車は駅前を横切っていく。コンビニ、コーヒーショップ、ドラッグストア。見慣れた風景がまったく違って見えた。光のリボンになって、どんどん目の前を流れていく。

「私、この街以外の場所に住んだことないんだ」

「生粋《きっすい》の東京生まれ東京育ちか。羨ましい」

向かい風に負けまい、と栄利子は深夜だというのについ怒鳴《どな》ってしまう。

「そんなことないよ！　時々、すっごく自分の視野が狭い気がして落ち込んじゃう！　地方も東京ももはやあんまり変わらないよ！　見てよ。個人のお店はどんどん潰れて、チェーン店ばっかり増えてる。お店が閉まる時間は早いし、結局、ファミレスしか夜お茶出来る場所ないじゃない。あと数年で日本全部が同じ風景になるんじゃないかなあ」

こんな話を誰かにする日が来るなんて思ってもみなかった。

新しい友達が出来た感触を、本当に何十年かぶりに思い出していた。恋愛が始まる時の目の前がぐんぐん開けていくような多幸感とは、似ているようで少し違う。普段の景色がほんの少しだけ違って見える。自分の新たな一面を発見できる。ささやかだけど、胸が躍る変化だった。二度と翔子を離すまい、と思った。たった一人でも女友達がいるだけで、己《おのれ》の色や形がくっきりとなぞられ、存在に自信が湧いてくる。思わず、腰に回す手に力を込めた。

「はーい、とうちゃーく」

自転車がマンションの前に着いた時、まるで夢から覚めた瞬間、涙で頬が濡れていることに気付いたように、しんと寂しくなった。もう少し彼女とおしゃべりしながら二人乗りを続けたい。それでも、礼を言い、おやすみ、と手を振る。このまま別れてしまいたくない。こちらの気持ちを察したように翔子は言った。

「今度は『にっこりずし』で待ち合わせしない？」

次がある――。栄利子は小躍りしたいような気分だ。これから、会いたい時に会いたいだけ会える。

「うん、行こう行こう。私、ああいうところ、行ったことない」

「すごいよ。今の回転寿司、ハイテクで。注文はタッチパネル。GPSみたいなのが、皿の下に埋め込まれてて、厨房《ちゅうぼう》から追跡できるの。おばさん、もうついていけない」

「あはは。それ、ブログで読んだ……」

エントランスで振り返ると、翔子はまだこちらを見て、暗闇でもそうと分かるほどにっこりしていた。彼女が立ち去るまで栄利子は手を小さく振り続けた。弾む足取りでオートロックを解錠すると自動ドアを抜けて、エレベーターを目指す。その時、人影に気付いた。

外廊下の手すりにもたれて、圭子《けいこ》が煙草を吸っていた。上下スウェットという寝間着のような格好にぱさついた長い髪を夜風になびかせている。全身が強張っていくのが分かる。まずい、なんとしてでも見付かりたくない。立ちすくんでいると、前を向いたまま、圭子は突然ぼそりと言った。

「ねえ、今そこに居た人って友達?」

起きていることに心がついていかず、栄利子は目を見開く。十五歳の時と変わらず、圭子はなんら悪気を感じさせないうさぎのような瞳をこちらに向けた。放ちたい言葉はたくさんあるのに、うまく喉から出て来ない。

――出来たよ。当たり前じゃない。もうあれから何年経っていると思ってんの。ちゃんとした友達だよ。近所に住んでいる、人気主婦ブロガー。すごい人なんだよ。私、ブログに出たんだから。会社や学校と関係のないところで、自分の力で友達を作れるだけのコミュニケーション能力くらい、ちゃんと育てたの。莫迦にしないで。

「ふうん、よかったね。栄利子って人とうまく距離が取れないから、女友達とかもう一生できないかと思ってた」

これ以上、聞きたくなかった。言葉を遮《さえぎ》るために慌てて背中を向け、我が家を目指して足を早める。

エレベーターのボタンを続けざまに二回押した。

「そんなにびくびくしないでよ。やだ、逃げるの？　それじゃあ、なんだか私の方が『加害者』みたいじゃん」

暗闇の中、圭子の勝ち誇ったような笑い声が背中を追いかけてくる。

4

昭和生まれの掃除機は、大きな鳥の遺骸《いがい》のようだと思う。

長い首を摑んで、ずるずると胴体を引きずり回している気分になる。通り過ぎたところが綺麗になっているとはとても思えない。鳥から流れ出た体液が床に伸びているんじゃないだろうか。本体は車輪がついているにもかかわらず腰がきしむほど重く、部屋から部屋へと移る時、いちいちプラグを差し替える手間がなんとも煩わしい。黒いコードがひゅるひゅると吸い込まれる様も、飛び出した腸が戻っていくようでグロテスクだ。

掃除機をかけ終わったら、洗濯機を回し、窓を拭き、縁側をぞうきんがけし、夕食の支度をせねば。ただの家事が、まるで終わりのない旅に思え、翔子は思わず掃除機の横にしゃがみ込んだ。埃《ほこり》のせいで呼吸が浅い。父の吸う煙草のヤニが家中にこびりついていて、自分にも喫煙の習慣があるのに、ゆるい吐き気がこみ上げてくる。

これは本当に「ただの家事」なのだろうか？　主婦だったらなんなくこなさなければならない、日常生活の一環なのか？　翔子には心身を削る重たい罰のようにしか、思えない。理不尽で、辛くて、どこか陰惨な暗闇すら含んでいる。

自分と同じ年齢の頃、母はこれだけの仕事を毎日毎日続けていたのだ。ここ数年会っていない、遠く離れた町で新しい家族と暮らす彼女に思いを馳せる。翔子は普段、掃除機を使わない。週に二、三回、拭き取りシートで床を拭うのみでよしとしている。汚れを見付けたら、モップつきのスリッパでささっと拭いて誤魔化《ごまか》す程度だ。夫婦二人の狭いフローリングの部屋だし、なんの問題もないと思う。麗美《うるみ》さんもよくこんな重たい掃除機を使っていられるな、と思ったら、彼女に対する同情が初めて湧いてきた。

久々に帰った実家を改めて見回し、深々とため息をついた。そもそも、住んでいる人数に対して広すぎる。むき出しの梁《はり》と黒く沈んだ格《ごう》天井、広々とした土間。田園地帯の広がるこの辺りでも珍しい大きな日本家屋だ。「本家」と呼ばれる、代々続く農家にふさわしいどっしりした家構えだが、田畑の世話はとっくに他人に任せていた。翔子が小学生の頃から、父は親から引き継いだ土地の管理に専念している。といっても最近は、法事や細々《こまごま》した雑務以外、やることはほぼないに等しい。今日も朝からパチンコに出掛けているはずだ。娘を手伝うという発想は彼にはない。

縁側越しにこの辺りでは一番大きな川がきらめき、九月の陽光が室内を照らし出した。木製雨戸が年々閉まりにくくなっているのに誰も直さないため、いつしか夜であれ、悪天候であれ開け放されるようになっていた。常に日光が差し込んでいるせいで、うっすらと埃で覆われた畳はどこも色褪《いろあ》せて毛羽立っていた。麗美さんはこういうことに無頓着《むとんちゃく》だ。そろそろ張り替えが必要に思えるが、そんなところまで手を出したらそれこそ弟や父の思うつぼである。こんなばかでかい家は売ってしまえばいいのにとも思うけれど、翔子が交渉や手続きを引き受けねばならなくなるので、それも胸にしまい込んでいる。すみやかに家を清め、いい娘の顔を見せたら、立ち去ること。やることはそれだけでいい。余計な親切は自らの首を絞める。翔子はしぶしぶと腰を上げ、掃除を再開することにした。

重たい掃除機を引きずっていると、母が男と出て行った頃の記憶が蘇《よみがえ》る。

翔子は高校生だった。母を恨む間もなく、いきなり家事全般を押しつけられ、目眩《めまい》を覚えたものだ。しばらくはなんとか頑張ったが、すぐに放棄した。後ろめたさから極力、家に帰るまいとした。同級生の男友達の家を次から次へと渡り歩き、彼らの母親に誘われるままに夕食をご馳走になった。翔子が何もしないから、自然と一家はばらばらになり、大学生になったばかりの兄は外食するようになり、まだ小学生の弟はコンビニで弁当を買ってくるようになった。父は黙って一人で酒を飲むか、ふらりと居酒屋に出掛けた。自分ばかりに非があるのではない。そもそもこの家の人間には責任感というものが欠落しているのだ。近くに住む叔母が見かねて腰を上げ、時々掃除に来たり、おかずを届けてくれるようになって、ようやく日常の断片を取り戻した。あの時、翔子はこの家の法則を学んだのだ。「動いた方の負け」。

義理の母である麗美さんが何度目かの家出をした、と弟の洋平《ようへい》から連絡を受けたのは、四日前だった。

――今度はさすがにやばいっぽい。麗美さん出て行ってもう三週間なんだ。うちん中、めちゃくちゃだし、おやじはぼけーっとしてて なんか心配だから、ねえちゃん、一度様子見に来てよ。

もう二十五歳なんだから、あんたがなんとかしなさいよ、という言葉が喉まで出かかった。専門学校卒業後、仲間と起業するもすぐに抜け、実家を出ずアルバイト暮らしをしている洋平は、家族の中で一番頼りがいがない。人のいい可愛い面もあるのだが、いかんせん気が利かず、周囲を苛立たせていることに最後まで気付かないタイプだ。

――お義父《とう》さんや洋平くんに会うの久しぶりなんだろう。ゆっくりしてくればいいじゃない。

賢介はこころよく送り出してくれたけれど、面倒くさいやら行きたくないやらで、のろのろ荷物をまとめ、寄り道を繰り返しながら東京駅に向かった。約二年ぶりに新幹線に乗り、私鉄を乗り継いでようやく郷里に辿り着いたものの、家が見えるなり、一刻も早く立ち去りたくなった。こうしている今も、停滞した灰色の時間に押しつぶされてしまいそうだ。

祖父母の仏壇がふいに目に入る。供えられた菊の茎がガラス瓶の水に茶色く溶け、花はかさかさに枯れていた。傍に寄ってみるとおかしなにおいを放っている。母が居た頃はあれほど横柄な態度で家事に口を出していたのに、いざ一人になると何もやらない。やろうとしない。自分だってずぼらだが、父は度を越している。どうして、これほどまでに生活を、いや人生を放棄出来るのだろう。麗美さんが出て行って三週間で、冷蔵庫の中の物はいずれも腐りかけ、生ゴミが土間に溢れていた。同情に傾きそうにもなるが、よく考えれば五体満足の上、まだ六十五歳ではないか。父よりはるかに高齢の政治家が、国中から叩かれながらもメディアに日々しゃんとした姿を見せているというのに、この覇気《はき》のなさはどうだろう。まさか早くも認知症が始まったのではないか、と一瞬考えがおよんだが、幼い頃からこういう人だったと思い出した。

自分からは決して動かない——。

誰かが自分のために動くのを、ひたすら息を殺してじっと待っているのだ。母の時と同じである。麗美さんのことも迎えに行ったり捜したりすることはない。ただここで、薄い笑みを貼り付け、テレビの前に寝そべり、怨念を遠くへ遠くへと飛ばしているだけ。彼女はおそらく、父のこれ見よがしの孤独を感じ取り、ふらふらと引き戻される。快活であけっぴろげに見えても、気の弱い人だった。だから、父に目をつけられたのだろう。

現在五十代半ばの麗美さんは、元は父の行きつけのスナックのホステスで、翔子が地元の女子大に入学すると同時にこの家にやってきた。その頃からすでに家にはほとんど帰らなくなっていたので、交流らしい交流はないが、彼女には感謝している。お節介でかなりおおざっぱではあるものの、おかげでこの家は息を吹き返したのだ。

彼女が帰ってきてくれないと一番困るのは、翔子だ。麗美さんは生命線だった。彼女が居なくなれば、長女である自分が父の面倒を見なければならない。それが常に頭にのしかかっている。洋平はあの通り役には立たないし、兄は父の再婚に猛反対して以来、ほぼ絶縁状態にある。

この埃まみれの家に籠城《ろうじょう》することで、父は自分を置いて家を出た女達に報復するつもりなのかもしれない。無言の主張がそこかしこに感じられ、翔子は息苦しくなってくる。自分の人生を犠牲にしてまで、父は何に勝ちたいのだろう。それとも、すべては深読みで、本当は何も考えていない、ただの無欲な初老の男なのだろうか。ああ、いつもこうだ。父の傍に居るだけで、勝手にこちらが先回りし、いつの間にか心がすり減っている。賢介のもとに帰りたい、と強く思った。彼の隣だと楽に呼吸が出来る。自分の居場所は、世田谷のあの古いマンションにあるのだと、痛感する。

煙草が吸いたい、と落ち着きなく辺りを見回した。食器棚の引き出しに入っている父のメビウスは翔子には辛すぎる。もしかして、大学生の頃のストックが今でも残っていないだろうか。掃除機を放り出し、自室に足を向ける。

学習机の引き出しから、あの頃好きだったキャメルとライターを見付けた。煙草に火を点《つ》けると、ベッドに寝そべった。ベッドカバーからふわっと細かい埃が舞う。天井に向かって、ゆらゆらと煙がらせんを描いていく。

大学卒業まで使っていた自分の部屋なのに、心はまったく安まらない。かつて最高にお洒落だったはずのアイテムが挑戦的にこちらを見下ろしている。イギリス映画のポスター、海外ファッション誌のバックナンバー、大判のコミックス。恥ずかしさに身震いしそうだ。なんという凡庸な好みなんだろう。一見とがっている風に見えて、いずれもセンスを商売にしている著名人が太鼓判を押したものばかり。個性的に見られることに心血を注いでいたあの時代を、翔子は少しも懐かしいとは思えない。自意識の塊《かたまり》のような、十五歳から二十二歳にかけての記憶は出来るだけなかったことにしたい。おまけに、あれほど生意気な言動を繰り返していたというのに、何一つ身に付かないまま、平凡な三十歳になってしまった。

もし、ブログが本になったら、あの頃の仲間の目にもさらされる。それがなによりも怖かった。ファッションの仕事がしたい、刺激的な毎日を東京で送る、こんな街大嫌い、と豪語してやまなかった自分が、仕事に挫折してごく普通の結婚をし、世の中になじんでのんびり生きていく術を身に付けたことを、この街の誰にも知られたくなかった。

志村栄利子が羨ましいと思った。消したい過去など皆無に違いない。世田谷から一歩も出たことがない、とやや恥ずかしそうに打ち明けていたけれど、少女時代からあの土地でひとひらひとひら大切に日常を積み重ねているのだ。美しいミルフィーユのような完成された人生。決して手が届かないと分かるからこそ、素直に感嘆してしまう。彼女に会いたいな、と思った。次は回転寿司に行く約束をしている。ささやかな予定だけれど、今はとても愛《いと》おしいもののように感じられた。

ノックらしき音と同時に襖《ふすま》が開き、弟の洋平がおう、と片手をあげる。しばらく会わないうちに、随分と太った。頬が膨らみ、赤らんでいる。

「おつかれー」

「おつかれー、じゃないよ。居るなら手伝おうよ、少しは」

唇をとがらせると、洋平はへらへらと笑った。どきっとするほど記憶の中の若い父に似てきている。

「悪い。でも、こうまで汚いとどこから手をつけていいか分かんねえじゃん」

「ああ〜。もう駄目、疲れた。ギブ。あのさあ、ダスキンとか頼まない？」

「ダスキンかあ。でも、おやじ、知らない人家にあげんの嫌がるじゃん」

「それなんだよなあ……。あれも嫌、これも嫌……」

「まあ、おやじもさあ、親の残した土地に縛られて、色々可哀想なんだよな。家を守らなきゃ教の最後の犠牲者っつうか」

なんでこんなに二人して気を使っているのだろう。翔子は莫迦らしくなってくる。父がこの暮らしで満足ならば、自分達がやきもきする必要はないのに。

「大丈夫だって。麗美さん、すぐ帰ってくる気がする。だいたい長くて一カ月が限度だもん。つっても最近、俺も顔合わせてないけど」

そう言って、彼はベッドの隣に腰を下ろした。再び埃が立ち上る。あれほど、こちらの不安を煽《あお》るようなことを言って呼びつけたくせに、呑気なものだ。

「ぶっちゃけ俺、最近ここ帰ってない。彼女の家に入り浸ってるから。もういっそ、同棲しようかと思って」

小言の一つもいいたいが、自分もかつてはそうだったと気付き、口をつぐんだ。高校、大学と家に寄り付かず、社会人になると同時に東京に逃げ出した。何かと気遣ってくれる麗美さんを邪険にしたことさえある。

「にしても、ほんと人が居つかないうちだよね。麗美さんがいないと、孤島って感じ」

翔子はそう言って、天井を見つめた。やっぱり、ここには住めない。自分や洋平の怠惰さもまた父親譲りなのだと思うと、なおのことうんざりした。

「ねえちゃんのブログ読んでるよ。賢介さんが教えてくれたから。なんつーか、あんなのでも、読む人居るんだな。でかいサイトのランキング上位なんだろ?」

「げー、読むなよお」

「他の奥さまブロガーって、なんかキラッキラしてんじゃん。ねえちゃんの地味でぐーたらな日々とは大違い」

口惜《くや》しいが、彼の言う通りだ。人気主婦ブロガー達は三百六十五日、笑顔とアイデアと美味しいものに満ちた丁寧な暮らしを綴《つづ》っている。生きていることが楽しくて仕方がないといった様相だ。でも、人生には必ずこんな風に、絵にならないしみったれた一日、つまり実家の掃除をもくもくとする日や、苦手な家族と向き合う日、子供の不始末のために謝りに出掛ける日もあるはずだ。そういう日、彼女達は文章を書かないのだろうか。それとも、そんな日であれ、きらりと輝く一瞬を目を凝らして見付け出し、鮮やかに切り取ってみせるのだろうか。

いずれにせよ、自分には出来ない芸当だと思った。そう、志村栄利子のような人間こそ、ブログを書くべきだと思う。裕福な家庭に育ち、完璧なお洒落をして、日本最大手の商社に勤める日々。おそらくどこをどんな角度で切っても、美しい断面図が現れるだろう。彼女のような充実した人間ほどブログを書く暇がないのは、皮肉なことだ。

「昨日とか今日とかブログ更新してないじゃん。いいの？」

「東京に携帯忘れてきたんだもん」

「なんだ、それ。それでもブロガー？　パソコン貸そっか」

「いい、いい。面倒くさい」

洋平は煙草を一本ねだると、部屋を後にした。

もしかすると、わざと忘れてきたのかもしれない。賢介とは家の固定電話で連絡を取り合えるから、携帯はなくとも問題はないのだ。今はまだ仕事ではないのだし、ブログを更新しない日があってもいい。だいたい、こんな環境で、何かを書く気にはとてもなれない。

ネットを見ないと、おどろくほどたっぷりと時間があることに気付いてしまい、胸の中に墨が広がっていくようだった。東京でそれなりに満ち足りた暮らしをしている錯覚を覚えていたが、結局、日々ネットで遊んでいるだけではないか。それはこの土地でも出来ること、と愕然《がくぜん》とする。

なんという無為な生活。これでは酒とテレビとパチンコしか楽しみのない父とそう変わらない。もう一度、働こうかな、と言い訳のように考えてみるがそれだけでじわじわと胃液がこみ上げてきた。ストレスから胃潰瘍《いかいよう》を患い、アパレル会社を辞職した過去が恐ろしい速さで蘇ってくる。一つの集団に所属し、ルールを覚え、周囲と足並みを揃えながら、毎日決まった時間に化粧をして職場に赴くこと。以前は当たり前のようにこなしていたそれらすべてが、今の翔子には途方もなく遠い世界の出来事に思えた。

突然、襖が引かれた。いつの間にか、父が帰ってきていたらしい。唐突に、自分とよく似ていると思った。一重瞼《まぶた》でまくれた唇から黄色い歯が目立つ。薄汚れた上下スウェットと、ごましお頭に無精髭《ぶしょうひげ》。何かの食べこぼしの染みなのか、胸元がうっすら白く汚れている。最後に会った時から一回り縮んだようだ。年々身なりに構わなくなる。他人として道ですれ違えば、薄汚い老人だと思うだろう。冷徹に父を観察する自分がつくづく嫌になる。

「翔ちゃん、調子はどう？　疲れたなら休んでていいんだよ。うちなんてどうせ人来ないし、汚れたままでいいんだからさあ」

父はのんびりした笑みを浮かべて、横たわる自分をじっと見下ろしている。一見、マイペースでとぼけている彼の、得体の知れない威圧感が苦手だ。何もしないで、誰かが動くのを強情に待つ。自分から行動するくらいなら、おそらく餓死することさえいとわない。単なる「怠け者」では片付けられない、かすかな狂気を陽気な赤ら顔に感じてしまう。そんな風に肉親を見る自分は、おかしいのだろうか。

——あの人、王様みたいだよ。

少女時代に、友達に愚痴る度、

——面白くて、優しそうなお父さんじゃない。

と首を傾げられたものだ。反論は出来なかった。

口下手なだけ、不器用なだけ、本当はお父さん、寂しいんだよ、と賢介もなんの悪気もなく言う。バランスのとれた家庭で育った彼には絶対に分からない。大崎に住む舅《しゅうと》と姑《しゅうとめ》の、心の通った会話やささやかながらも満ち足りた暮らしを思い浮かべると、妬ましさすら湧いてくる。翔子はにっこりした。

「ううん、大丈夫。ただ、久々に掃除して疲れただけ。ねえ、掃除業者とか雇えば」

「面倒くさいよ。夜ご飯、どうしようか」

「何か作るよ。もうちょっと待っててね。ごめんね」

「いいよ。ゆっくりで」

穏やかな声の調子には娘への思いやりが滲んでいないとも言い切れず、一瞬、カリカリしていた自分がどうかしているように思える。幼い頃は父が大好きだった。父の爪切りや耳掃除を自ら買って出たほどだ。頬ずりされた時のちくちくした髭のそり跡の感触が今も蘇る。地元の人に慕われている、自慢のお父さんだった。今だって、愛していないわけではない。酷《ひど》いことをされたわけでもない。進路を反対されたこともない。お金はいつも十分に出してくれた。そもそも、真っ向からぶつかったことなど一度もない。それなのに何故、こんなにも父の存在を息苦しく感じるのか、分からない。

「もう、掃除なんてしなくていいよ。疲れたらやらなくていいよ。のんびりしていきなさいよ」

微笑む父にうっすらした殺意さえ抱く。いい人ぶるな、じゃあ、代わりに誰がやるというのだ——。麗美さんに戻ってきて欲しい、と祈るように思う。それは覚えのある感情だった。母が出て行った時、

——これで父の面倒は私が見なければいけなくなる。

悲しむよりも先にそう考えた自分が恐ろしかった。母を追い出したのは父ではなく、むしろ自分ではないだろうか、という疑念が今も常についてまわる。自分が役に立ったとは思えないけれど、もっと家事を手伝っていたら。せめて話し相手になってあげればよかったのではないか。梅干しから味噌まですべて手作りする人だった。家族の誕生日は常に完璧に祝った。一年中、ひっきりなしに続く法事に駆けずり回り、来た人を手厚くもてなした。いつもおしゃべりで笑顔だったけれど、父の顔色をびくびくと窺《うかが》っていることに翔子は気付いていた。母がたった一人の力で、この怠惰な集団を家族という体裁に整えたのだ。

なによりの証拠に、母が居なくなったと同時に、この家から人が消えた。

何不自由ない子供時代を与えてくれて有り難かったとは思うけれど、母のような犠牲者にはなりたくない。色々なことから自由でいたい。たかが、住む場所や食べるもののことで、命や心を削るなんて本末転倒ではないか。本来幸せに暮らすために必要な作業で不幸せになるなんて、これほどの矛盾があるだろうか。

鮮明な記憶がある。小学生の頃に家で開いた、ひな祭りパーティーの時だった。父は母が早起きして作ったちらし寿司に箸を付けるなり、

――食えねえ。

と吐き捨てて食卓を離れ、テレビの前にごろりと寝そべったのだ。楽しそうな笑い声を上げていた友達らは、凍り付いたようになった。翔子は体中の血液が頭目がけて駆け上がっていくのを感じた。ほんの数秒前まで冗談をとばしていた父と背中を向ける男が同一人物とは思えず、胃だけが冷えていくようだった。後から母がおそるおそる理由を訊くと、父は「ちょっと甘すぎたな」とごく普通の調子で答えていたっけ。何度も何度も口にしていたはずの料理なのに、何故あの時だけけなしたのか今となってはよく分からない。あのちらし寿司は母の実家の味だった。かんぴょうや干し椎茸を煮ふくめ、おぼろまで手作りする、とても時間のかかるものだ。

「夜はシチューかカレーになると思うけど、いい?」

「なんでもいいよ。父さんは翔子のつくるものなら、なーんでもいいの」

と父は笑い、襖を開けっ放しにしたまま、去って行った。彼の口から、夫の賢介や結婚生活を慮《おもんぱか》る言葉を聞くことは、一生ないだろう。

新しい煙草に火を点けた。煙が格天井のますの一つにようやく届き、二つに分かれて消えて行く。

5

目覚めるなり、右手に握り締められたままの携帯電話の画面が目に入る。『おひょうのダメ奥さん日記』のトップページが表示されたままだった。たちまち眠気は消えて行く。

ブログ更新が止まってもう四日が経つ。この一年はほぼ毎日アップされていたので、これは異常事態と言ってもいい。丸尾翔子本人を知る人間として、なんとしてでもこの原因を解明せねばならない、と栄利子は改めて決意する。実際、心配するコメントも数多く書き込まれている。自分一人だけが不審がっているわけではない、という事実が背中を押していた。

パソコンが壊れたのか、体調が悪いのか、といくつも理由は考えられたが、メールの返信がないとなると、にわかに気持ちは波立つ。ファミリーレストランで会った夜、翔子がふと漏らした言葉をどうしたって思い出さずにはいられないではないか。

――時々、ブログに変なメールがくるんだよね。最近は運営側が削除してるけど、昔は結構、気持ち悪い書き込みもあって。

確か、住んでいる場所を知っている、調子に乗ると痛い目に遭うぞ、という脅迫めいた文面だと言っていた。もしやこうしている今も、ストーカーに拉致《らち》されているのではないか。そんな想像に、背中がぞわりとする。ご主人が居るからといって、安心は出来ない。本人はなんの気負いもなく無頓着に振る舞っていて、それは彼女の良さだけれど、もはや「おひょう」はネットの世界ではちょっとした有名人なのだ。妬みや憎悪、ねじれた感情のはけ口になってもおかしくない。ああ、もっと注意して暮らすように強く言っておけばよかった。ブログの情報だけで、彼女の家を特定することは可能だろうか。頭を一度真っさらの状態にして、すべての日記を犯罪者の目で読み直す必要があった。昨晩はこの二年分のブログを辿るうち、眠りに落ちたというわけだ。

やはり、不用心だと言わざるを得ない。

家の近所の写真やお気に入りの店の記述だけで、少し調べれば東京・世田谷のどの辺りに暮らしているかくらい、最近なら中学生でも分かるだろう。マンションの室内の写真にも、いくつかの重要な手がかりが示されていた。

もし、翔子に何事も起きていないとするならば、どうしてメールの返事がないのだろう。決してうっとうしくならないように、さりげない文面を心掛けているというのに。この四日で送った十通のメールに応答はない。おかげで、タンザニア支社とテレビ電話でやりとりしていても、ファストフードチェーンとの商談中も、常に翔子の姿が頭から消えない。就業中もついブログにアクセスしてしまう。

――志村、なにやってんだよ。そういうのは家でやれ。

部長が真後ろに立っていることにも気付かず夢中でスクロールをしていたら、低い声で叱責され、冷や汗をかいた。自分は少しおかしくなっているのだろうか。のめり込むには理由があった。似たような経験を十五年前にしている。あの時の焦燥《しょうそう》感の手触りが蘇り、居ても立っても居られなくなるのだ。

――私、何か、嫌われるようなことした？

――どうして、無視するの？　友達じゃない？

――せめて、避ける理由を教えてくれない？

――なんでも話してよ。

こうなったら、仕事に集中するためにも、出勤前に翔子の無事だけは確認せねばなるまい。それでも居所が摑めないのなら、警察に相談する必要もあるかもしれないのだ。勢いをつけてベッドから起き上がると、前の晩用意しておいた薄手のニットとスカート、パンティストッキングを手早く身に着けた。化粧もそこそこに、普段は丁寧にブローする髪をクリップで一つにざっくりとまとめる。いつものように両親を起こさないように注意して、抜き足差し足、家を後にした。

つい先日まで蟬《せみ》が鳴いていたとは思えないような、水分を含んだ、草の香りがする早朝の空気が冷んやりと身体を包む。マンションを出てすぐ、朝靄《あさもや》の中に佇む人影に気付いた。

圭子だった。寝間着そのもののジャージ姿でぼうっと立ち尽くしている。出来たら顔を合わせたくないが、こうも至近距離だと無視するわけにいかなかった。同じマンションに住む、二十四年来の幼なじみ。小中高と同じ学校に通ったたった一人の女の子。

「おはよう」

圭子は無表情のまま真っ直ぐに向き直り、口を開いた。自然光に照らされたかつての親友を栄利子は遠慮がちに観察する。すっぴんの顔は粉を吹くほど乾燥していて、眼尻に皺が深く刻まれている。ジャージの袖から覗いた指で頬をぽりぽりとかく子供っぽい仕草とちぐはぐな、くたびれた肌だった。髪はべったりと額や首に張りつき、いかにも洗ってなさそうだ。

「何やってんの。駅はあっちだよ。ねえ、会社行くんじゃないの?」

圭子にだけはこれからとる行動を知られたくないので、言葉を濁す。

「ちょっと、商店街の方に用事があって……。圭子こそ、何してるの。こんなに早く」

「別に。何もしてない。朝の散歩。もう少ししたら駅に向かう人と逆行して歩くの。面白いよ。時間が巻き戻っていくみたいで」

十五歳の頃と少しも変わらないふにゃふにゃしたしゃべり方で、目を細め遠くを見つめる。こういう子だった。思わず聞き返してしまうような独特な表現や言い回し。普通の子とちょっと違う感性が眩しかった。

でも、三十代になった今、その個性はいささか病的でしかない。

「私、行かないと。じゃあね」

彼女に背を向け、足早に商店街を目指す。しばらくして振り返ると、圭子はまだマンションの前に立って、じっとこちらを見つめていた。分かっている。あれは彼女なりの復讐《ふくしゅう》なのだ。ああやって、働きもせず、家も出ず、これ見よがしにフラついて、マンションの住民や栄利子や栄利子の両親にアピールしているのだ。

――私は志村栄利子のせいで、まともな人生が送れなくなりました。

もう十五年も前のことだ。自分にももちろん非はあるが、彼女にだって問題はあった。教師も、圭子の親でさえ認めていることだ。いつまでも栄利子を責めることで、圭子は自分の人生から逃げ、楽な場所を動かないつもりなのだろう。そう自分に言い聞かせると、少しだけ心臓の鼓動がゆっくりになる。高架をくぐり、商店街に入りしばらく歩いた。

――米屋の裏にある、漆喰壁《しっくいかべ》の古いマンション。

彼女の言葉を思い出しながら、足を進めた。翔子がブログに載せた写真に写り込んだ、窓からの景色を反芻《はんすう》する。電柱と赤レンガのマンション。そう、ここだ。丁度向かいにでこぼこした質感の白い建物があるではないか。

やっぱり――。栄利子は達成感で胸が一杯になって、そのマンションのエントランスに足を踏み入れる。「ＭＡＲＵＯ」と書かれたプレートのポストはすぐに見付かった。３０３号室。郵便物が溢れている様子もない。開けようとしたが、当然のことながら、鍵がかかっていた。その時、背後で声がした。

「栄利子さん？」

なんと翔子がこちらを見て、驚いたように目を見開いている。

「翔子さん！」

安堵のあまり、体から力が抜けていく。ああ、よかった――。隣に居る太った小柄な男はおそらく、ご主人だろう。すらりとした翔子に釣り合っているようには思えないが、この際、どうでもいい。彼の存在を無視して、すがりつかんばかりに彼女に向き合った。

「連絡が取れないから、心配しちゃった。危ない目に遭ってるんじゃないかって。ほら、翔子さん、ブログに変なメールが届くって言ってたじゃない。この間、この辺りに住んでるって聞いたから、記憶を頼りに来てみたの」

「え、私、家の場所なんて教えたっけ？」

翔子は戸惑ったように、ぎこちなく笑う。彼女の物忘れぶりが腹立たしく、栄利子はつい責める口調になる。

「言ってたじゃない。商店街のお米屋さんを曲がったところ。あと、ブログの写真に赤いマンションが写ってたから、もしや、と思ったの。ああいう写真から住む場所って分かっちゃうから、あんまり載せない方がいいと思うよ」

しばらくの間、翔子は口を閉ざしていた。やがて、言い訳がましくまくしたてた。

「ごめん、ごめん。父の具合がわるくて、二、三日実家に戻っていたの。携帯を忘れちゃってて。ゆうべ戻ったの。あ、これ、夫」

背後に居る男がようやくぺこりと頭を下げた。

「夫が今日仕事休みだから、二人でオールして海外ドラマをワンシーズン分一気に見てたんだ。TSUTAYAの返却、今朝十時までだから寝ちゃう前に返そうと思ってさ」

そう言って呑気に笑う翔子にほっとする反面、むらむらと怒りも湧いてくる。やはり、危険な目には遭っていなかった。帰って来たばかりとはいえ、メールする時間はいくらでもあったというわけだ。かっとなって、口走ってしまう。

「あ、あの。連絡くらいくれてもいいんじゃないのかな。心配するじゃない。ブログのファンの人達も不安がってるよ。私、夜も眠れなかったくらいなんだから。友達なのに……」

どきりとした。同じことをあの時、自分は口にしている。栄利子は思わず唇に触れた。高校一年生の春、圭子に向かって――。

その時、一番恐れていたことが起きた。あの時の圭子の顔に浮かんだのと同様の困惑が、翔子とご主人の顔にも現れたのだ。まるで、普段口にしている魚が、獰猛《どうもう》な肉食魚と知ってしまった時のように。怯《おび》えるような面白がるようなそんな色合い。彼らと自分との間に確かな境界線が生まれている。どうしよう、取り返さねば。嫌な汗が背中を伝う。異常な女だと思われたに違いない。

「あ、あれ、なんか、私、おかしいかな?」

おどけたつもりだが、声が甲高《かんだか》くなってしまった。目の前の夫婦から、どうしてもぎこちない表情が消えない。


早朝のしくじりのせいで、その日、栄利子は仕事が手につかなかった。

気付けば、普段は受け流すはずの杉下の誘いを受けてしまっていた。夜八時、新丸ビルの中にある英国風パブのカウンターに二人は並んでいた。

プライベートについてはあまり話さない。仕事の進捗《しんちょく》状況を報告し、あくまでもオフィスの延長のような雰囲気を心掛け、距離が近付き過ぎないよう努めた。ナイルパーチの現地買い付けと視察を任されたことを告げる。珍しく、部長から期待を込めて肩を叩かれた。

とうとう最初の壁を突破することが出来た、と胸が熱くなる。ナイルパーチの輸入再開には、ムワンザの工場への冷凍設備の導入が不可欠だった。何千万という資金が必要となるため、なかなか会議で案が通ることはなかったが、栄利子の説得と大手の取引先を複数確保したことにより、ようやく実現への糸口が見えてきたのだ。

三枚下ろしにして、皮を剝き、凍結させてパッキングする——。日本にナイルパーチがあまり輸入されなくなったのは出荷までにかかる手間と、船での輸送に一カ月近くを要するために資金がブロックされるなど、売り手にとってほとんど旨味がないためである。その点、現在、輸出のほとんどを占めるヨーロッパ相手なら、簡単な加工の後、冷蔵して飛行機で地中海を越えれば、すぐに市場に送り込める。

海外から入ってくる魚であれあくまでも国産品と同じように調理し味わいたい日本、未知の魚だとしても口に合えばそのまま個性を受け入れたくましく咀嚼するヨーロッパ。消費者の嗜好《しこう》を知るほどに、まるでナイルパーチの方が自ら受け入れ先を選んだかのように思えてくる――。

「へえ〜。タンザニアへの単独出張がもう決まったんだ。部長じきじきのご指名なんてすごいじゃんか。さすがエース」

大丈夫かな、と栄利子は少しひやりとする。杉下の目の下がかすかに引きつった気がしたのだ。「男の嫉妬は女の嫉妬の何十倍も怖い」と教えてくれたのは、営業部唯一の同性の先輩、十歳年上の四葉佐弥子主任だ。好きでもない男の機嫌を取るのは苦手だった。でも、男に限らず栄利子は出来るだけ他人から嫌われたくないので、にっこりする。

「いや、私なんてまだまだ。人手が足りないから任されただけじゃない？　そんなことよりさ、女の子達が大変みたいだね。派遣の子達、また何人か切られるんでしょ」

「女の子？　やめてくれよ。もうあいつら、そんな年じゃないだろ。正社員以外の心配なんてしてる余裕、ないし」

杉下は露骨に顔をしかめる。派遣社員の高杉真織と陰で付き合っているくせに、随分冷たい言い草だなあ、と栄利子は首を傾げる。

「商社冬の時代なんて言われてるけど、販路はまだ開拓出来ると思うのよね。だって、そもそも私達の仕事って、誰も目をつけていない市場や素材をこの手で探すことにあるんじゃないのかな。私、海外出張ってどんどん行ってみたいんだよね」

少し怖いけれど、栄利子はもっと広い世界を見てみたい。埋もれた市場をこの手で発掘してみたい。出張が決まってからそんな欲求が高まっている。世田谷を抜け出して、親の手を離れ、雄々しく闘ってみたら、どんな景色が見えるのだろう。海外に転勤などという話があったら、もしかして喜んで飛びつくかもしれない。自分に合うのはそういう生き方なのでは、とふいに思う時がある。もしかして、日本特有の緊張感のある空気の読み合いや、微妙な人間関係を上手くやり抜くスキルなど自分には必要ないのではないか。友達などいらないのではないか。こういう話をするだけで、早朝の屈辱とざらつきがまるで夢のように思えてくる。

「志村はほんと、どこ切っても優等生だよな。でも、いいよな。自分の目標だけ見てて。ひたむきで、清々しいよ。他の女みたいにネチネチしてなくて」

まだまだ熱く語りたかったが、杉下が目を細めてそう言ったため、話は打ち切られた格好になった。

「タンザニアの出張、気を付けろよ」

杉下はそう言うなり、栄利子の頭をぽんぽんと叩いた。うっとうしい反面、自分がこわれものになったようで、かすかに心地良くもある。異性に触れられるのは久しぶりだ。

「志村は女の子なんだからさ」

あれ――。先ほどこちらが「女の子」と言った時はとがめたくせに、自分が使うのは平気らしい。思わず苦笑すると、杉下はきょとんとした顔をした。

なにはともあれ、彼とアイリッシュウイスキーのおかげで、数時間後には安らかに眠りにつけそうだった。

6

キッチンで夫が立てるやわらかな水音。誰かに家事を請け負ってもらうということが、これほど心安らぐものだとは。実家での疲労が溶けていくようだ。

翔子はコーヒーを飲みながらパソコンに向かい、大量のブログのコメントを一つ一つ追いかけている。

――三日も更新が止まってるんで心配してました。おひょうさん、大丈夫ですか?

――すっごく心配で、気になって仕事が手につきませんでした。出来たら、お休みする時は、告知を一ついただけると助かります。

たかが無名の主婦のブログが更新されないというだけで、これほど多くの人の心がかき乱されるなんて思ってもみなかった。編集者の花井里子はもっとはっきりとした非難をメールしてきた。

――もう、あなたのブログはあなた一人のものではないのですから、更新されない理由があるのなら、ちゃんと伝えていただかないと困ります。連絡は常に取れるようにしておいて下さい。メールの返信もないので、心配しました。

別にまだ仕事にすると明言したわけではないのに、と一瞬、辟易《へきえき》したのだが、それだけ彼女が真剣ということかもしれない。心配させてしまったことは確かだ。ならば、栄利子の行動も、決して異常ではないのかもしれない。

しかし、先ほどから何度も自分に言い聞かせていても、今朝の衝撃が消えない。見慣れた風景に突然栄利子が立ち塞《ふさ》がった。日常が切り裂かれ、はっとするほどどぎつい色合いが覗いた。彼女は何かに取り憑《つ》かれたようにまくしたてていた。後で確認したら、彼女から届いたメールの数にぎょっとした。いくら返信がないからといって、心配し過ぎではないだろうか。

まだ、たった三回、会っただけなのに。

それでも、彼女を嫌いになりたくない。こんなことでせっかく出来た友達を遠ざけたくない。ようやくこの街になじみ、人並みに女友達を持てるようになったのだ。彼女を放したら、大げさかもしれないが、真人間になるチャンスを永遠に失う気がした。

落ち度があるのはこっちの方。そう考えた方が精神衛生上いいに決まっている。彼女はきっちりした性格なのだろう。確かに知り合いと連絡が途絶えたら、誰だって不安になる。身に覚えがある。父がそうだった。出不精のくせに、ふらりと行き先を告げずに居なくなることがたまにあった。心配して騒いでいると、けろりとした顔で戻ってくる。心を痛めたこちらが莫迦に思えてくるのだ。

洋平のメールによれば、翔子が東京に戻るのと入れ違いに、麗美さんは帰ってきたそうだ。安堵のあまり、長いため息をついたほどだ。しばらくはこれで、家のことを考えずに過ごせる。叫び出したいほどの解放感を覚えると同時に、自分に嫌気が差した。まるで麗美さんは生け贄《いにえ》ではないか。これほど帰ってきて欲しいのに、翔子も父同様、彼女を捜しに行くことはなかった。ただ、じっと戻るのを祈っていただけ。認めたくはないけれど、自分と父はうり二つだと思う。考え方も生き方も。

賢介の声とパクチーの香りで、暗い思考の沼から引き上げられた。

「なに怖い顔してるんだよ～。はい。ベトナム風サッポロ一番、汁なし麺！」

ごとり、とテーブルに置かれたどんぶりを見下ろす。白い麺が大好きなパクチーで彩られていた。突き動かされるように、箸を取る。

「今、店でベトナムフェアやってるからさ。流行《はや》ってるんだ、スタッフの間でこの食べ方」

「賢ちゃん、ほんと、天才だよ」

均一な味わいの麺はするすると胃に入っていく。ライム、ナンプラー、おろしにんにく、胡麻、トムヤムパウダー、コーン、桜エビ、黒胡椒の分量がいずれも丁度良い。酸味と辛みのバランスが体に染み渡るように美味しく感じる。

「あのさ、志村栄利子さんのことだけど」

向かいに座った賢介が、おもむろに口を開いた。

「なあに？」

「ちょっと気を付けた方がいいんじゃないかな」

やっぱり彼も引っかかっているのか、と思いつつ、努めてなんてことのない口調を選ぶ。

「あ、今朝のこと？　あれはただ単に心配して来ちゃったんでしょ。連絡しなかった私がいけないんだし」

「うーん。それでも、普通、家まで来るか？　おかしいよ」

「まあ、それはそうだけどさ。彼女、根っからのお嬢さん優等生だから心配性なんだよ。悪気はないいんだって」

「はあ、翔ちゃんって呑気だよな。よく考えてみてよ。女ってネチネチしてて、怖いじゃん。彼女から見れば、羨ましいだろうし、翔ちゃん」

耳を疑った。そんな発想は一度も抱いたことがなく、翔子は目を丸くして、箸を止める。

「だってさあ、結婚してて、ブログは大人気。彼女からすれば翔ちゃんは勝ち組だよ。コンプレックスを感じてるんじゃないのかな。あの人、まだ独身なんだろ」

賢介は何故か鼻で笑い、肩をすくめる。その仕草にかすかな卑《いや》しさを感じ、急に食欲がなくなった。喉まで言葉が出かかっている。

――コンプレックスを感じてるのは賢ちゃんの方なんじゃないの？

それを口にしたら最後、この穏やかな雰囲気は跡形もなく消し飛ばされると知っているので、必死に堪《こら》える。これまで考えまいとしていたことが、一気に頭を駆け巡った。

おそらく、栄利子の稼ぎは賢介の年収の二倍以上。海外を飛び回り、日本の食卓を変えるような大きな商談をまとめ、誰もが知るメーカーとやりとりする。三流私立大学を出た彼とは頭の出来からして違う。加えてあの完璧な容姿。裕福な実家。どこをどう取っても、新しい女友達は夫に優《まさ》っていた。

まったく何を言うのか、この男。彼女のような人間が羨ましがるものか、こんな貧しいだらしのない暮らし――。幸せなはずなのに、そんな風に自分達をせせら笑ってしまったことに、大いに戸惑った。栄利子に会いさえしなければ、単純に家庭のやすらぎを噛み締める一日になったのにな、と思うと少し腹立たしい。

「ま、まあ。こんなことはもう起きないわよ。麗美さんも帰ってきて一件落着ね」

そう言ってわざとがつがつ麵をかきこみながらも、胸は晴れなかった。

麗美さんが母のようにストレスに押しつぶされ、逃げ出すことが今後ないとも限らない。

ああ、くだらない。もはや誰も寄り付かない名前だけの家を維持すること、形だけの法事、人に見せるためだけに存在するブログの写真。みんなくだらない。そんなことよりも、大切にするべき心の繋がりや血の通ったやりとりがあるはずなのに。

翔子ははっとする。だらしない主婦生活を綴ることで、例えば、かつての母のような女性がプレッシャーから解放されるのであれば、このブログにも意味があるのではないか。誰かの役に立てた時、今までの膨大な時間の無駄遣いは、すべて帳消しになるのではないか。翔子は思わずどんぶりを置くと、パソコンを引き寄せる。経験したことのない種類の高揚が体中を駆け巡っていた。

「もう、食べないの？」

と賢介が不満げな声を上げる。

7

「いらっしゃいませ、ようこそ、にっこりずしへ！」

スタッフ全員が声を揃えての出迎えに、入り口から栄利子はすっかり萎縮《いしゅく》してしまった。店内は混み合っていたが、カウンターの隅で背中を丸めて冷酒を飲んでいる翔子の姿はすぐに見付けられた。ひっきりなしにアナウンスが流れ、新しくコンベアに載るネタの名を告げている。

「待たせて、ごめんね」

バッグをカウンター下に置き、彼女の隣に腰を下ろした。

マンションに押しかけた朝からすでに十日が経過している。あれから何度かメールのやりとりをし、すっかりわだかまりは消えたかに見える。栄利子は自宅まで押しかけたことを、翔子は黙って東京を離れたことを、それぞれが謝っていた。

「いいよ。一人でもう食べてたとこ」

「あ、旦那さんいいの？」

「だからいいんだって。ドラクエやってるから。前にも言ったでしょ」

なんだか翔子は苛々しているようだ。三十分も待たせてしまったせいだろうか。栄利子は今すぐ横になりたいような疲れから、ついむっとしてしまう。こちらは一日働いてくたくたなのに、この思いやりのなさはどうだ。翔子は夫を送り出してから昼過ぎまでたっぷり寝、ドラマの再放送を見て、図書館で雑誌を読んでいただけではないか。帰りの電車の中で、あれ以来また欠かさず更新されているブログを読んだので、彼女の今日一日の行動は把握済みだった。分かり過ぎてしまうことは時として煩わしくもある。しかし、この場で彼女を責めるようなことは言いたくない、という気持ちが勝っていた。あの夜のファミレスでの親密で温かい空気を取り戻したい。こちらが黙ってうつむいているのを見て、翔子はほんのり口調を和らげた。

「ごめん。感じ悪くて。なんか、また変なメールが来てるんだ。栄利子さんが遅れたせいじゃないよ」

「え、大丈夫なの？　また？」

「お前はだいたいここに住んでるんだろう、とか、ここで買い物するんだろう、とか。その人、私のブログに書籍化の話が来てることも知ってるんだよね。本になるからって調子に乗んじゃねえ、とか。あのこと知ってるのって、ごく限られた人達だけなのに。編集者さんと旦那と栄利子さんと……」

翔子は湯飲みを取ると、パウダー状の茶を振り入れ、熱湯のボタンを押し、栄利子にお茶を淹《い》れた。寿司の流れが急に速くなった気がする。こんなに速くて、客はちゃんと皿を取れるのだろうか。声が震えないようにするのがやっとだった。

「なにそれ――。もしかして、私のこと疑ってる？」

「えっ、そんなことあるわけないじゃない。栄利子さん、考え過ぎだよ」

翔子はわざとらしく目を見開き、手をぶんぶんと振った。湯飲みを摑もうとして、あまりの熱さに顔をしかめる。当分の間、口をつけられそうになかった。翔子が大きくため息をついた。

「でも、なんか怖いよねえ。私生活が不特定多数の目にさらされてるのって。ブログって気を付けないとね。続けるのなら」

それきり、二人は黙り込んだ。今さら、被害者面《づら》をしてなにを言っているのか、という思いが強い。三十代にもなって、翔子は自分が向き合っている世界に対して無頓着過ぎはしないだろうか。ろくに仕事もしないのに不平不満ばかりの派遣社員や、少女時代に怠け者の同級生らに抱いたのと同じ種類の腹立たしさがこみ上げる。でも、この雰囲気には耐えられない。ピリピリした空気を和ませようと、壁に張り巡らされたネタの札に目をやる。わざと弾んだ声を上げた。

「あ、スズキがある。こういうところのスズキって、昔はナイルパーチだったんだよ。偽装表示にうるさくなってからはもうそんなこと出来ないけど……」

「ナイルパーチ？　なにそれ」

「私が輸入を担当している魚だよ。今度、原産地のタンザニアに出張するの」

仕事内容を説明するのは、これが初めてだった。自然と口調がなめらかになる。

「淡泊な白身魚だから、いろんな料理に使われるの。ほら、よく、お店で『白身魚』とだけ書いてあって、どんな魚か説明してないことってあるでしょ？　あの多くがかつてアフリカ産のナイルパーチだったの。今はほとんど見ないけど、九八年と九九年にヨーロッパが二回輸入禁止した時に日本に大量に入ったからその頃かな。ちなみにその理由はコレラの発生と殺虫剤事件が起きたせい。あなたも私も絶対にどこかで食べているはずなのに、それがいつどこで、どんな味だったか思い出せないのが、面白いところだよ。自覚していないだけでどこかで出会っている。それがナイルパーチ。翔子さんが好きなえんがわも、かれいやひらめのえんがわじゃなくて、おひょうのえんがわでしょ。ナイルパーチもおひょうも凶暴なところは同じだよね。ナイルパーチは肉食でビクトリア湖の生態系をめちゃくちゃにしてるし、おひょうは仕留めるためにショットガンを使うくらい獰猛だし」

気分良く話していたら、翔子が顔を強張らせたのが分かった。何かおかしなことを言ったのだろうか、と栄利子は首を傾げる。やや顔が青く見えるのは蛍光灯のせいだけだろうか。

「なにそれ」

「え、知らないの？　だって、えんがわが好きで、おひょうなんて言ってるから」

「おひょう、は、高校の頃の男友達がつけた、あだなだよ。ひょうひょうとしてるから、おひょう。おひょうなんて魚がいることも、今の今まで知らなかった」

「そうなんだ……。なんだ、私、てっきり……」

栄利子は戸惑って、ガリをトングで取った。翔子は口をへの字にし、こちらを見ている。空気が一層ぎくしゃくしてくるのを、止められない。

彼女のことを良く思い過ぎていたのではないか、という嫌な感じがよぎった。彼女の書き流す、だらだらした日常に意味を持たせ過ぎていたのではないか——。昔からこういうことがよくあった。例えば、二度目のデート、二度目のキス、二度目のセックス。一度目で舞い上がり、妄想が膨らみ過ぎたあまり、肩すかしをくらったことが数え切れないほどあった。いや、今はそんな悲しいことを思い出すのはよそう。翔子がやっと少し笑った。

「そんなこと別に教えてくれなくてもいいのに。なんか、美味しくなくなっちゃう、せっかくのお寿司が。殺虫剤とかショットガンとか生態系とか肉食とか。何も知らなければ、美味しいと思えるんだから、それでいいじゃない」

「ごめん」

悪くないと思っているのに、謝ってしまったことで、栄利子は余計に自分に腹を立てる。女同士のこうした、緊張感ある言葉のやりとりが何よりも苦手なのだ。自分の実力を試されている気がして、三十歳の今も慣れる事が出来ない。

「別に謝らなくていいよ。でも、知りたくはなかった、かな？」

翔子はにこっと笑って、回ってきたメロンにすっと手を伸ばす。栄利子もそれに続く。まず口をさっぱりさせたかったたし、ここでは一番安心出来る食材に思えたからだ。しかし、あまりのスピードにタイミングを逃がし、皿を摑み損ねてしまう。ここは戦場だ、と思った。目の前をすごい速さで通り過ぎていく、生の魚達。その中に本物はいくつあるというのだろう。

なんだか、自分まで偽物だと言われているようで惨《みじ》めだった。こうやってさも物慣れた風に座っているけれど、翔子の心が離れてしまわないか、と冷や冷やしている。回転寿司のシステムさえ、よく分からない。同性の傍にいると自分は結局、必死で取り繕《つくろ》っているだけの子供でしかないことに気付かされる。

翔子が急に傲慢《ごうまん》に思えてきた。九十八円しか払う気はないくせに本物を当然のように求める。女友達が欲しいと言いながら、立ち入られることは拒否する。

おひょうでもナイルパーチでもいいじゃない――。自分のことを代用魚だとか偽装魚だとか卑下する魚は一匹もいないのに。人間が勝手に役割を決めただけなのに。

「湖に放たれなければ」

「え？　なーに、聞こえない」

「湖に放たれなければ……。ナイルパーチも一生、自分が凶暴だなんて気付かなかったのにね」

栄利子のつぶやきは、厚焼き卵が焼き上がったことを告げるアナウンスにかき消された。

その夜、家族揃っての夜のお茶に、梨といちじくが並んだ。毎日に季節の香りを運んでくれるのは、母が食卓に並べる皿だけだ。

「圭子ちゃんが、また仕事を辞めたらしいわよ。家でごろごろしているんだって。お母さん、嘆いていているらしいわ。二階の山崎さんが言ってたの」

栄利子は梨に立てた歯をぴたりと止める。一年にだいたい三度の頻度で、幼なじみの名前が志村家に登場する。母はあたかも、自分を試す刑事のようだ、と思う。父がテレビに気をとられているふりをしつつ、こちらを観察しているのが分かった。あの頃、圭子と五歳の栄利子の言い分を、本当のところは信じていなかったのだろう。父も母も十の微妙な関係はとても言葉で言い表せるものではなく、彼女の勘違いがすべての原因だと、栄利子は頑《かたく》なに言い張ったのだ。それでも、精一杯何気ない口調を心掛ける。

「ふうん、圭子らしい。あの子、何してもやり通せないじゃない。三カ月もっただけでもよかったと思う。漫画喫茶のアルバイトだったっけ？」

「そうそう。二十五歳よねえ、圭子ちゃんが結婚したの？　すぐ離婚して家に戻ってきて。それ以来、仕事も続かなくて……。どうしちゃったのかしらね」

まるでこちらのせいだと告げんばかりに、母はちらっと視線を送ってくるが、気付かないふりをした。

「時間を無駄にしてるよねえ。圭子って昔から、怠け者っていうかマイペースだもの。頭は悪くないのに、もったいないって思っちゃう。いろんなものを持っている子なのに」

風呂に入り、部屋で一人になるとやっぱりおひょうのブログを読んでしまった。一日のどれくらいをこのサイトに費やしていることだろう。何度かコメントを残そうとして、やめた。ついさっき会ったばかりなのに、もう彼女のことを考えている。一時間以上は一緒に居たのに、ちゃんと向き合った気がしなかった。

電気を消して、デスクライトとパソコンから発される光を頼りに、文字を追う。

回転寿司屋での翔子のぎこちない態度が頭から離れない。かなりの確率で、ストーカーと勘違いされているのだろう。そうでなくても、変な女と思われたことは間違いない。そう認めてしまうと、うまく息が出来なくなってきた。苦しい。横になりたい。気付くと机につっぷしていた。

このままでは、あの時と同じことになってしまう。誤解を解かねばならない。なんとしてでも――。同時に、胸が真っ黒になるような予感が湧いてくる。もしかして、自覚していないだけで、自分はやはり恐ろしい人間なのではないか。知らず知らずのうちに他人を怖がらせる言動をとっているのではないか。翔子をぞっとさせるような目つきをしていなかったと言えるか。でも、悪気なんてこの身体のどこを探してもないのに。彼女と仲良くしたかっただけなのに――。ああ、もう三十歳なのに、友達ひとり上手くつくれないなんて。

気付くと、栄利子は自分の髪に指を絡ませ、ぷつんと抜いていた。十六歳の頃、必死で直した癖だったが、一度やるとなにかが弾けるようにあの心地良さが蘇る。懐かしい思いで、掌《てのひら》の髪の毛を見つめた。頭皮に感じる刺激が好きで、一度抜くとやめられなくなる。毛根が光っているのを見ると、ぞくぞくしてきた。ぷつん、ぷつんと毛を抜き続けると、たちまち机にうっすらとした黒い影のような小山が出来上がった。

「加害者」と決めつけられた少女時代の屈辱と悲しみが、身体の隅々にまでゆっくりと蘇る。

でも、一度すべてを失ってから、今の栄利子の人生は始まったのだ。十五年前、栄利子は一度死んだ。そこから這い上がるために、あらゆる努力をしたのだ。もともとは少しぼんやりした性格だったのに、周囲の人々の言動に気を配り、言葉を選ぶようになり、相手を逆撫でしない謙虚な態度を心掛けるようになった。女子校での煩わしい人間関係を断ち切るため、共学のマンモス大学を目指して、寝る間も惜しんで勉強した。そのまま加速がついて第一志望の一流大学に合格し、父と同じ国内最大手の商社に入社した。あの頃とは違う。もうあの過ちは二度と繰り返すまい。過ちとは、誤解を解かず、噂を放置してしまったことだ。

言葉を尽くそう。知恵を尽くそう。誰もが自分を有能だと評するではないか。そうだ、自分という人間を知ってもらうために、もっとたくさん翔子にメールを送ろう。いや、手紙の方がいいかもしれない。回転寿司屋やファミレス、「ジゼル」で偶然を装って会うのもいいかもしれない。彼女の行きつけの場所はだいたい頭に入っている。それでも会ってもらえなければ、また自宅を訪ねるのみだ。

自分は断じてストーカーなどではない。ストーカーとはもっと孤独で世間に認められない人間がなるものだ。他者への思いやりや想像力に欠ける人間がなるものだ。それを分かってもらうためなら、多少翔子を驚かせることになっても、構わない。

8

天井に何かが揺らめいた気がして、はっと顔を上げる。一瞬、巨大な魚影に思えたそれは、パソコンに屈み込んでは時折かすかに揺れる、自分の上半身のシルエットだった。

夫を送り出し、朝食の片付け（といってもマグカップを洗い、バナナの皮をゴミ箱に放り込むだけだ。体重増加気味の賢介のダイエットのためと言い訳し、少し前の流行りではあるが、朝はバナナを一本出せばいいことにしている）をすると、翔子は窓と直角に配置したソファに向かう。昨日取り込んだままの洗濯物の山を隅に寄せ、ごろりと寝そべった。いつもならお気に入りの柔軟剤のにおいに包まれ、陽差しをお腹の辺りに当てながら、このまま昼過ぎまで二度寝するところだが、今日はスウェットのポケットから携帯電話を取り出した。陽だまりの中、端末画面は沼のように暗いので自然と目を凝らしてしまう。

メールの履歴を辿るうち、胃がぴくぴくと痙攣《けいれん》してくるのを感じる。吐く息がかすかに酸っぱいのは、昨晩、夕食の炭水化物代わりに一袋一気に食べたコンソメ味のポテトチップスのせいではなさそうだ。メッセージ受信一覧には志村栄利子の名がびっしりと並んでいる。回転寿司屋で別れてから四十八時間も経っていないのに、彼女からのメールはかれこれ二十件以上も届いていた。内容はほぼ同じことの繰り返しだ。雪崩《なだれ》のような量と早さに圧倒され、返信を打とうにもタイミングが摑めない。

『ブログに嫌がらせをしているのは私じゃないよ。私は断じてストーカーなんかじゃないよ。でも、勘違いさせたならごめんね』

『誤解があるようだから、会って話そう。いつがいい？　私はいつでもいいよ。翔子さんに合わせる。忙しいのにごめんね』

『回転寿司のシステムがわからなくて戸惑ったせいで、空気を悪くしちゃってごめん』

『遅刻してごめんね、あの日は本当に仕事が忙しくて。だから、ストーカーなんてしてる暇ないよｗｗｗ』

『偽装魚のことで、嫌な思いをさせてごめん。あなたが美味しいと言っているんだから、知らないふりをするべきだった』

あまりにも矢継ぎ早に謝られると、かえってこちらが責められている気がするのは何故だろう。

彼女の真意を測りかねて、翔子は両腕をどさりと投げ出し、目を閉じた。まだ何もしていないのに、体がぐったりと疲弊《ひへい》している。あの日、そこまで機嫌を悪くしたり、彼女に対して邪険な態度をとったりした覚えはない。仕事帰りの彼女を待ち、二人並んでごく普通に寿司をつまみ、店の前で別れたはずだ。どこをどう取れば、こうも騒ぎ立てられるというのだろう。

同じ景色を見ていても、彼女の目に映ったものは違ったのか。翔子はおぼろげな記憶を辿る。回る寿司、酢飯のにおい、カウンターの中の職人の白い手、積み上がったプラスチック皿、けたたましいアナウンス。そこで交わされたたわいもない会話。心のスクリーンに再生した光景に、ほの暗いところは一つもない。どうしたらここまでネガティブな受け止め方が出来るのか。

彼女はしきりに、ストーカーなどではない、と主張するが、そのしつこさと鬼気迫る様子はどう考えてもストーカーそのものだ。だいたい翔子は彼女のことをストーカーだなんてただの一度も決めつけたことはないし、そもそもストーカーという言葉を彼女の前で使った覚えもない。ただ、「ブログに嫌がらせのメールが届く」と話しただけだ。

突然家に押しかけられた時もそう思ったが、志村栄利子という人間はちょっと思い込みが激し過ぎる。相手のコンディションなど少しも気遣うことなく、猪突猛進《ちょとつもうしん》に自分の感情を押し通そうとする。こんなことは考えたくないのだが、栄利子の精神状態はおかしいのではないだろうか。悪い人間ではないのはもちろん分かっている。多忙らしいから、仕事のストレスかもしれない。恋愛がなかなか続かないと言っていたけれど、もしかしてまだ失恋のショックを引きずっているのかもしれない。あれほどの美人に男の影がないのも、そもそも不思議な話ではないか。

——友達になれると思ったのに……。

初対面での好印象や、ファミレスで落ち合った夜の温かい雰囲気を思い出し、翔子はいつになく沈んだ気持ちになった。眩しいのと同時に、好きだ、と素直に思える希有《けう》な相手だった。しかし、こんな一面に気付いてしまった以上は、二度と元の関係には戻れないだろう。一緒に自転車に乗った時の彼女の髪の香りや細い腕がこちらの腰をひとまわりするくすぐったい感覚が昔のことのように思い出され、鼻の奥がかすかにつんとする。

賢介の言う通りだった。ブログの読者を名乗る見ず知らずの人間と親しくなるのは、

るげっぷが出た。確かに軽率な行為だった。慣れない反省でいっそう胃が重くなり、古い油のにおいがす

のろのろと体を起こし、窓から向かいのマンションを見つめる。段階を踏んで、栄利子との距離を少しずつ広げていくのが一番いい方法だろう。着信拒否などしたら、この勢いでまた押しかけてきかねない。家の場所もバレているし、完全に関係を絶つのは容易ではないだろうが、こうなったら焦らずゆっくり進めるしかない。栄利子が忙しいことだけが救いだ。一度疎遠になることに成功しさえすれば、日々の業務に押し流されて翔子のことなど忘れてしまうだろう。しかし、そのすべてが目眩がするほど面倒で、翔子は再び携帯電話に視線を落とした。

ぱん、ぱんと誰かが布団を叩く高らかな音が秋空に響いている。隣の部屋の奥さんだろうか。寝室の布団をもうずっと干していないことを思い出したが、どうしても身体が動かない。自分と賢介のにおいが染みついたかすかに湿った冷たい布団は身体に載せるとずっしりと重く、それだけで眠気を誘う。あれはあれで悪くない。

怯える必要はない、と翔子は無理に落ち着こうとする。最悪の場合、栄利子の勤める会社に苦情を訴えればいい。いやいや、それでは彼女が可哀想だから、「ジゼル」のオーナーに相談し、彼女の親を通して注意してもらうのが一番スマートかもしれない。しかし、それは本当に最終手段だ。出来るだけ大事《おおごと》にしたくない、という計算が働いている。何故なら、第三者が介入して証拠が必要になれば、翔子にも落ち度があることが判

明してしまうのだ。

　バレたらどうなるのだろう。ブログに嫌がらせのメールが届いたことなどこれまで一度もないなんて――。

　あれは、翔子にしてみれば悪気のない、ちょっとした作り話だったのだ。そう言っておけば賢介も含めて皆、翔子を労ってくれるし、気に掛けてくれる。子供の居ない主婦が一日中自宅付近で気ままに過ごしているだけでは、誰も心配してくれないのだ。さらにああ言っておけば、ブログがいかに人気でネット界隈で注目されているか、さりげなく示す事が出来る。こういう類《たぐ》いの嘘は、バレることもないし、誰かを傷つけることもない。一体誰が自分を責められるというのだろう。

　アンチと呼ばれる存在が居ないのは翔子のブログの長所だが、同時にそれは誰からも羨ましがられていないことの表れでもある。自分が一番よく分かっていることだ。誰もが翔子のだらけた日々やジャンクフードに彩られた暮らしを面白がり、笑ってくれるけれど、決して翔子のようになりたい、とは思わないのだ。自分よりレベルの低い暮らしを見て、安心する部分も大きいのだろう。実際にネット上で手ひどく叩かれたり絡まれたら傷つくに違いないけれど、やっかみや反発の声がまったくないというのも、それはそれで寂しい。

　あの夜、待ち合わせの時間に遅れ、走り込んできた栄利子は疲れた顔をしていたが、充実した暮らしを送る人間特有の、きらめきを纏《まと》っていた。乱れた髪ややや荒い息遣い、はげた口紅がかえって女らしかった。外見だけではなく内面も、翔子よりずっとずっと優れていることを突きつけられた気がした。カウンターに座る男達がじっと彼女を見つめていた。九十八円均一の寿司屋など初めてらしく、しきりに周囲を見回し、乙女のように不安そうに振る舞うその様子にほんの少しだけ胸がざらついた。栄利子に引き換え、自分はなんと怠惰で安っぽい人生で満足しているのだろうと考えたら、どうしても何かを見せつけたくなったのだ。人から妬まれるような立場に居ることを、どうしても目の前の女に知ってもらいたかった。ブログで嫌がらせされていると言うなり、栄利子はたちまち表情を曇らせて心配そうにこちらを見つめた。

嘘が本当になってしまったのは、これが初めてかもしれない。

小さい頃からそうだった。高校生の頃、好きだった同級生に「この問題がどうしても分からない」とわざと簡単な数式を見せ、一緒にテスト勉強をして付き合うことになった。社会人になってからは「誰かに尾行されている気がする」と夜遅くに意中の相手に電話をし、自分のアパートに引き入れることに成功した。罪悪感など覚えない。美しいわけでも、目立った長所があるわけでもない自分が、人の心に入っていくにはちょっとしたフックが必要なのだ。誰だって多かれ少なかれやっていることだと思う。

中指の骨に響くほど、携帯電話が激しく震え出した。花井里子からだった。なんだかほっとして電話を耳に強く押し当てる。

「おはようございます。今お話ししてよろしいでしょうか？　『メラニー』主催の新商品の試食会があるんですが、参加されませんか？　来週の月曜日、当社の会議室で行います。これから売り出す鍋用のスープなんですが……」

『メラニー』は里子の勤める秀茗社で発行している若い主婦向けの雑誌だ。何人もの人気主婦ブロガーらが連載を持っていて、カラーページの着回し特集や座談会などでは読者モデルばりの活躍をしている。いずれも素人とは思えないほどのルックスと華やかさで、翔子はあの中でやっていく自信がない。

「ええと、お話はありがたいのですが、顔を出すのってちょっと抵抗があるんですよね」

「そうですか。じゃあ、あくまでモニターとして参加してみませんか？　商品に関する意見をいただければ、こちらは助かります。ブロガーのお友達が出来れば意識も変わると思いますよ。サンプルもたくさんお持ち帰りいただけますし、商品を使ってプロが実際に料理を作る、ちょっとした講習会もあります。とてもお得で勉強になると皆さんに好評なんです」

里子が思いの外《ほか》あっさりと引き下がったので、翔子は拍子抜けしてしまう。書籍化の話も決めかねているというのに、どうしてこんなに物分かりがいいのだろう。

「え、それでもいいんですか？　モニターに行くだけで？」

「もちろんですよ。顔出しに抵抗があるのは私にも分かります。怖い時代ですから。こちらとしても丸尾さんは大切にしていきたい書き手なので、無理強いするような真似はしません。本を出すことを決意なさったら、全力でサポートするつもりですので」

出会った時からやや強引に話を進めてしまう里子が苦手だったので、真摯《しんし》な言葉にふっと心がほどけた。そう、こんな時こその担当編集者ではないだろうか。翔子は思い切って打ち明けてみることにする。

「それがですね……。実はちょっと相談に乗っていただきたいことがあるんです。花井さんとお会いした店で、あのあとすぐに、ブログの読者だと名乗る、近所に住む女性と知り合ったんですが。どうも様子が変なんです。身元がきちんとした人だから安心していたんですけど、メール攻撃が止まらないし、自宅まで押しかけられたこともあって」

ややあって、里子は真面目な口調で切り出した。

「そうですか……。気を付けた方がいいですね。何かあったら私が間に入った方がいいかもしれません。主婦ブロガーさんを何人も担当してつくづく思ったんですけど、同性の嫉妬ややっかみは本当に怖いですから……」

花井里子がいかにもやれやれといった様子で息を吐く。「同性は怖い」と口にする時、女は必ず自分だけは例外だとでも言いたげに、大げさなため息を交えるものだ。自分もきっとそうなんだろう、と気付いた瞬間、翔子はつぶやいていた。

「嫉妬なんでしょうか……」

「はい？」

里子の背後では編集部らしきざわめきがさざ波のように寄せたり引いたりしている。

まるで冬の海のような灰色の濃淡のイメージが胸に浮かぶ。

「だって、彼女は何もかも持っているんです。綺麗だし、いい大学を出ていて、お金持ちで一流企業に勤めていて仲良しの両親のもと東京に生まれ育って。私を羨ましいはずがないんですよ……」

「でも、そういう完璧な印象の人に限って、なにかしら問題を抱えているものなんですよ。だって、その方、おそらく独身なんですよね？」

マスコミの第一線で働いているはずの彼女が賢介と同じことを言うので、翔子は驚いた。

「ええと……。でも……」

「あ、私ですか？　結婚して、娘が二人います」

わざとのようにさばさばと言うと、新商品試食会の詳細はメールで、と結んで、里子は電話を切った。いつの間にか出席が決定していることに、翔子はしばらくして気付いた。

気を取り直そうとソファの上の洗濯物を畳み始めて、すぐに手を止めた。タオルを四つに折っただけで、たちまち嫌気が差してしまったのだ。いちいち畳んで棚に仕舞わずとも、この山から必要なものをひょいと抜き取り、突き崩していけば何の問題もないではないか。帰省後、ますます怠惰になっていることは自覚している。あの二日間の大掃除で、身体の中のきめ細やかな部分を使い果たしてしまったのかもしれない。

里子の主張通り、栄利子が自分に嫉妬しているのであれば、まだ問題は簡単なのではないか。翔子は薄々気付き始めている。栄利子の極端な行動の根っこにあるものは切実な心の叫びだ。彼女は本気で翔子に自分を分かってもらいたいのではないだろうか、純粋に翔子が好きで、だからその動向が気になって仕方がないのではないだろうか。心の底から親しくなりたいのではないだろうか。そう考えると、かえって胸が冷たくなるようだ。そうまでして必死に他者を求めずにはいられない、栄利子の底知れない孤独や鬱《うっ》屈《くつ》に引き込まれる気がする。あんなに恵まれているのに満たされないなんて、よほどの苦悩を抱えているのに違いない。改めて、自分は栄利子のステイタスや上辺《うわべ》だけに惹かれていたのだと分かる。彼女と一緒に過ごせば、光のあたる場所に連れて行ってもらえる気がしたのだ。取り澄ました東京になじめる気がした。彼女の所属する明るく知的な世界を分けて欲しかった。楽しい時間の延長線上に魂のぶつかり合いや悲しみの分かち合いがあることくらいは理解しているつもりだが、それはずっと先のことだと思っていたし、今は望んでいなかった。

でも一体、誰が自分を責められるのか。知り合ったばかりの女の闇とどこの誰が向き合えるというのだろう。彼女だって、翔子がブログで見せる上澄みの部分に惹かれたのに違いないのだ。栄利子が好きなのはひょうひょうとしたユーモアのある人気主婦ブロガーの「おひょう」で、実家の父の影に常に怯え、母への罪悪感に今も苦しむ翔子ではない。

栄利子へ思いやりに溢れた優しいメールを送るのは簡単だ。しかし、一度でもそうすれば、一生彼女から離れられない。一生「いい女友達」を演じ続けなければならない。男女と違って、明確な終わりを設定しにくいのが同性との関係なのだ。栄利子の暗闇に向き合ったら最後、彼女の気が済むまで相手をせねばならない。

——面倒くさい。

心に浮かんだ一言は、まさに父の口癖だった。時間がたっぷりある自分が人に関わるのが面倒で、多忙な栄利子がこうも自分を追いかけているなんて皮肉な気がする。洗濯物の山から毛玉の目立つフリースを手に取ると、そのまま身に着けて、外に出ることに決めた。わたあめに似た柔軟剤のにおいがふわっと立ち上り、翔子はそれだけで自分がまっとうな人間であるように思え、己をたやすく許してしまうのだった。

9

夜九時のファミリーレストランは客の数もまばらだった。

栄利子はソファ席に腰を落ち着けると韃靼《だったん》蕎麦茶を注文し、肩にかけていたカシミアのショールを膝に広げた。

こんなところで何をやっているのだろう、とゆるやかに我に返る。自分の家はすぐそこなのに、どうして帰らないのだろう。両親にただいま、と笑顔を向け、温かな食卓を囲み、明日の支度を整えるのが本来やるべきことだ。ここに翔子がやって来る保証など一つもないのに、貴重な時間を割いて先回りしている自分は、やっぱりどこかおかしいのだろうか。

仕事を切り上げると一目散に電車に飛び乗って、優先席に腰を下ろし、携帯電話で更新されたばかりの『おひょうのダメ奥さん日記』を読んだ。駅に着くなり、改札を飛び出し、この店を目指して走った。出張を目前にして資料の読み込みや下調べなどやることは山積みなのに、早朝出勤でいくらでも取り返せるだろう、とつい後回しにしてしまう。我ながら、悪い癖が付き始めていることは分かっている。ただでさえ最近、翔子のブログにかまけているせいで、出社時間はどんどん早まっていた。

『魔王が飲み会で遅くなることが決定。一人分作るのもかったるいし、どうしようかなー。ただいま図書館の自習室で、ぼんやり思案中。ここは充電使いたい放題なんで、大学生と日々壮絶な取り合いです。コンセントくらい未来ある若者にゆずれって？　はいはい……』

統計をとったわけではないが、翔子は夫が遅い晩は大抵、この店のドリアか駅前のコーヒーチェーン店のサンドイッチセットで済ませている。二日前にもそのコーヒーチェーンに行っていて『さすがにここのスープとバジルチキンサンドも飽きたなあ』とぼやいているから、今日はここに来る可能性が高い。

翔子と待ち合わせた時は、入ったことがなかったのが悔やまれるほど、風通しがよく明るい場所に思えたここの店も、一人で訪れると停滞し荒《すさ》んだ印象を受けた。自分とよく似た、三十代くらいの仕事帰りらしき男女が、携帯電話をいじったり、ぼんやりとグラスワインを傾けている。それぞれくつろいでいるように見えてその実、帰宅を少しでも引き延ばし、楽しいことが起きるのを待ちわびているような、どことなく物欲しげな空気を身に纏っている。よく見ると、床やテーブルの汚れが目につく。壁にだらりともたれている中年の男性店員はうつろな視線を窓の闇に向けていた。高架下のこの店は、電車が通過する間を除けば、都心であるのを忘れるような静けさに包まれている。

いよいよ心許《こころもと》なくなってきたので、今朝の高杉真織とのささやかなやりとりを思い出すことにする。そんな小さな出来事にでも縋《すが》らなければとても背筋を伸ばしていられないほど、心は細かく波立ち、意識は常に入り口に向けられていた。

ちょっとやり過ぎかな、とも思ったが、今朝は始発に乗り、朝五時半には会社に着いていた。いつものように机の上の書類を整理し、「おひょう」がブログで紹介していた菓子パンをかじっていたら、派遣社員の真織が私服姿のまま、ひょいと姿を現したので驚いた。

——わっ、こんなに早くに出社してるんですか？　出来る人ってやっぱり違うんですね。

仕事ではない、とは言えず、栄利子は曖昧に微笑む。翔子に会社からメールを打とうと思い立ち、早起きしたのだ。日本を代表する総合商社のアドレスから届いたメールなら、翔子だって多少は真面目に受け止めてくれるかもしれない。どんな手を使ってもいいから、この不毛な一方通行の関係を一刻も早く終わりにしたかった。自分が惨めで仕方がなくなる。真織は訊《たず》ねてもいないのに、ピンク色のカバーがついた携帯電話を大切そうに取り出して、堰《せき》を切ったかのごとく話し出した。

——携帯を更衣室に忘れたことにゆうべ、友達とご飯している時に気付いたんです。会社に取りに戻るほどのことじゃないって分かってはいたんですけど……。でも、なんだか気になって眠れなくなっちゃって。こうしている間に、もし彼から連絡来ていたらどうしようかなって。ついつい早起きして来ちゃいました。

——彼ってもしかして、杉下くんのこと？

うっかりそう言ったら、真織はたちまち頰を染めた。

——気付いちゃいました？　ああ、そのこと、絶対に誰にも言わないで下さいね。

——もちろん。商社マンなんて、評判ばっかり気にする生き物だもの。自分の父もそうだったから分かるの。せっかくお付き合いが上手くいってても、噂が広まって別れたケースはたくさんある。私、誰にも言わない。

——志村さんって、やっぱり頼りになるんですね。すっごく経験豊富なお姉さんって感じ。友達もたくさんいそう！　なんでも出来るからなかなか話しかけられなかったんですけど、すごく優しいんですね。今度、色々相談に乗って下さい。

まだ二十三歳の真織は白くぽっちゃりした手を組み合わせ、無邪気な眼差しをこちらに向けた。あんな風に同性から好意を示されたのは久しぶりなので、とても嬉しかった。ああ、早く真織のために色々力になってあげたい。年下の人間から必要とされ、頼られる自分が、翔子にこうも邪険に避けられているのはやはり間違いなのだ。間違いは正さねば。

ドアが開く音がし、顔を上げる。栄利子は歓喜と興奮を抑えられず、つい席を立ち、大声を上げてしまった。

「やっぱり、会えた‼」

入り口の前に立ちすくんでいる翔子に向かって、夢中で手を振る。その顔に浮かんだ迷惑そうな色には気付くまいとした。翔子は浮かない顔つきでのろのろとやって来た。向かいに腰を下ろすと、無言でこちらを見ている。彼女がいつまで経っても口を開こうとしないので、栄利子は急いで説明する。

「ここで待ってれば会えると思ってたの」

翔子が軽く肩を上げ、唇を引きつらせている。栄利子はなんとか和やかな空気にしようと、明るく笑う。

「来週からは出張なんで、それまでにどうしても会いたかったの。あの、全部誤解だって、伝えたくて」

韃靼蕎麦茶を運んできた店員に翔子はコーヒーを注文し、ようやく小さな声を発した。

「……どうして、私がここに来るって分かったの」

「だって、ほら。四時に更新したブログに、今夜はご主人が飲み会ってあったじゃない。あなた、ご主人が遅い夜は、だいたいファミレスでドリアとワインでしょ？　8月20日も9月14日も26日もそう。だから、今日も待ってればきっとここに来ると思ったの」

「あのさ、栄利子さん」

ためらいがちに、翔子は上目遣いを向けた。

「ちょっと異常だって思わない？　自分でも」

栄利子は翔子を見返す。彼女がそう勘違いするのも無理はないのかもしれないが、自分は間違っていない。それを分かってもらうのだ。

「異常？　私が？　違うわよ。だから、その誤解を解こうとして、メールを送ったり、こうして待っているんじゃないの。翔子さんが話を聞こうとしてくれないから、いけないんじゃないの」

「それ……、ストーカーみたいだよ」

やっぱり、悪い予感が当たってしまった。上手く息が出来なくなりそうだ。この自分が犯罪者呼ばわりされる日が来るなんて——。胸に手を当て、興奮しないように必死で呼吸を整えた。口角を上げ目を細める。

「違うって。私はただ、あなたとちゃんと話したいだけだってば」

「でも、こんな風に待ち伏せされたり、家に来られたりするの、なんか怖いよ」

「だから、それはあなたが私を無視するからよ。私はただ、あなたが……」

声がつい大きくなってしまい、慌てて口を結ぶ。これでは本当に、いつか見た安っぽいサスペンスドラマに出て来たストーカーの言い訳ではないか。翔子が決めつけてかかるせいで、気を抜くと彼女の設定した役柄に押し込められてしまうのだ。栄利子はなんだか腹立たしくなってくる。

「ねえ、栄利子さん、もしかして、悩みとかある？」

「え、悩み？」

「ほら、恋人と別れてからしばらく経っているみたいだし、もしかして寂しいのかなって……」

栄利子は啞然《あぜん》として、翔子を見つめる。翔子はなんと、栄利子が男が居ないと片時も過ごせない、その辺にごろごろしている依存的な女だと思っているのだ。

「悩みなんてないよ。元彼のことなんて思い出しもしない。別に今、恋人なんて要らないし。結婚だってすぐにしたいってわけじゃないし」

「本当にそうなの？　でも、私には、栄利子さんが全然幸せそうに見えないな……。ひとりぼっちで寂しいんじゃないの？」

あきれてものが言えない、とはこのことだ。クールで客観的な視点を持った「おひょう」の言葉とは思えない。一体、何十年前の価値観なのだろう。これだから、ろくに働いたことのない女は……。苦々しさが喉元までせり上がる。

「なにそれ……。結婚しているのがそんなに偉いの？」

彼女はたちまち赤い顔になって、せわしなくコーヒーをかき混ぜた。

「ごめん。ああ、なんて言ったらいいのかな……。言葉が足りなかったわ。栄利子さん、何でも出来るし、私から見たら羨ましいくらいなのに、やることがおかしいんだもの。コソコソ私のブログをチェックして、行動を先回りして、こんな風に待ち伏せして……」

「コソコソ？」

「見てるじゃない。コソコソコソコソコソ……。ブログに張り付いて、私のプライベートを盗み見てるじゃない」

たった今受けたショックも忘れ、栄利子はぷっと噴き出してしまう。翔子は不気味なものでも見るように上半身を軽く引いた。

なにを言ってるんだろう、この女。いくらなんでも頭が悪すぎる——。

全世界に向けて自らブログを発信しているくせに、陰でコソコソもないだろう。いつ誰に読まれても文句は言えない場所に文章を書いているのに、どうしてこうも危機感が希薄なのだろう。少しでも否定的なことを言われると即、被害者面をする。そして傷つかない場所に逃げ込もうとする。女同士のいざこざは苦手と言いながら、自分の身体からむんとにおうような甘ったるさと嫌らしさに少しも気付かないのか。

もう取り繕ったところでどうにもならないのかもしれない。ならば、と栄利子は心を決める。翔子をそのぬくぬくと居心地の良い場所から、引っ張り出してやろうと思った。

二人は対等であらねばならない。栄利子がこの数日、ろくに眠れない夜を過ごしているのだから、翔子の心も同じくらいかき乱してやってもいいはずだ。友達なのだから、時には耳に痛いことも言わねばならない。彼女のためだ。このままでは恥をかくのは翔子自身なのだから。

「何がおかしいの？」

「いや、翔子さんっていっつも、自分がヒロインで、自分が被害者で、子供みたいで面白いなあと思って」

口にしたら、本当におかしさがこみ上げて、くすくすと笑いが漏れた。翔子からすっと表情が消え、青ざめていく。ここ数週間、何を考えているのかさっぱり分からなかった彼女の心の動きが手にとるように理解出来て、栄利子は職場に居るかのような落ち着きを取り戻した。そうだ。たかが人の感情ではないか。アフリカの経済を先読みし、日本人の食生活をリードし、億単位の金を動かしている自分にたかが主婦一人の感情が把握出来ないなんておかしい。

翔子のことなら、栄利子は誰よりもよく知っている。ブログは暗記するほど読み込んでいる。嗜好、行動パターン、癖。そして、気付き始めている。ひょうひょうとした文章に押し込められた、弱さとずるさを。上手く隠し通せると思っているのは、あなただけなんだよ、翔子さん。彼女の声が震えている。

「なに笑ってるの。今度おかしなことしたら、会社や親に連絡するからね。あなたださって困るでしょ？　ね、頼むからもう、こんなことやめて。メール攻撃とか待ち伏せとか」

むっとして、栄利子は翔子を睨み返した。二人の間に起きた問題をどうしてそう拡大し、大げさに吹聴する必要があるのだろう。なに、翔子がいくら騒いだところで、社会的な信用度は自分の方が高い。彼女の言うことは恐るるに足りない。栄利子は息を大きく吸うと、顎を軽く上げた。

「私、翔子さんのためを思って言うんだからね？」

「なによ……」

「おかしいのは私じゃなくてあなただよ。あなたの態度は問題あるよ。女に嫌われやすいって言ってたけど、当然だよね。都合が悪くなると、すぐ逃げて、話を聞こうともせずに全部、相手のせいにする。全部、女のせいにする。『女』って生き物のせいにする。でも、よーく考えてみてよ。これまでの人生を思い出してみて。こじれた女同士の人間関係。あなたにまったく非がなかったって言えるの？」

翔子の目がどこも見ていないことに気付き、栄利子は怒鳴りたいほどかっとした。咄嗟に身を乗り出すと、彼女の目の前でぱちんと手を打ち合わせ、強制的に注意を呼び戻してやった。荒々しい栄利子の動作に驚いたのか、店員が足を止めてこちらを見ている。

「ほら、その顔、考えるのを放棄しようとする！　考えなさいよ。自分の頭で！　なんのために頭がついてると思ってるの。自分から目を逸らすのはやめなさいよ‼」

もはやファミレス中の視線がこの席に向けられているが、ちっとも恥ずかしくなどない。こうでもしなければ、翔子に自分の気持ちは届かないのだ。むしろ、心を剝き出してぶつかって行くことに、充実すら感じている。目に入る景色が鮮やかで、全身に血が全身に血が駆け巡っているのが分かる。生きている手応えのようなものに、体の芯が震え出す。茫《ぼう》然《ぜん》とした表情の彼女を見据えて、一気にまくしたてる。

「上手くいかないと、周囲が悪い、嫉妬されているからって思い込もうとする。でも、誰もあなたのことなんてそこまで気にしていないし、まして羨ましいなんて思ってないよ。男友達の方が楽だったって言うけど、ねえ、本当に友達だったの？　寝た相手は友達とは言えないよ？　男女問わず、あなたに友達なんて今まで一人でもいた？　職場の人間関係が悪くなったのだって、女の人が陰湿で嫉妬深いっていう一般論にすり替えているけれど、あなたが無神経な上に怠け者で自分に甘いから、知らないうちに周りを苛々させていたんじゃないの？　一番ねちっこくてナヨナヨしてるのはあなた自身なんじゃないの？　遅刻したこと、あったでしょ？　大事な伝言を忘れたことも、あったんでしょ？　いっつも誰かのせいにして都合が悪くなると逃げ回るから、周囲に疎《うと》まれるんじゃないの？」

コーヒーカップに添えられた翔子の指が細かく揺れているのに気付き、いったん言葉を切った。少し言い過ぎたかと反省し、口調を和らげる。

「だから、翔子さん、所詮ブログ止まりなのよ」

「ブログ止まり……？」

翔子の顔が歪《ゆが》む。ありったけの思いやりと友情を込めて、言葉を選びながら、偽りのない気持ちを彼女に訴える。

「翔子さん、本当はすごい人なんだよ。もっともっと上に行ける人。家でだらだらしているような人じゃないの。あんな普通の旦那さんで満足していいレベルの人じゃないの。でも、ネットでちょっとちやほやされることに満足してる。本当はちゃんと仕事で評価されて、リアルの世界で成功する人なのに、見ててもったいないな、って思っちゃう。マイペースを装った臆病者っていう風に見える」

「……ひどい」

彼女の声が震えている。目が吊り上がり、充血していた。

「なんの権利があって、そこまで攻撃するの」

「友達だからだよ」

翔子の剣幕にびっくりした。多少手厳しいことを言っても、ブログの調子でへらへらと受け流すとばかり思っていたので、強い反応を見せられたのは意外だった。

「友達だから、他の人が言えないようなことを言ってあげてるんじゃないの。あなたが成長出来るように、あえて言い辛いことを言ってあげてるんじゃないの」

翔子が白々とした顔つきになった。長い時間が流れ、栄利子は居心地が悪くなってくる。なんでもいいから、しゃべってくれないか、としびれを切らしかけた瞬間、翔子は聞き取れないような低い声でこう言った。

「友達って何？　私とあなたはこれまでたった五回会っただけだよ。遠慮なくなんでも言い合って許し合えるほど、親しくないじゃない」

翔子の目から涙が一筋流れ落ち、栄利子は息を呑む。

「もう連絡しないで」

そう言って翔子は立ち上がると、来た時と同じように頼りない足取りで店を出て行った。窓の外に目をやると、暗闇に吸い込まれていくその背中はまるで子供のように弱々しく、危うい存在に見えた。追いかけようかと思ったが、やめた。彼女の座っていた席に手つかずのコーヒーが残されている。

彼女はああ言ったけれど、いつか分かり合えるはずだ、と栄利子は自分に言い聞かせる。翔子の方がはるかに酷い仕打ちをしたのだから、可哀想だけれど当然の報いなのだ。これはよくある口論に過ぎない。すぐに元通りになる。ほとぼりが冷めた頃、また翔子に連絡してみよう、と栄利子は心にメモをとる。ようやくティーポットを引き寄せる。韃靼蕎麦茶はもはやどろりと濁った色で、茶こしの中のあられが水死体のごとく膨れあがっていた。

10

「ジゼル」なんて嫌だったけれど、花井里子を呼び出せそうな洒落たカフェはここしか知らない。あの女の家族が関係する店だ。もう、この街ごと嫌になりつつあった。あの女が生まれ育った街。こうしている今も、あの女の掌で暮らしている気がする。なにもかも捨てて、どこかに逃げてしまいたい——。

「花井さん、すみません。急に呼び出して……。でも、本当に怖くて」

花井里子はiPadに視線を落とし、翔子のブログを丹念に読み返している。ブログのコメント欄にいくつかの否定的な意見が書き込まれていたのだ。こんなことは今まで一度もない。絶対に栄利子の仕業《しわざ》だ。すぐに里子に電話をかけたら、会って話そうということになった。翔子は涙を堪え、色褪せたデニムの膝頭を見つめる。

「もう、嫌だ。私、ブログをやめたいです……」

「表現者に批判はつきものですよ。受け流すことも覚えなきゃ」

里子はどこか笑いを含んだ声で、まあまあ、といった調子で答えてiPadから目を上げる。この女は何も分かっていない、と翔子は奥歯を噛み締める。絶対に傷つくことのない場所から、言いたいことを言って金も貰えるこの女の立場を考えると、苛立ちがこみ上げてくる。それどころか、どこかこちらの動揺を楽しんでいる節さえある。

自分は今、消費されようとしている。そうだ、この女は最初に会った時から、翔子を消費しようとしていた。自分のコマとして上手く使えるか、金を吐き出すシステムが翔子の内部にあるのかないのか、常に値踏みし、めまぐるしく計算していた。それはすべて瞳に現れていた。そこに一緒に仕事をしようとか、翔子を育てようとかいった姿勢は皆無だった。だから、この女と過ごした後は、あんなにも疲労を覚えるのだろう。

消費されないための、防御や戦術のようなものを、翔子はまだ何も知らない。少なくとも、編集者という人種が教えてくれないのは確かだ。

これが表現活動だったらずっと話は簡単だ。意見は作品にぶつけられたものとして、自分と切り離して考えることも可能だろう。でも、翔子がやっていることは創作ではないのだ。自分の生活を不特定多数にさらし、切り売りするというのがブロガーの本質なのかもしれない。栄利子に責められ、それに気が付いた。批判はそのまま自分の人生の全否定にも繋がる。だから決して、敵を受け流すことは許されないのだ。反対意見はすべてさらう必要がある。文句のつけようがないブログでもって、彼らを跪《ひざまず》かせなければ負けを認めることになる。

花井里子の携帯電話が鳴り、彼女は断りを入れて、店の外に出た。高そうなジャケットの後ろ姿を窓から睨むうちに、翔子の胃はきりきりと痛み始める。

もう四日が過ぎるのに、あの日の栄利子の辛辣《しんらつ》な言葉の数々は棘《とげ》になって、心に刺さったままだ。あんな風に他人から容赦なく攻撃されたことなどない。ぶつかり合いをずっと避け続けてきた人生だった。腹立たしい一方で、本当は彼女の言う通りなのではないか、と思わされる部分があり、何をしていても恥ずかしく惨めだった。こんな話は賢介には出来ない。夫はようやく見付けた港で、腰を落ち着けられる大切な居場所だ。賢介に自分の恥部をさらすのは、唯一の拠《よ》り所《どころ》である我が家を汚してしまうような気がした。

——せめて、洗濯くらいはちゃんとしてよ。ずっとうちに居るんだから。明日穿いてくパンツも靴下もないなんて、ちょっとひどいよ。

昨夜、帰宅した夫はソファに山積みの洗濯物をあさって、非難するようにそう言った。洗濯かごは汚れ物が溢れそうで、ここ数日最低限の家事さえさぼっていたことを思い出す。

——そんな怖い声出さないで。暇がなかったんだってば。結婚の時に約束したじゃない。こういうことで喧嘩するのよそうって。たかがパンツや靴下じゃない……。

——でも、翔ちゃんはずっと家に居るわけじゃないか。家事をちゃんとやれなんて言ってない。ご飯だっていつも手作りしなくていい。でも、生活する上でせめてこれだけは、ってことくらいはやってくれたっていいじゃないか。

賢介の主張におかしいところはどこにもない。パンツや靴下を大問題に発展させているのは、夫ではなく、むしろ自分の方なのだと分かっている。ゆえに腹が立った。自分が今、神経をすり減らし、時間と体力を注いでいるのが、たかがブログだということを突きつけられている気がする。夫の健康管理や自分の将来の夢のためでもなく、金銭も発生しなければ誰に求められているのかもよく分からない文章書きが、自分の生活のすべてなのか。

こんな時間にベランダの洗濯機は回せないからと、賢介はコンビニで靴下と下着を購入するためだけに、夜更けに外出した。

「翔子さん、元気ないですね。どうかしたんですか？」

顔を上げると、アルバイトの橋本くんが笑っていた。白い歯と引き締まった首筋が眩しかった。

「すごいですよねえ。編集者さんと打ち合わせなんて。もうプロみたいだなあ」

「まさか……。まだ本出すと決まったわけじゃないもん」

「あのう、翔子さん、今度、映画でもどうですか？」

「えー？」

こちらが首を傾げると、橋本くんはやけに早口になる。

「変な意味じゃなくて、翔子さん人妻だし。ただ単に友達として遊びたいだけ。翔子さんって面白くて、なんだか気が楽になるんですよね」

男と女に本物の友情なんてあるわけないだろう、と翔子はひっそり笑う。でも、何も考えていないような若い男に興味を持たれるだけの魅力が自分に残っていると知るのは悪くない。少し胸が晴れていく気がした。里子が戻ってきたので、二人は共犯者の目つきでさっと離れる。栄利子の言葉の一つが思い出されたが、今は考えまいとした。

11

「自分の不勉強さが嫌になるな」

栄利子はマティーニを傾け、隣のスツールに座る杉下相手に大げさな口調で愚痴った。とにかく、一人になりたくない一心で、同期の彼に声を掛け、丸ビルに入っているこのバーに連れて来たのだ。

「タンザニアの現状をろくに知ろうとしなかった。出張を前にして、今さら思い知った」

日本のおよそ二・五倍の国土を持つタンザニアは広大な農地と豊富な水源を誇り、市場としての潜在性は高い。しかし、農漁業に携わる人々の多くが、十分な教育に恵まれず、資機材が乏しいため生産性も収益も低く、今なお貧困に苦しんでいる。社会インフラの整備は遅れ、保存設備や加工施設が不足しているのが現状だった。

「例えば、ナイルパーチ漁業者の多くが今も手漕ぎのカヌーを使っているのよ。信じられる？」

そうかあ、と杉下は気のない声を上げてマティーニのオリーブをいじっているので、栄利子はついきつい口調になる。

「うちの会社もＢＯＰビジネスについて、もっと前向きに取り組んでいかないと……。欧米のグローバル企業はとっくに参入しているでしょ。ナイルパーチを言い値で買い付けてこっちのメーカーに高く卸して、はい終わり、じゃあ高度成長期に日本が世界でしてきた失敗を繰り返すだけだよ。ニーズを洗い出し、インフラの未整備を視野に入れて、まずは市場から成熟させないと」

ＢＯＰとはベース・オブ・ピラミッド、つまり世界の七割近くを占める低所得者層のことである。このＢＯＰ層に向けて、製品やサービスを安価で提供するビジネスは、貧困問題の解決と企業利益を同時に求められる利点があった。

「前に『ダーウィンの悪夢』っていうドキュメンタリーを薦めてくれたじゃない。あれを見て、かなり考えさせられた。飛躍し過ぎているっていう批判もあるみたいだけど……。途上国に食卓を委ねている日本は反省すべきだと思う」

たった一種類の魚の出現で、環境が雪崩のように壊れていく過程を容赦なく切り取ったドキュメンタリーだった。ビクトリア湖に放たれたナイルパーチは短期間で在来種二百種類を食い荒らし、世界の侵略的外来種ワースト１００に指定されるまでになった。ナイルパーチが大量に獲れることによって、加工業が栄えるようになったのはいいのだが、その切り身はほとんどがヨーロッパへの輸出用であり、地元の貧困層の食卓には上らない。湖の生態系が壊れたせいで、水は汚染され、普段食べられるような魚は獲れなくなった。ボロ布をまとい、ナイルパーチの残骸で遊ぶ痩せた子供達。さらに魚を輸送する白人パイロット相手の売春が横行し、治安は悪化。ナイルパーチに罪はない。必死に己の領分を守り抜いただけ。ただ、本来住むべきではなかった湖に移動させられたことで起きた悲劇だ。ようやく杉下がこちらを向いた。

「志村の言っていることは正しいけど、それじゃ、タンザニアを一からつくり変えていかなきゃ、追い付かないよ。俺達の仕事はあくまで交易であって、政治じゃないだろ」

「それはそうだけど……」

「志村は真面目過ぎるんだよ。だってさ、例えばこのオリーブがどこの国で誰の手によって摘み取られたものなのか、それはもしや未成年によるのではないか、賃金は正当に支払われているのかって考えだしたらきりがないよ。何も楽しめなくなるだろ」

仕事の話ばかりしているのには訳がある。この間の翔子の泣き顔が今も頭を離れない。もしかして、自分は彼女に取り返しのつかない傷を与えたのではないか、という恐れがどうしても拭えず、ことさらに忙しく有能な自分を演じたくなる。

「杉下くんって、そうだよね。自分が住んでいる狭い世界さえ良ければ、それでいいんだよね……。そんな性格だから、平気で真織さんを傷つけられるんだね。あんなにいい子が可哀想……」

「あいつ、お前にそんなこと言ったのかよ」

杉下は大げさなため息をつき、整った眉をひそめた。

「なんだよ。あいつ、あれほど口止めしたのに。二人の関係を誰かにしゃべったら終わりだって、あれほど躾《しつ》けたのに」

躾、という言葉が魚の小骨のように喉に引っかかる。真織を完全に所有物として扱うことに、杉下はなんの疑問も感じていないようだ。それほどの男だろうか、と栄利子は冷徹な目で、彼の顎のラインや皺の寄った首を見つめる。入社当時に比べて、余計な肉がつき始めている。

「そんな言い方やめなさいよ。あの子、杉下くんが好きなんだよ。大事にしてあげなきゃ、気の毒じゃない」

「向こうの気持ちが重くてついて行けないんだよ。こっちはそこまで真剣じゃないのに、勝手に舞い上がってあれこれ世話を焼かれると、苛々するんだよな。でも、意外だな」

「なにが」

「志村が派遣ちゃん達に悩み相談されてるなんて」

にんまりしそうになるのを堪え、なんとか唇を引き締める。

「そう？　意外に若い子にはよく頼られているの。会社ではあまり話していないから誤解されるけど、プライベートでは電話したり、飲みに行ったりするんだよ」

口にしてしまうと今に本当にそうなるような気がして、不思議と心が滑らかになった。今後、真織と親しくなりさえすれば、すべて真実になるのだから、これは嘘ではない。しかし、「今度、色々相談に乗って下さい」と言ったくせに、それっきり話し掛けてくる気配はない。そうか、遠慮しているのかもしれない。よし、自分の方から動いてやり、早急に二人きりで会う日取りと場所を決めておいた方がいいだろう。

「女同士って色々あるよ。実は、私も今、ちょっとこじれてるんだ」

ためらいはあったが、栄利子はこれまでの翔子とのいざこざをすべて話すことに決めた。近所のカフェで大好きなブロガーの翔子と出会ったこと、意気投合し、たちまち親友になったこと、ところがブログへの嫌がらせを栄利子によるものと勘違いした翔子に避けられるようになったこと……。杉下は黙って、すべてを話し終えるのを待ってくれた。

「違う言語を話してるんだよ、お前と彼女。だから、話が通じないんだ」

「違う言語？」

「言い方は悪いけど、バックグラウンドや育った環境が違い過ぎる。違う国の人間だと思えば、納得出来るだろう。お嬢様育ちで仕事に対して真摯なお前は、まっすぐで素直な言葉しか発することが出来ない。父子家庭でフリーター暮らしから主婦になった彼女にはそれは眩し過ぎて受け止めることが出来ない。文化の違いが生んだ悲劇だよ。だから、自分を異常だとか、おかしいなんて考えるのは間違っているよ。かといって、彼女が悪いわけでもない。違う文化圏の人間が出会っちゃったのがそもそもの不幸なんだよ」

「本当にそうだね……」

目の前に立ち塞がっていた壁がぱたんと倒れ、懐かしい穏やかな光景が広がっていく気がして、杉下の顔をまじまじと見つめる。そんな考え方があったのか、と悪い夢から覚めた思いだ。呼吸が楽になり、手足の先までゆっくりと温かなものが満ちていく。

「俺、言ったろ。お前がそのブログを褒めた時、近付き過ぎるのは考え物だって。こんな仕事していて、世界を飛び回っているとさ、グローバル化ってどうかと思うよ。適正テリトリーで生きていた人間が一歩外に出て、違う文化圏の人間と出会うことで生まれる悲劇は大きいよ」

「生態系が壊れるってことね……」

これでは自分がナイルパーチではないか。いや、翔子の方かもしれない。本来会うはずではなかった生物が同じ湖に放り込まれ、互いに戸惑っているのが今の自分達なのだ。もしかすると、取り返しのつかない悲劇が起きるかもしれない。背中がぞくりとするが、それでもやっぱり彼女との時間を取り戻したい。

「志村とは話が通じるからいいよ。真織を嫌いなわけじゃないけど……、あいつとは住む世界が違うなって思う」

その話に今、栄利子はまったくといっていいほど興味が持てない。経験豊富な杉下に、今後の対策を一緒に立ててもらいたい。翔子の誤解を解き、再び親密な時間を取り戻すために、知恵を分けて欲しかった。こちらの事態ははるかに緊急を要するのだから。

「あいつさあ、一見今時の普通の子に見えるじゃん。でも、付き合ってみるとけっこう重いっていうかなあ……。やたら料理を作りたがるし、外食は気が張るから、なんて家に居たがるんだけど、こっちとしてはいきなり奥さん面されても引くんだよなあ」

栄利子は苛々してくる。カップルの愚痴など聞いている時間は一秒もない。杉下が女達の間をひらひら行き来しつつも、結局は同期のマドンナと呼ばれている自分に惹かれていることは、よく分かっている。ならば、こんなまどろっこしい駆け引きはやめて、栄利子の前に跪き、栄利子の望む言葉をありったけ差し出すべきではないか。

「ねえ、もうその話やめない？　そんなことより……」

「なんだよ、それ。自分の悩みはペラペラ話すくせに……。俺の話は聞かないんだ」

杉下はたちまち不機嫌な顔になった。しまった、と栄利子は慌てる。おぼっちゃん育ちの杉下は女が逆らうと、露骨に機嫌が悪くなるのだ。でも、今はこのわがままな男を帰したくないと思った。涙が出るほど欲している。もっともっと自分を認めてくれる言葉を聞いていたい。

「ねえ、このまま、どこか、ゆっくり話せる場所に行かない？」

「えー？　お互い明日早いじゃん。それにもうどの店も閉店だよ」

すっかり興をそがれた様子で、杉下は腕時計に目をやって、全身で帰りたい意思を示している。

「神田まで出れば、ファミレスとか探せばあるんじゃない？　コーヒーとケーキでもどう？」

「なんだよ。女子でもないのに酒なしで過ごすの？　俺はやだよ」

莫迦にしたように、杉下は薄く笑う。本当にそうだ。杉下と会社を離れて二人きりで過ごす時は、大抵アルコールをともなっていた。よっぽどの愛情か友情がない限り、大人の男女はしらふではもたない。お茶とケーキで盛り上がれる女同士とは違う。翔子と初めて過ごしたファミレスでの時間が改めて輝き出す。まるで、杉下の腕を放したら最後、このままぶくぶくと冷たい湖の底にたった一人で沈んでいくようで、栄利子は呼吸が苦しくなる。

「杉下くん、ごめん、今は一緒にいて。ね、お願い」

思わず腕を絡め、同時に頬を押しつけ、少し迷ったが胸も寄せた。自分が強く出れば、ほとんどの男は動きを止める。カシミアの中で泳ぐ思いがけないほど柔らかな肉体に驚いているはずだ。彼の目が鎖骨や首筋に向けられているのが分かる。でも、この魅力をもってしても、長い時間もたせられないことを知っている。だから、ひっきりなしに相手を喜ばせるべく、ジャブを打ち続けなければならない。店の前でタクシーを摑まえ、もつれ合うようにして乗り込む。後部座席でどんどん遠ざかっていく丸の内のビルの灯りを見つめながら、栄利子は杉下の肩に遠慮なくもたれかかった。艶やかな髪から立ち上る香りの効果を期待する。

「本当にいいの？　まさか、志村が俺のことをそんな風に見てたなんて思わなかったから……」

彼は心がついていかないといった風情でそうつぶやきつつ、指を絡めてきた。栄利子の方が惚れきっているかのような口ぶりに少しかちんとしたが、今の自分には目に見える強い繋がりが必要と思えたので、黙ってうなずいた。聖橋《ひじりばし》を渡るタクシーの窓から、神田川の上で複雑に絡み合う電車が見える。湯島のラブホテル街に着くまでの間に、母に今夜は会社に泊まる旨をメールし、心を決めていた。家族へのメールが、こういう時、栄利子の冒険を後戻り出来ないものにする。

杉下が選んだホテルは、大正レトロをにおわせる和風建築だった。遊女のようなガウン、露天風呂が売りだというが、遊んでいる暇はない。杉下もそれは同じらしく、朱色で統一されたまがまがしいインテリアの部屋に足を踏み入れるなり、覆い被さってきた。

セックスは久しぶりなので、痛くて仕方がない。身体の内側がひきつれ、粘膜がひりひりと滲みる。なんともいえない嫌な感覚だ。下腹部に鈍い痛みを感じ、ふと婦人科でしばらく検診を受けていないことを思い出す。予約を入れよう。土日は診療していただろうか。半休をとって午前中に行くのが、いいかもしれない。子供はいつかは産みたい。でも、その「いつか」は来年ではないし、五年後でさえないのかもしれない。それでも、多くの女性が当たり前のように手にする経験を、自分だけが出来ないとなると、にわかに焦りを覚える。こうしている間に、翔子が妊娠しないとも限らない。そうしたら、あの人はもっと遠くなる。二度と再び、女子会なんて出来なくなる。でも、もし栄利子も妊娠したら「ママ友」として再び絆《きずな》を取り戻すことも可能かもしれない――。

もっと、もっと、大きな声を出そう。もっともっといやらしい声。アダルトビデオを見て学習した通りにやれば、恥をかくことはない。シーツを握り、背中に爪を立て、奥歯を噛んで杉下の性器を締め上げ、自分の味がするそれを音を立ててすするくらい、こんな夜に一人で放り出されることに比べれば、なんでもないことだ。杉下の汗は思いの外ねばっこく重い。瘦せ形に見えてやはり、あちこちに脂肪がつきはじめている。彼の愛用するコロンは、その股間からも強くにおっていた。終わりが来ると、杉下は満足そうにごろりと横に転がった。

「いやー、すごいね。なんか、普段とのギャップに興奮した。はあ、あの志村栄利子と俺がねえ……。会社の人が知ったら、驚くだろうなあ」

笑いまで滲ませて、こちらの乳房に手を伸ばして、ぎゅっと握る。

「なあなあ、志村、こういうこと、割としょっちゅうあるの?」

「ううん……」

「俺はいいと思うよ。東電OLみたいに行きすぎたらアレだけど。いいんじゃない、ちょっとした息抜きくらいなら」

「東電OLって、あの東電OL?」

その単語にぎょっとした。殺人事件の話題をこんな場所で出すなんて。どうやら、杉下は、栄利子を口にするのも憚《はばか》られるほど陳腐な「昼は淑女で夜は娼婦」の鋳型《いがた》にはめようとしているらしい。でも、まあ、いきなり恋人面されるよりはマシだろう、と栄利子は考え直す。こんなことにはなったが、あくまで彼とは友達でいたい。杉下の方はもう夢中かもしれないが、自分は毅然《きぜん》とした態度を貫こう。

「ねえ、あのさっきの話なんだけど。ほら、おひょうさんの……」

「ごめん、今ので疲れちゃったから、ちょっと静かにしてもらってていい？」

ぞんざいな物言いにむっとした。身体を差し出したのだから、朝まで話し相手になってくれてもいいではないか。友達なのだから——。栄利子は危うくあっと叫びそうになる。そうか、杉下はもう友達ではないのだ。

——寝た相手は友達とは言えないよ？

この間、翔子に投げつけた言葉がそのまま自分に跳ね返って、胸を貫いた。もしかしたら、また一人友達を失ったのだろうか。

「あさってから出張だろ。身体を休めた方がいいよ。始発まで寝たら一緒に出ような？」

恋人でももはや仲のいい同僚でもない他人の声が裸の背中に突き刺さった。どうやら、栄利子はうっかりと職場の人間関係という生態系まで壊してしまったみたいだ。

ああ、ますます翔子が必要だ。翔子、翔子、と焦がれるように胸中で唱えてシーツを被る。翔子と栄利子。どちらがナイルパーチなのか、いずれ分かる。彼女にならかじられても構わない。その一方で、翔子の身体を食いちぎり、彼女の肉片と血で赤く染まった湖を、すいすいと裸で泳いでいく自分をくっきり思い浮かべてもいる。

杉下は早くも鼾《いびき》をかき始めた。

気付いたら髪に手をやっていた。硬いシーツの上に栄利子がむしった数本の髪の毛が、きらきらと毛根を光らせている。

12

郵便局の前にあるレンガ造りの高級マンションは闇の中、オレンジ色の灯りに守られて聳《そび》えていた。そう、一度だけ自転車で送ったことがあるから、忘れるはずはない。九時を過ぎているから、もう帰っているだろうか。会社が残業を許さない、出来るだけ家族と夕食を取るようにしている、と言っていた。

久しぶりにきちんと夕食を作ろうとスーパーマーケットに向かったはずが、気付くと栄利子の住むマンションの前に辿り着いていた。花井里子に決意表明のメールを送ったのは、先ほどのことだ。

「書籍化を目標に、これからはブログの更新頻度を増やします。雑誌に顔を出すことも考えます」

不特定多数の厳しい「女」の目にさらされることを考えると、胃がきしみ、足が震えそうになるが、負けるものかと思う。主婦の手本になってみせる。いや、「手抜き主婦」の手本になってみせるというべきか。頑張らない姿勢を日本のスタンダードにしてみせる。もう二度と人に莫迦にされてたまるものか。父と自分は違うのだ。有名になって、所詮ブログ止まり、と蔑《さげす》んだあの女を見返してやる。火照《ほて》った頰に十月の冷んやりした夜風が心地良かった。

「私はこれからもっと上に行くつもり。あなたなんかに負けない。嫌がらせをしたければご自由に……」

メールを打ちかけたが、消去した。せっかくの決意なのだから、面と向かって言ってやりたい。ストーカーに自分から会いに行くなんて、我ながらどうかしていると思う。異常な女なのに、会いたい気持ちが抑えられない。縁を切ればいいのに、結局気に掛けてしまうこの感覚にどんな名前が付けられるのだろう。でも、このままでは気持ちの落としどころを見付けられそうにない。

「志村栄利子を探してるんでしょ？　あの子、今、ここに居ないよ」

ぎょっとして声のした方を見ると、マンションの住人らしきジャージ姿の女が立っている。「あの子」という言葉に、高校の教室に引きずり戻されたような気分になった。自分は本当に三十歳の人妻なのだろうか。未だに実家から地元の高校に通う、冴えない少女である気がしてならない。こちらが何も言わないうちに、彼女は続けた。

「タンザニアに行ったんだって」

そういえば、回転寿司屋で会った夜、そんなことを言っていた気がする。翔子はうろたえてしまう。栄利子が目の前から消えてしまえば、すべての悩みは解消されるはずなのに、嬉しいどころか裏切られた思いが強い。もう二度と栄利子に会えないと考えただけで、力が抜けていく。間違っても友達にはなり得ない憎むべき相手なのに、それでもその存在は必要なのだろうか。

「そんな顔しなくても、タンザニアに何日間か出張するだけだよ」

ほっとして胸を撫で下ろすと、思わぬほど近くに女の顔があった。後ずさることも出来ず、彼女の口から漏れる息を受け止めるしかない。まるで赤ん坊のように乳くさい生温かい息だった。

「あなた、本当に友達なの？　そんなことも知らないなんて」

「それは……。最近知り合ったばかりだから……」

「ふうん、じゃあ、あの子のこと、なんにも知らないんだね。私、小笠原《おがさわら》圭子っていうの」

圭子は黄ばんだ歯を見せてにやにや笑う。

「私はあなたのこと、何度も見たことあるんだよ。やることがなくて、この辺をずっとうろうろしてるから。あなた、ファミレスとかファストフードでよく一人でいる人だよね。もしかして、あなたもやることがないの？」

あまりにもストレートな質問に、翔子はこくりとうなずいてしまう。

「教えてあげようか。志村栄利子のこと。とんでもないんだから。私ね、あの子とは小学校から高校まで一緒だったの。なんでも知ってるんだよ。ちょっと変だと思わなかった？　あの子」

「え……」

「あんなに忙しいのに髪だの肌だの綺麗過ぎるでしょ。いきなり距離を縮めようとするでしょ。人当たりがよくておっとりしている風に見えるのに、一緒に長い時間居ると息が詰まるでしょ？　別にネガティブなこと言うわけでもないのに」

そう感じるのは自分だけじゃないんだ、と思うと、翔子は膝から崩れ落ちるほど、安堵した。栄利子に違和感を抱くことに後ろめたさがあった。自分のように何も持たない人間が、日々を丁寧に生きる彼女の粗探しをし、その価値を認めないことは、ひどく不《ふ》遜《そん》に思えたのだ。

「なんでだと思う」

「さあ……」

「自然なところがどこにもないからだよ。あの子はね、つくりものなの。全部をへたくそなその場しのぎの嘘で塗り固めてるの」

圭子の目が暗闇の中でぎらぎらと輝いている。その黒目はまっすぐこちらに向いているようで、どこも見ていない。彼女の方がよほど不自然だった。この女にも関わらない方がいい、と本能で察した。出会わない方がいい相手なのかもしれない。栄利子と自分がそうであったように。

それでも、栄利子に関する悪い噂を聞きたい。身がよじれるほど、翔子は今それを欲している。悪魔に魂を売ってもいいから、それを聞きたい。自分をあれほど傷つけた女を、同じところ、いやもっと下まで引き下げてしまいたい。栄利子が嘘つき女だと分かれば、この間の批判も見当外れということになる。そうしたら、あの言葉を思い出し、傷つく必要などないのだ。それ以上に、同性と話をすることに飢えていた。見ず知らずのこのおかしな女でいいから、話を聞いてもらいたい。話をしたい。そう、話をしたくてたまらない。もう、ずっとずっと、長い間、誰とも話していない気がする。自分は一人でパソコンに向かい、誰にも向かっていかない言葉を発し続けていた気がする。

賢介に問題があるのではない。ただ、夫婦間の会話では、どうしても心のすべてをぶちまけることが出来ないのだ。翔子にとって、異性は道しるべであり、生きていくために必要不可欠な主柱だった。徹底的に嫌われたくない、という計算が常に働く。だらしない姿は見せても、淀《よど》んだ部分だけは見せたくない。しかし、それこそが、自分の本質なのかもしれない。

矛盾しているが、苦手だからこそ、嫌悪するからこそ、同じ醜さを持っているに違いないからこそ、自分には同性が必要なのだ。

胸の奥に溜まった膿《うみ》を見せ合えば、互いへの理解は急速に深まる。共通の敵に向けて罵詈《ばり》雑言《ぞうごん》を浴びせれば、自然と呼吸が合わさって、古くからの戦友であるような連帯感が生まれる。そんな経験は多くなくとも、身体で分かる。同性の悪口を同性と言う時だけなのだ、翔子が他人と心を繋げることが出来るのは。もういつかは思い出せない、はるか昔から。

外灯の光に蛾が集まって、あちこちが破れて粉っぽくなった羽をふるふると震わせていた。

13

——ねえ、どうしたらそんな簡単に、相手の心に入り込めるの？

離陸から何度となく心の中で繰り返している質問が、機体が大きく揺れたのと同時に本当に口から飛び出しそうになった。

耳と耳の間に一本の針金が通っているようだ。高度が上がる度に、日常がどんどん遠くなっていく。あの顔もこの顔も、ぼんやりとしか思い出せなくなることが今はかすかに嬉しい。

「アミちゃん、私と一緒でむくみやすいから、着圧ソックス履《は》いた方がよくない？」

「うわあ。飛行機ってやっぱり乾燥するね」

「そう言うかと思って、アベンヌのスプレーもってきた。マスクもあるよ」

「さっすがフーちゃん、用意いいねえ〜。あ、トイレ近いんだから、私と席替わる？」

エコノミークラス中央の五人掛け席の、よりにもよって中央に栄利子は着席している。自分の存在によって、四人組の女がかっきりと二つに分断されているのが、なんとも居心地が悪い。端の席に替わろうとも思ったのだが、彼女達の華やぎに気圧され、言い出せずじまいだった。労り合いやアイマスクや保湿スプレーが膝の上を飛び交う。一点のくもりもなく楽しげで、これから始まる旅を味わい尽くす貪欲さに溢れ、なにより言葉の端々から、互いの個性から体質まで知り尽くしていることが伝わってきた。この飛行機が向かっているドバイへ観光目的で訪れるのだろう。

栄利子の目指す場所は、さらにその先、タンザニアの都市ムワンザにある。ドバイを経由して、ダル・エス・サラームのジュリウス・ニエレレ国際空港へと乗り継ぐ。今回の出張の目的は、ビクトリア湖周辺を拠点とする「パッカー」と呼ばれるナイルパーチ業者に会い、候補を絞り込んで契約先を決定することだった。滞在期間二泊三日のスケジュールに対して、移動は乗り換えを含めると往復で三十時間を超す長い旅になる。機内では極力快適に過ごしたいのだが、チケットを手配した社員のミスでビジネスクラスをとることが出来なかった。おまけにこの席にはパソコンのアダプターを繋ぐプラグソケットがない。機内で調べ物や書類作りを進める計画でいたのに、すっかり予定が狂ってしまった。

しかしながら、ネットを使えない環境は、思いの外ゆったりとした時間を与えてくれた。栄利子は久しぶりに心が静かになるのを感じている。このところ、就業中でも『おひょうのダメ奥さん日記』の更新を気にし、メールの着信に過敏にもなっていたのだ。

「May I help you?　Would you like something to drink?」

ハチミツ色の肌に深い皺の刻まれた客室乗務員に声を掛けられ、オレンジジュースとブランケットを注文した。白人の客室乗務員は大抵、若々しいとは言えず、化粧も濃い。てきぱきと用件を告げるのみで、笑顔がとぼしい。でも、どことも繋がっていない雲の上の密室で、人命を預かり、乾燥した空気の中、立ちっぱなしで働いているのだから当然だと思う。日本人の客室乗務員と接するより栄利子はむしろほっとする。彼女達の女優のような美貌にしっとりした肌、立ち仕事の疲れを微塵《みじん》も感じさせないにこやかな笑顔。日本人が女性に要求するクオリティの高さは、世界規模で見れば常軌を逸していると思う。まったくなんと多くのことが当然のように求められるのだろう。異性の評価、貞淑《ていしゅく》、若さ、落ち着き、仕事、趣味、笑顔、スタイル、雰囲気、心配り……。そして同性の評価。同性に好かれない女に価値はない、という風潮は年々高まっている気がする。

恋愛映画よりも女同士の友情を描いたドラマや映画がヒットする。フェイスブックでもツイッターでも、誰もが女友達をみせびらかす。雑誌を開けば、どうすれば同性の支持を集められるか、という特集が組まれている。実際、商社でも、女同士の集まりを想定したマーケティング調査がしょっちゅう行われている。その一方で、少子化、晩婚化が加速する。女達が男の作ったシステムに背を向け、自分達のコミュニティやルールを確立しようとしている動きが確かに主流になっている。

両隣の女達はこれからどの映画を観ようか、とパンフレットを広げてわいわいと相談している。女友達と旅行したことなど三十年間、一度もない。血縁でも恋人でもない相手と、一緒に寝たり、すっぴんを見せ合うなんて、よほど自分に自信があるのだろう。

でも、この四人はいずれも、容姿や持ち物において栄利子に劣る。職場でさほど目立つタイプとは言えないだろう。子供っぽく見えるが、年齢は三十歳手前といったところだろうか。男に相手にされないから、女同士で寄り集まっているだけではないのか？　そうやって、べったりと糸を引くような絆を周囲に見せつけ、かろうじてアイデンティティを保っているのではないだろうか。そこまで考えて栄利子は改めて自分が嫌になる。

彼女達にこれ見よがしな様子など少しもないのに、どうしてここまで悪意を抱いてしまうのだろう。四人にあって自分には欠けているものとはなんだろうか。思いやりだろうか。面白みだろうか。雰囲気を読み取る能力だろうか。それとも、欠けているのではなく、自分は何かが過剰なのだろうか。例えば、こんな風にすぐ相手の落ち度を探そうとする癖を、相手に敏感に嗅ぎ取られ、疎まれてしまうのだろうか。

疎まれる。そう、疎まれている。自分はずっと、思春期の頃からずっと、同性に疎まれてきた。それは紛れもない事実だ。最初は親しげに近付いてきたあの女もこの女も一時間以上、栄利子と二人きりで過ごすと急によそよそしい態度になる。決して二回目の誘いはない。否定的な態度をとられるならまだましで、大抵が笑顔のままフェイドアウトしていく。

両親の育て方に問題があったのではないか、と責任を転嫁しようとしたこともある。しかしながら、どう考えても、栄利子は大切に扱われ、最高の教育を授けられ、何より愛されて育った。母は手の込んだ食事を作り、住まいを清潔に整え、今なおサポートしてくれる。父は意志と理由さえ伝えれば、欲しいものは何でも与えてくれた。かといって甘やかされていたわけでもなく、努力の大切さを教えられ、節度をもって躾けられた気がする。時間やマナーに両親はともにうるさかった。社会に出て、恥をかかずに今日までやってこられたのは、両親のおかげだ。感謝してもしきれない。

一つだけ普通と違っていたことといえば、父が商社マンという職業柄、いつも留守がちだったことだろうか。でも、父は海外出張の度にいつもお土産《みやげ》をたくさん買ってきてくれたし、学校が長期の休みになると、母と一緒に赴任先に出掛けることはむしろ楽しかった。父が帰国する日は、母と二人で朝から家を清め、父の好物を用意し、盛大に出迎えた。広い世界に向かって行く父の背中に憧れ、商社マンを目指したと言ってもいい。自分でもファザコン気味であることは重々承知している。

そういえば、父も友達が少ないかもしれない。現役時代、現在は栄利子の上司となっている男性社員をよく自宅に招いたこともあったが、いつの頃からか彼はぱったりと来なくなった。その後、社員とのプライベートでの交流はまったくない。定年を迎えた今はふらりと散歩に出掛ける以外、ほぼ一日中家に居る。父が母以外の人間と並んでいるのをここ数年、見たことがなかった。しかし、それは物静かな性格のせいで、決して周囲に嫌われているわけではないと思う。母はといえば、どちらかというと社交的で人なつこい性格だと思う。栄利子が女子校に通っていた頃は同級生の母親らと食事に出掛け、ＰＴＡ役員をしたり、学校行事に積極的に参加していた。「ジゼル」の立ち上げにかかわり、フルタイムで働いていた時も楽しそうに同僚や客の噂をしていた。しかし、圭子との一件以来、母は学校に姿を見せなくなったし、仕事も辞めてしまった。あれほど親しかった圭子の母とも距離を置くようになった。母が再び同性の友人を得るようになるまで、しばらく時間がかかった気がする。栄利子が高校を卒業してまもなく、母がダンス教室で知り合った主婦達の輪に入った時は、心からほっとした。あの時、ようやく自分は罪悪感から解放されたのだ。とにかく、己の問題を両親のせいにするのは間違っている。

この容姿が、この優秀さが、同性の嫉妬を呼ぶのだと自分に言い聞かせていた時期もある。しかし、栄利子より数百倍美しいハリウッド女優がインタビューで無名時代を支えてくれた親友について語り、密かに目標としている有名女性経営者も講演会で戦友と認めた同業の女にエールを送っていた。口惜しいけれど、どんなに賢かろうが美しかろうが、同性の友達が出来る人には出来る。おそらく、栄利子の中にある何かが、顔をしかめたくなるようなにおいを放ち、同性を遠ざけているのだ。

たかが人間関係でここまでペースを乱す必要はないと、自分でもよく分かっている。でも、丸尾翔子のことがどうしても頭から離れない。最初はささいな誤解が原因だった。賢い自分ならすぐに解消出来るはずだった。それでも、事態はさらにこじれ、翔子に距離を置かれてしまった。彼女の薄情さに傷ついてしまい、むきになってきつい言葉を浴びせて以来、連絡は途絶えた。今ではメールも電話も着信拒否されている。恐れていたことが藻掻《もが》けば藻掻くほど、速度を上げて現実に近づいてくる。翔子はもはや、完全にこちらとの接触を絶ちたいのだろう。これは紛れもない事実だ。

翔子を忘れなくてはならない。もう、追いかけるべきではないのだと思う。彼女が人生から消えたところで、なんの支障もない。あんな女、ただの怠け者の専業主婦ではないか。翔子にさえこだわらなければ、栄利子の人生は元通り、上昇カーブを描き始めるのに。でも――。やはり、あの心が通じ合ったファミレスの夜を本物だったと信じたい。あの瞬間こそが、本物の栄利子で、本物の翔子なのだ。ボタンの掛け違いで上手くいかなくなっただけで、あるべき栄利子と翔子はあの夜に残され、今なお楽しそうにおしゃべりを続けているのではないか。考えが堂々巡りしているのを自覚して、栄利子はブランケットを鼻先まで引っ張り上げた。

栄利子に冷ややかなのは翔子ばかりではない。酒の勢いでたった一度寝てからというもの、かつては良き相談相手だった杉下までがよそよそしい。向こうが調子に乗って正式に交際を求めてきたらつっぱねてやろうと意気込んでいたのだが、どうやら自分が思うほど、杉下はあの夜を重要視してはいないようなのだ。なんとなく物足りなくて、彼の前では意味ありげに振る舞ってしまい、その度に落ち込む。異性に媚びる自分は何よりも許せない。さらに杉下の遊び相手、高杉真織は相談をしたいとすり寄ってきたくせに、向こうから言ってくる気配がない。待ちくたびれて、サバサバした口調で「よければ話聞くわよ。いつなら空いてるの?」と声を掛けてやったが、真織はぽかんと口を開け、宇宙人でも見るような顔つきになった。

——話ってなんでしたっけ？

と怪訝《けげん》そうに問われ、こちらが面食らった。どうして皆、栄利子をないがしろにするのだろう。自分はこんなにも他人に気を取られているというのに。

仲の良さそうな同性の集まりを見ると、三十歳になる今も、それだけで無性に傷つく。本当に心が通い合っているのか、上辺だけの付き合いではないか、と意地悪く目を光らせてしまう。水面下では醜い足の引っ張り合いが起きているはず、利害関係が成立しているに違いない、と歯を食いしばるほどに願ってしまう。彼女達が本当に温かい関係を築き、それが十年後も二十年後も維持されていると考えただけで、自分一人が深い暗闇に落ち込んでいく気がした。まだ自分が到達したことがない、調和のとれた優しい世界があると思うだけで、なにもかも放り出したくなる。涙が滲みそうになる。自分を取り巻く環境のすべてを、めちゃくちゃにしてやりたくなる。努力しても手に入らないものがあるなんて、知らなかった。三十代の女が一《いち》から友達を作る方法なんて誰も教えてくれないし、参考となるマニュアルなど知らない。この世界は不公平だ。

もしかして、こんな風に感じるのは自分だけではないのではないか。

「女子会」という言葉を「いい年して」と冷ややかに見る風潮、男女問わず何かにつけて「女の集団はドロドロしている」「女同士に真の友情などない」と声高に決めつける人種。彼らもまた、楽しげな女達を見ると、理由もなく自分を否定されたように感じ、惨めな気分に陥るのではないか。女達の友情にほころびを見付けると、心から安堵して、ざわついている自分を肯定出来るのではないだろうか。

「あのう、すみません」

我に返って顔を上げると、人の良さそうな丸顔が目の前にあった。「フーちゃん」と呼ばれていた女が申し訳なさそうに栄利子を覗き込んでいる。

「うるさいですよね、私達」

栄利子はフーちゃんをまじまじと見つめる。この飛行機を降りたら、この女と会うことは二度とない。ならば、常々知りたかったことを、訊いてみたいと思った。

――ねえ、友達ってどうやって作ればいいの？　どうやってこの子達と知り合ったの？　喧嘩はしないの？　時々うっとうしくなることはないの？　疎遠にならないコツってあるの？　避けられた時はどんな風に距離を詰めるの？　どうやったら、ちゃん付けやあだなで呼んでもらえるの？

自分の夢はそんなに大それたものなのだろうか。ただ、性欲や利害が介在しない状態で、他者とくつろいだ関係を築きたいだけなのだ。許し合い、緊張を解いて、家族以外の誰かと向き合いたい。映画を一緒に観たり、お茶を飲みながら悩みを打ち明け、体調を心配し合い、いつかは互いの結婚式に呼び合う。趣味や喜びを分かち合い、話したい時に話したいだけ長電話をする。そんな相手が、この世界にたった一人でいいから欲しいだけなのだ。それはそんなにも贅沢な願いなのだろうか。

「うるさくはないですけど……」

――あんた達が、呑気な顔ではしゃいでるだけで、すっごく傷つく人種が居るっていうことを常に心に留めておいた方がいいよ。

「仲が良さそうで羨ましいです」

栄利子はきっぱり言うと、これ以上の彼女達との接触を遮断するため乾燥防止用のマスクとアイマスクを着けた。

14

そのパフェは生クリームとアイスクリームが渦を巻いていて、赤いベリーソースがらせん状の模様を描き、下へ下へと続いていた。果物やコーンフレーク、チョコレートにムース。色々な具が詰まった実に混沌《こんとん》としたフルーツパフェだった。夜九時過ぎに三十歳の女が口にするものとしては、あまりにも高カロリーで栄養が偏《かたよ》っている。圭子は特にはしゃぐでも、おののくでもなく、柄《え》の長いスプーンでパフェの一部をゆっくりと突き崩す。あまり美味しそうには見えない、投げやりな仕草で先端をそろりと舐めると、それきり興味を失ったようにスプーンを投げ出した。

「栄利子っておどおど、こちらの機嫌を取るでしょう」

向かいに座ってコーラを飲んでいた翔子は栄利子という名に思わず座り直してしまう。

圭子はナフキンを細かく千切り始めた。

「これでいいのかな？　これで間違ってないよね？　っていう風にチラッチラッてこっちの表情を窺うでしょう。思春期になった頃、あの優等生然とした態度が、なんだか気恥ずかしくなった。成績やスポーツだけじゃなくて、人間関係においても百点を目指そうとするあの姿勢がどうしようもなく、うっとうしくなったの」

どことなくほの暗い雰囲気のファミリーレストランの一角がかっとスポットライトに照らし出されたようだ。そう、あの「チラッチラッ」だ。あの女と居るとどうしようもなく疲れるのは、常に評価を求める細切れの視線のせいだ。ようやくすべての謎が解けた気がする。栄利子を苦手に思うのは嫉妬ではないし、まして翔子が冷酷な女だからでもない。あの女がおべっかめいたことを言うだけで胸がざらりとするのは、単に押しつけがましさのせいだ。翔子はほっとした。それだけで、この奇妙な女と二人きりでいることが俄然、有意義に思えてきた。圭子は千切ったナフキンを今度はくるくるとねじりながら言葉を継いだ。

「高校に入学した頃かな、ある日突然、気付いたの。ああ、栄利子と一緒にいるのってなんて窮屈なんだろうって。あの子は謙虚とか不器用っていうより、ただ単に常に自分が一番で居たいだけなんだよね」

話に割り込みたくて、翔子はうずうずしている。冷たすぎるコーラを一口飲むと、思いの丈《たけ》をぶつけた。

「そうなのよ！　それに、胸に思い描いた理想の女友達っていうのがいて、それをこっちに押しつけてくるんだよね。一ミリでもずれると大騒ぎするの。全部こっちが悪いみたいに」

こちらの違和感をずばりと言葉にした彼女に、翔子はもはや尊敬に似た気持ちを抱いている。寝間着のようなジャージ姿に化粧っ気のない小さな顔、荒れた髪。袖口からぽっちりと覗く指先にははげたマニキュアがこびりついている。ところどころ赤くなっている粉っぽい肌には産毛《うぶげ》が目立っていた。

栄利子のマンションの前でばったり出会った自称「栄利子の幼なじみ」は、すっぴんに部屋着姿の翔子よりも、さらにだらしない出で立ちをしている。しかし、それがまた彼女を世俗から切り離された特別な存在に思わせた。出会ったばかりなのに、彼女を買いかぶり過ぎているだろうか。こちらに構わず、圭子は続けた。

「女同士に限らず、人間関係って一色じゃないじゃない。いろいろなものを含みながら、変化しながら続いていくものじゃない。清濁併《せいだくあわ》せ呑むっていうの？　点数なんてつけられないし、百点満点の友情なんてどこの世界にもないわけよ。まあ、その極端さがあの子の長所なのかもしれないけど。理想が高いっていうか、頑張れば望むものが必ず手に入るって思っているんだよね。それが相手にとって息苦しいっていうことに早く気付けばいいのにさ」

ヒステリックで汚い悪口を浴びるほど聞けるかと期待していたのに、意外と俯瞰《ふかん》でものを見ている圭子に、拍子抜けしてしまった。もっともっと同じ目線に立ってくれるかと思ったのに。諦念に満ちた人生観など別に聞きたくない。

「栄利子って小さい頃から、本当にお姫様みたいな存在だったんだよ。頭が良くて、おっとりして優しくて、生真面目で。小学校でも中学校でも、誰からも憧れられる存在だった。親からも先生からも信頼されてた。私はね、よく母親に栄利子と比べられてたの。今思えば、あの子のお母さんに憧れてたのかもね、うちの母。『栄利子ちゃんを見習いなさい』ってしょっちゅう言われた。でも、口惜しいとは思わなかった。あんなに素敵な子なんだから、娘を少しでも近付けたいと思うのも、母親なら当たり前だろうって。自慢の幼なじみだったんだよ。栄利子が私立を受けるって聞いたら、一も二もなく同じところ目指して猛勉強したよ。私は補欠だったけど、一緒の中学に行けるって決まった時は嬉しかったな。同じ制服を着て一緒に電車に乗るのは誇らしかった。自転車が禁止だったから、同じ世田谷にある学校なのに何故か電車通学」

最初にこの店で会った時、栄利子が話していたことを思い出す。地図で見ればすぐ近くにある学校にわざわざ電車で遠回りして通うのが嫌だったと言っていた。自転車の二人乗りに憧れていたようでもあった。もしかして、圭子もまた、思春期の頃から何ひとつ変わっていないのかもしれない。翔子や栄利子がそうであるように。

「ねえ、思い出せる？　高校一年の頃のあの空気。クラスが急に二つに分かれるの。女と子供に」

翔子は思わずこっくりとうなずく。あまり思い出すこともない、すぐ傍に川が流れていたあの街の高校が蘇る。自分は女の側になったのだ。初めてセックスをしたあの年、同級生が急に子供に見えた。恋人と自転車を二人乗りするだけで心は丸く満たされた。家庭が荒れていても、成績が振るわなくても、毎日が充実していた。あの時、生まれて初めて、翔子は落ち着いて呼吸出来るようになったのかもしれない。

「私はね、高等部に外部入学してきた女の子達と親しくなったの。これまでの同級生や栄利子と全然違う。お化粧や男の子に通じてるきらきらした子達。楽しかったなあ。放課後、カラオケに行ったり渋谷で遊んだり、たわいもないことばっかりだったけど。大げさだけど初めて自由を感じた。栄利子はもう『なりたい自分』じゃなくなってた」

少しも感情が揺らいでないかのように、圭子はナフキンでこよりを作り続けている。もうパフェに手をつけるつもりはないらしい。

「つくづく思ったの。七歳であのマンションに引っ越して来てから八年間、人生の半分近くあの栄利子とべったり一緒に居たんだもの。自由になりたいなあって。広い空が見たいって思ったの。今まで触れたことのなかったとんでもなく楽しい人やもので世界は溢れているんだって、十五歳にしてようやく知ったの。でも、自分から離れていく私のことをあの子は許せなかったみたい。すごかったよ。まだそんな言葉はあんまり広まっていなかったけど、ああいうのをストーカーっていうんだと思う」

自分を避けるようになった圭子を栄利子は執拗《しつよう》に追い回した。登下校を待ち伏せするのは序の口で、母親に気に入られているのをいいことに勝手に部屋に上がり込み、机をあさったこともあったという。圭子は仕方なく、恋人が出来たのであなたと遊ぶ時間はない、と嘘をつくことにした。しかし、かえって状況は悪化してしまう。

――彼氏ってなに。彼氏ってどこ。どこにいるのよ。私を遠ざけるために嘘ついてるんじゃないの。見せてよ。本当にいるなら見せなさいよ。

髪を掻きむしり目をぎらつかせ、どこかが壊れたようにわめく栄利子に、圭子は本気でぞっとしたという。

「仕方ないじゃない。嘘でもいいから、言うしかなかったのよ。『その人、結婚してるの。すごく年上で社会的地位のある人。だから誰にも言っちゃいけないの。名前は出せない』って」

ああ――。翔子は頭を抱え込みたくなる。分かっている。栄利子に嘘をつくと、それがどんなにささいなものであれ、決して許されないということを。

「栄利子がそれでもしつこいから、テレクラで知り合ったことにしたの。それだったらもう身元を詮索されないと思って。あの頃、流行っていたじゃない、援助交際。確かに栄利子はそれ以来、私に寄り付かなくなった。ほっとしていたんだけど、すぐに大騒ぎになった。短い間に、あの子は何をしたと思う？」

聞かなくても分かる。彼女の行動パターンはこの一カ月の騒動でほぼ把握している。翔子はいつの間にか両手を強く握り締めていた。あの女には普通と異常の境目がまったくない。正論をまくしたてこちらを追い詰め、まるで作業をこなしていくように逃げ場を一つ一つ奪っていく。本人は本気で良かれと思っている。

「学校中に噂を広めたの。私が援助交際しているっていう。担任教師にだけじゃなく、学園理事長に告げ口の手紙まで書いたんだよ。先生が自宅に来て大騒ぎになった。栄利子は優等生で周囲にも信頼されていたから、私の親まで噂を信じ込んじゃった。父に本気で殴られたの。ほら、これがその時の傷」

圭子はかるく顎を上げ、首の下のあざのようなものを見せた。

「もちろん、時間はかかったけど、誤解は解けたよ。でも、もう二度と元の暮らしには戻れなかった。私も栄利子も。栄利子はストーカー女として学校中の誰からも相手にされなくなった。学校側の要請で、精神科でカウンセリングを受けさせられたみたい。もうしゃべることはなくなった。あの騒動以来、私は悟っちゃったの。積み上げてきたものなんて一瞬で壊れるもんだし、親はいざとなると頼りにならないし、すごく仲のいい友達だって何かのきっかけで敵になるってこと」

しばらくの間、圭子はぼんやりと窓外の暗闇に目を向けていた。彼女の作ったナフキンのこよりがテーブルの上にぱらぱら散っている。パフェはすっかり溶け、どろりと液状化していた。この席だけ恐ろしく汚れて見えた。通り過ぎた店員が嫌な顔をしている。

「なんだかもう、どうでもよくなっちゃったんだよね、あれから。勉強も友達付き合いも、人にどう思われるかってことも。高校にはあんまり行かなくなって、先生のお情けで卒業した。二浪して入った大学も結局ほとんど行かなかった。就職しても続かないし、バイトも同じ。じゃあいっそ結婚してみようかと思って、付き合っていた男と籍を入れたりもしたけど、すぐに破綻《はたん》した。どうして私の人生だけこんなに上手くいかないんだろうって悩んだこともあったんだけど、最近やっと分かったの。周囲に問題があるわけじゃない。栄利子のせいってわけでもないよ」

「ええと、一度つまずいたからって、すべてを諦める必要ないんじゃないのかな？」

遠慮がちに口を挟むと、彼女は突然、ぐっと目を見開いた。白目が青いくらいだ。

「どうして何かしなくちゃいけないって思うの？　どうして暇なのがいけないの？　あなたもそうだよ。旦那さんのお金で暮らそうと思えば暮らせるんでしょ？　自分が取るに足りない存在なのを、そんなに認めたくないの？　それともあなた、やりたいことでもあるの？　別にいいんだよ。何もしないでも」

圭子の口調はゆっくりとしていて、ファミレスの喧噪《けんそう》をすべて遠くに押しやった。ふいに、翔子はうっすら理解する。美しいわけでも、特に取り柄があるわけでもない、このおかしな女に十五歳の栄利子が何故そんなにも執着したのか。

「……なにもしない」

翔子は思わず鸚鵡《おうむ》返しに言う。何もしない――。見えない手が無数に伸びてきて、深いところに引っ張り込まれる気がする。静かで調和のとれた居心地の良い世界へと。

「誰にも関わらず、誰の評価も気にせず、何もしないでただただ漂っているの。水槽の中の魚みたいに。すごく心が穏やかだよ。私、何もしないのが好きなの。ねえ、あなたもそうでしょ」

突然、圭子はスプーンを握り締め、上目遣いでこちらを見た。パフェをねちねちとかき混ぜ始める。

「あなたも私と一緒なんでしょ。生まれた時からすでに、生きることがすごく億劫《おっくう》なんでしょ。面倒くさがりなんて生易しいものじゃなく、誰かのために動いたり、見えないものを想像したり、欲しいものを手に入れるために力を尽くすことが心底煩わしいんでしょ。私もそうなの」

「違う」

唇が乾いていた。なんでコーラなんか頼んだんだろう。指先が冷え切っている。

「ううん。分かる。あなたをしょっちゅう、この街で見かけているの。あなたはいつも、どんな街にでもあるようなファストフードやチェーン店にいる。空っぽな目で、何も見ていない」

それは父と同じだった。父は寂しいのだとどこかで信じたかった。不器用なのかもしれないとも思っていた。もしかして、父はあの暮らしに満足しているのではないか。望んであんな生活をしているのではないか。他者に自分から働きかけることが心の底から面倒なのではないか。あれが父にとっての幸せなのかもしれない。翔子の本当の願いもまた、何もしないでただ漂っていることではないのだろうか。誰かのために心を遣いたくない。動きたくない。できるだけ一人で居たい。それは本心だった。

特に何をしているわけではないのに常に疲労感が消えない。ここ最近はそれが顕著だ。こんなに色々なことが面倒なのは、根っからくたびれ果てているからではないか。東京に来るもうずっとずっと前から。そう、生まれた時からすべてが億劫だった。行事も祝い事も面倒だった。人の名前を覚えるのも、時間通りに約束の場所に行くのも面倒で、間違えないように丁寧に字を書くことも面倒だった。就職したばかりの頃、ささいな伝言をし忘れたり、発注ミスをして、先輩にこっぴどく叱られたが、すぐにまた同じことを繰り返した。無能というより、一日一日を大切に過ごすこと、成長することがどうにも煩わしかったのだ。このままではいけない、と懸命に自分を律し、なんとか社会に溶け込めるようになった頃、身体を壊した。分かっている。自分の本当の願いは、何もしないこと――。圭子さんって、本当に死んだ魚みたいな目をしているな、と思ったら、みぞおちが冷えていった。

「あの、私、もう行く。用事を思い出しちゃって」

慌てて腰を上げると、圭子はとがめるでもなく、

「そう」

とだけつぶやき、再び残りのパフェをかき混ぜ始めた。会計をテーブルに置くと、逃げるように店を後にした。十月のきりっとした夜気が有り難い。頭上を電車が走り去り、翔子はようやく我に返る。足を速め、高架下を一目散に抜けた。商店街まで戻ってきて

ようやく息をつく。

やっぱり栄利子は疫病神《やくびょうがみ》だ。出来るだけ距離を置いた方がいい。これ以上関わったら、圭子のように――。心のたがが外れ、廃人になってしまう。栄利子は人を破滅に追い込む天才だ。メールの着信に気付き、携帯電話を取り出す。「ジゼル」の橋本くんからだった。品川で映画を観ようという誘いはずっと保留にしてあるが、そろそろ返事をしてあげないと可哀想かもしれない。別にやましい気持ちはないのだし、気晴らしで出掛けるのも悪くはない。

大丈夫、自分は圭子とは違う。夫だけではなくこうして若い男にも必要とされるくらいだ。なにより、ブログがある。読者が居る。あんなにもたくさんの人間に支持されている。読者さえ大切にしていれば、道を踏み外すことはない。読者の視線にさらされてさえいれば、無為に時間を過ごすことはなくなる。彼らはストッパーだ。彼らは港だ。彼らが自分を真人間にしてくれるのだ。

急に呼吸が楽になって、翔子は歩幅を大きくした。スーパーマーケットに寄って、彩りの良い野菜や旬の果物を購入し、ブログに載せられるような料理を作ろうと思った。

15

むせかえるような熱い風が頬を乱暴に叩く。目の奥が痛いくらいの真っ青な空がインド洋と境界線を重ねながらどこまでも続いていた。カフェテラスの庇《ひさし》がわりのシュロの葉が涼しげにそよそよと揺れる。近代的な白い建物が目を引いた。きちんと舗装されまっすぐに伸びた道路では、先ほどからずっと渋滞が続いているが、何故か慌ただしさが感じられない。ダル・エス・サラームはアラビア語で「平和な家」という名にふさわしい明るくのどかな町並みだった。

「雨量は少ないですが、今の季節は雨期なんですよ。小雨期というくらいです。滞在最終日に晴れてラッキーでしたね、志村さん」

テラス席で向かいに座る赤城《あかぎ》直美《なおみ》は現地コーディネーターだ。タンザニアに暮らし始めて五年になるという。元は大手旅行会社の添乗員として活躍していたが、現地の会社員と結婚し、今は市内のマンションに暮らしている。過去に一度タンザニアの紀行文を出版したらしい。三十代半ばだそうだが、日に焼けた肌にそばかすやしみが目立つものの、タンクトップからむき出しの腕や無造作にまとめた髪型が若々しい。ラフな服装と対照的な美しい日本語を使うのが好印象だった。女子大の大学院で南米文学を学んだという。

「なんだか、申し訳ないですね。中丸さんから直々にご指名いただいたのに、最終日に都心を案内するだけでいいなんて……」

「いえいえ、最近はパッカーのほとんどがインド人の実業家ですから、英語で事足りますし」

昨日はビクトリア湖にほど近いムワンザで十以上の工場を見学した。パッカー達と実際に話をし、労働条件や品質管理について質問をぶつけた。加工される前のナイルパーチを見たのは初めてだった。大きな身体は銀色の鱗《うろこ》で輝き、身は雪のように白く、死んだ魚があんなに綺麗な目をしているなんて知らなかった。

「工場があんなに近代的だとは思ってもみませんでした。欧米式のベルトコンベアや金属探知機が設置されていましたし、コンピューター制御でオートマ化されていたところもありました。なにより衛生管理が万全ですね」

「でしょう。実際に来てみると随分、印象も違うでしょう。日本人のタンザニア観は一向に更新されていませんからね……。いえ、志村さんを責めているのではなく、情報が行き渡らないせいです。マラリアにコレラなどの病気、教育水準が低いイメージがありますけど、確実に変わり始めています。この通り、都心部は豊かですし、外国人にとっても住みやすい街づくりがされているんですよ」

時間があるなら工場だけではなく、ビクトリア湖周辺の村にも是非とも足を運んでみたかった。自分が目にしたのはこの国のごく上澄みの部分であることは栄利子も自覚している。

「とはいえ、沿岸部の賃金の安い労働者の暮らしは悲惨です。経済成長が進んでいるとはいっても、インフラは改善されていないんです。ベンチャービジネスが台頭していても、銀行の融資制度はまだまだ整っておりません。ただ、資源も人材も豊富な伸びしろのある国であることは是非とも、ご理解いただきたいんです。あ、何か頼みましょう」

赤城直美は慌てたように、革でカバーされたメニューを開いた。昼時の店内は混んでいて、たった一人のウェイターがきびきびと立ち働いている。赤城直美は食いしん坊らしく楽しげにメニューを眺めている。

「あ、ティラピアがありますね。ナイルパーチは、海外からの引きは強いですが、国内でそこまでの人気はないんですよ。淡泊で香りも物足りないらしくて。それよりもナイルパーチに食い荒らされて激減しているこのティラピアが好まれています。ちょっと癖のある味なんですが、スパイスに負けない濃厚な風味があるんですよ。そうそう、私のお薦めはこのバナナのシチューです。バナナといってもフルーツというより、ねっとりしたお芋のような味わいですよ。トマトや豆と煮込んだ、タンザニアでは比較的ポピュラーな料理です。お米料理も豊富ですね」

「へえ。じゃあ、それをお願いしようかな。美味しそう。あと、癖のあるティラピアっていうのも食べてみたいです」

栄利子がそう言うと、へえ、という風に彼女は目を上げ、まじまじとこちらを見た。

「志村さんって商社マンには珍しいタイプですよね。柔軟性のある方というか……。今日も高級ランチよりも現地で人気の飲食店がいいとおっしゃるから驚きました」

赤城直美は感心するように言った。ふと「にっこりずし」でのやりとりが蘇ってくる。

翔子は魚の正体なんていちいち知りたくない、美味しければなんでもいいと言っていたけれど、栄利子は今なおどうしてもあの意見には賛成しかねるのだ。

「日本ではナイルパーチやティラピアって、言葉は悪いですが一時期、偽装魚として扱われることが多かったんです。ナイルパーチは白スズキ、ティラピアは鯛……。でも、素材は素材として、それに合った調理をする方が美味しいに決まってますよね。日本人は淡水魚にどうも抵抗があるようで……。コイやフナの印象が強いせいでしょうか。以前、南米のチリからメロという魚が日本に入ってきた時、なかなか売れなかったんです。ムツ系統の魚だったので『銀ムツ』という名前にしたら爆発的に売れた。偽装表示が問題化してからは『メロ』に戻したんですが、その時にはもうメロでもちゃんと売れるようになっていました。日本ではまず味より名前なんです。食を国外にも頼らざるを得ない状況なんですから、消費者も先入観は捨てて、異文化の味に積極的にトライすべきだと思うんですけどね。今、日本では移民の受け入れが議論されていますが、これと同じことが言えます。まずは多様な民族と共存していく姿勢を身に付けることが先決なのに、自分達は何一つ変えようとしないで、労働力だけ欲しいなんて……」

「ええ、その通りです。私もこちらの食材でわざわざ和食を作ったりするのは好きじゃないです。仲間ですね」

赤城直美が同意するようににっこりし、ウェイターにてきぱきと注文を告げる。栄利子はほうっと満足の息を吐く。仕事を介すれば、こんな風に同性と接する事も可能なのだ。過度な期待も緊張もなく、フラットに向き合う事が出来る。これが本来の自分の姿だと思いたい。翔子に酷い言葉をぶつけたり、ネットで彼女の言動を探偵のように探る、あちらの自分は偽者なのだと信じたい。

「恥ずかしいんですけど、父も同じ会社に勤めていました。二代続いたいかにもな商社マンの家庭ですよ。私、かなり頭は固いし、保守的です」

「とすると、小さい頃から転勤が多かったんですか？」

「いえ、父があちこちに単身赴任していて、私と母は東京を離れませんでした。私の受験を考えての判断だったようです。正直、罪悪感はあったし、母は父方の祖父母になじられたこともあったようです。でも、私はなんだか父が……、とても羨ましかった。童話に出てくる旅人みたいに思えて」

三日前まで見ず知らずだった女に何故、これほど個人的な体験を話せるのだろう。開放的な潮の香りのせいだろうか。空の青さのせいか。そうか。この温かくのんびりした雰囲気は台湾に似ている。父の赴任先のマンションは台北の中心地にあった。母がマッサージ屋で治療を受けている間、父は夜市に連れて行ってくれた。どこまでも続く光の洪水に「縁日みたい」と目を丸くしたら、父はいつになく得意そうに言った。

——そうだろう。でも、お祭りじゃない。毎晩やっているマーケットなんだ。ご飯はここの屋台で買えばいい。

もう夜の九時近いのに、栄利子とそう年の変わらない女の子がきゃっきゃと遊び回っている。ずらりと並んだ屋台の店先には、肉を載せたどんぶり、春巻き、鶏の様々な部位を甘辛く煮付けた料理などが所狭しと並んでいた。

——この町では包丁なんて必要ない。おうちでご飯を作る習慣もないんだ。こんな風にご飯を買って帰れるお店がいくらでもあるんだ。

なんて身軽で、なんて自由なんだろう。食事の支度に苦労している母やお皿洗いの煩わしさが、別世界の出来事に思えた。常識なんて環境次第でいくらでも変わるんだ、と思うと胸が熱くなった。父にねだって苺飴を買ってもらった。熱い飴をかけた苺は甘酸っぱくて、やわらかくて、舌を火傷《やけど》してしまったけれど今でも味が蘇るほど美味しかった。

「いろんな国に行って、違った文化に触れたくなったんです。新しい価値観に触れると、すごく気持ちが楽になる気がしたんです。あの時」

久しぶりに素直な言葉が口を衝《つ》いて出た。やはり、仕事は決して手放したくない。収入やステイタスのためだけではない。今この瞬間のようなくつろいだ時間を得るには、どうしても必要なのだ。赤城直美なら自分を決して傷つけないし、裏切ったりしない。何故ならビジネスの相手だから。その絶対的安心感が、栄利子を和やかにしてくれるのだ。今回の契約でも必ず利益を上げてみせる。

「そうだ。あとでココビーチをご案内しましょう。今日は比較的波が穏やかですからね。白い砂と椰子《やし》がとても綺麗なんですよ」

女友達みたい——。栄利子は赤城直美に向かって目を細める。同性と会話が弾むことがこんなに嬉しいとは。それでも、昨日、パッカーの一人が言っていたことを思い出してしまう。

――ナイルパーチには餌をたくさん与えてやらねばなりませんね。肉食性ゆえに、お腹が減るとすぐに共食いをしますから。

似たもの同士で親しくしていたとしても、飽和状態が続けば、やっぱり殺し合いになる。赤城直美とて、プライベートで付き合えば、きっと上手くいかなくなる。彼女は自分を疎んじるようになる。それを阻止するために、きっと彼女を追いつめてしまうだろう。自分はそういう人間だ。悲しいけれど、それが事実だった。

ならば、今このひとときを大切にし、空の色とともに胸に刻みつけようと思った。

16

玄関が開く音がし、翔子は「お帰り」より早く、盛りつけたばかりの皿に視線を落としたまま「じゃーん」と得意げに叫んだ。リビングに入ってきた夫は、テーブルに並んだ皿を見るなり、おっと目を丸くした。今夜のメニューはＮＯＲＩに教えてもらった「手抜きに見えないアクアパッツァ」と「電子レンジで作るボンゴレビアンコ」だ。いずれも翔子でも作れたくらい簡単で見栄えがいい。ただし、コストはかかった。ハーブや香辛料を探し、普段は行かない高級スーパーにも足を運ばねばならなかった。

「すごいじゃん。どういう風の吹き回し？」

「早く食べてみて。コメントちょうだいよ」

「なんか職場の試食会の延長みたいだなあ」

と、賢介は苦笑した。そう、これは仕事なのだ。

「俺はいつもの永谷園の梅干茶づけみたいなもんでいいんだけどさ」

そうはいかない。自分はもうこれまでの翔子ではない。

昨日、『メラニー』の新商品試食会で、翔子はたくさんの主婦と知り合った。あれほど大勢の同性と接したのは何年ぶりだろう。前日は緊張してよく眠れなかったし、何を着ていくべきか、会話はどうしようかとかなり悩んだ。しかし、大手出版社の広々とした会議室に集められた彼女達はごくカジュアルな出で立ちで、誰もが気さくだった。メディア慣れしているせいか、他者との距離の取り方が抜群に上手かった。新入りの翔子にも近付き過ぎず、かといってよそよそしくもなく、ごく普通に接してくれた。「おひょうさんのブログ、大ファンなんです。こう見えて私もずぼらなんです。ひどいもんですよ」と、お世辞を言いつつもさりげなく自虐を滲ませる。社交辞令と分かっていても、相手を疲れさせず、立ち入らない、細やかな配慮が有り難かった。中でも一番波長が合ったのが、大人気ブロガーのNORIだ。正直、会うまではかなり鼻につく存在だった。前向きな文章を読んでいると、こちらが責められている気がした。育児に家事、商品開発にモニターにモデル業……。ブロガーとして有名になった今、かなり裕福な暮らしを送っているであろうにもかかわらず庶民派を気取るところ、殺人的なスケジュールを軽々とこなしている様も嫌味に映った。しかし、いざ面と向かってみると、こざっぱりとした感じの良い女だった。男の子のようなショートカットに大きめのダンガリーシャツが実に爽やかだ。自らデザインを手掛けたという使い勝手の良さそうなトートバッグから、手帳やデジカメ、スケッチブックなどを魔法のようにぽんぽんと取り出した。試食会の最中、隣に座るうちに、翔子はすっかり彼女に魅了された。気付けば、ほんの少しではあるが、悩みを打ち明けてしまった。顔出しに抵抗があること、おかしなファンに付きまとわれていることなどを、彼女はうなずきながら聞いてくれた。

――分かる。分かる。ファンだって名乗る人と仲良くなると、そういうことが結構な確率で起きるよね。こう見えて、私もかなり痛い目に遭ってるから。

NORIは何でもないことのように笑ってくれた。

――気にしないことも大事だけど、その人も、おひょうさんがこれまでのおひょうさんじゃなくなったって分かれば、執着しなくなるんじゃないのかな。いい機会だから、ブログをもっともっと頑張ればいいんじゃないの？

本当にNORIはすごい。どんなマイナス要素でも、自分を輝かせる材料、ビジネスのアイデアに変換してしまうのだ。かといってガツガツした風もなく、極めてくつろいでユーモアを交えて話す様は好感が持てる。

何よりもNORIと親しくしている姿を見せているだけで、花井里子がかすかに苛立ちを滲ませるのが愉快だった。自分は安全な場所に居ながら、ブロガー達が競い合い傷つけ合うのを見るのが、楽しくないはずはないのだ。女と上手くやるのがいかにも苦手そうな翔子がすんなりとNORIを介して輪に入っていったことは、里子にとって予想外であり、面白くない事態なのだろう。『すっかり皆さんと打ち解けて、もう私なんか必要なさそうですね（笑）』という試食会後に届いたメールにそれは表れていた。

翔子は今日のブログの文面を頭で組み立てる。

『今日のレシピ、仲良しになったNORIさんに教えてもらいました。合計で二十分もかからないんですよ。ダメ奥さん卒業？』

本当は野菜を切ったり、材料を揃える時間を含めると四十分以上かかったが、これくらいの誇張は許されるだろう。買って以来、一度も使ったことのなかったギンガムチェックのランチョンマットを取り出し、皿を並べる。電話が鳴った。

「電話出てよ！　今、手が離せないんだから！」

大声を上げるが、換気扇に吸い込まれ、部屋着に着替えている賢介の方に届かない。仕方なく、手をキッチンタオルで拭き、電話に手を伸ばす。弟の洋平からだった。いつになく切羽詰まった声でいきなり話し出した。

「ねえちゃん、やばい。麗美さんが本当に出て行っちゃった。離婚届と、あとは弁護士を通して下さいって書き置きが居間にあったらしい。おやじ、ぼうっとしてて、なんかやばい」

なんだ、またそんなことか——。翔子は苛々してくる。主婦ブロガーの中には都内に実家があるおかげで、両親がなにかとサポートしてくれると公言する者もいた。それに引き換え、翔子の家族はなんと役に立たないのだろう。誰かが病気なわけでもないし、まして貧乏なわけでもないのに、これまで一度たりとも翔子を慮ってくれたことがない。まったく機能しない名前だけの家族。

「私、無理。今帰れない。洋平が何とかして」

「え、なんでだよ」

明らかに声がうろたえている。

「本当に困ってたら、お父さんが自分から連絡するでしょ。ほっとこ？」

「まあ、そりゃ、そうだけど」

洋平は遠慮がちに続けた。

「おやじ、自分から助けて、なんて言えない人じゃん。寂しいとか、辛いとか。だから、やっぱり、ねえちゃん……。こういう時は女が先回りして優しくしてあげなきゃいけないんじゃないの？」

何十年前の価値観だろうか。お調子者だが気弱なところがある弟は、可愛い存在だった。しかし、甘やかし過ぎたかもしれない。ずっと心の奥底に閉じ込めていたあの家全体に対する怒りがとうとう爆発した。

「なんで、優しくするのが女の役割って決めつけるの。あんたがやりなさいよ。あんたが先回りして優しくしてやればいいじゃないの。あんたの方が近くに住んでいるんだから。そうやって、母さんや麗美さんに押しつけてきたから、あの人達は壊れたんじゃない。私が次の犠牲者になるわけ？　冗談じゃない。私は誰の犠牲にもならない。この間、掃除に行ったばっかりじゃないの」

「でも、俺……。父さんがあんまり得意じゃないんだよ」

消え入るような声に翔子はかっとなった。

「私だって、苦手だよ！　あの人が得意な人間なんて居ないよ。世界中のどこにも居ないよ。もう、いい。あの人は一人で居るのが好きなんだから。世捨て人みたいにしているのが好きなんだから。とにかく、今度はあんたがなんとかして。私、今ブログで忙しいんだから」

怒りにまかせて電話を切ると、賢介が遠慮がちに声を掛けてきた。

「ちょっと可哀想じゃないか。まだ学生みたいなもんじゃん、洋平君。帰ってあげたっていいだろ。それに、ネットはどこでも繋がるじゃないか」

「駄目だよ。私のブログは、東京のこの家であなたの隣で書いてこその『ダメ奥さん日記』なんだから。たくさんの読者と編集者が待ってるんだから。私がやらなくて誰が彼らに向き合うの」

賢介のいつも柔らかい線を描く唇が、ふっと皮肉っぽく歪んだ。

「すごいねえ。大作家先生みたいだねえ」

「なに、その言い方。たかがブログじゃないかって思ってるんでしょ！　私がどれだけ苦労してるか……」

自分のものではないような金切り声が出た。賢介が顔を強張らせた。目頭が熱い。なんでこんなに腹立たしいのか分からない。ただの趣味がいつの間に義務になったのか、二人きりの暮らしが何故、みんなのものになってしまったのか。賢介が見えない扉を閉ざしたのを悟る。彼はくるりと背を向けると玄関に向かって行く。

「どこ行くの。こんな時間に……」

「外で食べてくるよ」

見ると、賢介はもうスニーカーに足を差し込んでいる。慌てて飛んでいって腕を摑む。自分でも恥ずかしくなるほど、必死な声が出る。

「なにそれ、私がせっかく夕食作ったのに」

これから写真を撮ってアップするところなのに。「魔王」の気の利いたコメントが是非とも欲しいところなのに。『どうしちゃったの。こんな料理、うちで食べられる日が来るとは（笑）』とか。これでは予定が狂ってしまう。面白いブログも書けなくなる。

「俺が居ない方がいいでしょ。今日はゆっくりブログ書けばいいじゃない」

賢介はやんわりと腕をふりほどくと、こちらの目を見ずノブを握った。

玄関のドアが閉まり、翔子は一人になった。何が起きたのだろう――。いつになく、きちんと料理をし、彼を出迎えたのに、どうしてこんなに殺伐《さつばつ》としたやりとりになったのだろう。

父が母に「食えねえ」と吐き捨てたあのひな祭りの出来事が蘇る。一生懸命作った料理なのにろくに手をつけてもらえなかった、あの母の顔。苛立ちにまかせ、わざと乱暴な足取りで台所に戻る。皿を摑んで力まかせに流しにぶちまけようとしたが、ブログ用写真を撮っていないことに気付き、すぐに思いとどまった。

もはや、写真を撮らねばなんにもならない。

17

帰国の翌日は半休をとってもいいと部長に言われていたが、栄利子はいつも通りに出社した。たった数日留守にしていただけなのに、机の上は回付書類と郵便物が山積みで、半分片付けるだけで午前中が潰れた。

外回りから帰ってくるとすでに夜の七時で、机の上は相変わらず書類で溢れている。仕方なく派遣社員の山村恵美子《やまむらえみこ》を内線で呼んで、小さな段ボール箱を用意してもらい、ひとまずその中に書類をすべて入れておくことにした。絨緞に膝をつき箱を組み立てながら、恵美子はふと思い出したようにこちらを見上げた。

「あ、そうそう。志村さんが出張中、朝礼で発表があったんですよ。杉下さんと高杉さん、年内に結婚するそうです。高杉さん、おめでたみたいですよ」

「へえ、そうなの。全然気付かなかった。それは、おめでたいね」

「寿退社になると思うんで、来月あたりにお祝いを兼ねた送別会しようと思ってるんです」


恵美子が去って、ようやく片付いた机でパソコンを起動させる。心臓が鳴っている。もうすぐ十一月だというのにストッキングが汗でべったりと張り付いていた。オフィスの片隅で、珍しく遅くまで残っている真織が派遣社員らに囲まれ、ふざけて肩を叩かれているのが目に入った。あの子はいつも、同性に囲まれている。

自分はピエロではないか——。あの二人はもしかして、陰で自分を笑っていたのではないか。冗談じゃない。杉下のことなどなんとも思っていないのに、別に誰かと結婚したいわけでもないのに何故、これほど惨めな気持ちを味わわねばならないのだろう。

彼らの出会いから結婚に至るまでの経緯は、両親にそっくりだった。この社で、営業マンと事務員として知り合った二人は、妊娠をきっかけに入籍し、母は仕事を辞めた。そのことについて特にとがめる気持ちになったことはないけれど、こうして杉下と真織の話を聞かされると、両親もかつては生臭くだらしない男女だったことが突きつけられたようで、不快感がこみ上げてくる。

これでは、あの高校一年の一学期と一緒ではないか。誰も彼もが自分を置いて行く。彼氏がいる同級生が羨ましいわけでも、メイクや夜遊びに興味があるわけでもないのに、何故か落ち着かなかったあの頃。姉妹のように親しかった圭子に背を向けられ、死にたくなるほど寂しかったあの頃。

世界中が自分を否定しているように感じるのは気のせいだろうか。タンザニアで得た平穏がもう身体のどこにも残っていない。

パソコンが立ち上がるとメール画面より早く、ブックマークしてあるおひょうのブログを開いた。業務中に彼女の文章を読むことになんの抵抗もなくなっている。ああ、また、あの女の話だ。出張の間に、おひょうはどうやらブロガーの集まりに参加し、くだらない連中とつるむようになったらしい。

『NORIさんが素敵だなあと思うのは、社会的にも成功しているスーパーママなのに、肩の力が抜けているところ。仕事が忙しい女の人ってキリキリしがちだし、人に対して要求が厳しくなるのに、NORIさんはすっごくおおらか。一緒に居ても少しも窮屈じゃなくて、のびのびできてずっと前からの親友みたいです』

なんだ、これは――。自分に対する皮肉にしか思えない。分かる人にだけ分かるような暗号めいた言葉選びや「誰かを持ち上げて誰かを下げる」なんて陰湿な芸当が出来る女ではなかったのに。なによりも、親友という言葉が胸を鋭く貫いた。

こんなの「おひょう」ではない。こんなの「丸尾翔子」ではない。

怒りで首筋が熱くなる。「おひょうのダメ奥さん　つまらない」ですぐさま検索をかけた。息継ぎする暇もなく、某巨大掲示板の否定的なコメントがいくつか見付かった。いずれも『力の抜けたゆるさが魅力だったのに、最近普通の奥さんブログになっちゃったよね』『ダラダラしていた頃の方が面白かった。書籍化めざしてるのかな?』という失望を表すものばかりだ。そう有名なブログではないから数は多くないものの、先ほどまで重かった胃がすっと軽くなる。とある書き込みが目に入った瞬間、呼吸が楽になるのを感じた。

『なんか、共感できないよね。最近のおひょう』

まさに栄利子が言いたかったのはそれだ。そう感じるのは、自分だけではないのだ。ああ、自分は間違っていない。同じように感じている人が居るのだ。そう、この書き込みが存在する以上、自分のこの感情は絶対的に正しい。この書き込みをプリントアウトして、手帳にでも貼り付けよう。

この世界で何よりも価値があるのは、共感だ、と思う。

栄利子だけではない。誰もが、身をよじり涙を流すほど、共感を求めている。共感するためなら、いくら金を払ってもいいと思っている。共感を求めているからこそ、誰もがネットを手放すことが出来ない。こちらが心や頭を働かせる手間を省いて、一瞬で時間も環境も飛び越え、「私は一人ではない」と思わせる強いアルコールのような力。一発で即、共感させてくれなければ、どんなに優れた言葉であれ仕事であれ、栄利子にはなんの意味もないように思える。そう、発言の場を与えられた以上、その人間は受け手を引き込み、共感させなければならない。共感させない女は人を孤独にする。共感させない女はこの寒い世界をより殺伐とさせる。だから、共感を抱かせないこのおひょうのブログは、罪に値する。もっともっともっと、栄利子達は共感させてもらわねばならない。ひとりぼっちのこんな夜に灯《とも》りを点し、「あなたはこのままでいい」と肯定させるのが、神がおひょうに与えた義務なのだ。光を浴びる人間の義務なのだ。間違いは正さねばならない。

ＮＯＲＩなんて俗っぽいママさんブロガーなんかとつるんでいるのが、読者への許しがたい裏切り行為に思えた。ＮＯＲＩと翔子が仲良く食事をする様を思い浮かべるだけで、栄利子は叫び出しそうになる。栄利子のような女が、友達のいない読者が、どんな気持ちになるか、少し想像すれば分かることなのに。何より、あんな人気者と一緒に居たら、どんな女だってたやすく自分を肯定してしまうに決まっている。ＮＯＲＩのような有名人と親しい私なら、きっと過不足ない。このままでいい。努力は必要ない。何を言っても許される……。憧れだったおひょうと知り合って、有頂天だった自分を思い出し、よりいっそう苦い気持ちになった。女友達がいなくてもいつも一人で楽しそうなおひょうだからこそ、栄利子は共感が出来たのに。電子レンジだの時短だのパラフィン紙だの塩麴《しおこうじ》だの……。栄利子にとって興味のない単語の羅列に苛々する。

以前のようにジャンクフードやテレビ番組や本や漫画のタイトルに満ちた、栄利子を楽しくさせる軽妙な文章を何故書かない？

ＮＯＲＩに対する悪口はないか、と再びキーを叩く。案の定、出るわ、出るわ——。栄利子はどうしても口もとがほころぶのを止められない。企業とのコラボ商品も手掛けるＮＯＲＩへの罵詈雑言は至るところに溢れていた。

まずい。栄利子は手を止め、ちらりと背後に人が居ないか確認する。このままだと、検索がやめられなくなりそうだ。明日は出張の報告を兼ねた大きな会議があるのに――。資料を整理し、データをまとめ、現地で撮りためた写真をスライドにして発表しなければ。でも、今は、おひょうのことしか考えられそうになかった。

そうだ。このまま会社に宿泊すればいい。そう考えたら、急に肩が軽くなった。めくるめく自由な夜の時間が辺り一面に広がっていく。ここはオフィスでなく、自分の部屋に思えた。

ここには仕事とネットがあるのだから、帰る必要なんてない。このままずっと会社の中に居ればいいのだ。通勤の時間が省けるし、遅刻することもないし、一人きりの週末をやり過ごす必要もない。色々な手間や悩みが省ける。友達がいないことも気にならない。大昔のナイルパーチのように、適正テリトリーの中だけで暮らせば、傷ついたり迷ったりする必要もなくなる。いつかそんな場所に辿り着ければいい。目指すは穏やかで、共感に満ちていて、誰とでも分かり合える、調和のとれた世界。それはどこかにきっとある。そこで暮らせるようになるまでに、こんな夜をあと何回繰り返せば良いのだろうか。自分のような人間は、この混迷を極める社会で人間関係を築くのは困難なのだ。多様性を認め、相手の心境を慮り、その一方で己の個性や美意識を守り、心を開く。そんな複雑なジャグリング、はなから無理だ。あらゆる感情を総動員して、誰かと真摯に向き合う芸当など栄利子には最初から不可能なのだ。

社員が全員出払うまで、あと少し。それまでは、何食わぬ顔でキーを叩かねば。

涙がひとすじ頬を伝い、キーボードにぽたりと落ちる。栄利子は心底驚いた。誰かに見られてはいないだろうか、と周囲を見回す。別にちっとも悲しくなどないのに。ただのドライアイだろう。引き出しから強い目薬を取り出し、首をのけぞらせて両目に一滴ずつ差した。風景が激しく鮮やかに歪む。むき出しになった喉から胸のラインを誰かにじっと見られている気がするが、もうどうでもよかった。

タンザニア出張後、この柔らかい女の身体という入れ物が、つくづく煩わしいと感じている。

こうしている今もナイルパーチは進化を重ねている。生きるためなら仲間さえ食べる。どこまで大きくなるかは誰にも分からない。一つの鮮明なイメージが栄利子を捉えて離さない。数十メートルにも及ぶ巨大なナイルパーチが、もはや他に生物の居ないビクトリア湖を銀の鱗を光らせて悠々と泳いでいる。たった一匹。でも、寂しくはない。何故ならその身体の中には食い尽くしてきた何十万という魂が生きているから――。

とにかく、おひょうを元に戻さねばならない。これ以上、自分のように傷つく人間を増やさないためにも、再び読者を共感させるブログを書かせなければならない。友人として、いや、ここまで彼女を育ててやった読者として当然の要求だ。自分は断じて、おひょうの敵などではない。誰よりもおひょうを思う熱心なファンなのだ。だから、おひょうが耳を傾けるのは自分の言葉であるべきだ。ぽっと出のNORIなんかではなくこの古くからの理解者、志村栄利子を尊重するべきなのだ。間違った道に足を踏み入れた彼女を正せるのは、彼女をよく知り、ビジネスや常識にも精通した自分だけ。だって、彼女は栄利子の他に本当の友達などいないのだから。

いつの間にか真っ暗になった無人のオフィスに、一台のパソコンとその周辺だけが白い灯りに浮かんでいる。栄利子は一晩中、ありったけの情熱を込めてキーを打ち続けた。おひょうのブログのコメント欄を、手厳しい批判とそれをフォローする優しさと有益なアドバイスに満ちた文章で埋め尽くした。

18

本を読むのはいつ以来だろう。

窓から差し込む十一月の木漏れ日が紙の表面を照らし、ざらつきや窪みまで鮮明に浮かび上がらせている。これほどまでに静かな空間は怖いくらいだった。世界に自分と活字しか存在しないような心許なさを感じながらも、ページをめくると、紙が指にしっくりとなじんで、何かを吸い取ってくれる気がした。ポタージュの滴《しずく》がシノワからしたたるように、なめらかにぽとりぽとりと時が落ちていく。

近所のカフェ「ジゼル」の窓辺の席で、蛍光ペンを片手に読書を始めてどれくらいが経つのだろう。丸尾翔子はふと壁の掛時計に目をやり、店に入ってからまだ二十分と経っていないことに気付く。時計の針が普段に比べ、はるかにゆっくりと過ぎていくことに驚いていた。ブログにのめり込む前は、自分はこんな心持ちで暮らしていたのかもしれない。でも、その平らな場所へ戻りたいとはもう思わなかった。

一文を上から下までじっくりと目で辿る。元から活字を読むことは嫌いではない。といってもあまり難解なものではなく、日常を描いた気楽なエッセイや明るいエンタメ小説が好みで、よく図書館を利用していた。最近では眩しい液晶画面に流れる文字をつんのめるようにして追いかけているうち、あっという間に一日が終わってしまう。食事中でさえ携帯電話から目を離さず、以前の何倍もの頻度で、日常のあらゆる場面をネットで公開する翔子に、夫の賢介は何も言わない。先月のささいな口論以来、仲が悪くなったということはないが、ほんの少しだけよそよそしい雰囲気は続いている。

でも、人の成功を自分のことのように喜べる大らかな男だ。じきに慣れてくれるだろう、と楽観的に考えている。だいたい、文句を言われる筋合いはないのだ。このところ翔子は以前に比べ、格段に家事に対して前向きになっている。ブログにアップするために、簡単ではあるが出来るだけ彩りの良い食事を作り、部屋も極力綺麗に整えていた。だらだらする時間はほぼない。アフィリエイト広告収入はどんどん増えているし、もし、ブログが本になれば印税も入る。賢介にとっても良いこと尽くめだろう。

花井里子とは連絡を取り続けている。未だ書籍化への明確な返事はしていないものの、翔子の気持ちは急激にかたまりつつあった。

この『レシピブログで夢をかなえた人たち』（ヴィレッジブックス新書）は、先輩ブロガーであるＮＯＲＩに薦められてすぐにネットで購入した。今の翔子には一文一文が滋養のように染みこんでいく。巻末のチェックシートはなるほど、ＮＯＲＩの言う通り参考になった。


「□文章にメリハリをつけたり改行を入れるなど、読みやすい工夫をしていますか？
□読者があなたのブログで興味を持っていることはなにかを自分で知っていますか？
□写真は料理がおいしそうに見えるように、自然光で撮るなどの工夫をしていますか？」

確かに今までは「どう見られるか」ということに無頓着だったかもしれない。翔子は素直に自分を省みた。本格的なカメラを購入した方がいいだろうか。いやいや、その頑張りはおひょうらしくないし、「真似出来ない」と及び腰になる読者も居るだろう。これまでと変わらず携帯電話での撮影でいいから、ほんのちょっぴり技術を向上させる方向が望ましい。いよいよ、転換期に来ているのだと思う。素人の奥さまブロガーからプロのブロガーへと進化を遂げるのだ。もう顔出し取材を拒んでいる場合ではなかった。

翔子は読み終えた本を閉じると、背筋を伸ばし、冷めたハーブティーをひといきに飲み干した。

昨日は初めて『メラニー』から写真入りのインタビューを受けた。「ネクストスターブロガーを探せ・子なし主婦代表　おひょうさんが初登場！」と題された二ページにわたる目玉特集の一つだ。無名の主婦としては破格の扱いだ、と担当編集者の花井里子は興奮気味に語っていた。おそらくは売れっ子のNORIの後押しもあったのだろう。発売は今月末らしい。あれが書店に並ぶ頃、きっと自分は今の自分ではいられなくなるだろう。もう覚悟は出来ている。

――のんびりゆっくりが私のポリシー。家事も子作りのタイミングも『人とくらべない』のがモットーです。お皿洗いで喧嘩するくらいなら、思い切って「大戸屋」で仲良く外食、ピザをとってDVDを見る……。それが私達夫婦のルールです。

取材の前日は緊張でよく眠れなかったけれど、出版社の会議室でプロのカメラマンからおびただしいフラッシュを浴びせられる中、堰を切ったがごとく饒舌《じょうぜつ》になっている自分が居た。NORIと出会ってから積み上げてきたことが唐突に花開いたのだろうか。

NORIと顔を合わせたのは一度きりだけれど、ブログやメールでのやりとりから、彼女の生き方や考え方を十分学ぶことが出来た。ふんわりとした気さくな外見に反して、NORIは冷徹といってもいいほどの客観性を持ち、マーケティング能力に長《た》けていた。

――おひょうさんって、とぼけてて等身大なのが良さなんだけど、一般の人と違うっていう線引きをそろそろちゃんとした方がいいわよ。あなたはあくまでも『伝える側』

の人間なんだからね。なにも特別な人にならなくていいの。『伝える』という自覚を持つことで、人はみんなあなたの言葉に耳を傾けるようになるんだから。

魔法の杖を得た気がした。見せ方や言葉次第で人はどうとでもなる。何を身に付けてきたかなど大した問題ではない。最も大切なのは自分を恥じないことだ。里子の用意したレコーダーに向かってしゃべりながら、翔子の心は解き放たれていった。空っぽな人生を引け目に思っていたけれど、ほとんどの人間が同じように感じているだろう。自分の務めは名もなき彼らの代弁者であること。閉塞感に苦しんでいる主婦の生活に風穴をあけること。「何かを成さない人間に価値はない」という世間一般の間違った刷り込みを正すのだ。自信を持とう。自分はこれでいい。ありのままで行こう。結局、等身大の生き生きとした人間が一番人の心を打つのだ。だらけた毎日だって思い切って肯定してしまえば、一つのスタイルになる。

家計は楽ではないけれどパートに出るつもりはなく、子供を作る予定も今はないこと、何者でもないスタンスのブロガーであることを翔子は堂々と語った。一部の人間が目くじらを立てるであろうことは重々承知している。しかし、批判を聞く気はもうないし、その道はとうに遮断してある。ＮＯＲＩのアドバイスにより、ネットで自分の名を検索するのはもうやめたし、ブログのコメント欄は閉鎖することに決めた。

先週火曜日の深夜から早朝に書き込まれた信じられないほど大量のコメントは、誰がどう見ても同一人物の手によるものだった。

『今までの楽しくて明るいおひょうさんはどこに行っちゃったんですか。ガッガッギラギラした普通の出たがり奥さまブロガーになったみたいで、私は寂しいです』

『私達が入れない輪の中で、あなたが楽しそうにしていると、言いようのない疎外感を覚えます。友達を作るな、とは言わないけど、少しは周りの気持ちも考えて欲しい。そういう他者への思いやりを持ってくれれば、あなたはより良くなれるのに。同じ女性として、すごく残念です』

『あなたはやれば出来る人。あなたはこんなもんじゃないでしょう。もっともっと上に行ける人。早く一皮むけて下さい。ファンからの切実な願いです』

最初は哀れっぽく切実だった訴えはタイムスタンプが明け方に近付くにつれ、矛盾をはらみながら、激しさを増していった。

『居丈高《いたけだか》に人に意見をしないでよ！　世界はあなた中心に回っているわけじゃないの！』『読者へのひどい裏切り行為だと思います。謝罪を要求します』『あなたはマスコミに踊らされているだけ。可哀想な無知で無学な人ですよね。どうせろくな学校も出てないんでしょう』『あなたの本が出たら、批判のレビューを書き続けてやる！　あなたに才能なんてない！　面白いと思ったことなんて一度もない！　どこにでも居るブロガー！　あなたがブログを続ける限り、一生追いかけて、一生批判を書き続けてやる！』

ヒステリックな批判を展開したかと思えば、最後は潮が引くように弱々しくなっていった。

『ねえ……、返事して下さい。どうして私達ファンをないがしろにするんですか。戻ってきて下さい。私達があなたを支えてきたんじゃないんですか？』

この思考回路や言葉選びはどう考えても、志村栄利子のものだろう。もはや恐怖など感じないし、傷つくこともない。ほとんどのファンが『変な人の書き込みに負けないで』『頭がおかしい人が居るみたいですが、嫉妬ですよ』と翔子に同情的なせいもあった。栄利子に対して、強い感情はとっくに消えている。腹立たしさを通り越し、冷んやりとしたものが翔子を覆っていた。

栄利子の母が携わっていた「ジゼル」にこうして通うのも、もうあんな女など恐るるに足りない存在だと、自分自身に証明したいためだった。

ほんの少し前、栄利子のことを女神のように見上げ、眩しく思っていた自分はなんと世間知らずだったのだろう。何事も上辺しか見ていなかった。学歴や美貌や出身地や職業なんて結局のところなんの役にも立たないし、その人の核にはならないのに。コメント欄でみっともないワンマンショーを繰り広げる栄利子を眺めるうちに、翔子はようやく目が覚めた。くだらないステイタスに縛られて大切なものを見失っているからこそ、栄利子はあんなにも満たされず、人との繋がりを渇望しているのだろう。気持ちは分からないでもない。可哀想だが、何もしてやれないししてやる義理もない。彼女が自分にしたことは立派な営業妨害なのだから。

「おかわり、いかがですか」

顔を上げると、橋本くんが細い目をくしゃっとさせて、ガラスのティーポットを掲げていた。お湯の中でハーブがふくふくと膨らんでいく。もう肌寒い季節なのに、ぺらっとしたTシャツから裸の腕を伸ばしている彼を見ると、身体の内側がくすぐったくなった。

こうしてやって来たのは橋本くんに会いたかったせいもある。他に客の姿がないのをいいことに、彼は腰を屈め、テーブルに手をついてこちらの顔を覗き込んでくる。なんだか、王子様に跪かれているみたいだ。高校時代、こんな風に彼氏と教室でしゃべったことを思い出す。翔子もその相手も決して派手な生徒ではなかったけど、寄り添う姿は目を引いていたのだろう。クラスメイトの羨望の眼差しが嬉しかったっけ。

「楽しかったっすね、この間」

二人だけで映画を観に行ったのは先週のことだ。賢介には話していないけれど、やましいことは何もない。もともと、結婚前は男友達とこうしてよく出掛けていた。渋谷でアメリカのドタバタコメディを観て、スターバックスでお茶をし、一緒に電車で帰ってきて駅前で別れた。かすかに青臭いにおいを放つ身体の大きな若者とたわいなくふざけあった時間は、翔子に思わぬほどのエネルギーと高揚感をもたらした。賢介とのぬくぬくと布団にくるまれたような時間は必要不可欠だし、捨てる気などさらさらない。しかし、橋本くんのさりげないスキンシップやきわどい冗談にどきどきする時、自分がもう何年も女であることを忘れていたのだと気付かされる。踏み込む手前で、美味しいところをそろりと舐めるような付き合いをこれからも長く細く続けたいと思っている。誰を傷つけるわけでも、裏切るわけでもないのだ。

それにしても、本格的にブログをやる気になってから、毎日が楽しいことといったらどうだろう。指先にまで充実感が漲《みなぎ》っている。今なら色々なことを器用に進めていける自信があった。

「同年代の女の子と違って、翔子さん、きゃあきゃあ騒がないし、就活早くしろとか言わないから、すごい楽。一杯話出来てよかったなあ。癒やされたあ」

薄い唇が乳をねだる赤ん坊のようにすぼまる。二十五歳と聞いていたので、てっきりフリーターかと思っていたが、橋本くんは近所の大学に親元から通う学生だった。一浪、二留しているせいか、社会人になるのがとにかく恐ろしく、極力この気ままな時間を延長しようと、あの手この手を尽くしているのだという。その気持ちは翔子としても大変よく分かるので、説教じみたことは言わず、むしろより楽な道はないか一緒になって考えてやったくらいだ。

「今度はもっとデートっぽいことしませんか?」

「こら、デートじゃないっつの！　そうだなあ。じゃあ、水族館とか行っちゃう?」

実家で暮らしていた頃、デートといえば水族館かショッピングモールに出掛けることだった。そういえば、麗美さんに出て行かれた父はどうしているだろうか。ほんの一瞬気にかかったが、橋本くんに笑いかけているうちに跡形もなく消えて行く。肌のなめらかな橋本くんだが、顎から首にかけてはニキビ跡ででこぼことしている。そのざらつきが神々しいもののように思われた。指でなぞったら、切なくこそばゆい記憶が蘇りそうな気がした。

「分かった。水族館ね。またメールするから」

ガラス窓の向こうに今まさにドアを押そうとする客の姿をみとめ、橋本くんはするりと腰を伸ばして泳ぐような動作でドアへと向かう。二人連れの中年女性が仲睦まじそうに語り合いながら入って来た。ほんのりと寂しさを味わいながらも、翔子は本を鞄にしまい、携帯電話を取り出す。忘れないうちに本の感想を書いておかないと、貴重なブログのネタを逃してしまうと思った。掛時計の音が急にチクタクと大きく響き、止まっていた店の時間が動き出す。

19

肩をとんと叩かれるまで、高杉真織が真後ろに居ることに気付かなかった。

「志村さん、おはようございます。もしかして、徹夜ですか。あれ、歯が緑色ですよ。みんなが来る前に鏡を見た方がよくないですか。ほっぺにもなんかついてる！　かっわいい」

けたたましい声で笑われ、栄利子は顔が熱くなった。急いでデスクの片隅に置いてあるティッシュケースに手を伸ばす。運の悪いことに「わらび餅入り京都宇治抹茶チョコレートクロワッサン」を朝食代わりにかじっているところだった。おひょうが昨日『ありそうでなかったでたらめカオスな旨さ！　サクッ、トロッ、クニュッの三重奏☆』とブログで紹介したばかりのコンビニの新作だ。最近のおひょうは料理に目覚めたらしく、こうしたジャンクフードを取り上げる率がめっきり減ったため、じんわりと感動してしまい、つい三つも買い求めてしまったのだ。

栄利子が会社で一晩過ごしたのは、十一月に入ってこれで五回目である。

髪を振り乱し、化粧っ気はなく、眼鏡の奥で充血した目を見開いている自分と引き換え、巻き髪にナチュラルメイクを施した真織は、住んでいる世界からして違うように思われる。決して整った顔立ちではないのに、朝日を浴び、ふっくらした白い頬や茶色の髪を輝かせているその姿には、どんな人間でも味方に巻き込んでしまえるような清潔感と正しさがあった。杉下との結婚が決まってからというもの、彼女の周囲だけしっとりと水を湛《たた》えて、弧をいくつも広げているような印象を受ける。その身体の中に宿っている命はほんの少しの違いで、栄利子が授かっていたのかもしれない。羨ましいわけではないけれど、もし仮にそうだったとしたら、少しはおひょうへの執着から解放され、まっとうな暮らしを送れていただろうか。ぼんやりと見惚《みと》れていたら、真織の視線が栄利子を通り越した。その瞳の中に小さな暗がりが現れる。栄利子はぎくりとして前を向いた。

カーソルに手を伸ばし、デスクトップに表示されていた画面を慌てて閉じる。見られただろうか――。怯えながら、そっと真織を盗み見る。心臓が音を立て、首筋がひくひくと震え出した。渇いた喉がむず痒《がゆ》い。よりにもよって、巨大掲示板におひょうへの厳しい意見を書き込んでいたところである。このおひょう専用スレッドを立ち上げたのは栄利子だった。こうしたネットの使い方には抵抗があった。しかし、電話もメールも着信拒否され、ブログのコメント欄まで閉鎖された今、彼女への批判や友情はここでしか発散出来ないのだ。とぼけているように見えて自意識が強い翔子ならば、近いうちに必ずやこの場所に辿り着くだろう。まだ書き込み数は少ないが、最近のおひょうの変貌ぶりに嫌悪感を抱いている者が、三、四人ほど居るらしく、ほぼそのメンバーでこのスレッドを回している。正直なところ、彼女達の意見は的外れな上、知性にとぼしく、光の当たったことがない女特有のやっかみばかりだ。顔の見えない相手とはいえ、同志のレベルの低さに栄利子はうんざりしている。自分がなんとかせねば、と寝る間も惜しんで、おひょうのブログを読み込み、仲間を鼓舞する意味もあって、きらりと輝く建設的な意見を書き込み続けていた。ここは唯一、栄利子に許された翔子とのコンタクトの場なのだ。意見が届き、彼女が変わってくれるまで、やめるつもりはない。

「志村さん、この間も徹夜してませんでした？　今、何か忙しい案件ありましたっけ？」

「それはないけど……。つい、癖になってきて……」

真織の探るような視線から逃れようと、真後ろの部長席に目をやった。朝日が斜めに差し込み、整頓されたデスクに置かれた写真立ての中の、奥さんと二人のお嬢さんを照らし出している。部長はかつて父の直属の部下で、平社員の頃はよく我が家に遊びに来ていた。「えりちゃん」と呼んでくれたあの照れたような声。お嬢さん達はどちらも赤ちゃんの頃からよく知っている。朝の光のせいだけではない。自分以外の誰もが絶え間なく進み続けている気がして、世界が眩しかった。

ここで夜を過ごすのは、もちろん、おひょうを追いかけるだけが目的ではない。このところ疲れ気味で能率が落ち、仕事が溜まっているせいもある。

仕事を一区切りし、電車に乗って家に帰り、家族と食事をし、風呂に入り、明日の仕事の段取りを決め、読書やストレッチなどの時間を設け、よく眠り、化粧と身支度を整え、また電車で通勤する——。これまでごく当たり前にこなしていたことが、最近は耐えられないほど面倒なのだ。ルーティンになっているこれらをすべて飛ばしてしまえば、学生時代を終えてからというもの経験したことのない、たっぷりした自由時間が手に入る。一人きりの真夜中のオフィスは快適な箱だ。同僚が退社した頃合いを見計らい、シートタイプの化粧落としで顔を拭い、コンタクトレンズを外し、前髪をバレッタで留める。会社の前にあるコンビニで、夜食と朝食を同時に買い込むのは遠足の準備のようでわくわくした。企画書作りや調べ物のかたわら、ネットでおひょうの動向を探り、掲示板を回転させる。巡回中の警備員に見付からないよう気を配り、眠たくなったら携帯電話のアラーム機能をセットして給湯室のソファで横になる。朝が来たら、同僚が出社するまでに、濃いめのファンデーションとアイシャドウを施し、香水で体臭をごまかし、髪はシニヨンにきつくまとめておけば、誰も眉をひそめたりはしない。ビロードのような暗闇にぽつりと浮かぶ自分のデスク。皆が知らないであろう、もう一つのオフィスに親しみながらも何食わぬ顔をしているのは、得意な気持ちだった。一度この快適さを味わった以上、やめるのは難しい。

「派遣の子達も心配してますよ。私達に手伝えることがあったら、なんでもおっしゃって下さいねっ。志村さん、頑張り屋さんだから」

真織の声は労る風を装っていたが、うっすらとした嘲笑が滲んでいる。その様子に栄利子はむっとした。言葉の端々に女友達の存在を潜ませるやり方が、なんとも嫌味ったらしい。なにかといえばＮＯＲＩ、ＮＯＲＩ、ＮＯＲＩの最近のおひょうのブログそっくりではないか。何が出来るわけでもない若いだけの女のくせに。睡眠不足も手伝って、攻撃的な気持ちが吐瀉物《としゃぶつ》のようにこみ上げてくる。栄利子は思いきり目を細めて、真織を見上げる。

「真織さん、綺麗になったよねえ。羨ましい」

「きゃっ、そんなことないですよお。私なんて志村さんに比べれば全然」

「結婚が決まって幸せだからかしらね。おめでとう」

出来るだけ、自分が悪者にならないよう言葉を選ばねば、とありったけの注意を払う。

他の女達が皆やっているように、毒を甘やかな表現のオブラートでくるみ、調子づいている彼女の唇に素早く差し入れたい。すぐには効かなくても、時間が経つにつれゆるやかに身体全体に広がり、不調を誰かに訴えるほどではないがどことなく気分が優れず、ざわざわと言葉にならない不安にさいなまれ続けるようなそんな微量の毒。トーンを少しだけ落とし、ささやくような声音を心掛ける。同情が滲むよう、目尻を下げた。

「でもね、私はあなたがすごく心配なの。ねえ、このまま結婚してもいいのかな？　杉下くんと一緒になって本当に幸せになれるのかな？　子供を産んじゃったらもう後には引けないでしょ。契約だってどうなるか分からないんでしょ？　あなたはもともと派遣っていう、不安定な立場で……。出産と結婚ですべてをリセットせざるを得ないリスクを考えると……」

「……はい？」

真織のたっぷりと肉のついた顔がゆっくりと歪んだ。もともと二重顎気味の彼女が顎をひき、眉を左右違う方向に引きつらせると、静かな迫力のある様相になった。こちらから攻撃を仕掛けるつもりだったのに、栄利子は早くも及び腰になる。

「なんですか、それ。新手のセクハラですか。不愉快です。訴えますよ。同性にセクハラで訴えられたなんてことになったら、あなた困るでしょ」

思いがけない切り返しに、栄利子は息が上手く出来なくなった。

「訴えるって」

「二十万円程度の少額訴訟しか起こせませんけど。弁護士が間に入ることで、こちらに落ち度がないことが世間に明確になりますし、あなたに問題があることがご近所にも職場にも広まりますよ」

目の前に居る女は、自分より年下で立場も弱い。仕事は出来ないし、おそらく短大くらいしか出ていないだろう。それなのに今この瞬間は、堂々として異様に大きく見えた。栄利子は気力をかき集め、なんとかして安全な足場を確保しようと画策する。少なくとも職場でだけは、無傷なままで居たい。目の前の女より、自分がはるかにキャリアも能力もあることを必死に思い出していないと、ぽきりと心が折れてしまいそうだ。

「ああ、誤解させちゃったかな？　ごめんなさい。あなたのこと、いい子だと思うから、心を鬼にして言うね。本当はこんなこと言いたくないのよ。でも、私は、あなたのためを思って言うんだからね」

深呼吸して、まっすぐに真織を見つめる。杉下が自分の身体に触れて来た時の熱い息、ねばっこい指遣いが鮮明に蘇り、こんな時なのに脚の奥がきゅんとうずいた。

「杉下くんはあなたが思っているような人じゃないの。浮気をしていると思う」

「へえ、そうですか。それが何か？　もう行ってもいいですか？　やることあるし」

彼女は顔色ひとつ変えず、さっさと自分の机に向かおうとする。栄利子は面食らい、激しく傷つけられた。ああ、いつもこうだ。他人に話し掛ける口実、堂々と誘う理由をやっと見付けて準備万端で踏み出した時に限って、冷たくはねつけられる。

「待って。ねえ、自分のこと誤魔化さないで！　自分に嘘をつかないで！」

真織が呆れたようにかすかに息を吐いたので、栄利子は耳の付け根まで熱くなった。どうにかして、優位を保たなければ。

「私はあなたのためを思って……」

踵を返そうとする真織の手首に飛びついて、ぎゅっと摑んだ。髪を乱して声を張り上げながら、栄利子はこの状況を第三者の目で見ている自分に気付く。なんなんだろう、この茶番は。相手はまだ二十三歳の女の子ではないか。これといって非のない彼女に自分から絡んで、相手にされないと取り乱して。自分は本当は何をしたいのだろう。真織にも、まして杉下にも、なんの愛情も執着も抱いていないのに。結婚が羨ましいわけでも、彼らの仲を邪魔したいわけでもない。真織の顔がついに険しく歪む。口の端を曲げ、心底うんざりといった表情でこちらを見据えた。

「てめえ、何がしたいんだよ？」

テレビでしか聞いたことがないような荒んだ言葉遣いに心臓が止まりそうになった。真織はもはや、ぐずる赤ん坊に手を焼く大人のような困惑した色さえ浮かべている。

「物欲しそうな顔でニヤニヤ近付きやがって。あんた、あたしに何をして欲しいんだよ？」

答えられず、栄利子は唇を嚙んだ。

「あんた、自分でも何やっているか、分かってないんだろ？」

そうかもしれない。でも、濃い人間関係に立ち入りたかった——。人と人との繋がりの中に飛び込んで、自分の輪郭を確認したかった。ああ、どうしよう。それにしては相手の選び方を間違えていた。普段の人なつこい笑顔をかなぐり捨て、真織は朝日の中、超然と立っている。彼女のややずんぐりした影が絨緞に伸びる。開けてはいけない箱を開けてしまったことを、その白目の濁り方と場慣れした口調で悟る。

「康行が遊んでようが、不誠実だろうが、あたし、そんなことマジでどうでもいいんだわ。うちは両親が早くに離婚して、苦労している母親を見ているから結婚に最初っから夢なんて持ってない。そんなことより、稼ぎのある、実家のしっかりした男と家族になることで、母親が安心できる方が大事なんだ。弟が確実に高校を卒業出来るならそれでいい。仕送りと家賃のためだけに働いてるような暮らしも、派遣の契約更新にはらはらするのももう嫌だ。ランチに三百円以上かけられないのもね。あたしの願いは、お金の苦労をせずに子供を産んで育て、独身時代と変わらずに女友達と付き合い続けるってこと。女友達さえいれば正直なんもいらない。男なんかにはなっから希望なんて持ってねえよ。身体が丈夫でこちらの邪魔さえしなければそれで十分」

真織の後ろがぐんぐんと広がっていく気がした。眼精疲労だろうか。同じ形のデスクが水平線まで連なっているように見える。なんという広大な場所で働いてきたのだろう。栄利子は他人事のように驚いている。こんな砂漠のような場所に一晩中、たった一人で居たなんて、それは本当に自分なんだろうか。

かつて杉下は、真織と自分とでは住む世界が違う、としたり顔で語っていた。同時に、栄利子と自分はレベルが同じである、ともほのめかしていた。あれは間違いだ、と今ならよく分かる。杉下と真織が違うのであれば、杉下と栄利子だって同じではないのだ。学歴や職業や育ってきた環境なんて、人を同じにはしてくれない。全員違う。たくさんの違う種類の魚を同じ水槽に放り込んでいるようなものなのだ、会社という巨大な空間は。だからこそ、もっと緊張感を持って過ごすべきだったのだ。触れてはいけない相手に自分から素手で殴りかかるという愚を犯したのだと、真織がこちらの腕を掴んだ強さで実感する。真織の攻撃方法も、真織の力量もまるで予測出来ない。まるで未知の相手だ。どうしよう。足ががくがくと震え出していた。

「康行が浮気しているっていうなら、相手は誰なんだよ？　おばさん」

「え……。えっと、それは……ごめんなさい……。勘弁して下さい」

必死で体をよじって、真織の手から逃れようとする。なんという力強さ。ストーンとビーズが施された水色の爪が腕の肉に食い込み、今にも血が滲みそうだ。お嬢さん風の出で立ちなのに、爪だけは攻撃的な配色で、彼女の本質を目の当たりにした気がする。ママ、パパ、と子供の頃のように心の中で助けを求めてしまう。人工甘味料のにおいがする生温かい息が耳にかかった。

「まさか、自分だって言うんじゃないだろうな。あ？　だから、やけに確信ありげだったんだな？」

爪がようやく腕から離れた。一瞬、空気が冷える。真織はそばにあった椅子にどさりと腰を下ろすと、にやにやと笑い出した。身体が離れて安心したのもつかの間、値踏みするような不躾《ぶしつけ》な視線が栄利子の全身を駆け巡る。反論しようにも、もはや言葉が出て来ない。両手で身体を抱いてうつむく以外、やり過ごす術を思い付かない。

「ふーん。康行とあんたがねえ。へえ、そっかあ。まあ、あんた同期の男の間ではそこそこ人気だもんね。でもさあ、あんたが派遣の間でなんて言われてるか知ってるの？」

聞きたくない――。からかうような口調に栄利子は耳を塞ぎたくなる。

「うざい女。いい子ぶりっ子。ババアのくせして高校の学級委員かよ。誰もてめえのことなんか妬んでないのに、先回りしていい人ぶるのがうざったい。あの女とランチするくらいなら、昼飯抜いた方がまだいいわ。あんた絶対、友達いないだろ。『私の完璧な人生に唯一欠けてるのが女友達。ああ、女友達が欲しい！　女友達さえいれば私というパズルの最後のピースがはまるの！　誰か私に話し掛けて！』……」

栄利子の声を真織はたいそう上手く真似てみせた。くねくねと腰を振り、両手を胸の前で組み合わせる。人気者の彼女のことだ。きっと、何度も何度も人前で披露してきたのだろう。喉の奥に塊がこみ上げ、熱が出てきたのではないかと思うほど体が火照っている。この場から逃げ出せるのならば、いくらお金を払っても惜しくはないと思った。

真織はようやく両手をだらりと垂らし、こちらに向き直った。

「康行はあの通り、ちやほやされないと気が済まない男だからね。浮気の相手なんて今さらどうでもいいけど、あんたってところにはゲロが出そう。非は自分にあるくせに、親切面して首突っ込んでくるあたり、期待を裏切らないよね。あんた、あたしの育ちやら学歴やらを見下してるみたいだけど、あたしから見ればあんたの方がずっと下衆《げす》だよ。あーあ、せっかくこぎつけた結婚だっていうのに、気分が台無しじゃんか。結婚式にはうちの営業部全員を招待するんだよ。あんただけ呼ばないわけにもいかないのに。結婚式だけは完璧にしたいのに。あたしがここまで来るのに、どんだけ嫌な思いをしてきたか分かってんの？　高校も行けそうになかったあたしが、派遣とはいえどうして大手町でOLやれてるか分かる？　いつだって仲間がいて、いろんな方法で助けてくれたからだよ。あたしには友達がいる。信じてる。あいつらのためにも、あたしは夢を叶えなくちゃいけないの。ねえ、どうしてくれるのよ。苦労知らずのあんたが、いつも無傷のあんたが、人の気持ちも分からないあんたが、ねえ、どうやって償《つぐな》ってくれるのよ。今だってどうせ、この場から逃げることしか考えてねえだろうが！」

突然、真織が勢いよく立ち上がった。強い力で肩を押され、栄利子は思わず自分のデスクに手をつく。うっかりキーボードを押してしまい、パソコンから聞いたことのない高音が鳴った。真織は一向に目を逸らさない。彼女の顔は薄気味悪いほど赤黒く変色していて、血管が浮き出ている。絵本に出てくる鬼のようだった。

「本当に……、ごめんなさい」

栄利子は涙を堪え、深々と頭を下げる。彼女の言う通りだった。正直なところ、申し訳ない気持ちより、恐怖の方が勝っていた。一刻も早く、この場を丸く収め、元居た場所に戻りたい。何事もなかったように、安全な場所からおひょうを見つめる時間に戻りたい。それでも、どうしてもこれだけは聞かずにいられなかった。

「……男を信じてないのに、結婚式がそんなに大事なのはどうしてなんですか？」

「そりゃ、女友達を全員呼ぶからだよ。大切な友達をちゃんともてなしたいんだ。康行の同僚や同級生はエリート揃いだから、仲間に紹介していい出会いに繋げてやりたい。親友達に可愛いブーケを投げるのがあたしの夢だから」

誠実といってもいい口調で真織は答えた。敵《かな》わない、と栄利子は思った。この女には敵いっこない。がっくりと肩を落とし、頭を下げる。

「不愉快な思いをさせて、ごめんなさい。どんなことをしてでも償います。あなたの気が済むのなら、なんでもします」

「なんでもするの？」

「なんでもします」

「じゃあ、うちの営業部の男二十三人、康行以外の。全員と寝ろよ」

真織はごく当然のようにさらりと言い放った。渇いた喉がすうっと閉じていく寸前、まるで自分のものではないような悲鳴が漏れる。

「フロア共通の肉便器になんなよ。確かに今は、あんたがやったことはあたしにとって針みたいなものだよ。でも、あんたが結婚式に来る男全員とそうなったら、釘の山にまぎれた針でしかなくなる。あんたと康行のことなんて、なんでもなくなる。気にもならなくなる。部長とも主任とも係長ともあんたが寝ているんなら、康行と寝てても全然気にならない。あたしのためを思うなら、全員と寝てよ。一人と寝る度に携帯でこっそり写真を撮って、証拠として報告しなよ」

返事をためらっているともう一度、肩を強くつかれた。真織はもはや怒ってなどいないようだ。有能な上司のように淡々と指示するのみで、感情が読み取れない。

「好きでもない康行と勢いで寝たんだから、誰とでも寝られるよね。え、なに。出来ないの？　あんた、今、なんでもやるって言ったよね？　ねえ、嘘だったの。生半可な気持ちで謝ったわけ。どうなのよ。ねえ、嘘なわけ。傷つけられたあたしは償いすら受けられないの。ねえ」

「嘘……じゃありません。でも、そんな」

涙が滲みそうになって、栄利子はドアの方向に目を向ける。誰か入ってきてくれないだろうか。誰か救いの手を差し伸べてくれないだろうか。真織はほんの一歩横にずれ、ドア側に立ち塞がった。すべてを見通す目でこちらをじっと覗き込む。低く凄みのある声が身体の奥底まで落ちてくる。

「この会社の正社員の女って、ほとんどがあんたみたいな家の娘なんだよね。生まれた時から、全部決まってんだよ。努力じゃどうにもなんないこと、毎日実感してるよ。あんた、自立した大人ぶってるけど、いざとなりゃ、誰かがなんとかしてくれるって根のところで、誰よりもよく分かってるんだよね。本当にあんたみたいな女、虫酸《むしず》が走るよ。甘やかされて欲しいものはなんでも与えられて、いい年して親に全部サポートしてもらって、なんでだか全部自分で摑んだ気でいる、エリートぶったクソ女。派遣切りで私達がひやひやしているってのに、正社員がネットサーフィンして仕事した気になってるなんてつくづくおめでたいよ。お父さん、ここの偉いさんだったんだよね。パパに褒められたくて就職活動頑張ったってか？　パパみたいな男の人に出会いたくて、毎日着飾って出勤ってか？　ああ、おかしい。あんた、本当におかしい。なんで友達が出来ないか教えてやろうか。てめえがいっつも、いっつも、自分のことしか考えてねえからだよ！」

もはや、限界だった。栄利子はわっと泣き出した。鼻水が顎を伝うのも構わず、真織の太い腰にすがりつく。

「なんとかします！　……ごめんなさい。私、一人でなんとかします。寝ますっ。このフロアの男、全員とセックスします。頑張ります。だから私を許して下さい」

膝を絨緞につき、もう一度深々と頭を下げた。洗っていないべたついた髪が床に届く。真織はその髪を力一杯摑むと、ぐっと顔を近付けて言い放った。

「本当だな？　嘘ついたら、てめえ、どうなるか分かってるだろうな？」

最後に一度、大きく頭を叩かれた。頭皮が焼けるように痛み、目の前がちかちかと光る。栄利子は立ち上がり、夢中で荷物をまとめると真織の横をすり抜け、駆け足でオフイスを後にした。廊下で、エレベーターで、光をたっぷり取り込む一階のガラス張りロビーで、出勤してきた同僚らに次々に声を掛けられたが、足を止めることはなかった。男達の視線にさらされる度、自分が薄汚れていくような錯覚を覚えた。会社の前でタクシーに飛び乗ると、自宅の住所を告げ、後部座席でかたく目をつむった。携帯電話が何度も鳴っていたが無視した。無断欠勤は初めてだった。

東電ＯＬみたい――。

杉下と寝た時にからかい半分でかけられた言葉を、思い出さずにはいられない。大学の社会学の授業で知ったあの事件に、栄利子はそれほど関心があったわけではない。やたらと興味を示すキャリア女性はたまにいるが、恵まれた人間のいびつな自己アピールにしか思えなかった。尊敬する父と同じ会社に入った高学歴の女が、夢に破れ、自分を見失い、夜の街に立つようになり、やがて殺された――。当時は安いドラマのように思えた事件だが、自分の今の状況とよく似ていることに驚かされる。

東電ＯＬにはきっと、女友達がいなかったのだろう。高速道路からお堀の水面を見下ろしながら、その暮らしを栄利子は想像してみる。悩みや悲しみを分かち合う同性の友達がいない、会社と家との往復だけの日々。自分が本当はどんな好みを持ちどんな鬱屈を抱えているかもよく分からず、透明人間のような気持ちで日々を生きていたのではないか。だからこそ、見知らぬ男達の中に自分の輪郭を探しに行ったのだ。同性の仲間が一人もいない女は、異性と寝るしか自己を確認する術がない。ひょっとして――営業部の男全員と寝ることで、栄利子は生きる手応えを得られるのではないか。自分がどんな人間だか確かめられるのではないだろうか。周囲との距離が上手く摑めるようになるのではないだろうか。莫迦げた考えだとは思う。しかし、結局のところ、進むべき道はそこにしかないように思われた。真織は愛も仕事も信じていないという。女友達だけに価値があると言っていた。あの豹変《ひょうへん》ぶりと迫力を味わった今、その言葉には説得力があった。ある角度から見れば、真織は圧倒的に正しく、ブレない女だった。真織は同性を信じている。同性も真織を信じている。そこにある確かな輝きから目を逸らすことが出来そうにない。彼女を信じて付いて行きさえすれば、もしかすると、翔子を取り戻すことも可能なのではないか——。とにかく今は自分の頭で考えたくない。強い力に従い、ただただ勤勉に、与えられたノルマをこなしていきたかった。そんな風に感じるなんて、よほど疲れているのだろうか。何もしていないのに。

とにかく自宅に帰って、休養をとらねばならない。両親はなんとでも誤魔化せる。タクシーが自宅マンション前に着いた。陽射しの眩しさに目眩を覚えながら、ふらつく足でエントランスを通り抜ける。一階突き当たりにあるエレベーターを目指す途中、圭子にばったり出会った。いつかと同じように外廊下の手すりにもたれて、ペットボトルを片手に煙草を吸っている。スウェット姿で、彼女は投げやりな視線をこちらに向けた。

「どうしたの。まだ午前中じゃない。忘れ物？」

「……体調が悪くて、早退したの」

なるべく目を合わせないようにして短く答えた。そういえば、今日は月に一度の営業戦略会議の日だった。新しい取引先との商談もある。しかし、営業部の男達と膝を突き合わせるなど、今の心境ではとても出来そうにない。大切な業務を放り出して家に逃げ帰るなんて、やっぱり真織の言う通り自分は甘えているのだろうか。

「もうやめたら、おひょうさんに付きまとうの。ネットで変なことするのも」

通り過ぎようとしたら、圭子がそうつぶやいた。振り向くと、ごく普通の表情で手すりにもたれている。こちらの心中を嗅ぎ取ったかのように煙草の煙を吐き出した。

「分かるよ。あんたのことを知っている人なら、誰でも分かるよ。あんたは上手くやってるつもりだと思うけど、あんたの様子が変なこと、会社の人もご両親も気付いているんじゃないの？　あんたを自転車でここに送ってきた人、おひょうさんっていうブロガーなんでしょ。ほんのちょっとだけど、話したことあるの。あんたのこと怖がってたよ、あの人……」

それ以上、聞きたくない。栄利子は遮りたい一心で声を振り絞った。

「違うの。全部誤解なの！　なにもかも誤解なのよ！」

真っ直ぐに立っていられなくて、栄利子は手すりに体を預ける。そうしていると、圭子と並ぶ格好になった。はるか昔、校庭の鉄棒で、屋上で、アイスクリームショップのカウンターで、彼女とこうして立ちっぱなしのまま何時間もおしゃべりしていたことを思い出した。圭子との時間は何ものにも替えがたかったのに。とうとう涙が溢れ出した。

「おひょうさんとは……、あの人と一度、夜中にファミレスで待ち合わせしたの。すごく楽しくて、穏やかで、心が通い合って、幸せな時間だった。しょっちゅう会おうよって、ご近所なんだからなんでも話そうよって、あの人が言ってくれたの。帰りは自転車に二人乗りして帰った……。嘘じゃないよ。あなたも見たでしょう？」

栄利子が話し終わるまで、圭子は黙って煙草を吸っていた。飲みかけのペットボトルに吸い殻を放り込むと、水の中でゆっくりと灰が舞い上がり、やがて光を浴びながら、ひとひらひとひら沈んでいく。まるで海の底を切り取ったみたいだった。

「あのさ、そんな会話、特別でもなんでもない。ごく当たり前のもんなんだよ」

栄利子は唖然として圭子を見た。まるで小さな子供に言い含めるように、圭子はゆっくりと話し出した。

「あんたは誰とも心が通い合わないから、ありきたりなやりとりをすごく特別のものとして受け止めてしまっただけなんだよ。実際にあったこと以上に、意味を持たせて、ふくらませて、いい風に解釈したに過ぎないんだよ」

「違う。だって、おひょうさんは……」

「あんたの言うことを笑ったり、否定したりしなかったんでしょ。分かるよ、分かるよってうなずいてくれた。でも、それ、特別なことじゃない。世界共通の女同士の会話のルールなんだよ。あんたのこと嫌いじゃなかったかもしれない。丁寧に接してくれたかもしれない。でも、そんなに特別なことではないんだよ。礼儀みたいなもの」

「そんなことないよ……」

「可哀想だけど、あんたがどんなにあがいても、もうあの夜は取り戻せないんだよ。おひょうさんはもうあんたと違う場所に立って、違うものを見ている」

栄利子は手すりからずるずると体をすべらせ、そのまま床にうずくまった。それでも、圭子はしゃべるのをやめようとしない。

「思い出は思い出として大切にとっておけばいいじゃない。たとえ幻だったとしても、楽しい時間を一瞬でも過ごせたんだから、それでいいじゃない。私には確認しようもないけど、もし、本当にその瞬間、あんたたちの心が通い合っていたとしたら、その夜は宝石みたいなもんなんじゃない？　取り戻せないからこそ、大切な時間だよ。それなのに、あんたはその奇跡に感謝しようともしない。あってしかるべき状態と決めつけている。相手にあれと同じものをもっとくれ、としつこく要求するのはやめなさいよ」

彼女は慈《いつく》しみさえもって、諭《さと》すように語りかけていた。二人の間に横たわる十数年のブランクを、彼女が光の速さで飛び越えてきたので、栄利子は激しく動揺した。そうだった。圭子はこういう子だった。勉強も運動も苦手で、教室でも目立たなかった。だけど、二人で居る時は完全におねえさんのようだった。余裕があり、なんでもよく知っていて、二人の間の流行は常に圭子が作っていた。融通の利かない栄利子をいつもやんわりなだめてくれた。何もかも欲しがるクラスメイト達と違って、圭子は早くから分《ぶん》をわきまえていて、すべてを達観していた。彼女に依存しきっていた自分が蘇りそうで、栄利子は無理にきつい表情を作って立ち上がる。

「あなたに何が分かるのよ。進学だって就職だって何一つ上手くいかなかったくせに。友達なんか一人もいないくせに。そうやって、何もしないことで、怠惰に暮らすことで、私を責めているんでしょ？　いい加減、立ち直りなさいよ。ちゃんと生きなさいよ。あなたが惨めったらしい姿で家の周りをうろちょろするから、私はいつまで経っても高校時代から先に進めないんじゃないの！」

「加害者が被害者に言う台詞《せりふ》じゃないなあ、それ」

とくに傷ついた様子もなく、圭子はふふふ、と笑ってみせた。

「進学も就職も、なんでも努力して上手くやってきたあんたにも、友達がいないのは不思議だね」

栄利子がエレベーターに乗ろうと歩き出そうとしたその時、圭子は優しい口調でこう言った。

「つまりさ、頑張ってもどうにか出来るもんじゃないんだよ。友達だけはさ」

20

出版社から届いた大判の茶封筒の封を、翔子ははやる気持ちを抑えて開けた。『メラニー』お正月特大号巻頭の特集を飾るのは、晴れ着姿のＮＯＲＩらスターブロガー達だ。

自分が登場するのはもっとずっと後。ページを開くなり、失望のため息が漏れる。居間の蛍光灯を浴びたグラビアの中の自分は、ひどく垢抜《あかぬ》けない、のっぺりとした顔立ちの女だった。

「綺麗じゃない。よく撮れているよ。翔ちゃんやっぱり美人だなあ」

テーブルの向かいで缶ビールをすする賢介は大げさに褒めてくれるけれど、納得がいかない。思い描いていた自分はもっと細くて、華やかではないかもしれないけれど、雰囲気とセンスを漂わせる感じのよい女だ。撮影前日は久しぶりに美容院に行って、当日は早起きして顔にマッサージを施し、時間をかけて丁寧に化粧をした。新宿伊勢丹で何時間も悩んだ末に購入したシャツと流行の柄パンツなのに、全身二千円以内の部屋着にしか見えない。一体、何がいけなかったのだろう。落ち込む隙を自分に与えまいと、翔子は改善点を洗い出そうとする。NORIならばそうするだろう。

すぐに納得がいった。冴えないのは当たり前だ。買い物もカットもトリートメントも化粧も、普通の三十代女性ならごく当たり前に日々こなしていることなのだ。毎日、すっぴんにくたびれた服で生活していた自分が付け焼き刃の美容で張り切っても、輝かないのはしごく当然なのだった。もっと身なりに気を付けよう。元は人気アパレルのショップスタッフだったのだから、すぐに呼吸やセンスを取り戻せるはずだ。翔子は前向きになろうとする。頑張ろう。これからはメディアに顔を出す人間になるのだから。いつ誰に見られているか分からないのだから。

テーブルの上の携帯電話が鳴った。橋本くんからのメールだった。水族館に連れて行ってというリクエストをどうやら覚えていてくれたようで、頬がゆるむ。〈翔子さんの出てる雑誌二冊買いました。マジかわいいっす!〉という文章に、さっきまでの失望は跡形もなく吹き飛んだ。

「今週の土曜日、友達と出掛けてきてもいい?」

携帯電話から目を上げずに夫に問う。怪訝な声が返ってきた。

「友達? え、翔ちゃんに友達……?」

まずい。確かに自分に友達などいない。忙しく頭を巡らし、ようやく夫に笑いかけた。

「ほら、うちの前で会ったこと、あるでしょう。志村栄利子さん」

「え、あの人? 大丈夫? ちょっとストーカーっぽいじゃない。ねえ、この間のおかしな書き込みの犯人もあの人なんじゃないの?」

顔をしかめた賢介を見て、翔子は噴き出しそうになる。栄利子ときたら、なんて子供で、なんて分かりやすいんだろう。基本的に鈍い夫でさえ、見抜ける程度の嫌がらせなんだと思うと、もはや彼女が可愛くなってくる。

「そんなことないよ。いい友達よ。可愛い人なんだから。あの時は仕事や恋愛で色々あって、ちょっとおかしかったのよ」

「気を付けてよ。女の嫉妬は怖いんだからね」

「女の嫉妬ねえ」

「そうだよ。女同士の足の引っ張り合いって本当に醜いし、見てておっかないよ。翔ちゃんはそういうところがなくてさっぱりしてるから、いいよね。だから、好きになったんだよ」

夫は何も分かっていない。女に限らず、誰かに嫉妬しない人間なんて居ないのではないか。そもそも翔子が女同士の関係から離れているのは、本当は自分が誰よりも人と比べて落ち込む質《たち》だと知っているからだ。誰よりもさっぱりしていないのは、この自分なのである。

「それにしても、翔ちゃん、最近アクティブだよね。前とは別人みたいじゃん。ねえ、それはそうと、大丈夫なの。お義父さん、弟さんに任せっきりでさ」

翔子は無言でクッキー缶を引き寄せる。品の良い味わいで有名な、里子が土産として持たせてくれた都内の老舗《しにせ》パティスリーのものだ。翔子としてはもっと乳化剤の香りが強い、さくさくした軽い味わいのものが好みだが、これはこれで悪くない。あれっきり実家から連絡はなかった。麗美さんはすでに帰ってきているかもしれない。弟も父も五体満足で時間はたっぷりある。あっちだって翔子のことなど気にしていないのだから、こっちも心配してやる必要はない。

「そんなことより、ツイッターを始めてみようと思うんだけど、どう思う？　ＮＯＲＩさんが私の文章はつぶやき向きじゃないかって言うのよ」

「なんかやっぱり、最近、翔ちゃん、変わったよねえ」

夫の顔が皮肉っぽく歪む。嫉妬しているのは賢ちゃんの方じゃないの――。翔子はクッキーをぱきっと口の中で壊すと、橋本くんにさっそく返信を打った。

21

電信柱に手をつくと、栄利子はわざと通行人が振り向くほど大きくうめいて、うずくまった。神泉《しんせん》はすり鉢の形をしている。ほんの少し身を屈めるだけで、夜空を丸くとり囲むビル群や所狭しと立ち並ぶラブホテルの看板がよりいっそう高くなり、ぽきりと折れてこちら側に倒れ込んできそうだ。その光景が歯をむき出しにしてこちらを嘲笑《あざわら》っている顔に見えるのは、酔っ払っているせいだろうか。圧倒され思わずうつむくと、電信柱の下には煙草の吸い殻と乾いた犬の糞が落ちていた。糞は乾いてさくりと割れ、青白く光っている。

「おい、志村、大丈夫か」

大きな掌を尾てい骨のあたりに感じる。そこに濁った熱はなく、自分が女児に戻ったような錯覚を覚える。この乾いた温かいバリアをどうしたら、引き裂いてしまえるのだろう。きらきらと粘液で光るピンクの肉で出来た、向こう岸に行けるのだろう。教師に両親、そして上司。ずっとこうした手に守られていた。そのせいで、真織達の立つあちら側へ、自分は渡ることを許されなかったのかもしれない。見上げれば、五十代になったばかりにしては薄い後頭部が真上の街灯の光を集めている。

「私、吐くかもしれないです」

つぶやいた時に漏れた自分の息のにおいに、胃がぐるりとねじれた。熱いものが地底から渦を巻いてぐらぐらと持ち上がってくる。

「え、ちょっと待ちなさい」

慌てた様子の部長から見えないように、背中を丸めて右手の人差し指を喉の奥につっこむ。濡れた肉に包まれた硬い骨に触れる。昔のやり方を手繰り寄せようとする。あの頃は思い通りになる領域をようやく見付けた嬉しさで有頂天になった。嘔吐《おうと》をゴールに見定め、逆算して飲んだり食べたりするコツは、居酒屋に入ってメニューを眺めるうちに、すぐに取り戻せた。そこにアルコールの魔法が加わると、目標はこうしてたやすく達成された。店を出ると同時にふらついて、うずくまったのは演技でもなんでもない。

目をきつくつむる。自分が縮み、五ミリほどになって口の中に居るイメージを描く。でこぼことした舌の上で倒れないように足を踏ん張り、喉を覗き込んでいる光景が浮かんでくる。喉の奥に向かってゆるやかな坂のように舌が下降していく。その深い暗闇は、居酒屋に入る前に目にした、踏切横にある井の頭線のトンネルのようだ。つるりと足を踏み外したら、真っ逆さまだろう。すべてを溶かす煮えたぎる液の中に落ち、二度と帰っては来られない。

喉の奥に自分の冷たく乾いた皮膚を感じ、指の先に温かく濡れた粘膜を感じる。二つの感覚が入り混じり、かろうじて保っていたもろいバランスが崩れた瞬間、焼けるように熱い苦みのある胃液が噴き出してきた。やってやった、とどこか誇らしい気持ちになって、栄利子はあたりに吐瀉物を飛び散らせる。ありったけ媚びを湛えた目で、上司を見上げた。胸のつかえがぽんと抜け、爽やかささえ感じながら、口の端からこぼれる温かい液体を手の甲で拭う。

「服が汚れちゃいました。こんな格好じゃタクシーにも乗車拒否されるから、すぐそこのホテルで洗って、乾かしてから帰ろうと思います。一人じゃ入れないし、部長、付き合ってもらえませんか」

ネオンの逆光を従える部長が大きな木に見えた。そこに浮かんでいるはずの感情も、節や枝や葉に隠れて、よく分からない。

「何言ってるんだ。まずいだろう。ご両親に連絡するから、迎えに来てもらえ」

そうはいくか、と栄利子はもう一度わざと大きくうっとうめいて、髪を振って顔を伏せる。立ち去ることも、かといって手を添えることも出来ず、部長がただ困惑して立ち尽くしているのが分かる。栄利子は一瞬躊躇《ちゅうちょ》したが、吐瀉物で濡れた手で部長の背広を強く摑むと立ち上がる。勢いにまかせて、目の前にある南国リゾートをイメージしたらしいラブホテルに引っ張って行った。部長の靴の裏がアスファルトを離れた手応えがある。しかし、すぐに彼は動かなくなった。中肉中背に見えるが、営業畑で三十年近く持ちこたえたその身体は、屈強そのものだ。てこでも動くかという、強い意志を持って、地面から生えているように微動だにしない。栄利子はすばやく濡れた唇を彼の耳にくっつける。部長の耳の奥は掃除がよく行き届いていて、産毛に守られている。雄っぽさがなく身綺麗だから、ひるまずに向かっていける。

「ねえ、人が見てますよ。このあたりのワインバー、最近は営業三課の人がよく出入りしているらしいですよ。ねえ、困るんじゃないですか。噂になったら、困るんじゃないですか。奥さんや絵美子ちゃん達は悲しむんじゃないですか。会社でのあなたの立場も悪くなるんじゃないですか。ホテルに入ったら、別々に出ると約束します」

高校生になる長女の名前は効き目があったと見える。部長が一瞬ためらった隙に、嘔吐でだいぶすり減った力をかき集め、電飾とビニールのココヤシで目隠しされた入り口へとうとう彼を引き込んだ。自動ドアの前には小さな噴水が設けられ、裸の天使が掲げた桶《おけ》からじょぼじょぼと下品なくらい大きな音をさせて、水が流れ落ちている。

部長はようやく観念したのか、のろのろと後を付いてくる。普段はひょうきんながらも指示を出す時は周囲に有無を言わさぬ態度で一目置かれている彼が、急に小さく見え、栄利子はすべてを手に入れた気になった。客の顔が見えないようになっている受付で適当な部屋番号を口にすると、透明の筒状のキーホルダーが付いた鍵を渡された。エレベーターに乗り込み、彼に向かって極力愛らしく見えるようににこにこと笑いかける。三階で降り、栄利子が先に立ってその部屋のドアを開けた。染み付いた煙草のにおいで顔をしかめたくなる、大きなベッド一つだけで一杯の、青い照明に包まれた小部屋が現れた。

己の中にこのような破壊衝動があるなんて、少し前までは思いもよらなかった。世界を終わらせることが出来るボタンが自分の手に委ねられなくて、良かったと思う。いや、もしかして、誰しもがそのボタンを持っているのではないか。持っていることに気付かないだけではないのか。気付いてしまったが最後、ボタンの存在は常に頭を離れず、押したいという誘惑に抗《あらが》えなくなり、世界の重みが日に日に希薄になっていくのではないだろうか。

栄利子は鞄を放り出すと、ベッドにどさりと腰を下ろし、出来るだけねっとりと部長を見つめた。

真織に与えられたノルマを少しでも切り崩さねば。杉下を除く食品事業営業部の男は二十三名。杉下と真織の式はもうそこまで迫っていて、ほぼ毎日一人と寝ないと間に合わない計算になる。ぐずぐずしている余裕はなかった。オフィスで真織と目が合う度に、恐ろしい目で睨まれる。栄利子は自分を鼓舞して、部長を自分から飲みに誘ったのだ。

中学に上がるまでは親戚のような関係だった。幼い頃、おじさん、おじさんと甘え頭を撫でてもらったり、人形遊びに何時間も付き合ってもらったこともある。奥さんを我が家に連れてきたことも何度かあるし、絵美子ちゃんが中学に入学した時は母と一緒にデパートでお祝いのスニーカーを時間をかけて選び、プレゼントした。でも、そんなことはもうどうでもいい。情に流されて失敗しないように、切り離して考えなくては。

今晩は相談があると言って神泉に呼び出し、予約しておいた居酒屋の個室に通されるなり、栄利子は身体を押しつけたのだ。神泉はこんなたくらみにもってこいの街だ。ラブホテルと通好みの飲食店が共存している。高低差が激しく、魔が差して引き込まれてしまうような深い闇がそこかしこに満ちている。なにより、夜空が現実味が薄れるほど遠い。

部長の身体からは中年男特有の脂じみたにおいはなく、柑橘《かんきつ》系の香りがした。妻が作りすぎたから、と言って給湯室に持ってきては、女子社員に迷惑がられながらつつきまわされて形をなくしていくパウンドケーキのレモンピールと同じものである。奥さんはよほど彼の身の周りに気を付けているのだろう。栄利子にとって生々しさがない分、かなり大胆に振る舞うことが出来た。しかし、さりげなく誘いをかけ続けているものの、彼は取り合おうとしない。

――志村はちょっと疲れているんじゃないのか。一度ちゃんと休んだ方がいいと思うよ。

普段はつまらない駄洒落を連発する上司が、見たこともないほど思いやりに満ちた目をしている。入社早々「お父さんとの付き合いはすっぱり忘れて欲しい。このセクションに入った以上、他の社員同様、厳しくいくぞ」と宣言されて以来、こんな風に接してもらったことはなかった。これまで積み上げてきたものを、この手で粉々に砕いてしまいたい。

「あーあ、すっかり汚れちゃった。部長、一緒にお風呂に入りませんかあ」

声が震えないように注意しながらあっけらかんと笑って、カーディガンとブラウスを脱ぎ、丸めて足元に落とした。鎖骨の真下の皮膚がぴりっと張ったのが分かる。最近は身仕舞いする余裕がなく、香水もつけていないし、マニキュアは斑《まだら》になっている。どんな下着を着けているのかも、咄嗟に思い出せない。でも、自分は少なくともこの男よりずっと若い。若いということはそれだけで優位であるはずだ。信頼関係を自ら突き崩すのだ。両親はおそらく卒倒するだろう。この人の目が男になったら、きっと何かが音を立てて壊れて、そしてそこから新しい何かが生まれる、という予感があった。自分の人生を、会社で費やした時間をゼロにし、一から再構築出来るのではないか、という希望の光で頭が真っ白になる。

そうなれば、とうとう真織の仲間になれる。期待を込めて彼を見上げた。部長はベッドに近寄ろうともせず、左右の肘《ひじ》を両手で押さえるようにして、ドアの前に立っている。

「……条件が揃えば、ある型に収めさえすれば、人の心は自分の思うように動き出すと思ってるよな、君。幼い頃からずっとそうだったよな。君とのお人形さん遊びは、正直、気味が悪かったよ」

こんな時に出るものではない、しごく冷静な、むしろ同情するような声だった。彼の目を見た。そこに濁りはまったくない。自分がふと、一方的に性器を露出してはしゃぐ類いの変質者になった気さえ起こさせる。こんな場面は想像していなかった。誘えば必ず、思い通りになるという確信があった。

「君のご両親、お父さんもお母さんもそういうタイプだったから、分かるよ。決して悪い人達じゃない。もちろん嫌いってこともない。お世話になって、感謝もしてる。いつ行っても、おうちが綺麗で、お母さんも若くて綺麗で、美味しいご飯が出てきてね。喧嘩なんか一度もしたことのない夫婦だろ？　でも、一度としてお父さんと腹を割って、お互いに打ち解けて話したことなんてなかった気がするよ。僕だけじゃなくて他の誰ともね。慰めも励ましも賞賛も、どこかで聞いたような、通りいっぺんの言葉でね。用意した台詞を口にしているみたいだった。だんだん君の家に行かなくなったのは、そのせいだよ。仕事で挫折した時、一緒に居たいのは、君のお父さんじゃなかった。君もお父さんに似た性格なんだろうね。恵まれていることに無頓着だから、やたらと人に厳しくて、周りがよく見えないんだろうね」

耳を塞ぎ、息が止まるまで悲鳴を上げたかった。そんなに冷んやりとした目で、家族をジャッジされることだけは耐えられない。家族を悪く言われることだけは許しがたい。栄利子の中で何かがじりじりと焼けていく。同僚全員の前で服を脱ぎ、身体を品定めされるより、はるかに屈辱的だった。

ふいに、深夜の居間で一人携帯電話をじっと見つめている父の姿が浮かんだ。女の子のように小首を傾げ、端末に目を落としていた。やがて途方に暮れたように息を吐くと、老眼鏡を外し、ぼんやりと虚空を見つめた。何故か声を掛けることが憚られた。あれは誰に連絡しようとしていたのだろう。父だってきっと淋しいのだ。分かり合える同性の仲間が欲しいに違いないのだ。父に問題があるというより、きっと周囲に父を理解し歩み寄ってくれるような男が居なかっただけなのだ。

望むような反応をしなかったというだけで、父はここまで糾弾されなければならないのだろうか。この男は依存心が強いのだ。だからいい年をして部長止まりなのだ。

これは性欲ではない。この無礼な男を組み伏せたいという激しい欲求が上下左右に暴れ出す。なんとかしてその気になってもらわねばならなかった。

今の発言を償ってもらわなければならない。栄利子は中腰になり、乳房を寄せ、彼の腰に手を回す。しかしどんな甘くかすれた声をあげても、キスをねだっても、部長はひたすら目を逸らすだけだ。やがては汚いものでも見るように睨み付け、掌ではなく右の肘でぐいっと押しやった。栄利子はよろけ、ベッドのへりに摑まる。こんな侮辱に負けまい、と彼を下から威嚇《いかく》するように見据えた。もはや、父と母のためにもこの男を屈服させねばならない。部長の声には、疲労と呆れかえった色が滲んでいる。

「根底のところで人を信じていないんだろう。だから君に誰も近付かないんだと思うよ。そうやって型にこだわり、常に心を武装する君に、誰が本音で向き合うんだ？　君の仕事のやり方にも言えることだと思うよ」

そう言うと、これまでのためらいがふっきれたのか、部長は、栄利子の裸の肩を再び肘で強く押した。骨まで染み入るような痛みにベッドに倒れ込む。背骨の下でスプリングが大きく跳ねた。可愛がってくれているものとばかり考えていた上司にさえ、友達がいないことがバレている。恥ずかしさと悔しさで、爪を立てて喉を掻きむしりたい気分だ。

「なんで私だけ……」

声を絞り出すと、吐瀉物のにおいがした。街を歩けば、どこでもいい年をした女の二人組が人目も憚らずじゃれあっている。夫や恋人を自慢するのを控えるような常識的な女でさえ、同性の友人となると周囲になんの躊躇もなくひけらかす。あんなこれ見よがしな女達が自分より、優れた内面を持っているなんてどうしても認めたくない。

「何故、そうやって武装するくせに、人を求めるんだ。ならば、一人で居なさい。人を信じられるようになるまで、ずっと一人で居ることだよ。少しも恥ずかしいことではないんだよ。いい加減、大人になりなさい」

部長の言葉はどこか非常に高いところ、見上げても顔すら確認出来ないような場所から降ってきたものとしか思えない。神泉の夜空よりずっとずっと上に居るのではと思えた。父にこんな物言いをされたことはない。父はいつも栄利子を肯定し、目を見て話してくれた。――栄利子がどうしたいか、言ってご覧。

大切に育てられた自分がこんな風に突き放されるなんて、やはり何かが間違っているとしか思えない。栄利子はどうしても一人になりたくない。本音を言えば、いつも誰かに寄り添っていて手を握っていて欲しい。

部長はなんと無慈悲なのか。だって、そんなに完全にひとりぼっちで居る人間は、圭子くらいしか思い付かない。なんの努力も我慢もしていない、かつて自分を切り捨てたあの女と、巡り巡って同じ目に遭うなんてどうしても納得がいかない。たかが他人の言葉で挫《くじ》けてしまい、目が眩んで立ち尽くし、ささいなことで死んでしまいたくなるような自分。瞳に映してくれる誰かが居ないと、この先一歩だって進んでいくことが出来そうにない。

視線を逃した壁の片隅に、豊かな色の塊があった。「～女子会プラン～終電乗り逃し後の朝までコース／アメニティ豊富／スウィーツ食べ放題／料金一覧……」と記されたポスターが貼られている。笑い合う女達と赤や緑の果実、三段重ねのパンケーキに黄金色の蜜とバターがしたたり落ちている。ラブホテルを女同士で利用する人種もこの世界には居るのだ――。この殺伐とした空気の部屋が女達の笑い声で満ち、フルーツやケーキで溢れることもあるのだ。ラブホテルに居るのにセックスをする必要がない。真の同性の友情はその空間の意義さえも根底からくつがえしてしまう。彼女達はどうしてそんなに打ち解けられるのだろうか。信じ合えるのだろうか。一度も人から裏切られたことのない、幸運な人種なのか。それとも裏切られても、関係を再構築したのだろうか。その強さはどうやって手に入れたのだろうか。

「……じゃあ、部長は武装していないって言えるんですか。みんなのお父さんみたいな顔をしているけど、本当は私のことをいやらしい目で見たこと、あるんじゃないですか。あんな小さな女の子が一人前の女になって、いい身体になったなって、思ったこと、一度もないって言えるんですか」

栄利子は力を振り絞り、スカートを脱ぎ捨てると、部長の股間に手を伸ばす。ぐんにゃりと柔らかく生温かい。それでも、まるで指先を火傷したかのように、身体をのけ反らせ、大げさに肩をそびやかしてみせた。

「ほら、ちょっと硬くなってるじゃないですか。ああ、みっともない、口ではご大層なことを言ったって、あなただって本音を隠して、武装している。汚らしい男という性を、そのスーツや優しそうな笑顔の奥に隠しているじゃないですか」

栄利子は手を叩いて、きゃっきゃと叫び出したくなる。その昔、二人でオセロで戦ったことを思い出す。いつだって勝つまでやらねば気が済まなかった。部長はどうやらこの手に引っかかったようだ。頬が赤くなり、眼球が忙しく動く。どうにかしてこの男を射精に導かねば。こんな侮辱を許すわけにはいかない。指を食い込ませ、えぐるように上下に動かす。ほんの少しだけ、仮死状態の肉が命を吹き返したような気がして、いっそう手に力を込める。

「人間、化けの皮がはがれれば、こんなもんなんでしょう。でも、何がいけないんですか。用意しなきゃ、しゃべれない人も居るんですよ。努力して、好かれようとして、人間関係を作ることがどうしてそんなにいけないんですか。部長は傲慢ですよ。あなたみたいに普通にしていて好かれるなんて、ごくわずかな限られた人種だけなんですよ……」

その時、頭の芯がきんと鳴って、ベッドに押し戻された。部長がスタンドランプの柄を握っている。咄嗟に手にしたそれが額に当たったのだと分かった。手をやると、焼けるように熱く、こぶが出来ている。悲鳴を上げようとしたが、声が出ない。このままでは殺されてしまう。それこそ東電ＯＬみたいだ。

「努力？　そんなに努力と言うなら、本物の努力をしてみたらいいじゃないか」

自分ほど努力している人間も居ないのに。これ以上、何をどう頑張ればいいというのか。額を押さえながら見上げても、痛みで視界がぼんやりしている。無言の問いに部長は息を整えながら、答えた。

「ないものをあるように見せる、そんな虚しい力尽くの行為ではなく、信頼を積み上げていくような類いのそういう努力だよ。少しずつ人を信じろ。少しずつ信じていけばいい。最近の志村はおかしい。営業とは思えない酷い身なりで出社するから、みんな心配してるぞ。会議や商談を無断ですっぽかす。就業規則に違反して、会社に泊まり込み、いかがわしいサイトを見る。書類も凡ミスが目立つ。いつか言おうと思っていたのだが、しばらく休養して、じっくり自分を見つめるのも必要なんじゃないか。今日は送っていく。お父さんにも一度、僕からよく話してみるから」

強い力で肩を抱かれ、服を押しつけられた、引きずられるようにして、身体を無理矢理、起こされる。部長はまるで呼吸困難の人間が酸素を求めるごとく、部屋のドアを勢いよく開けた。冷たい空気が吹き込み、栄利子は慌てふためいて吐瀉物まみれの服を身に着けた。廊下が室内とは違う赤い色の照明で照らされていることに、初めて気付いた。部屋と廊下の境界線は紫色に滲み、先ほど栄利子が脱ぎ捨てたパンプスが互い違いの方向を向いていた。

部長があの夜、両親に何を話したのかは分からない。しかし、深夜彼にタクシーで送り届けられた翌日から母は、頑として栄利子を外に出してくれなくなった。

自分のにおいの染み付いたブランケットにさなぎのようにくるまり、携帯電話をひたすらスクロールする。昼過ぎに目が覚めてからベッドの中で二時間以上も、おひょうのツイッターを辿っていた。彼女がリプライを交わす相手や取り上げた商品などから、人間関係や行動範囲について推理を巡らせている。

『今日の朝ご飯は、柴漬けマヨネーズうどん温玉のせ！　近所の居酒屋で食べたのを真似しました。普段は飲んだ後のシメだけど、朝からつるつるいくのも美味しくて楽ですよ』

『魔王が集めているファミレスレジ横のC級おもちゃコレクションです』

『私の一番好きな海外ドラマはＮＨＫの「素晴らしき日々」です。なんでＤＶＤにならないのかな〜？　音楽の版権問題？』

一週間前に唐突に始まったおひょうのツイッターだけが、今の栄利子の心の支えだ。フォロワー数は二百三十人。始めて間もない割には、まずまずの数字といっていいだろう。最近の優等生ぶった主婦ブログには苛々させられていたが、気軽な短文は翔子の性に合っているようだ。のびのびとした棘のない言葉は栄利子にとって清涼剤になっている。

自宅で過ごし始めてもう四日が経つ。

真織からはすぐに携帯電話に連絡が来た。

――やっぱりね。心が風邪を引いて休職でうやむやかあ。そうなると思ったよ。

「ごめんなさい。私、あの」

栄利子の言い訳を真織はぴしゃりと遮った。

――なんでトップバッターを部長にしたの。

それは。それはたぶん、二十三名の中で一番怖くなかったからだ。父に最も近い存在だからだ。心のどこかに、優しく包んでくれるのではないか、という甘えが潜んでいたのだろうか。

――パパによく似てるから？　守ってもらえると思った？

淡々とした問いに、何も言えなくなった。

――これがあんたの限界なんだよね。一番可哀想なヒロインはあたしじゃなくて、あんたになる。結局、誰かに必ず守ってもらえる。自分では始末をつけない生き方しか出来ないんだよ。恵まれてるようで本当は気の毒なのかもね。一生、檻《おり》から出られないペット、水槽から出られない観賞魚って感じ。結婚式の招待状、康行は出すつもりらしいけど、絶対に来ないでよね。出来たらそのままあと一カ月休職して、家に居なさいよ。外に出るんじゃないよ。

それっきり通話は途絶えた。もはや、真織の指示は絶対だ。一カ月も引き延ばせるかは分からないが、とにかく今は家を出るわけにいかない。せめて、真織に認めて欲しかったのに。償いとして二十三人の男と寝ることが、常軌を逸していることくらいは分かる。でも、やり遂げることで、栄利子の根性と勇気を認めてもらい、人間扱いしてもらいたかった。何故、誰も自分を見てくれないのだろう。

真織から連絡はない。一度だけ勇気を出して電話をしてみたが、どうやら着信拒否をされているらしい。当然のことながら、メールも送れなかった。

退屈に任せて、ぼんやりとおひょうのツイッター画面を辿る。新しいつぶやきが投稿されているので、身を乗り出した。

『友達と水族館にきていまーす。エイのお腹っていつ見ても顔みたいですよね。いくつか写真あげます』

一分と待たず、写真が次々にアップされた。ウミガメ、海月《くらげ》、ヒトデ……。そこに、馬のような横顔を見せる灰色の大型魚が映し出されて、栄利子は小さく悲鳴を上げた。この魚はナイルパーチではないか。ナイルパーチを見られる水族館は日本ではほとんどない。ということは、この場所を特定できる。以前、杉下にナイルパーチを見に行こうと誘われた、新宿にできたばかりの水族館。今すぐに家を出たら、彼女に会えるかもしれない。ベッドから起き上がると、携帯電話と財布を手に、半日ぶりに部屋の外へ出る。居間に居た両親がぎょっとしたようにこちらを見た。

「どこに行くの？　待ちなさい！」

母親の鋭い声が背中を追いかけてくる。ソファで新聞を読んでいた父も立ち上がった。母の選んだ深いブルーのセーターが白髪によく似合っている。これほど身綺麗な六十代を父以外に知らない。でも、これはすべて母の力の賜《たまもの》だ。案外、母が居なかったら、父はむさくるしい男なのかもしれない、と目の下の黒ずんだ弛《たる》みを見ながらふと思う。

「友達に会いに行くのよ」

「あなたに……、友達なんていないでしょう」

驚いたことに、母の目は赤い。母がこんな物言いをすることは珍しかった。

「友達なんて作れたためしがないでしょう」

ああ、やっぱり。母だって栄利子を信用していないのだ。部長の言ったことが、ほんの少しだけ理解出来た気がする。父は何も言わない。ただ、母の後ろで佇んでいる。

「どうしてなの。普通に育てたつもりなのに。どうしてそんなに人と上手くやれないの」

そんなこと、こちらが聞きたいくらいだ。何故、こんなにも自分は他者を求めているのに、他者に拒絶されてしまうのか。

これと同じような場面を圭子とのいざこざの時に経験している。あの時、母と父は一気に老け込んだように思えた。あれから十数年が経った今、栄利子の前で怯えている二人は完全に老夫婦だ。大好きな両親をこれ以上、不安にさせたくなくて、栄利子はおっとりと言った。

「丸尾翔子さんよ……」

「誰なの、その人。ねえ、お願いだから……。そんな暇があったら、西先生のところに行きましょう。ね？」

高校時代のあの事件からずっと、定期的に治療を受けさせられている精神科医の名にぞっとした。まるで栄利子の家庭になんらかの問題が潜んでいるのでは、と決めつけるような彼の口調が大嫌いだ。同性と上手くいかないというだけで、こちらに重大な欠陥があるような言い方をする。栄利子は異常ではない。客観性もあるし、優しさだってあるつもりだ。ただ、それを女の前で発揮する機会に恵まれなかったというだけなのに。

「『ジゼル』のお客さんで、そこの商店街に住んでいる主婦。圭子とも知り合いよ。すぐに戻る。みんなに訊いてみたらいいじゃないの」

二人がひるんだ隙に、栄利子は玄関で父のサンダルをつっかけ、外へと飛び出した。上下パジャマ替わりのフリースという出で立ちだけれど、外見に構ってなどいられない。無我夢中で外階段を駆け下り、住宅地に出ると、タクシーを摑まえて飛び乗った。

道がすいていたため、目当ての水族館には三十分足らずで到着した。受付で入館料を払い、薄暗い入り口へと足を踏み入れる。土曜日の割に親子連れの姿はあまりない。魚の種類が少なくお土産グッズに乏しいため、子供に人気がないと何かで読んだ気がする。水槽の青白い光を頼りに暗い回廊を走るようにして通り抜ける。魚を見ている余裕はなかった。悠々と泳ぐエイの水槽越しにとうとう彼女を見付けた時は、声が出そうになった。

翔子だ――。隣にいる男は誰だろう。背が高く痩せている。彼女の夫でないことは明らかだ。記憶が確かならば、一度「ジゼル」で彼を見た気がする。店員だろうか。二人の手が繋がっていることに、栄利子は息を吞む。筒状の水槽の反対側に回り込み、一定の距離を保ちつつ、翔子と男の後を追う。二人は人の少ない淡水魚のコーナーへと向かっているようだ。

翔子が立ち止まったのは、なんとナイルパーチの水槽の前だった。2メートル近くはある二匹のナイルパーチがゆらゆらと泳いでいる。深い銀の鱗に覆われた体は、動く度に紫へ灰色へそして銀白色へと、色合いを変える。大きな赤く光る目玉には何の感情も湛えられてはいないのに、すべてを見透かしているような厳しさが感じられた。背から口にかけてのえぐれるような曲線、分厚い唇。うちわの形をした幅広の尾びれが優雅に波打っている。しばらくの間、その姿に見惚れてしまう。

もしかして――。栄利子は期待を込めて、水槽越しの、まるで水底を漂っているような翔子の青い横顔を見つめる。今、彼女は栄利子のことを思い出しているのかもしれない。大手商社でナイルパーチの買い付けをする自慢の友達を思い出してくれているのかもしれない。ところが、翔子はふふっと微笑むと、男の耳に顔を近付ける。男は笑い出し、いきなり翔子の唇を奪った。突然のことだったらしく、翔子は一瞬肩を強張らせたが、すぐに自分から男の首に細い腕を回した。堰を切ったように二人は互いの唇をむさぼっている。

「お客様、フラッシュ付きの写真撮影はお控え下さい」

ナイルパーチの餌らしき小魚がぱっと逃げたのと、駆け寄ってきた女性係員の言葉で、栄利子は自分が携帯電話を光らせていたことに気付いた。自分でも知らないうちに、翔子と男の姿を何枚も撮影していたらしい。なんでこんなものを記録したんだろう。ぼんやりと掌の画像を見つめたままの栄利子が薄気味悪かったのか、係員は仕方なさそうに行ってしまった。

ふと目を上げると、翔子がこちらを向いて茫然としている。やっと見てくれた、と栄利子は飛び上がるほど嬉しくなった。彼女と視線が合わなくなって随分長い時間が経つ。ネット越しに彼女の暮らしや心情を想像するばかりで、もはやこの世界には存在しない幻の女なのではないかと疑いつつあったのだ。この切れ長の目。カットソーの中で骨が泳ぐような涼やかな風情。ずっとずっと焦がれていた。こんなに誰かを必要としたことがこれまであっただろうか。

「あ、友達？　じゃ、俺行くわ。外で待ってるから」

若い男は慌てふためいたように、翔子からさっと離れると、走るようにしてその場を逃げ去った。くだらない男だ。翔子にはふさわしくない。栄利子は駆け寄って行き、翔子に親愛に満ちた笑みを浮かべてみせる。

「もしかして、ここにいるんじゃないのかなって。ツイッターを読んで、すぐに飛んできたの。不用心だよね。すぐに分かっちゃうんだよ。なんだって分かっちゃうんだから。あなたから見たらこそこそ探っているように見えるかもしれないけど、プライベートを全世界に公開しているのはあなたの方なんだからね。あなたがいけないんだからね」

怖がらせる隙を与えまいと、ありったけの気力を総動員して陽気にまくしたてる。翔子は声もなく、ただ白い顔をこちらに向けている。それを見て、栄利子はあることを思い付く。携帯電話の画像フォルダを表示して、ちょっぴり得意げに彼女に見せた。

「まずいよね、この写真が出回ったら。あなたはもう有名人だものね。雑誌に顔出ししてるよね。ファンも居なくなるだろうし、ご主人だって黙っていないよね」

「……どうして、そんなことまでするの。脅迫だよ……」

ようやく彼女は言葉を発した。翔子をしゃべらせることが出来、栄利子は有頂天になった。思わぬ切り札を手に入れたことで、どうやら自分は万能になったらしい。

「誰にも、誰にも言わないでおいてあげる。ただし条件があるの」

栄利子は素早く翔子の腕を両手で摑まえる。ほんのしばらく会わないうちに、随分瘦せた。安物らしきチェスターコートとカットソーにスキニーパンツという出で立ちなのに、どことなく垢抜けているのはそのためか。でも、こんなのおひょうじゃない。本来の彼女を取り戻す。なんとしてでも。

部長の言うように、人を信頼出来るように、少しずつ訓練すればいいのだろうか。例えば、正直に思うままを伝えてみる。相手の表情にどんな変化が起きてもひるまない。相手の意見を聞く。分からなくても、そこに思いを馳せてみる。すぐに共感は出来ずとも、時間をかけて理解を目指す。他者と共存出来るようにつとめる。ああ、駄目だ。そんな虚しい、あてもない努力はとてもじゃないが出来ない。砂利の中から光る石を見付けていくような日々の先になにがあるというのだ。栄利子は、ひとっ飛びに絶対的な信頼を手に入れてしまおうと思った。絶対に自分を裏切らないという保証を、この手に摑み取る。それでやっと自分は人並みになれるのだ。

「私と親友になって。もう一度やり直したいの。そして、決して嫌ったり、無視したり、遠ざけたりしないって今ここで約束して。そうしたら、私、あなたを怖がらせたりしない。こんなこと、もう決してしない。安心して付き合っていける保証があるなら、私は本当にあなたにとってのベストフレンドになれる。約束する。誓うよ」

そんな怯えた顔をしないで。栄利子は泣きたいような気持ちで願う。魚みたいに何も映さない目でぱくぱく口を開けないで。私もあなたも被害者なんだよ。日本の女社会に張り巡らされた蜘蛛《くも》の巣みたいに緻密なルールからこぼれた、はぐれもの同士なの。ほら、見上げてご覧よ。他の女達みたいに、あのはるか高い水面に張られた細い細い糸を、バレリーナのように爪先立ちでつつつっと歩くことなんて出来ない。だから、この湖の底のような暗く静かな場所で、手を取り合って助け合っていくしかないじゃない。私にはあなたしか居ないし、あなたには私しか居ないんだから。私達は二人きりなんだから。

「ねえ、気が付いて。本当の私はこんなんじゃないのよ」

そんなに怯えた顔をしないでよ——。これでは、圭子の時と一緒だ。十五歳の、ひとりぼっちの通学路。電車のつり革に摑まっていたら、隣の車両で、圭子が新しい仲間に囲まれているのが見えた。小さく手を振ったけれど無視された。女の子達の中の圭子は自分の知らないはしゃいだ笑顔を見せていた。充足していて、平和で、今あるこの瞬間を味わい尽くしていることが見て取れた。そこには栄利子の入り込む隙など一ミリたりとも見付からなかった。好きなのに、仲良くしたいだけなのに、頑張れば頑張るほど疎まれ、怖がられた。焦燥感が蘇り、一瞬ひるんでしまいそうになるが、気を奮い立たせる。親友同士の規則として、まずは翔子にこの怯えた表情も禁止せねばならない。秘密を握った以上、要求はすべて通すつもりだ。ルールからこぼれたもの同士にだって、関係を作るのであれば、新たなルールは必要だ。間違った方向に行かないよう、これからは栄利子が責任をもって舵を取らねばならない。二人を乗せた小舟は、栄利子次第で、遭難もするし、安全な陸に辿り着くことも出来る。なんと頼りなく、健気《けなげ》で、愛しい小舟だろう。栄利子はその小舟に手を伸ばし、歯を立てて、さくさくと食べてしまいたいと思った。そこに小さな自分が含まれていても美味しいと思えるだろう。この関係ごと身体に収めて、一つになりたい。そうすれば、もう一生、悩んだりためらったり、窒息しそうになりながらやみくもに走る必要がなくなるのだ。

　青白いライトと水の揺らぎを浴びて、栄利子の大切な親友はずっと小刻みに唇を震わせている。ゆらゆら揺らめく深い水底に親友と二人きり。このまま服を脱ぎ捨てて、彼女も裸にして、二人して泳いでいきたいと思った。締めつけるものは身に着けず、何も飾らず、裏切らない相手ともつれあうように、ダンスをするように、どこまでもどこまでも、冷たい水だけを肌に感じてひたすらにあてのない旅をしたい。仕事にも家族にも男にも煩わされない、女友達との優しくて満たされた時間を、ずっと渇望していた。

　呼吸が穏やかだ。いつになく感情のどこにもささくれたところが見当たらない。たくさん傷つけられたけれど、今ならすべてを許せる気がした。翔子はこう見えて弱いところのある女の人だ。もっと、自分が寛容にならなくてはいけなかったのだろう。

　水槽の中で、二匹のナイルパーチがすれ違う。お互いの目を少しも見ないで、すれすれのところで、ため息が出るほど器用にすれ違う。やはり、そこにも暗黙のルールが存在しているように見えた。

　ナイルパーチ達は自分や翔子などよりよっぽど――他者との距離の取り方に長けているように感じられた。

22

容赦ないほど隅々までをえぐりだす蛍光灯の光を浴び、目の前のベルトコンベア上を、色褪せた雲丹《うに》の軍艦や、乾いた生ハムがはりついたメロンや、紫に変わりつつある鮪が次々に流れていく。以前ここに翔子と訪れた時は九月だった。あの時はあまりにも速く寿司が回るので、皿を取り損ねたらどうしようと緊張したけれど、今の栄利子にはむしろゆっくりと動いているように感じられた。まるで誰かがこちらに合わせてスピードを調節してくれているみたいだ。栄利子の一挙一動を見えない所から見守っている管制塔のような存在を、思い浮かべる。手を伸ばし、なんの苦もなくえんがわの皿を摑み取る。それだけで、自分が周囲と摩擦なく生きていけるタイプの女に思われ、メロディしか知らない最近のポップスを鼻で歌い、肩を揺らしたくなった。えんがわに醬油をつけ、口へと運ぶ。栄利子が知っているひらめの味もかれいの味もしなかった。嚙み締める度に冷んやりとした脂が口の中に広がり、簡単には食いちぎられるまいといわんばかりに、蛇腹状の身がぷりぷりと暴れる。これが捕獲時にはショットガンを必要とすることもある、おひょうの力強さなのか。確かに栄利子の知るえんがわではないかもしれないが、別な美味しさのあるスナック的な魅力を持った何かだった。幼い頃から、母にまがいものの味を禁じられてきた。同級生がいかにも幸せそうに口にしていた、着色料たっぷりの駄菓子やほとんどが混ぜ物で出来たハンバーガー。

——ああいうものは身体に良くないの。質素でもいいから、出来るだけ素材そのままのシンプルな料理を食べなさい。

と躾けられてきた。でも、フェイクだからこそ放たれる悪魔的な色彩が、栄利子には眩しかった。もういい大人なのだから、これからはもっとファストフードやコンビニ食を楽しもう。自分がなかなか女友達を作れなかったのは、母に支配され、身体にいい物ばかり食べてきたツケなのかもしれない、と責任転嫁してみたくなった。とうとう自分は翔子の味覚まで手に入れたのだ。いきなり目の前がぐんと開けた気がして、声を出したくてたまらない。店員と軽口を叩いてみるとしよう。栄利子は台詞を用意すると、おしぼりで手を拭きながら、さも物慣れたように明るい声を上げた。

「わあ、美味しい。たった九十八円でこの味。よっぽど企業努力されているんですね」

「はあ、ありがとうございます」

コンベア越しに、五十代ぐらいの職人が戸惑ったように目をしばたたかせている。

「握りの加減も丁度いい。腕がいいんだから、お店を持てばいいのに。ねえ、大将っ」

右隣のカップル客がひそひそと話し、職人は曖昧に笑っている。ふと不安になりかけたその時、背後の自動ドアが開く音がし、夜風に乗ってわたあめに似た柔軟剤のあの香りが鼻先をかすめた。自然にぱっと笑みが浮かび、栄利子は隣に腰掛けた親友の肩を抱き寄せる。今日の彼女は長めのカーディガンにサルエルパンツといった男の子のような出で立ちだ。

「おそーいじゃーん。二分遅刻〜」

「……ごめんなさい」

翔子は冴えない顔つきで、ぺこりと頭を下げた。そのびくびくした態度に、栄利子はせっかくの浮き立つ気分に水を差されたようで、面白くない。水族館で親友のちぎりを交わしてから、今日が初めての食事だというのに。先ほどマスターした手順で、湯飲みに粉茶を一さじいれると、カウンター上のボタンを押して湯を注ぐ。かいがいしく翔子の前に湯飲みを差し出してやると、彼女は肩をすぼめてまた頭を下げた。

「ねえ、今日は何してた？　昨日からブログ更新してないから心配しちゃったよ」

「別に……。掃除とか布団干しとか……」

「なにそれ～。ぜんぜんおひょうさんぽくない。普通のいい奥さんみたい。もう私の方がぜんっぜんだらしないくらいじゃない」

けたけたと声を上げて笑う。今日は昼過ぎまで寝て、ネットをひととおり眺め、母の作ったご飯を食べたら、もう手持ち無沙汰になった。楽しみな夜までの時間を少しでも短くしようと、もう一眠りしたくらいだ。改めて、自分には趣味らしいものが何もないと思う。本を開いても、ぴくりとも動かない活字の羅列を目で追ううちに、苛々して壁に投げつけたくなる。もっとダイレクトに語りかけて引き込んでくれるものでなければ、栄養にならない。

「ねえ、ブログ、まだ更新しないの？　二日も休むなんてどういうこと？　この分じゃ書籍化も危ぶまれるよ」

なかおち軍艦を大量に流すことを告げるアナウンスが轟《とどろ》く。威勢の良い職人の口上が終わるのを待って、翔子がぽつりとつぶやいた。

「ブログ、ちょっとお休みしようかと思ってるんだ。なんだか、気分が乗らなくて」

それは重々承知していることであった。最近の翔子は文体がぎこちなく、前のようにぽんぽんとてらいなく内面を吐き出すことをしない。自意識と啓蒙欲が滲むそのへんのママさんブログと何も変わらなくなっている。注目を集めたせいで、プレッシャーを感じているであろうことはたやすく想像がつく。昔の「おひょう」のいい意味での世間知らずさ、受け手の心を解き放つ天衣無縫ぶりを是非取り戻してもらいたいと思う。

「……じゃあ、私が代わりに更新してあげようか」

二つ目のえんがわに手を伸ばしながら、栄利子はこのところずっと考えていた計画を言葉にした。我ながらなんとも素敵な提案に思え、頰がほころんだ。翔子は口をぽかんと丸い形に開けている。

「おひょうさんの文章のノリやテンポや言葉選びなら、この私が誰よりもちゃんと分かっているもの。真似するのなんて簡単だよ。あなたそっくりの日記を書いてみせるよ。まずは一回更新してみるからチェックしてみて。もちろん、嫌だったらすぐにやめる」

「……ええと、どうしよう」

「おひょうさん、確かに本調子じゃないのよ。しばらく休めばいいわよ。困った時は頼ってよ。親友じゃない」

言いながら、うっとりと身体が潤《ほと》びていくのが分かる。こんな風に、同性を手助けし、姉のように優しく導く自分をずっと心に思い描いていた。少女の頃から、こんな自分にずっとずっとなりたかったのだ。翔子がいつまでもイエスと言わずに、困惑した様子で粉っぽいお茶を見下ろしていることさえ除けば、すべてが理想的だった。働いていた日々を遠い昔のように思い出す。大きな商談をまとめても、上司や同僚に評価されても、いつも自分に及第点を与えられなかった。所詮、同性の友人が一人もいない、スカートを穿いた男のような存在なのだと思うと、何をしても虚しかった。人生の一番複雑な旨みを持つ豊かな部分を、自分だけが知らないように思えた。

焼きたての厚焼き卵の皿に手を伸ばすと、翔子の前に置いてやった。好物であるとブログで知っている。彼女はお礼を言おうともせず、いつまでもベルトコンベアを目で追っていた。明るい黄色から湯気がどんどん消えていく。ブログのパスワードを聞き出せたので、栄利子はひとまず満足した。

「とにかく、甘えてくれていいよ。私、今は休職中なの。でも、あと一カ月くらいはこうしていたいなあと思うんだよね。八年間ずっと働き詰めで、外の世界なんて全然知らないんだもん。父が会社と懇意だから、多少の融通は利くんじゃないかな。しばらくは資格の勉強したり、お稽古事したり、ぶらぶらするつもり。ねえ、翔子さん、同じスクールに通ったりしない？　思い切って旅行なんてどうかな。私、女友達との旅行ってずっと憧れていたの。香港は？　ハワイは？　近場で箱根や熱海もいいかもね」

「旅行かあ……。女同士で行ったことってないいな」

翔子が聞き取れないほど小さな声でつぶやいた。たたみかけるなら今だ、と栄利子は、身体を彼女の方に傾けた。冷たい魚が落ちたばかりの胃が、きゅうと音を立てている。まるで小さな切り身がみるみる間に命を得て、栄利子の身体の中を水しぶきを上げながら泳ぎ出し、うねる海をつくり上げたようだ。大きな波が行き来している。

今はこの勢いに乗るしかない。

「私も同じ。なら、なおのことチャレンジしてみるべきじゃない？　二人ならすっごく楽しいよ。……ねえ、ロマンスカーって乗ったことある？」

「ないけど……」

「だよね。翔子さんもご主人もインドア派だもんね。ねえ、箱根は？　紅葉も綺麗だし、来週の水曜日から木曜日とかで、一泊二日で行かない？」

ある程度、予想していた通り、翔子の顔に困惑が浮かぶ。無理もない。栄利子は普通の女同士なら何カ月もかけてぐずぐずと曖昧にし、日常に溶け込ませていくであろう境界線を一気に突破したのだ。だから、乗り気が窺えないのは今はまだ仕方がないことと、栄利子はしぼみそうになる心を奮い立たせ、波を摑まえようとする。部長に投げられた言葉は思い出すまい。ずっと考え続け、出した結論である。自分達に必要なのは時間でも言葉でもなく、まず「型」ではないだろうか。「週に三回会う」「一緒に旅行する」「一日に五回はメールをやりとりする」などといった、世間一般では親密とされている型に、このちぐはぐな方向を向いている双方の思いを流し込み、テリーヌのように固めていく他はない。これまでの経験から型にはまる勇気さえあれば、大抵のことは上手くいく、と知っている。この気まずくぎこちない段階さえ乗り越えれば、その先に待っているものは、まだ翔子も栄利子も体験したことのない、安らかで満ち足りた世界であるという、確信がある。

翔子は何も言わない。この場から逃げたくてたまらない、でも、目の前に立ちはだかる栄利子の機嫌を損なうまいとして、ただそこに座っている。

残念なことに、彼女のように優秀でない人間ほど「型」にはまることを怖がる。学生時代はもちろん、社会に出てからも実感してきた。新入社員の頃、レールに乗ってマニュアル通りに仕事を進めることを嫌がり、往生際悪く個性を発揮したがった人間ほど、成果を上げることが出来ず、すぐに退職した。評価されたのは、自分や杉下のように先人の教え通りのやり方をいち早く身に付けた社員で、焦らずとも次の段階では自ずとオリジナリティを発揮出来るようになった。例えば、夫婦という「型」がある。両親を思い浮かべてみても、そう熱烈に愛し合い、信頼で結ばれているとは思えないが、夫婦という名目に守られ、日常を共にすることで何らかの絆や情が生まれていることは事実だ。ならば何故、女同士に「型」が持ち込めないのだろう。翔子は何も言わない。ただ、栄利子の考えを全身で汲み取るように、身を硬くし、睫毛《まつげ》をかすかに揺らせている。栄利子はこのところの経験から、かなり賢くなっている。とろけるように温かい、譲るような口調を選んだ。

「じゃあ、一泊二日ね。あなた仕事してないから、いつも暇でしょ。私、ロマンスカーと宿を予約しておくから。箱根の温泉に行こう。そうしましょ」

「ええと、夫に訊いてみないと。突然で……」

「行きたいところがあったら、教えてね。私はポーラ美術館に行きたいなあと思ってるんだ。印象派の作品って昔から大好きなの」

自らの希望をちゃんと口にすることで、翔子が意見を言い易くなるよう、初めて配慮してみせた。真織が同僚にお昼に誘われた時、決して「なんでもいい」とは言わず、食べたいものをあっけらかんと主張することを思い出したのだ。自分の成長がかなり誇らしい。

本当のことを言えば真織に意見を請えたら、どれほどいいだろうと思う。自分の言動が正しいのかどうかまるで自信がないから、壁伝いに手を這わせ、暗闇をそろそろ進むような緊張感は消えない。彼女ならどうするのだろうか。友達の多い真織は、こんな状況に至ることなどないだろうから、訊いたところでどうせ蔑まれ傷つく言葉をぶつけられるだけだろうか。

箱根と思い付いたのは、この街を通過するロマンスカーに揺られて一時間半ほどで行けるからである。専業主婦である翔子は自由に使える金も時間も限られるだろうから、まずはこれくらいの距離に留めるべきだ。彼女の分を負担するのは苦ではないが、友達なのだから、ここは割り勘にした方が良い。一泊一万円前後で朝食付きのお得なレディースプランのある温泉旅館をネットで探しておくとしよう。

女友達と温泉に行くのだ。間違いなく、二人の距離は縮まるだろう。もやもやしたわだかまりは白濁した湯や大涌谷《おおわくだに》の湯気に溶けていくだろう。お互いの裸とすっぴんを見せ合い、湯上がりにパックをしながら、あけすけに語り合う。栄利子の不器用で無理をしがちなところを理解してもらいたい。こちらだって翔子のことをもっと知りたいと思っている。誰もがごく当然のように経験しているに違いない、満ち足りた、性や上下関係の介在しない時間。手を伸ばせば、もうすぐそこだ。やっとここまで来た。失敗は許されない。足の指先までくつろぐためにも、一瞬たりとも気は抜けない。翔子はうつむいて黙っている。小皿の醤油の中に、蛍光灯と彼女の小さな顎が揺れている。栄利子は急《せ》かすつもりはない。自分にしても慌てる必要もないと知っているので、ゆったりと回る寿司に視線を移す。翔子は決して自分を裏切らない。イエスと言う他はないのだ。出口は塞いである。それが分かっているだけで、こうも冷静さを保てるとは。

流れてきた新しいネタを見て、栄利子は背筋をぴんと伸ばす。ほんの数週間前まで、毎日のように販促方法を考え、海外出張をして加工場所を視察し、日本での販路の確保に懸命に取り組んできた担当商品を思い出したのだ。

「スズキって昔はナイルパーチで代用していたの。この『にっこりずし』も元取引先だったんだから。ねえ、この間、水族館にナイルパーチがいたでしょ？　あなた、ナイルパーチが見たくてあの水族館に行ったんでしょ。私が担当している魚だからだよね？

日本でナイルパーチを見られる水族館は少ないから……」

「ナイルパーチ……？　え、なんのこと……。ごめん、気付かなかった」

水族館という単語に敏感に反応しつつ、翔子はおどおどと首を傾げた。かつて圭子にも見付けたその表情に、このところ穏やかだった心の水面がさざめき立った。舌の付け根がさっと干上がり、鼻の奥と目頭がぎりりと音がするほど痛む。こちらが思うほどに、何故この女は自分に興味を抱いてくれないのだろう。せめて、変わった商品を扱う、大きな仕事をする女として認識してくれてもいいのに。これぱかりは契約を交わしてもどうにもならないのかもしれない。翔子の物事や他人への圧倒的な興味の薄さ。そこに惹かれてしまった、自分の負けということなのだろうか。やけっぱちな衝動に駆られて、スズキの皿を摑むと、翔子の前へ乱暴に置いた。彼女は申し訳なさそうに皿をこちらへと押し返す。

「私、ちょっと生ものは無理かな。今、あんまり胃の調子がよくなくて。本当にごめん」

確かに、店に来てからというもの彼女はお茶をすするばかりだった。言われてみれば、顔色があまりよくない。親友であれば会って一瞬で気付くべきだった。栄利子はすぐに反省し、彼女を労ろうと肩を叩く。それほど力を入れたわけでもないのに薄い身体は大きく前につんのめった。

「大丈夫なの？　もし具合悪いなら、私がおうちに行って、家事でも看病でもなんでもするよ」

「ごめん、それは遠慮する。悪いし。ありがとう、本当にありがとう。でも、本当にごめん」

怯えたように顔の前で両手を振られ、栄利子はかすかに傷ついた。

「ごめん、は禁止ワードだよ。はい、減点！　今後使わないって約束して。翔子さん、謝り過ぎ。もっと前みたいに自然にひょうひょうと振る舞ってくれないと。せっかく会っているのに、つまらないなあ」

またしても、ごめん、と口にしそうになったのか、翔子は唇を引き締め、ぎこちない笑みを浮かべる。

「まあ、とにかく、温泉でゆっくり休めば、きっと体調も良くなるよ。翔子さん、最近根を詰めていたんだよ。ね、来週の平日、必ず空けてよね」

こんな女が頑張り過ぎているわけないのに。びっくりするほど、向上心がないのが翔子という人間なのに。内心、冷笑している自分に、栄利子は気付く。どうしても、思うように動いてくれないこの親友に苛立ちが消えないのだ。

自分は一流商社を一時的に休職しているに過ぎない。仕事を放り出したことに罪悪感はあるが、これまで何度も同僚が鬱病で倒れ、その度にサポートに回った経験があるだけに、なんとでもなるだろうという余裕もある。

だから、栄利子は彼女とは違う。自分を取り戻し、二人の関係を安定させたら、すぐにでも元の暮らしに戻るつもりだ。仕事帰りに翔子と会い、週末はホテルのバイキングで食事をしたり、旅行に出掛ける。そんな友達を得さえしたら、これまで以上に業務に集中出来るはずだ。ランチの度に、あえて一人で居るポーズをとらなくていい。会社で女達と上手くやる必要もなくなる。何故なら、私には最高の親友がいるのだから――。

話はあまり盛り上がらないし、翔子の顔色が冴えないので、予想していたよりもずっと早く切り上げることになった。栄利子が二十近く皿を重ねたのに対して、翔子はほんの二皿食べただけだった。高架下を歩く栄利子と翔子の真横を、少女二人組が前と後ろに乗った自転車が通り過ぎていく。おはじきが弾けるような笑い声とはためく制服のスカート、西瓜《すいか》のような甘い体臭が夜風に溶けていく。

「あ、二人乗りだあ」

後ろの荷台に立ち乗りしている少女のプリーツスカートから伸びる白い脚に目を奪われる。傍らの細い腕に自分のそれを絡め、栄利子は自転車を見送った。ふいに、このまま一生、ひとりなのではないか、と予感した。そんなことを感じるのはおかしい。傍らに友達がいるのに。救いを求めて、翔子を覗き込み、甘えた声を掛けた。

「前にファミレスで会った夜、二人乗りして帰ったよねえ?」

「……ええと……そうだっけ」

「私、またおひょうさんと二人乗りしたいなあ。ねえ、約束して。次に近所で会う時は絶対に自転車ね。絶対に、絶対ね」

マンションの前で二人は別れた。

闇に消えていく翔子の後ろ姿を見つめ、振り返るといいな、と栄利子は祈ったが、その骨が浮き出るような薄着の背中は一定の速度で遠ざかるのみであった。エントランスを抜けロビーを横切ると、いつものように圭子が外廊下の手すりにもたれ、煙草を吸っていた。またか、とうんざりして目を逸らす。

「栄利子、仕事まだ行ってないの？　毎晩何やってるの？」

「ご心配なく。これから毎日翔子さんと遊ぶんだから。もう、すっかり誤解が解けたのよ。そうよ。毎日女子会ざんまいよ。旅行に行ったりお稽古事したり。今度、箱根に行く約束だってしたんだから。あなたのせいで失われた青春を取り戻しているとこ」

これはリベンジなのだ、と栄利子は胸を張る。努力と根気でようやく、決して裏切らない親友を得ることが出来た。圭子は口惜しくて仕方がないだろう。いい気味だ。十五歳の頃、栄利子が味わった寂しさと惨めさを思う存分知ればよい。

「ふうん。また急だね。もしかして、あんた、おひょうさんの弱みでも握ったの」

咄嗟のことに、返事が思い付かない。どぎまぎしているのを悟られないように、圭子の肩越しの闇に滲む外灯に目を向けた。

「まあ、いいけど。ちょっとは身の周りのことを考えた方がいいと思うよ。私より、ずっとヤバイよ。今のあんた」

全身フリースのすっぴん無職女が何を言っているんだろう、と栄利子は肩をそびやかし、さっさと彼女の前を通り過ぎていく。

「女子会女子会なんて言ってるけど、あんたはもう小さな女の子じゃないんだよ。女子高生から見たら、立派なおばさんなんだよ」

そういえば、最後に美容院に行ったのはいつだろうとふと考えたが、すべてが冬のにおいに紛れて消えた。冷たい夜風が髪を撫でた。高校のクリスマス礼拝を思い出すような、ひいらぎの香りがする。こんなにはっきりと十代の記憶を蘇らせられるのだから、自分はまだ女の子なのだ。

いつの間にか、十二月になろうとしている。

23

瞼《まぶた》を閉じても、彼女の姿がどうしても消えない。いっそこの街を引っ越してしまえれば、どんなにいいだろうかと思う。せめて自分にも一定の収入があればよかった。賃貸マンションなのだから、夫にお伺いを立てずとも移住を決められるほど自由になる貯金さえあれば、こんな錆《さ》びた鳥かごに閉じ込められたような気分など味わわなくて済むのに。なんで仕事を辞めてしまったんだろう。いや、そもそもなんで栄利子なんかと関わってしまったんだろう。

髪を掻きむしりたい衝動に駆られ、翔子は乱暴にどしんと寝返りを打つ。昨夜からふさぎ込み、食事も作らず、ベッドに潜り込んでいる妻を賢介は気遣ってくれた。ここ最近のぎくしゃくとした空気を払拭《ふっしょく》するかのように、優しい兄のごとくあれこれと世話を焼く。

――翔ちゃん、大丈夫？　このところブログを張り切り過ぎたんだよ。出歩くことも多かったし、しばらくゆっくり休みなよ。

刻んだ梅干しと溶き卵を入れたおかゆを、ベッドまで運んでくれた。おかゆはちゃんと生米から炊いたらしく、澄んだ甘みがあった。重湯《おもゆ》を一口飲んで、その染み渡るような滋味に、翔子は目の覚める思いがした。面倒だから、安くて美味しいから、洗い物が出なくて楽だから、とファストフードや時短メニューにばかり頼ってきた自分が初めて恥ずかしくなった。ちゃんと手をかけて作った食事はその分、心にまでするすると届くのに。

――俺さあ、最近苛々してただろ。近所に大型スーパー出来たせいで客奪われて、売り上げのノルマきついし、信頼していたパートさんがどんどん辞めちゃうしで、職場が大変だった。正直、認められていく翔ちゃんを見て、焦ってもいたんだよね。でもさあ、やっぱり俺以外の人間も翔ちゃんの良さを知ってくれるのって嬉しいし、俺は俺で頑張らなきゃいけないなあって思うようになったんだ。もしかすると、次の面接の結果次第で、本社の営業部に配属されるかもしれないんだよね。

最近いっそう丸くなった顔をほころばせ、いいというのに、熱いタオルで体を拭いて新しいパジャマに着替えさせてくれた。太ももの付け根から膝の裏まで、蒸気と湿気が行き渡る。最近、脱毛を怠っているのが恥ずかしく脇を軽く引き締めたが、夫は気にする様子もない。起き上がろうとしない翔子に、行ってきます、と告げ、今朝も早くから出勤していった。

赤の他人とここまで近付くことは、彼を逃したらもうないだろう、と天井を見つめながらぼんやり思う。自分が一番可愛い年頃であろう橋本くんとは決してこんな風には過ごせない。万が一そうなるとしても、膨大な時間を必要とすることは分かっている。栄利子と温泉に行くことを結局、言い出せずじまいである。もし、知ったら彼はどれほど困惑し、やめろと言うだろう。とにかくすべてはこちらの誤解であり、栄利子は異常ではなく、二人は親友同士になったのだ、とどう言えば嘘くさくなく伝えられるだろうか。ああ、分からない。

それにしても、夫の変化や心情に何故ずっと気付かなかったのだろうか――。よくもまあ、あんなに思いやりの深い夫を裏切れたものだ。自分が恥ずかしくて、憎らしくて、惨めで、翔子は体を半分に折って、音がするほど奥歯を噛み締める。これでは、母をなんの悪気もなく傷つけ続けた父と変わらないではないか。それだけではない。二人だけの親密な温かい暮らしに一生消えない汚れや染みをつけた。昨夜《ゆうべ》、橋本くんから届いたメールを思い出すと、胃から酸っぱい液がこみ上げてくる。

――この間、水族館に居た変な女の人って、確かオーナーの知り合いの娘だっけ？

まずいよなあ、俺達のこと言いふらされたら。どこをどう伝わるか分かんないもんね。翔子さんだって旦那さんにバレたくないだろうし。しばらく会うのよさない？

この腰抜けめ。後腐れなくさっぱりと別れられることが決まったのに、ほっとするどころか、はらわたが煮えくり返った。メールをもう一度読み返すと、翔子は携帯電話を壁に叩きつけた。それはベッドに落ち、大きくバウンドした。

自分がここまで追い込まれているのに、何故こいつだけ無傷なのだろう。夫以外の異性に要求されることに飢えていたのは確かだ。どうせあんな時間は長くは続かないのに。応えても、応えなくても、潮が引くように消えていく類いのものだ。くだらない火遊びとも言えないような悪ふざけのツケがここまで高くつくなんて――。ほんの一瞬の気の迷いでしたキスのせいで、志村栄利子に弱みを握られ、自由も意志も奪われたのだ。今の翔子は、栄利子の許可なしには何も出来ない。首輪をつけて引き回されるペット以下だ。何がきっかけで機嫌を損ねるか分からない火山のような女だから、彼女の命令はすべて受け入れるしかない。こうしている今も、栄利子がどこかで自分を盗み見ている気がして、気は休まらなかった。水族館に行った日からあまり眠れず、食事も喉を通らなくなっていた。

とうとう、箱根に行くことまで押し切られてしまった。彼女と二時間以上一緒に居たことがないというのに、入浴や睡眠も共にしなければならない。もともと同性とそんな風に過ごしたことがない上、相手はあの女。行く以外の選択肢がないなんて、想像しただけで、鼻が塞がり頭の奥がきんきんと鳴るようだ。

自宅まで押しかけられた一件以来、夫は栄利子を警戒している。実家に帰ると嘘をつくことも出来るが、栄利子のことだから、旅での一部始終を翔子名義でブログに綴るのだろう。彼を納得させるだけの理由を早く考えないと。

なんでこんなことになってしまったのか。それを夫に打ち明けるとなると、浮気ばかりか、自分という人間の浅はかさや自意識も露呈しそうで怖い。夫の前でだけは、さっぱりと明るく、粘度を感じさせないそんな女で居たかった。

このところ控えていた煙草が恋しくなって、ようやく身を起こす。重たい下半身を引きずるようにしてリビングへと向かい、本棚の奥に仕舞い込んであったキャメルとライターを取り出す。煙草に火を点け甘い香りを楽しみながら、ソファに横たわった。ささくれだった気持ちがほんの少しだけ凪《な》いでいく。

向かいのマンションで揺れる洗濯物を見つめる。焼き芋屋らしきアナウンスが聞こえてきた。カーテン越しには淡々《あわあわ》とした明るい空がどこまでも広がり、臍《へそ》のあたりに陽射しが落ちた。このところ掃除を怠けていたせいで、部屋の四隅には埃と毛髪が溜まっている。空気が乾燥しているから、そろそろ加湿器の購入を考えた方がいいかもしれない――。少し前まで当たり前だった午前中の時間の流れ方である。栄利子にアカウントを奪われ、ブログの更新をする必要がなくなったおかげで、皮肉にも以前の静けさと穏やかさを取り戻すことが出来たのは確かだった。

原稿料が発生していたわけではないし、そもそも義務ではなかった。花井里子との約束も、別に書類を交わしたわけでもない。いつまで経ってもやる気を出さない翔子に見切りをつけたのか、最近では彼女からの連絡も減っている。その程度の情熱しか持たれていないというのに、一体何が楽しくてあんなにあくせくしていたのだろう。初めはちょっとした遊びだったのに、更新にのめり込むうちに、麻薬常習者のような飢えとむず痒さが四六時中付きまとうようになり、目の前のことに集中出来なくなっていた。何を見てもブログのネタにしか受け取れなくなっていた。

先ほど栄利子が自分の代わりに更新した昨日のブログをちらりと見たが、翔子の言葉の選び方や写真の角度を完全にものにしていた。

『今日は、近所に住む親友と回転寿司に来ちゃいました。98円のえんがわは私の大好物。二人でだらだら無駄話しながら、お茶もデザートも全部済ませられるなんて最高ですよね。ナスマヨネーズシーチキン（笑）なんて来るたびに面白い新ネタがあるから、高いお寿司屋さんよりむしろ好きです』

自ら臆面《おくめん》もなく「親友」と書くのが、いかにも彼女らしかった。しかし、自分が書いたのかと問われれば、一瞬そうだっけ、と納得しそうになるくらいの出来映えである。自分の個性や文章力などたかが知れている、と思うと胸がきしむが、もう諦めはついていた。主婦雑誌に出るようになってから、薄々勘づいていたことだ。このままブログを彼女に任せて足を洗うのもありなのかもしれない、と冷めた見方をするようになっている。不思議なほど未練はない。あれほどむきになってネットに張り付いていたのが嘘のようだ。そんなことよりも、かつての平穏を取り戻す方がはるかに重要だ。

寝そべったまま二本目の煙草に火を点けた。煙がゆらゆら舞い上がる様を見つめながら、自分はなんという満ち足りた豊かさと安全の中に居たのだろう、とふいに涙ぐみそうになる。不安はなく、夫に守られ、生活を慈しんでいた。故郷にも職場にも居場所を見いだせず、ただ漂うようにして生きてきたつもりだったけれど、欲しいものはちゃんとこの手に摑んでいたのだった。落ち着いて呼吸出来る場所、心を許してすべてを分かち合える家族。

目の前に広がるリビングは、決して手入れや整頓が行き届いているわけではないけれど、荒んだ印象はまったくない。賢介と翔子の気に入っている漫画や雑誌が積まれ、食べかけのお菓子の袋が洗濯ばさみでつままれている。ここに恐ろしいことは何もない。ときめきはない代わりに、緊張も失望もなかった。

それらは少女時代、切望していたものではないか。栄利子にかつてなじられたように、自分はそれほど怠けていたわけではなかったのだ。欲しいものに向かって突き進み、それを得ていたのだった。あんなおかしな女の評価に引きずられる必要はなかったのだ。どうして、自分の生き方をそんなに卑下していたのだろう。

いつの間にか、自分がどう思うかより、他人にどう思われるかの方が重要になっていた。自分の胸に留めておくべき感情や意見を世界に発信し、点数を付けてもらうことにやっきになって、目の前の夫婦生活や季節の移り変わりをないがしろにしていたのだ。同性に受け入れられることや本を出すこと、主婦の意識を改革し、ひとかどの人物になることなど、もうどうでもいい。そもそも、そんなことになんの興味もない。自分には賢介とのささやかな時間が何よりも大切だ。痛い目に遭って、それがよく分かった。

寝返りを打つと身体の中でおかゆの波が行き来するのが分かる。

なんとしてでも、橋本くんにキスされている画像を栄利子に削除してもらわねばならない。彼女と縁を切って元のように生きる。そのためにはまず何をすべきか——。いくつかの手段を思い浮かべるが、すぐに首筋がぴくぴくと動き出し、うっすらと頭痛が始まった。翔子は大きく息を吐く。背骨の下でソファのスプリングがびいんと躍動したのが分かった。

迷路を突き進むように計画を広げていっても、どこにも辿り着けそうにない。結局、何もかもどうしようもないほど「面倒くさい」。一度横になると身体を起こすことさえ、億劫なほどに。人生が努力でどうにかなるのなら、そもそもこんな生活を送っていない。この状況をなんとかするだけの知力も気力も今の自分にはないのは確かだった。ひとまず栄利子の言いなりになってさえいれば、これ以上悪くなることはないのかもしれない。ならば、やれることはもうないのだ。翔子はかすかに微笑んで、カーテン越しの隣のマンションを見つめる。

何も考えず、あの女にただ従えばいい。向こうからの指示を待つ。ブログも書かなくていい。賢介との暮らしは守られる。ある意味、これはこれで楽かもしれない。心の中で舌を出しながら、とりあえず言うことを聞いておけばいい。学生時代のように。

「何もしなくていい」と言っていた圭子を思い出す。あの時、一瞬ではあるが、虚無の中を一人漂うあの女に激しい憧れを感じた。期待せず、期待されないあの姿は、一つの理想だった。しかし、今の翔子は圭子よりはるかに希薄な存在だろう。語るべき言葉さえまったく持たないのだから。このまま消えて、見えなくなってしまうのも、それならそれでいい。

ずっと磨いていないために雨跡の残るガラス窓はぴっちりと閉まっている。それなのに、翔子には外気に包まれているように感じられる。晩秋の風は冷たく甘く、こちらを天高くまでさらい、そのたわむれに付き合わなければ気が済まない無邪気さがある。ならば一枚の落ち葉になって巻き込まれるしかない。その感覚は限りなく空気そのものになることに似ている。空気と一体化してただたゆたうのと、ここで何もしないことはほぼイコールだ。こうなったら、風や波に己の行方を委ねるのみである。

焼き芋屋がマンションの前まで来たようだ。間延びしたアナウンスは次第に大きくなり、唐突にギロチンの刃が落とされたかのようにぶつりと途絶えた。

24

小田急ロマンスカーは毎日、栄利子達の住む街をあっけらかんと切り裂き、陽射しも風もすべて跳ね飛ばして通り過ぎていく。あの街のどんな場所に居ても、ふと気付けば、白やフェルメールブルーなどの車両がキャンバスにさっと引いた絵の具のように目の端を一直線に走って行った。少女の頃からそれがずっと当たり前だったから、あえて乗ろうとは思わなかったし、それは両親も同じようだった。幼稚園の頃、一度だけ家族旅行で乗った記憶はあるのだが、車内の様子も旅先の風景も、記憶はおぼろげなものである。行き先が箱根だったのかも怪しい。

それほどまでに日常になじんでいる電車の先頭座席に、今、翔子と並んで座っているのは、我が家の壁に掛かっているマティスの複製画に飛び込んで、奥へ奥へと進んでいくような非現実感があった。部長とホテルに足を踏み入れた時や休職を決めた時よりも、まっとうな日常からはみ出し、このまま後戻り出来なくなる感覚が強い。自らの意思でラインを踏み越えたのだ。とうとう自分でないものになろうとしているのだろうか。

列車の先頭部分にあたる、半円形にたわんだガラス窓。驚くほど近い場所に線路が見え、消えると同時に現れる。まるで線路が自分の下半身に埋め込まれていくようだ、と栄利子は思わず下腹部に手を当てた。

座席は飛行機のビジネスクラスなどで使われるそれのように柔らかい。ボウリング場、この沿線で展開されているスーパーマーケットが現れた。そろそろ二人の住む街を通過する頃である。

ふいに、引き返したいと強く思った。自宅に戻り、両親の気配に包まれながら、自分のにおいのするブランケットにくるまり、母が出す食事を待つだけの、少女時代から続けてきた時間に戻りたいと思った。何故そんな風に思うのだろうか、と栄利子は激しく動揺する。

怯えるなんておかしい。すべて強く望んだことなのに。栄利子は慌てて、感情がぐっと上向きになるように努める。一度不安になると、取り返しのつかないところまで引きずり込まれてしまいそうで、それだけは避けたかった。遠くに足を運ぶなんて、仕事を通じて、しょっちゅうやっていることではないか。それが、たかが隣の県に行くだけなのに、こんなに緊張して心許ないのは、きっと傍らに他人が居るせいだ。車窓にもたれている翔子に目をやる。柔軟剤のにおいと、日向くさいような体臭。その発生源である、見るからにくったりと肌になじんだ、くたびれたカットソーの皺や毛羽立ちが、まだ見ぬ彼女の日常を物語っていた。きっと彼女の夫からも同じにおいがするのだろう。翔子が身に纏う弛緩した家庭の空気に、強い反発と嫉妬を掻き立てられる。いっそ、あの夫と寝て、共有物にしてしまいたいとさえ思う。

——友達と気分転換に箱根に行ってくる。心配しないで。

両親にそう告げた時の晴れがましさ。やはり、友達がいない一番の惨めさは、両親にこうした発言が出来ないことにあるように思う。ひとりぼっちの事実より、親に誰からも好かれていない娘だと思われる方が、もしかすると自分にははるかに耐え難いのかもしれない。母は年々薄くなっている、眼球の形を浮かしつつある瞼をかすかに引きつらせ、父は見る間に表情を険しくした。栄利子はあらん限りの情熱を持って、パソコンを立ち上げおひょうのブログについて解説しながら、彼女がどんな人間であるか、二人がいかに意気投合しているかを、会議でそうするように「プレゼン」した。小一時間にもわたる栄利子の説明に耳を傾けた後、父は一語、一語区切るように問いかけてきた。

――信じていいんだね。本当に、信頼出来る、相手なんだね。君は今、会社を休んでいるんだからね。たくさんの人に迷惑をかけ、心配させている。いい加減なことをしたら、信じてくれている人を裏切ることになるんだよ？

パパにもそんな相手いないんでしょ？　喉までそう出かかった。父に何故、友達がいないのか、ずっと考え続けているけれど、正解が出ない。物静かで優しくて我慢強い父。真織の言うように理想の男性というわけではないが、思春期の頃、同級生の多くが父親を疎んじるようになったけれど、いまだにその感覚が分からない。話せば必ずその意図を理解してくれるし、その乾いた肌や白い髪に不潔な要素などない。男らしさが薄いせいで、体育会系の商社では浮いていたのかな、と思うことにしている。そう、嫌われているわけではなく、男同士のあのノリが合わないだけなのだろう。

自分のように惨めで、滑稽な、説明のつかない要素など父にあるわけがない。あると想像しただけで、言いようのない恥ずかしさと怒りが湧き、足元から崩れていく気分だ。もしかしたら、自分を苦しめる性分は遺伝性の何かなのだろうか――。そう考えただけで、父から目を逸らし、あの家を飛び出したくなってしまう。自分はちゃんと父が好きなのだろうか、と不安になってくる。我が家は最後の砦《とりで》だ。決して嫌いになどなりたくない。

父も母もたいそう訝しがっていたけれど、同行する彼女が出版話が来るほど有名なブロガーであること、宿の連絡先を教え、細々《こまごま》としたスケジュールを説明すると、しぶしぶ送り出してくれた。この数日は準備に明け暮れているうちに過ぎた。

夢にまで見た瞬間なのに気が張り詰めていて、喉が砂壁のように干上がっているのは何故だろう。

始発駅である新宿の売店で買ったぬるいカップ酒を呷《あお》ると、傍らの翔子の横顔をよく目に焼き付けようとする。彼女の短い髪の毛先が窓ガラスに静電気で張りつき、たわんで鳥かごのような小さい空間を作り出している。睫毛の先で揺れる埃、バター色の肌のきめや産毛までくっきりと浮かび上がって見えた。決して美人ではないのに、何故か目が離せない。行動範囲も見ている世界も狭いだろうに、彼女の心はいつも遠くを向いている。すっとどこかに羽ばたいてしまいそうな危うさにどうしようもなく惹きつけられる。出来ることなら、いつも旅しているであろう彼女の意識に寄り添いたいと思う。これまで彼女の隣に居た男達も同じような思いで彼女を見つめていたのではないだろうか。でも、彼女はもう逃げないのだ。あの若い男にも、彼女の夫にも、いやどの男にも、栄利子は勝利したのだ。彼らが決して入り込めない世界を翔子との間にとうとう作り上げたのだ。

自分の力で手に入れたものを一つ一つ数えながら、走行音に耳を傾ける。

箱根に今、親友と向かっているのだ。誰がどう見ても、仲の良い女同士。最寄り駅で待ち合わせをし、新宿に出て、予約しておいたロマンスカーに乗り込んだ。こうして並んでいるのは、温泉に入って二人きりの時間を過ごすため。大人の女の特権をようやく手に入れたのだ。やはり、努力は必ず報われる。誤解は解ける。これまでの焦燥感も悲しさもすべて帳消しだ。いや、帳消しにせねばならない。そう何度か言い聞かせた後、勢いをつけて翔子の顔をひょいと覗き込む。

「ねえ、見て、そろそろ私達の街を通るよ!!」

あ、はあ、と翔子は気のない返事をして、今初めて認識したというようにこちらを見た。陽射しの中で見る彼女の目の色は、淡くぼやけている。あまり手入れをしていない眉毛が額に張りついていた。考えてみれば、日中に彼女と会うのは初めてかもしれない。最近、どことなく雰囲気が変わった。上手く言えないが、まだろくに言葉もしゃべれない男児のように見える時がある。従順になったのはいいが、意思が薄弱で、すべてを栄利子に委ねすぎている。気の置けない女二人旅なのだから、もっと手ごたえのある態度が望ましい。最初に待ち合わせた夜、翔子はもっと知性を滲ませ、打てば響く勘の良さを感じさせた。やきもきしているのが伝わったのだろうか。ふいに彼女が問うてきた。

「栄利子さんはこの街でずっと暮らしてるんだよね。離れようと思ったことはないの？」

彼女の方から質問が来ることは珍しい。これ以上ないほどの理想的な場面だった。ロマンスカー、打ち明け話、目指す先は温泉。有頂天になって、一瞬我を失いそうになる。懸命に落ち着け落ち着け、と言い聞かせ、思慮深い笑みを浮かべてみせた。

「結婚したらいずれはそうなると思うけど。なんだかんだ言っても、この環境が気に入っているからかな」

嘘も誇張もない、正直な気持ちだった。もちろん時にはすべてを振り捨てて新しい環境に身を置きたい衝動に突き動かされるけれど、本当は離れる必要など見付からないし、離れたとしても自分が求めるのは、この街とよく似た風景と温度だろうという確信がある。

「ふうん。私は早く実家を出たくて仕方がなかった。街も家族も嫌いだった。特に父が嫌い」

翔子の目の先には今まさに、栄利子が住み慣れた街が線路越しに広がっている。近所のスーパーマーケット、小学校、商店街。新しい角度から見るいつもの風景は、かえって親しみを増していた。これぞ、待ち望んでいた瞬間だった。嬉しくて、喉の奥からおかしな音が漏れた。彼女がある感慨を持って、自分の生い立ちを自分から語り始めたのだ。この瞬間を境に二人の関係は好転する。旅に出た醍醐味が早くも味わえそうである。心臓が音を立てていた。

「ええと、そう、なんだ。詳しく聞きたいかな……。その、あなたのお父さん、どういう人なの？」

「……田舎の地主だよ。駅前のアパートと駐車場、あと山を一つ持ってる。街全体を覆うような山」

「わあ、お嬢様なんだね」

翔子が豊かな家に生まれたという事実は、自分でも意外なくらいに栄利子を喜ばせた。だらしなく生きていても、ぎりぎりのところで品を失っていない理由が分かった気がする。

「でも、もう、地方の土地なんていくらになるかな。辺鄙《へんぴ》な場所だし。危機感抱いてないみたいだけど、もう資産なんてないと思う。父は悪い人じゃないんだけど……。身の回りのことにとことんだらしなくて。なんていうか行動がすべて意味不明でね、急にヤクザみたいに怒り出したりするくせに、普段はずっとニヤニヤふざけて主張がなくて、人とちゃんとコミュニケーションがとれないの。お酒とパチンコが好きで、いつもそのへんふらふらしていて。機嫌がいいのかどうかもうよく分からない。ああ、やっぱり、なんか上手く伝わらないね。あの人のことは……。苦手なんだよね。悪い人ってわけじゃないけど、一緒に居るとすごく緊張するの。家族みんながそう思ってるよ。母が出て行ってから、兄も弟も寄り付かなくなった。再婚相手も出て行っちゃったみたいだし、これからどうなるんだろうね」

これほど彼女が長々と語るのは初めてだ。栄利子は居心地の悪さに、思わず座り直した。

こんなに異常な父親の話は聞いたことがない。暴力をふるう、収入がない、などというのなら、まだ分かる。こんなあやふやな、善か悪かも判断しかねるような男、分からない。分からない、ということを彼女に知られたくないと思った。翔子の生い立ちを莫迦にしているとも取られかねないし、自分の経験値の低さが露呈するのが怖い。もはやうっすらした怒りさえ覚えるほどだ。そのような不可解な背景を抱えている彼女にも、そうさせた父親にも。

出来るだけ、彼女にとって害にならなそうな言葉を選ぶ。

「向き合うように、努力してみたら。だって、あなたに命を与えてくれた大切な家族じゃない。ちゃんと勇気を出して、お父さんに向き合うしかないよね。あなたより、もっと大変な人だってたくさんいるんだから。誰かのせいにしないで、頑張ってみたら？」

嘘はない。栄利子だって勇気を出したからこそ、こうして誤解を解き、彼女と和解することが出来た。生半可に分かったふりをするより、はるかに誠実な対応だと、栄利子は密かに自分に満足する。

「自分の気持ちを伝えなきゃ、駄目だよ。嘘をつかないで」

翔子は栄利子の目の奥をまじまじと覗き込み、すぐに逸らした。

「そうだね。きっと私は、努力が足りないんだろうね。それはね、ずっと分かってるんだ。ただ、父を前にするとどう努力すればいいのか分からない。何が正解なのか、よく分からない。伝えたいことなんて何もないから」

「ええっ、なんか寂しいねえ、それ……」

突き放された気がして、栄利子は戸惑う。どんな表情を作っていいか分からず、一応苦笑めいた息を漏らす。分からないのは自分も同じだったのに、素直に白状されてかえって彼女が遠のいた。翔子は困ったように微笑み、窓外に目をやった。二人の住む街はとっくに後ろに流れてしまい、おそらく公園であろう小さな森や、名前だけ知っている駅のホームが視界に飛び込んできた。

「ねえ、よければ、もっと話して。翔子さんの家族のこと、もっと聞きたいな」

「ごめん。これが全部なんだ。父の全部……。本当に全部。なんもないんだよ。おわり」

これ以上、話しかけないで欲しい、と言いたげに、翔子は目を閉じた。睫毛が頬に影をつくる。またしても拒絶された苛立ちと焦りで、拳《こぶし》で窓ガラスを突き破ってここから飛び降りたくなった。自分は何をどうしくじったのだろう。数十秒前の言葉を点検してみる。これといって落ち度は見当たらない。むしろありきたり過ぎるほど、ありきたりな発言だったとさえ思う。理解はちゃんと示したし、おかしなことは言っていない。なんとかして親しげな空気でこの場を満たしたいだけなのに。準備した時間も含め、旅を無駄にしたくない。こんな風にざらついた気持ちになることさえ、今は許されないのだ。楽しそうな話題を必死でかき集める。

「ポーラ美術館にモネの『睡蓮』をパッケージにしたクッキーがあるの。それはお土産に絶対買いたいんだよね。翔子さんはどこか行きたいところあるの？　ねえ、考えてきた？」

「特にない。温泉に入ってぼうっとしていられれば。あとは栄利子さんの行きたいところに付き合うよ。じゃ、目的地に着いたら、起こしてもらえるかな」

それっきり、翔子はまた目をつむってしまった。たぬき寝入りだと分かりきっているのに、揺さぶってなじることが、何故か憚られた。それにしても、脅迫されている立場なのに、いつの間にか自分のペースで行動している翔子に、羨望めいたものを感じる。

本当はほっとしているのかもしれない。

正面に向き直り、座席を倒し、小さく息を吐いた。家族の話をあれ以上されても、どうしていいのか分からない。そんな複雑な家庭環境で育った人間は、これまで栄利子の周囲には居なかったので、反応に困る。いや、居たのかもしれないが、誰も自分にそのことを打ち明けなかった。離婚家庭で育った友達もいない。障害を持つ友達もいない。子供がいる友達もいない。外国籍の友達もいない。同性愛者の友達もいない。自分と大きく異なる環境に身を置く誰かと感情を分かち合った経験が、ただの一度もない。

タンザニアの貧困についてなら、データとして処理し、判断を下すことが出来る。しかし、個人である自分とは異なる経験に思いを馳せる時は必ず頭に靄がかかるのだ。自分のような上手くいかなさを抱えている人間が他人と何をどう分かち合えるというのだろう、とどこかで諦めてしまう。その靄を取り払い、先に進もうとすると、必ずあの日の圭子が立ちはだかる。未知の生物に遭遇したように怯え、目を見開いて、自分を命がけで拒んだ少女の顔がそこにある。それ以上先には進めない。自分の想像があまりにも現実と違っていたらどうしよう。かえって相手を怖がらせ、傷つけてしまったらどうしよう、という予感に身がすくむ。

だからこそ、自分を共感させてくれるおひょうが必要なのだ。わけの分からない翔子ではなく、あの親しみやすいおひょうを取り戻したい。

世界と和解したい。自分の住む街にそっくりな、しかし一度も降りたことのない駅を列車は通過しているところだ。近所にあるのと同じスーパーマーケットの看板、同じ作りのホーム。自分と異なる環境に居る誰かの気持ちをひとっ飛びに分かるテレパシーが備われればどんなにいいだろう。そんな力さえあれば、ロマンスカーの先頭を押さえる必要も、いやそもそも、赤の他人と旅行に行く必要もなくなるのかもしれない。

25

あ、うちの裏山のにおいがする、と箱根湯本のホームに降り立つなり、翔子は鼻をうごめかす。空気は冷たく、ホームの屋根越しに見える空は、曇りなのに高くせいせいとして感じられた。

濡れた落ち葉が重なって音もなく腐っていく、あの甘く湿った、実家の庭で嗅ぐにおいだ。それを口にしても都会育ちのこの女には分からないだろう。

父が所有する、あの辺りでは一番大きいとされる裏山。ふもとにはおとぎ話に出てくるような竹林があり、春になると近所に住む叔父が筍を掘ってくれた。母が作る薄味の筍ご飯は炊きたてよりも、冷えて風味が増した方が翔子や兄弟の好みだった。筍の皮で包んだ叩いた梅干しは父の好物である。翔子にはただ酸っぱいとしか思えず、生の筍の青臭さも苦手だった。父は味見で終わらせることを決して許さなかった。手を付けたら最後まで、梅を飲み干すことを強要した。躾や家事は母に任せきりだったのに、たまに気まぐれで作る料理に関しては、食べ方から食べ終えるタイミングまで、子供達が怯えるほど、厳しく監視した。父の作る一品料理は炭水化物が多く、舌がしびれるほど味が濃かった。

「駅前のお蕎麦屋さんでまずは腹ごしらえといかない？　ガイドブックで見付けた、有名な手打ち蕎麦なんだよ」

機嫌を取るようにこちらを見上げる栄利子に、もはや嫌悪や疎ましさは感じなくなっている。

先ほど、家庭事情を打ち明けるなり居丈高に説教されてから、翔子はある意味、肩の力が抜けたのだ。今まではどこかで、いつか分かり合えるという仄《ほの》かな期待を捨て切れなかったのかもしれない。何不自由なく育った栄利子は、翔子の抱える問題を甘えだとあっさり一刀両断した。思いがけず、自分は傷ついたらしい。おかげで、ようやく諦めがついた。どうせ何を言っても、向こうには理解出来ないし、するつもりもないのだろう。人間を相手にしていると思わなければいいのだ。隣に居るのは、ダッチワイフか何かなのだ。考えてみれば、やけに整った顔つきで極端な言動を繰り返す栄利子はからくり人形じみている。ならば、一人旅に来たものと捉え、楽しもうと割り切ることにしたら、急に冴え冴えと辺りの景色が目に飛び込んできた。

こんな女と長時間一緒に居られるのは、自分のような、すべてにおいてこだわりがない、時間を持て余した人間しかいないだろう、と思うと、おかしかった。三十歳を過ぎると、いざ探してみてもそんな女は滅多に居ない。圭子といい、自分といい、栄利子はどうも怠惰で漂うように生きる女に執着する傾向があるようだ。そんなタイプに近付いて、自分のようになることを強要するのが好きなのかもしれない。ならば最初から、自分そっくりの、神経質で高飛車なエリート女を探せばいいのに。

広々としたホームに停車するロマンスカーに、翔子は携帯電話のカメラを向けて数回シャッターを切った。改札を抜けると、二人は駅構内の土産物屋をなんとはなしに眺めた。こんな風に見知らぬ土地で見たり食べたりするのは決して嫌いではないが、交通手段の手配や荷造りが面倒で、なかなか実行に移せない。それは賢介も同じようで、新婚旅行で台湾に行って以来、どこかに遠出したことはない。こうして強引に連れ出されるのは、考えてみれば有り難いことでもある。特別欲しくはないけれど、冷蔵ケースに並んだ山菜の瓶詰めを手に取り、値段を確認してみる。中学の修学旅行でこれと似たようなものを家族へのお土産にしたことがある。あの頃と同じくらい高価に感じられた。買うの？　と栄利子がひょいと手元を覗き込む。箱根に到着してからというもの、彼女の動作は普段以上に芝居がかっていて、どんどん少女じみていく。

――こっちは順調だよ。栄利子さん、張り切っちゃって、大変。

ロマンスカーを降りる前に賢介にはすでに三通目のメールを送ってある。

志村栄利子の数々の異常な行動は、失恋と多忙を原因とする軽いノイローゼのためであり、本当は優しくおっとりとした人物であること、不器用で昔からなかなか友達が出来ないらしく、翔子と出会ってすっかり興奮してしまったこと、さらに彼女の母親から旅行に付き添ってくれるよう懇願されたことを賢介に説明した。なかなか首を縦に振ってくれなかったが、翔子のあまりのしつこさに根負けして、メールをまめに送ることを条件に、心配しながらも了解してくれた。

橋本くんとの一件は、栄利子さえ黙らせておけば、夫にバレることはないだろうと翔子は確信を強める。良くも悪くも、何も疑わず、目の前にあるものをありのままに受け入れ生きてきた夫が、日常を横切る暗い何かを掴まえ、正体を見極められるわけがないのだ。

駅を出ると、広い道を挟んで二つのアーケードが平行に連なり、湯気の上がる蒸籠《せいろ》を並べた飲食店や手工芸品店がどこまでも続いている。栄利子があらかじめガイドブックで調べておいたという、その手打ち蕎麦屋はその一角にあった。よく使い込まれた暗い色の格子戸を引くと、温かなかつお出汁《だし》のにおいが流れてきた。壁側の席に向かい合う。翔子はメニューの中から好物のにしん蕎麦にすぐに目を留め、栄利子はさんざん迷った末、名物だという天せいろを注文した。

正面で何やらぺらぺらしゃべっている栄利子の声がどんどん遠のいていき、やがて運ばれてきたどんぶりの湯気に溶け込んで消えていく。

案外、こんなものなのではないか。翔子はにしんを崩し、麺と一緒に口に運びながら考える。世の中の仲睦まじそうに見える女達の多くも、こんな風に相手の話を半ば聞き流したり、なんの興味も持てない内容に適当な相づちを打ちながら、心の通わない時間をやり過ごしているのではないだろうか。店内には、さほど若くない女の二人組やグループが目につく。主婦だろうか。それとも平日が休みの職種の同僚同士だろうか。カップルは一組も見当たらない。

そういえば、橋本くんも「最近、ディズニーランドに行っても、カップルより女の団体の方がぜんぜん多いよ」と言っていたっけ。あの時は気に留めなかったけれど、彼は誰と一緒にディズニーランドに行ったのだろうか。

ここ最近、女同士でつるんでいる人種がやけに堂々としていて声が大きい気がするのは、こちらの僻《ひが》みだろうか。ブロガーの多くも、必ず同性間の交友関係を自慢する。まるで自分の価値がそこにあるかのように必死で、無我夢中で、形を変えた戦争のようだ。なんのために？　孤独で居たくないから？　自分が人と気持ちを分かち合える人間であると喧伝《けんでん》したいから？　何か意味のあることをしていると、自分や社会に見せかけるため？　男女の恋愛は大抵上手くいかないし、いったとしてもいずれ日常に埋没することは誰もが知っているけれど、女同士の友情だけは輝き続けるという幻想を守るため？

本当に心が通い合った女子会が今、世界でいくつ行われているのだろう。そこに真の友情があるように思えないのは、親密な空気なんかいくらでも偽れると翔子が知ってしまったからだ。

それにしても、ここのにしん蕎麦は値段が安い上、生臭さがなく、ゆで具合といい翔子の口によく合う。これから向かうホテルにしても、栄利子は翔子にとって無理な値段ではない範囲内でよくよく吟味し、最上のものを選び抜いてくれたらしい。その手間が特に有り難いとも煩わしいとも思わなくなっている。熱く甘辛い蕎麦のつゆを飲んだ。喉から胸にかけてひくひく震え、その味わいを身体が喜んでいるのが分かる。

もはやすっかり平常心を保てるようになった自分に、翔子はかすかに戸惑い、魚のにおいのするげっぷを飲み込む。車窓から見える建物が低くなり、緑の分量が増えるにつれ、隣の女との関係がだんだんぼやけてきたのは分かっていた。脅迫されて付いてきたのではなく、本当に友達同士で、自ら進んでこうして列車に揺られているような気さえした。

私、誰が相手でもいいんじゃないだろうか――。橋本くんだって、夫だって、これまでのどの男だって、誰が相手であれ、根っこの部分を変えずに淡々と過ごせたように、こんなおかしな女と一緒に居ても、いつもの呼吸で物事を冷静に見られるようになっている。誰にもペースを乱されない。つまりは誰でもいい。だから、みんな、自分から最後は離れていくのではないだろうか。

ふと浮かんだ考えを打ち消すために、残りの蕎麦に七味唐辛子をたっぷりと振り入れた。

いやいや、少なくとも、夫だけは違うはずだ。夫を失う可能性だけはない。自分は多少問題を抱えているかもしれないが、眉をひそめられるほど孤独ではない。少なくとも目の前の変な女よりは、ずっとまともで安全な立ち位置を確保している。

「あの、どうしよう。ブログ用ににしん蕎麦の写真を撮るの忘れちゃった」

目を上げると、栄利子が申し訳なさそうに携帯電話を両手で構えている。彼女の前には運ばれてきたばかりの、手つかずの天せいろがあった。翔子はもはやほとんど空のどんぷりを見下ろす。

「いいよ。私、かなり食べちゃったから。写りがいい方使って」

「でも、これだとおひょうが天せいろを食べたことになっちゃう……、嘘になっちゃう」

いかにも融通が利かなそうに、栄利子は首を傾げ、眉間に皺を作っている。この人、ずるとか手抜きとか絶対に出来ないし、サボったりしたこともこれまで一度もないんだろうな、とふと思った。

「いいよ。私、天ぷら好きだし。それを私の、ってことにして」

そう言うと、栄利子は髪を揺らして、こくりとうなずき、天せいろのざるの位置を直したり、箸で海老の天ぷらのしっぽを少しだけずらしたりと、細々した撮影準備に没頭し始めた。緊張した面持ちで携帯電話を操作し、何度も撮り直しをする彼女を見つめるうちに、なにやらいじらしさのようなものを感じてしまう。

にしん蕎麦は翔子の神経を解きほぐしてくれたようだ。

どうあがいても、この状況が好転することはまずないのだから、せめて会話を成立させよう、と翔子は栄利子の好きそうなものを手繰り寄せることにする。しかし、分からない、とすぐに天井に頭がぶつかったような衝撃を覚える。栄利子の趣味や好みが分からない。そもそも、翔子は彼女のことを何にも知らないのだ。

「ええとさ、栄利子さん、最近テレビ見てる？　私、木曜十時からのドラマにはまっていて……」

人気若手女優が主演を務めるドタバタラブコメディである。わがままで傲慢な令嬢が父親の使用人の息子と仮面夫婦として同居するはめになる、というたわいもない内容だが、役者の掛け合いが見事なのと、女優のファッションセンスが相まって、翔子と賢介は毎週なんとなく楽しみにしていた。ようやく写真を撮り終え、画像フォルダを満足げに眺めていた栄利子は、喜びに満ちた顔をぱっと上げた。

「あのドラマ？　翔子さんがブログで薦めるから一回だけ見たけど。うーん」

「あ、つまらなかった？」

栄利子は少し困ったように笑っている。

「つまらないわけじゃないけど、なんだか主人公に共感出来なくて」

「共感？」

「そう。共感出来ないと楽しめないじゃない」

そういう尺度でああいった軽いタイプの番組を見たことがないので、翔子は面食らい、その慣れない味の飴玉を口の中で転がしてみる。にわかに栄利子は饒舌になっていく。

「だって、あんなに若くて美人でわがままな女の子に自分を重ねるのなんて土台無理じゃない。それに、事情がどうあれ、好きでもない異性と一緒に暮らしたり、狂言誘拐を考えるなんて、人としてどうかと思う。周りに迷惑をかけても、全然気にしないタイプの女って苦手なんだよね。生理的に無理。とにかく、私は共感出来ない、あの番組。まず、おかしいと思うのがね……」

堰を切ったように、彼女はしゃべり続けた。こちらが口を挟む隙は一切ない。

どうやら、栄利子は、面白い、つまらない、の尺度でものを見ないらしい。また一つ彼女という人間のやっかいさに関わってしまった気がして、温かく満たされていた胃が急に重くなった。彼女はフィクションの世界ですら自分の物差を持ち込み、業務に取り組むように一つ一つをきっちりと計測し、自分と同等とみなした水準に達さないと楽しめないらしい。別に意見が合わなくてもいい。感想を言い合ってお互いの嗜好を探りたいだけなのに、いつの間にか、ヒロインの行動を細かくチェックする流れになっていく。

こんな性格であれば、自分のブログに張り付いたことも納得出来る。翔子のブログの方向性が変わってからも、離れるのではなく逆によりしつこく追いかけるようになった。栄利子の中で他者との価値観の違いは忌むべきもの、自分を孤独にするものであり、なんとしてでも正したいものなのだろう。こうしている今も、翔子を厳しく値踏みしているに違いないのだ。なんだか窮屈だな、と思ったら、自分から少しでも歩み寄ろうとしたことが、莫迦莫迦しく思えてきた。この人は自分が見たいものしか見ない。だから、他者との対話は不要である。一生一人で見たいものだけ見ていればいいとさえ思う。生まれつき、友達など必要としていないのではないか。知らないのは、本人だけなのではないか。教えてやったら、むしろ彼女は楽になるのではないか。

「翔子さん、ああいうくだらないドラマが好きなのかあ。ああいう甘えた女を許せちゃうんだ。なんか、ショック。幻滅」

そう言って栄利子は大げさに眉を八の字に下げると中腰になって、こちらの肩を軽く押した。もうとっくにこの話題を切り上げてしまいたいのに、明らかに気分が乗ってきている様子である。

「ああいうわがままで調子に乗った世間知らずのイタい女見ていると、掴みかかって引っ叩《ぱた》いてやりたくなっちゃうんだよねえ、私。バシバシッって。こう見えて結構、姐御《あねご》肌《はだ》なんだよねー。言いたいことは言わないと気が済まない質《たち》で」

栄利子は生き生きとした調子で、虚空に手をやり、見えない人間の首を絞め、頬を張る仕草をしてみせた。肘が七味唐辛子の瓶にぶつかって、柑橘の香りがふわっと広がる。栄利子は肩をすくめて、瓶を乱暴に立て直しながら、何故か隣のテーブルに素早く目をやった。中年女性四人組のグループが先ほどからそれぞれ別の蕎麦を頼んで味見しあうなど、たいそう楽しそうで、こちらなど気にも留めていない様子だった。栄利子はすぐに視線を戻し、再びドラマをこき下ろした。見てはいけないものを見てしまったようで、翔子は冷や汗をかく。自分が何かへまをした以上に恥ずかしい。おそらく、栄利子からすれば、親友とドラマ談義に興ずるうちに、つい熱くなり我を失ったという一幕なんだろう。他人から見たらさぞ充実している仲良しコンビに違いない、と悦に入っているのだろう。友達そのものではなく「友達がいる自分」というものが、彼女が求めてやまないものなのだ。

「そうか、共感が大事なんだね」

「みんなそうじゃない？　おかしい？」

「おかしくないよ。でも、なら、なんで私のブログなんて見始めたのかなって。だって、私とあなたは全然違うじゃない」

空のどんぶりを見下ろしながら、思わずそう言ってしまう。栄利子はようやく、すっかり冷め切っている天ぷらに思い出したかのように箸を伸ばし、一口かじった。

「え、似ているよ。同じだよ。趣味や性格は正反対、でも根本のところで同じだよ。だから、友達になれるって思ったの。あなたが気付かないだけで、翔子さんと私は似たもの同士だよ。ブログを読んでいるうちにそれがよく分かったの。支え合えれば無敵の二人組になれるってずっと思ってたの」

「無敵の二人組って……」

鼻白んで、翔子は聞き返す。

「ええと、なに、巨大な悪の組織と闘うつもりなの？」

「闘いたい、と思ってるよ」

蕎麦をすすり、それを飲み込むと大真面目に彼女は言った。

「私はあなたと二人で、おしゃべりをしたり、共通の何かを楽しんだりしてエネルギーを蓄え、大きなものへ向かっていきたいと思っているよ」

「え、なにへ？」

「私達を競争させるものたちかな」

「競争させる……もの？」

意図するところが分からず、翔子は首を傾げる。栄利子は箸に両手を添えて静かに置いた。

「ビクトリア湖だけじゃない。日本各地の水辺だって、外来種の無秩序な放流によって、生態系を乱されているの。そうなると、餌や住処《すみか》や繁殖の時期をめぐって生き物達は競争せざるを得なくなる。いずれかの種が衰退するまでそれは終わらない。その結果、モンスターが生まれるの。外来種はね、人間に競争させられてきたの。争いたくて争っているわけじゃなかったの。哀れむべきはモンスターだよ。それとおんなじなんだよ。女同士は上手くいくわけないとか、どろどろしているとか、足の引っ張り合いばかりとか、そういう決めつけって、何故か昔からあるじゃない。商社に入社してから男達に散々刷り込まれてきた。女は愚かで協力出来ない生き物だって。私も知らず知らずのうちにそう思うようになって、なんとかしてそういう普通の女とは違う、強くてさっぱりして物事にこだわらない合理主義者になって、男に認めて欲しくて彼らと対等に扱われるように頑張ってきたけど……。今にして思えばどうしてそんなに自分を殺そうとしていたんだろうって思う。そんなの女性同士の密な関係に嫉妬している、男側の決めつけなのよ。もしくは男側に立つ女達の決めつけ。私達が競争して傷つけ合うのを見ることで、何故かほっとして嬉しくなって、自分達のことを肯定出来る人達が居るのは本当だよ。結婚しているかいないか、美人かそうじゃないか、子供が居るか居ないか、そういったささいな違いで、女が張り合っていつまで経っても共存出来ないのは、私達がそうなりたいからなってるんじゃなくて、社会に基準を押し付けられて、ことあるごとに競うように仕向けられているからなんだと思う」

ふいに、賢介の顔が思い浮かんだ。そういえば、彼がしきりに口にする「女同士は怖い」という言葉がきっかけで、栄利子の行動が急に恐ろしくなり、遠ざけるようになった。思えばあんなに急激に距離を置いたりしなければ、この女もここまで暴走しなかったのかもしれない。

続いて花井里子の言動が蘇る。ママさんブロガー達のドロドロした人間関係をいかにも楽しげに対岸から語っていたあの顔。よく考えてみれば、もともとはただの素人だったブロガー達が値踏みし合い、競い合うようになったのは、花井里子が次々に声を掛けて世に出したからだ。互いを引き合わせた上で、それぞれの美醜や知名度が一目で比べられるようなランキングを雑誌に展開したせいではないか。さらに、一人一人に噂話を吹き込むことで、競争心を煽っているのだろう。アパレルで働いていた頃、フロアの雰囲気がぴりぴりしていたのは、今思えば売り上げのせいばかりではない。エリアマネージャーのあからさまなえこひいきや、スタッフを値踏みして順位をつけるような百貨店側の社員の言動が引き金であった。栄利子は考え考え、ゆっくりと言葉を続けていく。その表情は聡明といってもいい。

「彼らは女同士に団結されるのが、きっと怖いんだよ……たぶん。性や力の介在しない、自分達の手が届かない場所で、信頼し合って満たされて生きる女達が怖いんだよ。女達に優しさを向けられなくなるのが怖いのよ。力に頼って物事を進め、憎しみや孤独を抱えながら、レールから外れる勇気もない自分達のやっていることを否定されている気がして」

栄利子の言っていることは抽象的なのに、驚いたことにちゃんと理解出来た。納得もしている。まさに彼女の言うようなしかけられる競争が嫌で、こんな生き方を選んだとも言える。くだらないレースから背を向けるためには、女同士が理解を深め合い、手を取り合わなければならないという理屈も分かる。

しかし、頭ではそうと分かっていても、どうしても目の前の手を摑む気にはなれない。実際問題として、翔子は同性と居てくつろいだ記憶がないし、志村栄利子と一緒に居ても楽しくないのだ。男達との方がはるかに居心地が良い。賢介の傍に居るのはなによりも落ち着く。やはり、自分のような何もない人間は、守ってくれる相手でなければ愛せないと思う。完全に対等な関係など築けるわけがない。だいたい闘うなんて、なんでそんなことに巻き込まれなければならないのかという反発もある。翔子が求めていたのは、東京に慣れ親しんだ、自分とは違う価値観を持つ女との、気の張らない穏やかな交流だ。魂の同志ではなく、生活のエッセンスくらいの存在でいいのだ。翔子はそれが男であれなんであれ、何かと闘いたくなどないのに。賢介に会いたいと思った。賢介とこの場所に来ていたら、どれほどくつろぎ楽しめただろう。

「ふうん。すごく意識高いんだね」

わざと軽い調子で笑い飛ばしたら、栄利子はあからさまに傷ついた顔になり、それきり蕎麦をすすることに没頭した。きっと自分に失望したのだろう。それでいい。あなたの大志の相棒には私は力不足だ――。翔子は暗闇に包まれた小さな世界に音もなく落ちていき、栄利子が食べ終わるのをただ待った。

蕎麦屋を出て、そのまま川縁《かわべり》にある大型ホテルへと向かった。いつの間にか日が暮れかけている。出来るだけ栄利子と一緒にいる時間を減らしたくて、出発時間を遅めに希望したかいあって、すでに旅の四分の一は終わりつつある。ほっとする反面、せっかく箱根まで来たのにそんな風にただ時間をやり過ごすしかない現実が、うずくまりたくなるほど虚しかった。すべては自分のせいだ。こんなことを繰り返すうちに、何も残せないまま、若さや体力を失っていくのだろう。子供が欲しい、とふいに強く思う。賢介と子供を作り、三人でこんな場所を訪れたい。まだ傷も失敗もない、まっさらの未来を持つ、ふわふわした肌の男児か女児を連れ、見るものすべてに新鮮に反応している様を傍らで賢介と楽しむ。子育ての壮絶さももはや恐ろしいとは思わない。自分が手に入れられなかった、仲の良い両親とののんびりした空気の家庭をその子に授ける。それこそが使命だと思えた。ああ、子供が居たらどんなに自分のくだらなさを忘れられるだろう。翔子は今、自分という人間に心底飽き飽きしていることに初めて気が付いた。

ホテルの正面玄関へと続く橋から川を覗き込むと、底に沈む小石までよく見えた。水の動きを目で追ううちに、故郷の街を二つに分かっていた川を思い出した。栄利子の言うように、こんなに穏やかで澄んだ水の中でも熾烈《しれつ》な生存競争が行われているのだろうか。

隣の栄利子が横に顔を突き出し、すかさず水面の写真を撮った。けたたましいフラッシュ音のせいで、少しも景色に集中出来ない。何を見てもブログの材料にしようとする彼女を見ていると、苛立ちが募る。賢介もかつて自分の隣でこんな気分だったのかと思うと、己が腹立たしく恥ずかしい。むしろ、この女にブログを奪われたのは良かったのかもしれない。あんなものは栄利子に任せ、自分は賢介との生活をさらに揺るぎないものへと整えよう。早く、こんな旅終わればいい。

やっとホテルに足を踏み入れる。巨大な吹き抜けでロビーは貫かれ、七階まで見上げることが出来た。赤い絨毯の敷き詰められた広々としたエントランスを進み、栄利子がカウンターで宿泊手続きをするのを後ろで待った。女性従業員の案内で、豆電球が飾られたやけにデコラティブなガラス張りのエレベーターに乗り、三階の部屋へと通される。外観は洋風で現代的だったが、室内はひなびた印象を受けた。畳敷きの部屋の低い卓には温泉まんじゅうが用意されていた。片隅に畳まれているやけに愛くるしい蝶々柄の浴衣の上に、おそろいのシュシュで束ねた乳液や化粧水のキットが載せてある。値段の安さからいって利用客の多くは学生なのかもしれない。広々とした空間なのに、栄利子と二人きりのせいか息苦しく感じられた。互いの息遣いさえ聞こえるような、沈黙が耐えられない。

「ねえ、せっかくだし、まずは温泉に入らない？　この時間なら、まだ空いているよ」

荷物を下ろすなり、栄利子がいきなり弾んだ声で言った。

「私、温泉パスしていい？」

かなり前から用意していた言葉を口にする。裸になりたくないし、この女の裸も見たくなかった。

「え、一緒に入らないの？　嘘、嘘でしょ？　箱根まで来て温泉に入らないなんて信じられない」

おろおろとうろたえている栄利子を見て、翔子は噴き出しそうになる。頭が良いくせに、予想外のことにはみっともないほどのパニックを起こす。この女をからかうというスタンスをとって、第三者とエピソードを共有出来れば、一緒に居ることが苦痛でなくなるかもしれない。『イタタＯＬ・Ｅ子さん観察日記』なんてブログを立ち上げて、この女の一挙一動を世界中に面白おかしく伝えられたら、この時間も無駄にならないのになあ、とぼんやり想像する。

「だって、私、あなたと一緒に温泉に入るもんだとばかり思ってたんだもの。それをずっと計画していたんだもん。今日のために色々なことを……」

「ごめん、生理で」

翔子は有無を言わさぬ口調で遮る。もちろん嘘だった。

「じゃあ、タンポンを使えばいいじゃない。私持ってるわよ。こんなこともあろうかと思って」

翔子は咄嗟に微笑んでしまった。本当は、今耳に流れ込んだ言葉を、押し戻したくなっているのに。

「ええと、ごめん、タンポンってなんだか怖くて。昔から苦手なの。ごめんね」

「え、なにそれ。タンポンが使えないなんて、あなたちょっとおかしいわよ」

栄利子は頬を膨らませ、今にも泣き出しそうである。翔子はふいにこのまま彼女に押し倒され、犯されるような恐怖を感じた。この人、ひょっとすると男なんじゃないだろうか。かつてはほっそりとたおやかに感じられた彼女が、いつの間にかたくましくなり、こちらを威圧するように熱をもって聳えているのは気のせいではないのかもしれない。どういうわけか、出会った頃より、はるかに大きく感じられるのだ。

「でも、痛そうで……」

「痛くなんかないよ。既婚者のくせになに、かまととぶってんの。女子高生じゃないんだから、甘えたこと言わないで！」

栄利子はチョークで黒板をひっかくような声でキッと短く笑うと、ボストンバッグからタンポンの箱を取り出し、高く掲げてみせる。その仕草は古代より熱帯雨林の奥地の部族に伝わる舞いか何かのように思えた。神に仕える女達が侵入者を追い払う威嚇のダンス。

「ねえ、最近は随分使いやすくなったんだよ。私が挿入のやり方を教えてあげましょうか」

この女、正気なんだろうか。唖然として、栄利子を見た。先ほど、性や力の介在しない、女同士の世界の重要性を説いたばかりの人間とは思えない。この人は賢さと愚かさが互い違いに繋がっている、まがまがしいキルトみたいだ。

「分かった、分かったわ。自分でやる。行こう、温泉、ね」

そう言ってなだめ、仕方なくタンポンを一つ受け取ると、洗面所へと逃げ込み鍵をかけ、戸が開かないことを何度も確かめた。すぐさまタンポンを汚物入れに投げ捨てると、便器の上に腰掛ける。しばらくの間、両手で頭を抱えた。

洗面所の前で待ち構えていた栄利子に、ありがと、痛くなかったよ、と無理に笑いかけ、二人は浴衣を手に部屋を出る。再びロビーまで行くと、地下へと続く階段を降り、大浴場の女湯の暖簾《のれん》をかき分けた。

「わあ、今、私達二人だけだね！　貸し切り温泉だね！」

入ってすぐの三和土《たたき》にスリッパがないことを確認し、栄利子ははしゃいだ声を上げた。

脱衣所に入るなり、彼女は勢いよく服を脱ぎ出した。セーターが持ち上がると真っ白な、脂肪の粒子で輝くような腹と臍が飛び出してきて、慌てて目を逸らす。栄利子はさっさと裸になると、浴場へ続く曇りガラスの引き戸の向こうへ消えていった。居なくなってから、翔子はのろのろと服を脱いだ。

股間から糸が垂れていないと、タンポンが入っていないことがばれてしまうので、翔子は両脚をぴったりと閉じ、膝をすり合わせるようにして歩く。性器が柔らかくつぶれ、クリトリスがこすれて、太ももの内側が甘くしびれた。それだけで翔子は、栄利子の見えない手で性的に辱《はずかし》められた気になる。曇りガラスの戸を引くと、身体はふんわりと湯気に包まれた。栄利子の言った通り、その大浴場には自分と、すでに背中を向けて身体をごしごしと洗っている彼女の二人きりであった。壁一面のガラス窓から山並みが望め、天井が高く、透明の湯を湛えた浴槽は広々としている。椅子に座り、肩に湯をかけた。大きな水音がし、同時に熱い湯のしぶきが背中にかかる。振り向くとどうやら、たった今、栄利子が浴槽に飛び込んだらしいことが分かった。彼女の周りにいくつも弧が出来て、浴槽全体に広がり続けている。

「ああ、気持ちいい」

そう言って目を細め、彼女は平泳ぎを始めた。水面に突き出た顔はいかにもうっとりしているが、髪が濡れそぼってみっともなく額に張りつき、脚が浅ましい角度に曲がり、尻がぱっくりと割れて、陰毛がなびいている。翔子は目眩を起こしかけていた。

「泳ぐのはやめた方がいいんじゃないかな。人が来るよ」

あきれてそれだけ言うのがやっとである。この人は本当にいい大学を出て一流商社に勤めているのだろうか。他人に異常に厳しいくせに、「努力が足りない」が口癖のくせに、人の目がないところでは、いくらでも自分に都合良く振る舞えるこの感覚は一体なんなのだろう。

「なんで？　誰も居ないから、いいじゃない」

栄利子はいっこうに意に介さない。

「そういうことじゃなくて。もう三十代なわけだし。普通、温泉では泳がないんじゃないかな」

自分でも不思議なくらい、翔子はむきになっていた。どうしたら、この女に分かってもらえるんだろう。自分の感じているわけの分からなさ、おぞましさを。なんの前触れもなく、びっくりさせないで欲しい、とどうしたら当たり前のことを伝えられるんだろう。

「親友と二人きりなんだもの。なら、一人と同じじゃないかな。翔子さんは裸でのびのび泳いでみたいなあとは思わない？　自分が入れられている水槽からほんのちょっぴり逸脱したいとは思わないの？」

栄利子は今度は背泳ぎを始め、天井に向かって問う。水面にふさりと現れた濃い陰毛が、無数の滴をきらめかせていた。彼女の乳首は細長く、カフェオレの色をしている。

「裸で泳ぐのって素敵な気持ち。すごく自由になれる。私達が普段、どれだけ我慢を強いられているかよく分かる」

湯の中をたゆたう巨大なホワイトアスパラガスのような生白い裸は、エロティックというより、怖気《おぞけ》を催させた。翔子がたとえ、童貞の少年だろうと好色な中年男だろうと、この女には興奮しないという確信があった。女児が巨大化して、凹凸のないふにゃりとした身体にいきなり陰毛と乳房が出現したような、不気味なものを感じた。

ああ、子供だ。この人は大人ではないのだ。泳ぎたいと思ったから、泳いだだけなのだろう。

こみ上げてくる言葉を飲み込み、翔子は浴槽の隅にそろそろと身体を沈め、自分をかばうように縮こまる。

言っていることは分かる。でも、あなたはもう小さな女の子じゃないんだよ。東京ならまだしも、田舎じゃ、おばさんって言っても良い年齢なんだよ。親に大事にされ過ぎて、自分の年を忘れたの？　たった一回の人間関係のトラブルをいまだに引きずっているせい？　自分の本能のままに行動することが、どれほど突飛で人の心をざわつかせるか、何故理解しないの？　それを一人でやるならまだしも、どうして道連れを作ろうとするの。そうだ、道連れだ。栄利子が求めているのは、狂気の世界に一緒に連れて行く道連れだ。だから、誰も彼女の傍に居たがらない。

このままこの女と付き合っていたら、間違いなく、翔子も狂い出す。父からやっと逃げおおせたと思ったら、次はこんな女が現れるなんて。ふいに彼女がすいっとこちらにお湯を分けて進んできた。ぴたりと身を寄せ、翔子の肌をじろじろ見つめてくる。

「翔子さんて、肘やかかとがきれいね。つるつるしていて子供みたい。ねえ、なにかお手入れしているの」

「別に何も」

このホテル自慢のお湯の軟らかさや香りをまるで感じることが出来ない。彼女を突き飛ばして、ここを立ち去りたいとそればかり考えている。

「なんかこう、老廃物がたまらないの……」

もともと、思春期でもニキビも鼻の黒ずみも出来なかった。耳垢もほとんど取れない。なにやら、そんな自分がつまらなく感じる時がある。小さい頃、父の耳掃除をしたり、鼻の角栓《かくせん》をしぼりだして面白がっていたことを思い出す。いつから父に触らなくなったのだろうか。そして、いつから父は自分に触らなくなったのだろうか。

「子供の頃から、ずっとそう」

「私なんてちょっとクリーム塗り忘れると、すぐに、こちんこちんになっちゃうのよ。羨ましい。ほら、触ってみて。男の人みたいでしょ」

栄利子は湯の中でこちらの手を手繰り寄せると、肘に導いた。ふやけたそこがとくに硬いとも思えない。自分が疑似恋愛の女役を押し付けられたようで、嫌な気がした。話題を変えたくて、声のトーンを高くする。

「栄利子さんのご両親てどんな人なの？」

彼女の口から家庭環境や幼年期の傷となるエピソードについて聞くことが出来れば、少しは理解が深まるのではと思ったのだ。

「躾には厳しい方だったと思うけど……。私、両親のこと大好き」

彼女は頬をかすかに上気させている。その様子は可憐ですらあった。

「母はおしゃべりでちょっと押しの弱いところがあって、父は無口で居るんだか居ないんだか分からない。まあ、夫婦としてはそこそこの相性なんだろうけどね。私はどちらかというと父と仲が良いかな。時々、二人で話し込むの。会社のことなんか。母の作る料理は美味しいの。進路や就職のことだって両親が応援してくれたから、頑張れた。今度一度会ってみる？」

もう少しのところで、翔子はうなずきそうになる。彼女の家庭を覗いてみてもいいかな、と自然に思えたのだ。きっと翔子の実家のように荒んではいない。どこもかしこも気持ちよく片付いていて、良い香りがする。手作りのケーキに琥珀《こはくいろ》色の紅茶。きっと自分は歓迎されるはずだ。

暗い夜道に我が家の灯りが見えてくるだけで、それまでの落ち着いた気持ちがかき消され、きゅっと胃が縮むような経験を、この人は一度もしたことがないのだろう。やっぱり、彼女についてまわる、このちぐはぐさが分からない。栄利子もちぐはぐなら、彼女に対する自分の見解も振り子のように揺れ動いている。

大切に愛されて育ったお嬢さんなんだと微笑ましく思う時もある。彼女のバックグラウンドを嘲笑う気には到底なれない。両親はきっと節度のある良い人達なのだろうとも思う。娘の不安定さを心配し、今頃、ちゃんと友達と旅を楽しめているのか、二人してずっと気を揉んでいることだろう。この人はただ単に人間関係に著しく不器用なのだろう、と気を緩めた瞬間、同情に傾いていく。栄利子の内面に広がる暗い空洞を思った。程度の差こそあれ、誰しも抱える飢えや欠落感なのではないか。どうしても上手く付き合う術を見つけられず、取り返しのつかないところまで空洞を広げてしまったのが、彼女という女なのではないか。

自分も、いや誰もが、ふとした弾みで、栄利子に転じるのかと思うと、ますます胸が重くなる。哀れみが消え、煩わしい思いで一杯になる。すべてを押しやってしまいたい。人間誰しもが、滑稽で惨めな存在であるなんて知りたくない。

もう考えるのはやめよう。

何が起きてもこの女のせいだ、という感覚は、翔子を傲慢にも楽にもする。お湯を染み込ませるように、二の腕や太ももを強く撫でた。

ああ、また、父について一つ理解してしまう。あんなにだらしなくわけの分からない暮らしを送っているのは、やはり責任を放棄しているからなのだろう。自分に何が起きても、逃げた家族のせいに出来ると思っているからなのだろう。その甘えを敏感に察知し、誰も父に寄り付かない。父ってどんな顔だっけ？　よく思い出せなくなっていた。どれくらい彼に会っていないかも分からない。

なんでこんな女と、縁もゆかりもない土地で裸で向き合っているのだろうか。自分は一体、どこの誰なのだろう。こんな風に、自分でも気付かないうちに少しずつ存在が希薄になり、やがて消えてしまいそうな心持ちになるから、旅が大嫌いだったことをようやく思い出した。準備や移動が面倒だからではない。

何も言わないこちらに退屈したらしく、栄利子が再び泳ぎ始める。

26

川の音が止まない。この音を無視するか、または諦めて受け入れなければ、眠ることは許されないのだろうか。

暗闇に浮かぶ、眉毛のない翔子の寝顔はのっぺりとしていて、単純な線だけで構成される、精神の宿らない顔に似た何かに見えた。能面などではなく、例えばエイのお腹のあの不思議な窪みとか、シーツの皺が影の角度によって偶然人の顔に見えるそれのようなな。なんでこの女はこんなにも他人の前でリラックス出来るのだろう。寝具が変わろうが、隣に人が居ようが、すぐに寝息を立てられる翔子が羨ましかった。

日頃から寝付きの悪い栄利子はかれこれ三時間近く、布団の中で目を見開いている。つい調子に乗って着てしまった浴衣の安っぽい素材やにおい、硬くぱりっとしたシーツや高い枕に落ち着かず、とうとう上半身を起こしてしまった。枕元の携帯電話で時刻を確認し、無為に流れた時を思って深いため息をつく。他人と四六時中一緒に居ると、こうも自分の思うままに物事を進められないのか。

いや、恋人がいた頃、二度ほど旅行した経験もあるにはあるが、さほど困らなかった。いずれも海外旅行で、男の方が栄利子を喜ばせようと随分前から予定を組んでおり、行く場所も食べる物もあらかじめ把握済みだったため、ペースを乱されず行動することが出来た。夜はセックスのおかげで、ほぼ同時に眠りにつくことが出来た。

小学校時代の圭子とのお泊まり会を除き、こんな風に同い年の同性とずっと一緒に過ごし、床を並べた経験がないのだ。

風呂から上がると、すでに部屋には夕食のお膳が整っていた。品数が多く、山菜やきのこなど旬の食材も豊富で、値段を考えれば合格点だと思ったが、翔子はあまり箸を付けなかった。ホテル内を探検しよう、夜の温泉街を散歩しよう、しきりに誘いをかけたけれど、生理痛が酷いの一点張りで古ぼけたスウェットに着替えると、すぐに目を閉じてしまった。おかげで、見たいものの半分も見ることが出来ない。

なんだって、こんな平凡な、心の在り処《ありか》の見えない女に執着しているんだろう。どうして、この女でなければ駄目なんだろう。どこに行きたいか、何を見たいか、意見がまったくない。これほど綿密に予定を組んだにもかかわらず、お礼は一言もない。つまらなそうな顔つきでふらふら後ろを付いて来るだけで、何を食べても反応が薄い。彼女の機嫌を窺がってばかりで、まるで自分が添乗員か召使いにでもなった気がする。温泉にも特に感動した様子はなく、明日行く予定の美術館の話をしても、はあ、とうなずくだけだ。ぶっきらぼうなのではなく、何に対しても感覚が著しく鈍いということが分かるまで、時間がかかった。

捉えどころのない彼女の文章のファンだった。他のママさんブロガーに比べ多くを語らない分、かえって聞くに値する事柄を秘めた、充実した内面を広げているように感じられた。しかし――。ただ単に、この女には言いたいことが何もないだけなんだと、今なら分かるのだ。翔子は興味の幅が異様に狭い。半径数メートルの日常をぼんやりと生きていて、そこからはみだした事象に対してなんの関心も示さない。時事問題に疎いところを見ると、おそらくニュースも見ていないし、新聞も読んでいないのだろう。むろん、彼女ばかりが悪いとも言い切れない。家庭環境や授かった教育が十分なものではなく、彼女の感受性を引き上げてくれなかったのだろう。

そういうことを見抜けなかった自分、彼女と二、三、言葉を交わしただけで有頂天になってしまった自分を思い出すだけで、身震いするほどの恥ずかしさを覚える。

一日中緊張していたせいで、まだ身体の芯が強張ったままだ。何か落ち度があったらどうしよう、とそればかり考えてしまう。救いを求めるように、自宅の冷蔵庫を思い浮かべた。扉の内側のラックに収まっている牛乳を取り出し、マグカップに注ぎ、はちみつとラム酒を垂らす。電子レンジで一分半温めた飲み物を、今口にしたいと思った。幼い頃から眠れなくなると母が用意してくれたものである。甘く熱いミルクで体が潤びたら、古びたブランケットにくるまってくつろいで眠りたい。家に早く帰りたいと思うのは、少女時代の臨海学校や修学旅行の夜と同じだった。

親友と旅に出たら、自分の重さが消えると思ったのに。翔子とのおしゃべりや移り変わる風景、土地のご馳走を堪能するうちに、いつもの堂々巡りの思考から逃れ、本来の健やかな栄利子になれるはずだったのに。むしろ普段以上に逃げ場がなく、自分という人間の欠落感が突きつけられているようだ。

変わりたい。涙が出るほど、変わりたい。人と血の通ったやりとりをして、ひょうひょうとした佇まいでどんな場所にもなじみ、自分が楽しいと信じられることに没頭出来る、安定した精神状態の人間になりたい。少女の頃からずっと切望してやまなかったことだ。目の前のことに必死で取り組めば、自ずと成長は付いてくるだろうと思っていた。それなのに、受験も就職も仕事での失敗も成功もセックスも恋愛も、一つとして栄利子を変えてはくれなかった。知識がただ積もっていくだけで、圭子に去られたあの日の自分をどうしても変えられない。そんなのはおかしい。間違っている。人は経験によって変わるものだ。誰にでも起こりうるような、ささいな思春期のトラブルがこうまで人生に影響するなんて、自分はどこかおかしいに違いない。こうしている今も、身体の細胞が確実に死んでいくことが怖くて仕方がない。未熟なまま、何も摑めないまま、年を取っていくことがうずくまりたいほど恐ろしい。

本当にこのまま一生、何も変えられないのではないか。

自分が大人になれないのは、少女時代から過ごしたあの街に、今なお両親と住み続けているからなのだろうか。翔子や真織が経験したような、孤独な夜や割り切れなさや自活のわびしさを経験していないからだろうか。車窓から見た、普段の通勤とは逆方向に流れていった風景が蘇った。

この年齢で新しい環境に身を置くのは、砂漠の中、自力で花園を作ることを命じられたような、途方もなさを感じる。父とは接点のない仕事を一から始めて、母の助けを借りずに生きていく。バックグラウンドの通用しない場所でたった一人。そのことを想像しただけで、自分が若くないこと、人間関係において不器用なこと、実は自己管理能力が低いことが、浮かび上がってくる。努力しない人間をばっさりと断罪出来るのは、十分なサポートを受け、恵まれた立場に居るからだと自分でもよく分かっていた。だいたい、水も緑もない場所で、自分だけの花園を作り上げたとしても、誰が見てくれるというのだろうか。

自分を取り巻くすべてを変えないで、自分だけが上手く変わりたいのだ。環境を変えるということは、自分のこれまでの人生を全否定することに等しい。就職の判断、中高での教育、圭子との確執、遡《さかのぼ》って幼年期の母との時間、ひいては両親が結婚する前。そのどこかに自分という人間の短所を作ったなんらかの原因を見出してしまいそうで怖い。膨大な時間を無駄にしてきたと認めるのが怖い。やっぱりあの街に住みながらにして、自分を変える方がいい。

翔子と一緒に過ごしさえすれば、それが叶うのではないか、という予感がある。街に突然現れた部外者の翔子は、未知の世界の象徴だ。現に今日、栄利子は圭子とのいざこざ以降、初めてと言っていいくらい、同性に自分をさらけ出すことに成功したではないか。お互いの育ちについて語り、好きなテレビ番組で盛り上がり、一緒に温泉に入って裸を見せ合ったのだ。

薄情でマイペースな翔子をこの世界に繋ぎとめ、社会常識や向上心を育《はぐく》む役割。翔子は自分の支えによりブロガーとして成功し、本を出版する。栄利子は職場に復帰するが、これまでのように無茶な働き方はせず終業後と週末は彼女のサポーターとして活躍。してあげて、してもらう。それこそが自分の夢だった。互いの欠陥を補い合えば、成長出来る。無敵の二人になれるはずだ。心の中で時間をかけて編んだ物語は、どこを取ってもほころびも矛盾もない。栄利子と翔子にしか形作れない究極のハッピーエンドだ。

それはこの人にとっても良いものであるはずなのに。どうしてこの人は私の思うように動いてくれないのだろう。こんなにも自分は先回りしているのに。どうしていつまで経っても独り相撲なのだろう。

栄利子はほんのしばらくの間、涙ぐんだ後、翌朝目が腫れることを恐れ、立ち上がる。洗面台の前に立つと、熱湯でタオルを絞って目にあて、塩分を吸い取り、ようやく横になった。休暇のはずなのに、仕事をしている時の癖が抜けない。いつも先のことばかり気になって少しも今を楽しめない。

目の前の一瞬を無心にむさぼり尽くすことが、どうしても出来そうにない。隣で眠る女が決して自分を理解しないだろうという予感が、川のせせらぎと同じ音域で、この薄暗い和室を満たしていく。

27

栄利子の撮る写真は絵はがきのそれに似ている、と翔子は思った。構図が決まってい て、色合いや光の当たり方を上手く加工している。山並みも川も、あの澄んだ冷たい空 気が蘇るほどみずみずしく、食べ物はより美味しそうに写っている。そして、完璧ゆえ に印象に残らない。

彼女の見ていた風景と自分の見ていた風景は違うのだ。きっと栄利子は、短い旅の中 で多くを感じ取って、血肉にしようと気合いを入れ、細部まで逃さないよう目を見開い ていたのだろう。自分は違う。そもそも栄利子に命令されしぶしぶ付き添ったに過ぎず、 無理に見付けた目的にしても、単に日常の延長として、温泉街でだらだらと過ごしたか っただけだ。

そんな簡単なことが、この旅のブログを読むまで分かっていなかった。我が家のリビ ングでパソコンを立ち上げ、この二日間のおひょうのブログを、いわば他人事として眺 めている。

『近所に住む親友と出かけた一泊二日の箱根旅行。にぎやかなガールズトークに満ちた、珍道中でした（笑）　ロマンスカーで温泉で、いつまでも終わらないおしゃべり。やっぱりいくつになっても女友達との時間はかけがえのないものですね』

翔子が一番記憶に残っている蕎麦屋のことはあまり触れられていない。結局、自分が行かなかったポーラ美術館のくだりに、多くの言葉が費やされている。印象派の作品について熱っぽく解説するうちに、もはや栄利子はおひょうになりきることを忘れてしまったようだ。アクセス数を確認してみると、過去最低の数字を記録していた。当たり前だ。美術に興味のあるような人間は、おひょうのブログなど読まない。

どこもかしこも明るく照らされた朗らかな文章からは、かえって栄利子の悲痛な叫びが聞こえてくるようだ。この女はおそらく一生一人で、見たい物だけを見るために現実をなぎ倒し、そのせいで周囲に疎まれ続けるのだろう。こうはなりたくない、自分が彼女じゃなくて良かった、と翔子は安堵のため息をつき、煙草に火を点ける。

片手にはインスタントコーヒー。お茶請けは、夫の職場で余った試食用のキャラメルクッキーと林檎。風呂場からは賢介が湯をつかうざぶざぶした音が聞こえてくる。オイルサーディンと梅干しの炊き込みご飯に豚汁におひたし、という翔子にしてはかなり手の込んだ夕食は終わり、もう洗い物も済んでいる。決して無理をしているわけではないが、以前に比べて家のことをきちんとこなすようになっていた。旅先で襲われた、名状しがたい荒涼とした気持ちはすっかり消えている。翔子は目を細め、伸びをする。すぐに栄利子と近所で会わねばならず、一時の休息だと分かっているだけに、部屋の隅々までが愛おしい。指先まで温かく、すっぽりと毛布にくるまれたように守られている。ささやかではあるけれど、誰にも譲り渡したくない自分が作り上げた城だ。

旅の二日目、翔子は起きるなり生理痛を訴え、一足先に帰りたいと栄利子に宣言した。これ以上この女と一緒に過ごすのは、一秒たりとも無理だと判断したのだ。最初はいかにも心配そうに、ならばこの宿で私が看病する、と言い張っていたが、とうとう翔子がうずくまり涙目になってうめいてみせたら、しぶしぶと帰宅を許可した。

——大丈夫？　うちについたら、必ずメールしてね。

箱根湯本駅のホームに着いてもなお、栄利子は同じことを繰り返した。しかし、自分も旅を諦めるという選択肢は浮かばないらしく、付き添って一緒に帰るとは、とうとう口にしなかった。もちろん付いて来られても迷惑なのだが、こういうところが彼女に友達が出来ない原因なのではないか、と翔子は思った。しきりに気を配る割には、肝心なところに思いやりが届いていない。列車のドアが閉まる寸前、栄利子は両手をメガホンのように口に当てた。

——私だけでも旅を続けなきゃ。ブログに書くことがなくなっちゃうもんね。やっぱり、私と来て正解だね。今日はゆっくり休んでね。箱根は私に任せて！

もしかすると、あの女も一人になりたかったのかもしれないな、と後ろに流れて、小さくなっていく栄利子を見ているうちに気付く。バッグをたすきがけし、敬礼のポーズを決めた彼女が見えなくなると、ようやくほっと息がつけたものだ。

このまま、栄利子を遠ざけてしまいたいが、全面戦争しても勝ち目はないだろう。知能も攻撃力もはるかに相手の方が上なのだ。彼女の自分に対する興味が失せ、自然に離れるようにするのが一番いい。

そうだ——。翔子は唇から煙草を落としそうになる。NORIならば。あの賢く、世間に通じたNORIならば、この苦境から自分を救ってくれるのではなかろうか。なんでも相談して、いつでも電話して、と微笑んだ、あの頼りがいのある卵形の顔を思い出すと居ても立ってもいられなくなった。灰皿代わりの空き瓶を引き寄せると煙草をねじ込む。メール画面を表示するなり、夢中でキーを叩いた。

『NORIさん、お元気ですか。ちょっと困ったことになったんです。お忙しいところ恐縮ですが、一度会って話だけでも聞いてもらえないでしょうか。この間ちょっとだけお話ししたあの変なファンに脅されて、ブログのアカウントまで乗っ取られてしまい……』

浴室のドアが開く音がする。箱根土産の入浴剤のにおいがここまでふんわりと流れてくる。慌てて書きかけのメールを保存し、パソコンをぱたんと閉じた。上半身裸の賢介が額に汗を浮かべ、てらてらと赤い肌を光らせながら現れた。

「ねえ、腹やばくない？　妊婦さんみたい」

と笑いながら、突き出したお腹をぽこんと叩く。

「あはは、そろそろ赤ちゃん欲しいな」

自分でも照れるくらい甘ったるい声が出て、夫の温かいお腹に手を回す。ぽよん、とまろやかな反発が心地良く、顔をつけては離す、を繰り返す。

「そういうこと考えなきゃいけないよなあ。でもさあ、俺、自信ないよ。経済的なこととか」

夫がしゃべる度に、腹の奥でどくどくと音がし、それが楽しかった。

「私、働くよ。子供が出来るまで、短期のパートに出る。お皿洗いでも清掃員でもなんでもいい」

自分には特にこだわりや特技というものがない。それならそれ、なんでもやってみればいいのだ、と考えたら急に世界が広がったように感じられた。

「え、本を出すっていうのはどうなったの?」

「うーん。あれはね、ちょっと考える。ママさんブロガーで子供のことをなんでも書いちゃう人とか居るけど、問題あるなって思う。母親になること考えたら、やめどきなのかなって」

「ちょっともったいない気もするけどなあ。せっかく話題になってるのに。うん、でも、確かに俺も、子供をネットでさらすような親は嫌かも。すぐにナシって方向じゃなくて、ブログは気が向いた時だけ書くということにして、編集者さんと一番良い方法を考えてみればいいんじゃないの。最近、翔ちゃん、苛々しなくなったよね。なんか、いい感じ」

相手が息詰まらないように、いくらでも道を用意してくれる物言いが今は嬉しい。思わず夫の顔を両手で引き寄せ、唇をぶつけたら、腕がすっと伸びてきた。激しく求められることはなくなったが、こうして誘えば必ず応じてくれる。賢介は翔子にとって、父であり兄であり、そして唯一の友達だった。久しぶりのキスは炊き込みご飯の味がした。最後にしたのはいつだろう——。その途端、橋本くんの顔がぬっと浮かんだ。あの水族館でのやりとりが蘇る。志村栄利子が飛び出してきた瞬間の恐怖の手触りまで思い出され、悲鳴を堪えた。賢介の胸を素早く逃れる。

「ごめん、なんだか疲れているみたい」

「なんだよう。自分からチューしといてさあ」

賢介は不服そうに頰を膨らませ、離れていった。

あんなこと、一人の胸に仕舞って忘れてしまえばいいと思ってた。言わなければなかったことと同じだった。賢介と出会う前、交際中に浮気をしたことは数回ある。口を拭って、何食わぬ顔で関係を続けていたはずだ。でも、彼らと賢介は違う。賢介は自分の柱であり、この先ずっと離れられないたった一人の家族だ。隠し事などしていいはずがない。

「あの、私」

唇が乾いている。夫は首を掻きながら、訝しげに振り返った。今、この場で橋本くんとの浮気をぶちまけてしまいたい。それに、栄利子に脅迫されていることも。一緒に闘って欲しい。この人に暗い部分を隠しておきたくない。

懸命に冷静さを保ち、翔子は言葉を力尽くで飲み込む。賢介にすべてを委ね、自分の形がなくなるまで甘えたい。帰るべき場所が他にない自分には、それくらいのことは許されてしかるべきではないか――。

あまりにも身勝手で子供じみた判断だと、何度も自分に言い聞かせる。こんな衝動は間違っている。あの女と一緒に居過ぎたせいで、とうとう自分までおかしくなってしまったのだろうか。

「なんでもない、ごめん」

彼との穏やかな関係に濁ったものを持ち込んでしまったのは自分だ。取り返しはつかない。小さな染みは広がり、やがては我が家を覆い尽くすのではないか。たった一つの拠り所なのに、いつかこの温かな場所も、実家そっくりな、機能しないただの箱になるのではないか。天井が急に迫ってくる気がした。夫は肩をすくめ、ぺたぺた足音をさせながら台所に入っていくと、冷蔵庫から缶チューハイを取り出した。

28

「どうしたの？　全然食べてないじゃない」

自分でも驚くようなとげとげしい声が出て、栄利子はたじろぐ。そのせいでかえって怒りが募り、ことさらに責めるような口調になってしまった。

「まだ胃の調子治ってないの？　せっかくのんびり身体を休めてきたのに、なんにもならなかったじゃない。前から思ってたけど、翔子さんってちょっと自己管理能力がなさすぎなんじゃないの？」

約束通り、かつて二人で訪れたファミリーレストランで待ち合わせた。同じ空気を今夜こそ再現出来るだろう、と期待に胸を膨らませていただけに、相変わらず冴えない表情の翔子には苛立ちを隠せない。ＢＧＭに流れている毒にも薬にもならないオルゴール曲や、彼女の後ろの壁に掛かっているカンディンスキーもどきの絵画がひどく凡庸な色使いであることさえ、いちいち許せなくなっている。

「ごめ……」

「ごめんなさいは禁止って言ってるでしょう！」

思わず叫んで身を乗り出したら、パフェグラスに腕が当たって、ぐらりと倒れてしまった。大盛りのフルーツパフェは幸いほとんど平らげていたものの、底に溜まっていた溶けたアイスクリームが流れ出し、バニラの香りのする白い大陸がテーブルに現れた。紙ナフキンをまとめて摑み、ぐりぐりと押しつけている栄利子に向かって、翔子はぽつんと言った。

「……ブログの人気ランキング落ちてきてるでしょ？」

ぎくりとして、栄利子は手を止めた。紙ナフキンはアイスクリームを吸ってもったりと膨らんでいる。

栄利子がおひょうのブログを代筆するようになって一週間が経つ。彼女の持ち味をかなり正確に再現しているつもりだけれど、某サイトの主婦ブログランキングは下がり続ける一方で、今日はとうとう圏外に落ちてしまった。今までは読者の立場から手厳しい意見を言っていればよかったが、発信する側になって初めて、栄利子はオリジナルを作り出す難しさに愕然としている。何を書いても、過去に同じような内容があったのではないか、こんなことは「おひょう」らしくないのではないか、と気になって筆が進まない。何度も打ち直しながら仕上げた文章はなんともありきたりで、読者の立場だったら「ワンパターーン」と一刀両断したくなる類いのものだった。

「ねえ、それは、栄利子さんのせいじゃないよ。だから、気にしないで。ただ単に私が飽きられてきているからなんだよ」

さして悲観する風もなく、翔子は煙草を取り出し火を点けた。唇にフィルターを挟むなりすぐに離し、灰皿の縁に煙草の重みを委ね、かすかに指を添えている。

「私のだらしない暮らしに安心出来るところが最初はウケてたんだよ。でも私、結局は保守的だし、強い個性もないし、絶対に道は外れないタイプ。危なっかしくないから、ずっと見てるのはつまらないんだよ。もうみんな飽きたんだよ」

「なら、飽きられないようにもっと工夫すべきじゃない。一緒に考えようよ」

「だめだよ。創作したらそれはブログじゃないもの。潮時なのかもしれないね」

まるで他人事のような口調が、栄利子には信じられなかった。この女には執着とかこだわりといった感覚がどうしてこうも欠落しているのだろう。許せないのと同時に全身が熱くなるくらいに妬ましかった。こんな風に合わないものに見切りをつけてパッと手を離すことが出来たら、どんなに楽に生きられるだろう。

「ブログをやめる？　ちょっとあなた何言ってるの？　正気？」

「うん……。もうなんか、いいかなって。最初は趣味だったのに、どんどん大事になっちゃって正直、戸惑っていたんだ。なんていうか、目に見えないたくさんの人に消費されていくって感覚に慣れなくて。私には向いていない」

これだから主婦は……、と栄利子は舌打ちして椅子を蹴飛ばしたい気分だ。自分の名で創作物を世に出すのだ。消費されて当たり前、すり減って当たり前、辛くて当たり前、時々は恥と孤独で死にたくなって当たり前ではないか。それが社会に出て働くということだ。この甘ったれた根性をどうやったら叩き直せるのだろう。床に引きずり倒して、意識を失わない程度に首を締め上げたら、この女は心を改めるだろうか。それくらいのことはしていい気がする。何故なら私はブログの読者代表だから、それも初期から応援しているのだから。栄利子は苛立ちで太ももの内側を強く引き締めた。

「はあ？　あなた莫迦じゃないの？　もったいないって思わないの。ブログが本になるなんて、滅多にないことだよ。それが出来ない人の方が多いんだよ？　あなたは甘ったれているよ！　今まであなたを支えてくれた読者に対して失礼だと思わないの？」

「甘ったれててもいいし、社会人失格でもいいし、もう正しくなくてもいいよ。なんで正しくないといけないの。私、もうどこにも出て行くつもりないから。だいたい読者なんて言っても、一円も払わずに暇つぶしに読んでいるレベルじゃない。会ったこともない人達。顔を見たこともない。支えるってなによ？　私が困っていても、何かしてくれるわけでもないんだし、どうでもいい」

ゆっくりとだが継ぎ目なくこれだけたくさんの言葉を吐き出す翔子は初めてだった。絶句していると、彼女はようやくこちらを見た。

「もともと他人なんてどうでもいいの、私。人の気持ちもよく分からない。特に女の人の気持ち。だから、友達が出来なかったのかもね。でもね、今、私にとって大事なのは、夫との生活なんだなって、最近分かったの。もう私生活の切り売りなんてしたくないの……」

口調は淡々としていても、翔子の意志が揺るぎないことは伝わってきた。目の前で扉を閉ざされた気がして、栄利子は唇を噛む。あんな貧乏な、小太りの平凡な男のどこがいいの、と彼女が居たたまれなくなるような言葉を駆使してなじってやりたい。しかし、どんなに罵詈雑言を尽くそうが、彼女とあの夫との間にある絆のようなものを断ち切れないのは分かっていた。男を確実にものにしている翔子が地平線よりも遠くに感じられた。異性のニーズを読み取り、その期待に応え、持ち物や仕事ぶりから値踏みすることに長けていても、たった一人さえものに出来ないのが自分という女だった。栄利子には翔子しか居ないというのに、翔子が絶対に味方でいてくれる誰かを確保していることが手ひどい裏切りに思えた。

「よく言う！　年下の男と公衆の面前でキスするような女が……、今さら良い奥さまぶらないでよ」

アイスクリームを拭き取ったナフキンをグラスに乱暴にねじ込むと、栄利子は翔子を睨み付けた。彼女は頬をかすかに引きつらせたが、それでも震える声でこう返事をした。

「そうだよね……。何言ってんのって感じだよね。でもね、人にはそれぞれふさわしい場所があるんじゃないのかな。私は栄利子さんみたいに優秀な人がせっかくの能力をブログなんかに注ぐのは、それこそもったいない気がする……。ねえ、仕事に復帰しなくていいの？　いつまでも休んでいて、ちゃんとポストはあるの？」

「はあ？　私達のブログを莫迦にするの？」

栄利子は涙目になっていた。分かっている。職場には自分の代わりはいくらでもいる。社員が鬱病で退職しても、会社はなんの影響もなく回転が止まることはなかった。そのことにずっと傷つき、いつの間にか起き上がれないほど疲れ果てていた。でも、彼女の親友は、自分だけにしか務まらないはずだ。もはや、翔子一人の問題ではないのに。あのブログがあったからこそ、二人は出会えたのに。ブログはそのまま二人の歴史なのに。あの二人の娘なのに。それをあっさりと葬り去ろうとする彼女が許せなかった。どうしてここまで言葉を尽くしても、翔子は分かってくれないんだろう。

「私達って……。栄利子さん、もう私に共感なんて出来ないでしょう？　共感出来ないものはあなたにとっては、どんなものであれ悪なんでしょう。なら、もういいじゃない……私なんてほっとけばいいじゃない。私に使う時間を他のことにあてたらいいじゃない」

翔子の声は冷えていた。うんざりしきった、自分が悪者になってでも栄利子を人生から閉め出してしまいたい、恋愛が終わる時の男の態度そのものだった。なんとかしておく仕舞いだけは回避したい。目と鼻の奥が熱く、口を開くだけで喉に痛みが走る。

「……ああ、いいよね、翔子さんて。ちょっと変わった家庭環境で育ってるっていいよね。学歴も職歴もたいしたことないっていいよね。全部、環境や親のせいに出来るもんね。ここじゃない遠くに故郷があるっていいよね。私は、私は、全部自分のせいで、ここで恥を抱えながら生きるしかないのに。なにもかも周囲のせいにして、楽でいいよね」

泣かないように目をしばたたかせながら、スウェット素材のワンピースのポケットから携帯電話を取り出した。まともな教育を受けた人間であれば、口にしてはいけない種類の差別と偏見だと自分でも思う。翔子の言う通りだ、と分かっているのだ。彼女の気持ちがもはやまったく摑めない。かつては理解出来た彼女の内面が、どんなに手を伸ばしても、ひゅるりひゅるりと逃げていく。この差はどうやったら縮まるのだろう。解決策が絶対にあるはずなのに、どんなに目を凝らしても今進んでいる道の先に光が見えないのだ。そう思ったら、上手く息が出来なくなった。足のつかないプールで必死に水面に顔を出そうと、爪先立ちになるように、もどかしく指先を動かす。水族館で盗み撮りした画像をディスプレイに表示すると、容赦なく翔子の鼻先に突き出した。

「さあ、よく見るのよ。誰が見てもあなたって分かるよ。ねえ、あなたのブログにこれを掲載するくらい、私にはどうってことないんだからね。刃向かったり、意見したりしないで。あなたは全部私の言いなりにならなきゃいけないんだから。なにがなんでもブログは続けるよ。ランキング上位に返り咲かなきゃ。だって、あなたは私の……」

親友、と言おうとして、栄利子は口をつぐむ。

主張の矛盾をナイフの切っ先に載せられ、喉元に突きつけられた気がしたのだ。親友ってもっとくつろいで好きなように意見を交わせるものじゃなかったっけ。そういう温かくて風通しの良い関係を自分は切望してきたんじゃなかったっけ――。目の前の女はあの日の圭子と同じ瞳をしている。そこに浮かぶのは、こちらに対する恐怖心と一刻も早くこの場を無傷で立ち去りたいという願いだけ。栄利子は気を取り直そうとする。出来るだけ、おっとりと優しい口調になるよう、無理に目を細めた。頰が引きつるのがよく分かった。

「きつい言い方をして悪かった。でも私、あなたが心配なんだよ。あなたのためを思っているだけ……」

途中でやめたのは、我ながら嘘っぽいと感じたし、その言葉がかつて高杉真織を激怒させる引き金になったのを思い出したからだ。決して悪者にならないように細心の注意を払って意見したつもりが、反吐《へど》が出る、最低の女、と睨みつけられたショックが蘇る。ああ、女同士とはなんて禁句が多いのだろう。せっかく裏切らない保証つきの親友を得たのに、栄利子は相変わらず窮屈で冷んやりした空間に閉じ込められたままだ。

会話は途切れがちになり、それから三十分ほどして二人は無言で店を出た。夜の外気はすっかり冷たく、皮膚を切るようだった。しかし、ガードレールにチェーンで繋いである男物の自転車を見て、栄利子の浮かない気持ちはたちどころに吹き飛んだ。

「わっ、約束通り、後ろに乗せてくれるよねっ。覚えててくれたんだっ！」

翔子が大人しくサドルに跨《また》がったので、栄利子はいそいそと後ろに横座りし、彼女の腰に手を回す。すべては思い過ごしなのかもしれないと思える。しゅっぱーつ、と陽気な声を上げた。あの時も翔子の腰の細さにどぎまぎしたが、よりいっそう彼女は小さくなっているみたいだ。空気は乾燥しているし、闇も深いけれど、あの時と何もかもが奇跡のようにぴたりと同じだった。栄利子の腕の中で翔子の身体がふわりと上下する。

自転車は右に行ったり左に行ったりしながら、のろのろと動き出した。停滞した空気の中を少しずつ前進するばかりで、あの時感じたような疾走感はどこにもない。

「もっとスピード出せないの？　この間はもっと……。ねえ、あの時とどうして同じに出来ないの。ほら、もっとちゃんと漕いでったら。本気でやっているの？」

あの時は、コンビニやチェーン店が光のリボンになってどんどん流れていった。風が心地良く髪をなびかせ、スカートが丸く膨らんだ。栄利子は不満や改善点を一つ一つ翔子に伝える。言わなければ分からないのだから、言うしかない。返事の代わりに彼女は小さなお尻を浮かせた。平らな道なのに、どうして立ち漕ぎする必要があるのだろうか。翔子の首筋に汗が光っている。高架上の電車は容赦なく二人を何度も追い越していく。

「ねえ、ちゃんと漕いでいるの？　あの時はもっと……」

やる気を出させようと翔子の背中を軽く押した途端、自転車は大きく横に揺れた。翔子は地面に爪先をつけて踏ん張ったが、バランスを失った栄利子は振り落とされた。景色が大きく揺れ、夜空が反転し、目の前がアスファルトのでこぼこで一杯になった。膝と腰をしたたかに打ちつけ、鼻の奥がきいんと鳴る。栄利子は泣きそうになってうめく。膝小僧に手をやると、おろし金に擦りつけたように、皮膚がぎざぎざにめくれ、暗がりでもそうと分かるほど血が滲んでいた。こんなに酷い転び方をしたのは、小学生以来だった。翔子は自転車を横倒しにすると、おそるおそるといった様子で膝をついて屈み、こちらの肩に触れた。

「ごめんなさい……。怪我はない？」

「うるさいっ。ごめんなさいはやめろって言ったでしょ！」

かっとなって振り払ったら、翔子が尻餅をついた。いくらなんでも大げさな、とすぐに手を差し伸べたら、彼女は素早く両腕で身体を覆った。栄利子は息を呑んだ。翔子は瞼をきつく閉じ、胎児のように丸まって、栄利子がこれ以上近付かないよう、両手で自分を守っている。はるか上の方で声がした。こちらを見ながら通り過ぎていくカップルが「なに、あのババア達」「さあ？　レズなんじゃね」と聞こえよがしにくすくす笑いを交わしている。

その時だった。目の前の灯りの消えた不動産屋の窓に、二人の姿が映っているのに気付いたのは。闇の中、よく磨き込まれたガラスは鏡のように、ありのままの光景を飲み込んでいた。栄利子はやっと気付いた。彼女が痩せたのではない。自分が大きくなったのだ。彼女が自転車をちゃんと漕がなかったのではない。自分が重すぎて進まなかったのだ。華奢《きやしや》な翔子に覆い被さろうとしているのは、分厚い脂肪を身に纏ったぼさぼさ頭の大女だった。自分が思い描く志村栄利子とはあまりにも違うので、しげしげとその女を見つめた。女も栄利子を見つめ返した。栄利子が頬に手をやると、その醜い女もぽっちゃりと肥えた白い手を顔に添えた。

いつからこんなに太っていたのだろう。そして、身なりに構わなくなっていたのだろう。会社に行かなくなった頃か。いや、もっと前、おひょうのブログに夢中になるあまり、家に帰れなくなった頃だろうか。思い当たる節はいくつもあった。周囲の態度が明らかに変わり始めたのは、ああ、このためだったのだ。最近はろくに鏡を見ていない。当然ジムにも行かず、そもそも部屋からほとんど出ない。母が用意した食事だけでは満足出来ずに、買い溜めしておいた菓子パンやカップラーメンをいくつも平らげている。

ふくらはぎを蟻が登っていることが、こんな時なのに気になった。幼い日々、圭子と一緒によく蟻の行列を辿ったことを思い出す。蟻の穴を見付けると、二人で竹串を差し込んだり、水を注いだこともある。なんて残酷な遊びをしたんだろう。誰かの人生が自分の手に委ねられている重みをそうやって強引に獲得し、ぞくぞくした喜びを味わっていた。今も昔も変わらない。

翔子はいつまでも腕を身体に回し、小刻みに震えている。

なんで教えてくれなかったの？　喉まで声が出かかった。どうして、注意してくれなかったの？　温泉まで一緒に入ったのに。太ったんじゃない？　ダイエットすれば？　そんな、友達ならごく普通に指摘するであろうことを、どうしてこの女は口にしなかったんだろう。

私が怖いから？　いや、そもそも、この女——。栄利子の体型の変化に、まったく気付いていないのかもしれない。そう考えたら、血がどっと落ちていく。なんだか印象が変わったな、くらいにしか感じていないのかもしれない。あり得ることだった。もともと、おどろくほど他人に興味がない女である。

ようやく悟った。どんなに望もうと、この女と親友になるのはもう不可能なのだ。自分は恐ろしい人間ではない、ストーカーではない、あなたの味方だ、とあらゆる手段を駆使して労を惜しまず、彼女に伝え続けてきた。でも、やればやるほど、二人の間からぬくもりは消えていった。きっと、この先どんなに頑張っても、同じだ。距離は決して縮まらない。

何故なら、あの時の栄利子と今の栄利子は違う。ガラス窓に映ったこの姿が何よりの証拠だった。圭子も指摘していたように、翔子もまた変わったのだろう。あの夜の二人はもう、記憶の中にしか居ない。二人乗りの時に味わった爽やかな心の繋がりは、二度と取り戻せないのだ。

「もう、分かった。あなたなんかいらない」

栄利子はぶっきらぼうに吐き捨てると、ポケットから携帯電話を取り出す。例の画像を表示すると、一瞬ためらったあとで「削除」を押した。

「こんな画像、消してあげる。ほら、見て。安心して。ゴミ箱にも、パソコンにも残ってないから」

翔子は涙で濡れる目で、一連の流れを確認している。やがて、こわごわといった様子で手を膝に下ろすと、こう問いかけてきた。

「本当にいいの……。私を解放してくれるの?」

翔子の表情に希望の光が差している。こんなに晴れがましい顔を向けられるのは初めてだった。上手く息継ぎ出来ないほど肺が苦しい。

「……好きにしたらいいじゃない。あのつまらない男のところへ帰ったらいいでしょ。あなたも私も……。一生、女友達なんて作れない人種なんだから」

さっと立ち上がるとワンピースの膝を払い、栄利子は歩き出す。もうこの女に会うことはないだろう、と思ったら、景色が滲み涙が頬を伝った。またこの先も、たった一人で生きていかねばならない。アスファルトの道が容赦なく、生まれ育った家まで延びていた。

「どうもありがとう」

最後に一度、背中越しに翔子はすすり泣きながらそう言った。高架下のあちこちはそのまま異世界に繋がっているのかと疑いたくなるような、深い闇を湛えている。決して振り向くまいと歯を食いしばり、栄利子はそのままのしのしとアスファルトを踏みしめて歩いていった。追い越していく電車の明るい窓に、母校のものらしき制服姿の少女が見えた気がした。

29

翔子の生まれ育った県に新幹線は停まらない。隣の県の大型ターミナル駅で下車し、JRから私鉄を乗り継いで一時間弱でようやく最寄り駅に着く。長い間、列車に揺られていたが、このところろくに寝ていないにもかかわらず、眠気をまるで催さなかった。景色を眺める気も起きず、駅弁を楽しむほどの食欲もなく、活字を読む気にもなれなかった。ずっと携帯電話をスクロールしている。

眼球がごろつき、頭が疲れていた。肌は乾燥し、どことなくむず痒い。唇の皮がむけ、舐めると塩辛い肉の味がした。

気付くと自分が華やかなりし頃に更新したブログや届いたメールを読み返してばかりいる。それには飽き足らず、ＮＯＲＩのブログやツイッターを追いかけ、彼女が今どこで何をしているか思いを馳せた。彼女の日常のなんときらきら輝いていることか。行間から、甘いケーキの焼けるにおいやママ友達との笑い声が立ち昇ってくるようだ。翔子の意識は、次々に車窓を通り過ぎる山並みや田畑を飛び立って、ＮＯＲＩの傍で羽ばたいている。下書き保存したメールを、終着駅に着くまでにもう一度読み返し、送ることにしよう。

『ＮＯＲＩさんへ。何度もメールして申し訳ありません。お忙しいのは分かっていますし、しつこいとお思いかもしれません。でも、相談出来る人がどうしても他に思い付かなくて……。ある事情があって実家に戻ることにしました。もしかすると、夫にこのまま離婚されるかもしれません。こんな状況ではブログも更新出来ません。どんな意見でもいいので、お聞かせ下さい。今、私が頼れるのはＮＯＲＩさんだけなんです』

文面を数回読み返すうちに、我ながら卑屈になり過ぎていることに恥ずかしくなった。でも、これくらい捨て身でぶつからないと、彼女のような光り輝く人間の心は打てないだろう。勇気を奮って、降車する一つ手前の駅で送信ボタンを押した。

ネットよりも目の前の生活が大切、と身を以《もっ》て学びはしたが、それはあくまでも一緒に向き合える相手の居る場合である。賢介との連絡が途絶えただけではない。花井里子からもＮＯＲＩからも依然なんの音沙汰もない。完全なひとりぼっち。すべては振り出しに戻ったのだ。

翔子が下車するのと入れ替わりに、母校の制服を着た少女が二人、ほとんど客の居ない車両に乗り込んできた。一つしかない改札を通り抜ける。市役所と図書館と食品街を集めたビルに直結する、この辺りでは比較的大きいとされている駅ではあるが、久しぶりに見ると、生活のほぼすべてをここで賄《まかな》っていたとは思えない、がらんとした長屋のような空間だった。地元名産の漬け物のにおいがぷんと漂う。やることがなさそうな若者が数名、壁にもたれ改札を抜ける人々をぼんやりと見つめている。

駅を出るなり携帯電話を取り出し、実家に電話をしたが、いつまで経っても呼び出し音が途切れない。小さく舌打ちをして、ポケットに仕舞う。このところずっと電話が繋がらない。

父は携帯電話を持っていないため、連絡の取りようがなかった。ふらりと家を空けることは幼い頃からよくあったので、翔子は気にしないことにしている。どうせ飲み歩いているか、もしかすると麗美さんととっくに仲直りして二人でどこかに出掛けているのかもしれない。ニコニコと笑っているだけで真意の見えないあの男と顔を突き合わせて暮らすことを考えれば、本当は一人の方がずっといい。でも、他に行くところが思い付かなかった。ブログで得た広告収入には手をつけていないので、しばらくホテル暮らしするだけの資金ならないでもないが、先がどうなるか分からない今、無駄遣いは出来ない。

白い曇り空に紅葉がぼんやりと溶けている。肌寒く、もう一枚羽織る物をもってくればよかった、と後悔した。実家にはほとんど衣服を残していない。何か買うとしたら二駅先のショッピングモールまで行かねば。街を出ないでも問題なく暮らしていけた世田谷とは違うのだ。やはり、この街は箱根湯本と同じ甘い土のにおいがすると思った。

あの女との二人旅が、わずか数日前のことだとは思えなかった。短期間のうちにここまで生活が激変したことなどこれまでない。

——なんだよ。ねえちゃん、今さら何しに来るんだよ。おやじ？　知らないよ。ずっと会ってないし。そのうち帰るんじゃないの？

東京を離れる前に、地元で女と暮らしている弟の洋平に電話してみたものの、大層そっけなかった。この間、助けを求められた時に、冷たく突っぱねたことをいまだ根に持っているのかもしれない。

広い車道沿いをのろのろ歩きながら、早くも東京に帰りたくなっている。せめて、神経がまともな誰かと心の通った会話がしたい。翔子は早くも自分の決断を後悔し始めている。何台ものトラックに次々と追い越されていく。そのうちの一台には、有名な乳製品の会社のマークが認められた。どうしてもここから先を進みたくなくなった。

志村栄利子が目の前で脅迫材料の画像を削除し、付きまといはぴたりとやんだ。降って湧いたような幸運に、嬉しいというよりもただただ戸惑うばかりだった。いまだに彼女の心境にどのような変化が起きたのか分からない。でも、口をつぐんでさえいれば、すべては丸く収まるはずだった。何事もなく、元の夫婦生活に戻れたはずだった。

それなのに――。何故あんなことをしてしまったのだろう。ファミレスの夜、家に帰るなり、説明のつかない衝動に突き動かされた。急に拘束を解かれて、身体は戸惑うほどに伸びやかに、景色がくっきりと見えるようになった。言いようのない高揚感が湧いてきた。自分はあの危機的状況に冷静に対処し、身一つでくぐり抜けたのであり、このことを誰かに話したいと思った。この先、怖いものなど何もないように思われた。ついに自分は三十年間待ち望んだゴールに辿り着いたと思った。激しく駆り立てられるように、栄利子から受けた脅迫はもちろん橋本くんとのキスまで、賢介に打ち明けてしまったのだ。最初はくだらない冗談、と笑って取り合わなかった夫だったが、橋本くんと交わしたメールを読むなり表情が曇った。本当にごめんなさい、と翔子は何度も心の底から謝った。

賢介との結婚生活が何よりも大切なことに気付いたのに、一人口を拭い、何事もなかったように彼の傍に戻るのは、卑怯な気がしたのだ。今なら調子に乗った愚かな甘えだと分かるのだが、あの時はすべてを打ち明けることこそが償いであり、誠実であるように思えたのだ。隠したままでは、いつまで経っても、本当の意味で家族になれない気がした。賢介が許してくれさえすれば、今度こそすべては元通りであり、二人の基盤はいっそう揺るぎないものになる――。そんな自分に都合の良い希望的観測はどこかにあった。

――ごめん。翔子と一緒に暮らせない。

賢介は短くそう言った。うつむいて肩を震わせていたため、目を見ることは叶わなかったが、おそらく声に出さずに泣いていたのかもしれない。耳たぶが血が滲んでいるように赤かった。弁解することも、取り乱すことも、許されないのが分かった。それきり、賢介は黙り込み、ぴくりとも動かなくなった。あんな彼を見たことは一度としてない。

――なら、私が実家に行くのが筋だよね。賢ちゃ……、賢介さん、ここから職場近いし。

おどおどと引き下がったのは、あの沈黙から逃げたかったからでもあるし、少し時間を置けば収束するのではという算段もあった。ずっと放っておいた実家がどうなっているか気になっていたこともある。なにより、徹底的に夫を傷つけた罪の重みに耐えられなくなっていた。喧嘩らしい喧嘩を誰ともしたことがない。すぐに荷物をまとめ、昨晩は近所の漫画喫茶で夜を明かした。

笑って許されるとはもちろん思っていなかった。しかし、ここまで彼がショックを受けるとは、まるで想像していなかったのである。何を言っても、仕方ないなあ、と肩をすくめる夫に、拒否される可能性をちらりとも考えたことがなかった。

あれきり、賢介からは連絡がない。メールも電話も無視されている。ちゃんと食べているのだろうか。仕事には通えているのだろうか。今までは無頓着だった夫の健康状態がにわかに気になって仕方がない。そのうち許してくれるだろう、という楽観的な予想は時間を追うごとにやせ細り始めている。賢介は翔子と付き合うまで、たいして女性経験がなかったらしい。大らかに見えて、性的に潔癖な面を持ち合わせている。もし、このまま離婚届を突きつけられたらどうすればいいのだろう。十分にあり得る未来図に、ため息さえ上手くつけなくなっていた。

なんで、あんなことを話したんだろう。分かっているのは、話さずにはいられなかったということだけだ。

シャッターの続く商店街を抜け、田んぼ沿いを突っ切った。忌み嫌った街は相変わらず、停滞した空気が充満している。長く居る場所ではない、なんとか事態を好転させ、早く東京に戻らなくては、と翔子はいっそう足の裏に力を込めた。全国どんな場所にもある有名なスーパーマーケットのロゴが遠くに見えてきた時は、ほっとした。

「あれ、翔子ちゃん？　翔子ちゃんだよね」

からりとした声を掛けられ、翔子は思わずきょろきょろと見回す。傍に停まった白い軽自動車のバックドアを力一杯閉めている、若い女と目が合った。茶色の明るい髪を後れ毛たっぷりのお団子にし、濃い紫のダウンジャケットから花模様のレギンスで包まれた細い脚が伸びている。

「覚えてるよね。美和《みわ》だよ。帰ってたんだ？　何年ぶり？」

敏捷《びんしょう》そうな小づくりの身体、ちょっぴり勝ち気な上を向いた鼻に見覚えがある。彼女が近付くにつれ、ああ、と思わず声が漏れた。ここから十キロほど離れた場所に住む叔父夫婦の一人娘だった。叔父は公務員の傍ら勤め先の許可を得て農業を営んでいる。やや内気ではあるが父とは比較にならないほどの常識人で、困った時に頼れる唯一の身内だ。この四歳離れたいとこ、とは、小さい頃は一緒に宿題をしたり、お風呂に入った仲である。中学に入ったあたりから自然と疎遠になったが、母が男と出て行ったばかりの頃、叔母には随分お世話になった。あの時のお礼をまだちゃんと伝えていないことを思い出す。

「へえ、すっかり大人になって……。分からなかった。私、しばらくこっちに居ることにしたの……。いつまでってまだ分からないんだけど」

詳しく詮索されたらどうしよう、と身構えたが、美和のあっさりした性分は今も変わらないらしい。さも楽しげにぺらぺらとしゃべり続けている。

「そうなんだ。おじさん、元気？　最近顔見てないなあ。私が小さい頃はすっごく可愛がってもらったのに。私、今、息子連れて出戻り中だからさあ、よければまた遊ぼうよ」

なんと言っていいのか分からず戸惑っていると、助手席に座っている小さな男の子と目が合った。ＤＳに夢中になっていたが、こちらの視線を感じたのかちらりと会釈をして、すぐにゲームに戻る。記憶の中の美和はまさにこれくらいの年頃なので、なんだか感覚が追い付かない。思わずそっと車を撫でた。洗車を怠っているらしく、指先がうっすらと汚れた。自分は子供だけではなく、免許も手にしていないというのに。

「ねえ、翔子ちゃん。今度、ご飯でもどう？　って言っても、駅の反対側のファミレスくらいしか行くところないけどさ」

そのファミレスは最後に栄利子と行った店の系列だった。なんだ――。東京と何も変わらない。胸に張り詰めていた何かが緩やかにほどけていくのが分かる。自分は離れ小島に送られたわけではなく、夫とほんの少し距離を置いているに過ぎないのだ。互いを見つめ直す良い機会と前向きに捉えてもいいのかもしれない。美和の気さくな笑顔が、心の底から有り難い。二人はごく自然にメールアドレスを交換した。彼女の携帯電話には息子のＤＳに表示されているのと同じキャラクターが、ぶらぶらと揺れている。

「ありがとう。楽しみにしてる」

夫と栄利子以外で、まともな会話を交わしたのは久しぶりだった。遠ざかっていく軽自動車を見つめるうちに、指先にじわじわと血が巡り始めた。美和と次に会えるのが、もう楽しみで楽しみで仕方がなくなっていた。似たような境遇の幼なじみが会いたい時に会える距離に居るというだけで、こんなにも救われた気分になるなんて。足取りが軽くなったせいか、実家には思ったよりすぐに到着した。

「ただいま」

引き戸に鍵はかかっておらず、土間の天井に自分の声がこだました。口にして、我ながらしらじらしいと思う。この場所に一番似つかわしくない言葉だとよく分かっている。漂ってきたすえたにおいに眉を寄せる。相変わらず、雨戸は直していないらしく、開け放されたままだ。

予想していたとはいえ、敷居を跨ぐなり、あまりの汚れ方に胃液がこみ上げてきた。前回、帰省した時の比ではない。父は暴力的ともいえる激しさで家中を荒らしていた。それはまるで、冷たい家族達に対する凄惨《せいさん》な復讐のようだった。土間は生ゴミの袋で溢れ、気を抜くと足を取られるほど大量の酒瓶が転がっていた。居間に上がると、埃の塊が畳の至るところにふかふかと溜まり、仏壇に生けられた花は枯れ、その水は変色している。台所の流しには汚れた皿が積み上がり、炊飯器を開けると鱗粉《りんぷん》のようなものが勢いよく舞い上がってきた。よくこんなところで父は生活出来たものだ。灰皿には煙草の吸い殻が盛り上がっている。壁がヤニで黄ばんでいるのはいうまでもない。麗美さんと今度こそ駄目になったことは間違いない。もしや、認知症が始まっているのではないか、と嫌な予感が満ちてくる。父は一体、どこに行ったんだろうか。普通なら、警察に連絡するべきかもしれないが、世間体を考えると、踏み切れない。この辺ではちょっとした噂が命取りなのだ。

肌がむず痒い。血が出るまで全身を掻きむしりたい。

何から手をつければいいのだろうか。まず、雨戸を直さなければ。そう考えた途端、翔子は畳にへたりこんだ。埃の塊が座布団のように、下半身をずぶずぶと飲み込んでいく。どこから切り崩すべきか、見当がつかない。そもそも自分が何故一人で抱え込まなければいけないのだろう。誰かに助けてもらいたいのは確かだ。でも、それが誰なのか、よく分からない。

カップ麺の汚れた容器を縫うようにして、ゴキブリが横切った。

この広い家にたった一人で暮らし、家族からの連絡を頑固に待ち続けていた父。彼が味わったであろう底なしの孤独が容赦なく押し寄せ、翔子は起き上がる事さえ出来ない。父の呪いと恨みに完全に取り込まれてしまったのだろうか。一番恐れていたことだ。このままここで何もしないで、賢介の連絡と父の帰還をただ待つしかなくなる。そのうち、自分は塵《ちり》や埃の一部となり、いつの間にか家に飲み込まれて、消えるのだろう。生まれた時からこうなる運命だったのだ。必死に藻掻いていたけれど、結局ここに戻ってきた。強い力には決して逆らえない。

どれくらいへたりこんでいたのだろう。襖の隙間から、人の頭のようなものが覗いていることにようやく気付いた。

「お父さん？」

柱に摑まって立ち上がり、数歩進んで、襖を開けた。

父がうつぶせで倒れている。見覚えのある灰色のスウェット姿にぼさぼさのごま塩頭の後頭部。手と足がそれぞれ違う方向を向いて卍《まんじ》の形を作っている。顔と下半身の辺りには、何か液状のものが広がっていた。思いがけないほど、小さな身体である。

驚きはしなかった。怖いとも思わなかった。近寄っていって、そっと肩を揺すると、硬く冷え切っていた。父のスウェットのくたびれた感触は、自分の愛用しているそれと同じだった。よかった。死んでくれている——。

真っ先に感じたのは、目の前の霧が晴れて、その先に明るい野原が広がっているかのような、叫び出したいような解放感だった。そうだ。周囲だって、本人だって、これが一番望んでいた結論ではないか。誰にも迷惑をかけず、家と寄り添うようにして死んだのだ。

悪い魔女は死んだ。マーガレット・サッチャーが亡くなった時、不謹慎にも、そんな歌がイギリスのチャートで一位になったんだっけ。今の翔子には英国の音楽ファンの気持ちが分かる。本当にサッチャーが生きているというだけで、胸がむかつくような思いだったのだろう。父が死んだ。悪い魔法使いが死んだ。

翔子はとうとう自由になったのだ。思わず目の前に両手を広げると、たった今、父に触れた指先にびっしりと半透明の水泡が噴き出していた。

30

母が泣き濡れた赤い目で、部屋をノックしたのは夕方近くだった。

「会社の方が来てるわよ」

親しくしている同僚なんて居ない。栄利子は涙でむくんだ顔を上げ、ベッドからのっそりと体を起こす。部長だろうか。あれだけの醜態をさらしたのだから、今さら格好などどうでもいい。寝間着代わりのスウェットに厚手のカーディガンを羽織ると、髪をゴムで乱暴にまとめ、カップ麺や食べかけの袋菓子で溢れた床を踏みつけて、玄関へと向かう。仕立ての良いコートを手に、居心地悪そうに立っていたのはなんと杉下であった。

「……外で話さない？」

両親の目を気にして杉下を促すと、玄関の外へと出た。

昼過ぎに母が部屋まで運んでくれたのは玄米ピラフとクリームスープ、ひじきサラダというメニューだった。彩りが良く栄養バランスも優れているのに、一目見るなり胸がつかえた。食べたくない、コンビニで何か買ってくるから、と背を向けた瞬間、母はとうとう爆発した。

——いい加減にしてよ。あなたどこまで、ママを傷つければ気が済むのよ。私はパパとあなたの家政婦じゃないの。あなたたちカップルの引き立て役じゃないの!!

母は泣き叫んで、トレイごと栄利子の部屋の壁に投げつけた。野菜を裏ごししたらしい淡い橙色《だいだいいろ》のスープはベッドカバーとカーテンを汚した。そんな風に思われていたなんて、一度たりとも意識したことがなかった。母はこの家で一番社交性があり、常に世界との窓口だった。サポートを必要としない満ち足りた人種だとばかり思っていた。カップル。父と自分は言われてみれば確かに、お似合いの男女だった。この世界のどんな二人より、釣り合いがとれている。

——私の何がそんなに気にくわないのよ。あなたのせいで、どれだけのことを諦めたと思っているのよ。

滅多なことでは口を挟まない父までもが、母の肩を抱き、涙ぐんでつぶやいた。

——栄利子、どうして大人になれないんだよ……。僕達が一体、君に何をしてあげられなかったっていうんだよ。誰よりも愛して、何もかも与えたつもりなのに。

そんなもの自分が一番分からない。栄利子は部屋に閉じこもり、大声を上げておいおいと泣いた。母は何も悪くない。もちろん、父も。両親には感謝している。それなのに、何故一緒に居るだけで、ここまで二人を傷つけてしまうんだろうか。自慢の娘になりたかった。誰からも愛され、友達に囲まれている、決して親を心配させないそんな娘に。

「久しぶり。なんというか、太ったな」

並んで歩きながら、杉下は興味津々といった様子で、栄利子の全身をくまなく眺め回した。事実なので特に腹も立たず、栄利子は前を向いて歩き続ける。彼を連れて、マンションの前にある細長い公園へとやって来た。積み上がったタイヤやブランコ、アスレチックスペース。まともに中に入るのは何年ぶりだろう。小学校低学年の頃は、圭子と日が暮れるまでここで遊んだ。タイヤのてっぺんから転がり落ち、スカートを破いて大泣きしたこともある。あの頃に比べて、遊んでいる子供の数が随分と減ったような気がした。二人は木のベンチに腰を下ろした。

「太ったってより、これが元の体型なんだよ。今まではすごく節制していたから」

もともと、食べ物との付き合い方は上手くない。初めて恋人が出来た大学時代はダイエットにのめり込み、吐き癖が付いたこともあった。こんなことを家族以外の誰かに話したのは初めてだ、と口に出してすぐ気付く。

「あ、もう結婚式済んだんだっけ。おめでとう」

「いや、少し延期になったんだ……。真織に話したんだってな、あのこと」

一瞬なんのことか分からなかった。すべてが遠くに去っている。目の前の男と身体を合わせたことが、昔見た映画やドラマの中のことのようだ。

「そのことは、本当にごめんなさい。どうかしていた……」

「そうだぞー。責任取ってもらわなきゃな。ま、浮気相手はお前一人じゃないけど。あいつだって、もうその辺は諦めてるし、別にそのことはいいんだけどさあ」

杉下は軽く笑うと、地面に目をやった。両手を組み合わせ、言葉を探すごとく、親指をくるくると回している。身の回りに神経質なことで有名なのに、シャツの袖周りが汚れ、無精髭が目立つことに、栄利子はようやく気付いた。

「あーあ、あいつがまさかあんなに面倒な女だったなんてなあ。結婚の準備が進むにつれて、真織がまるで俺よりも女友達の方を優先しているように思えて……。毎晩のように、女友達と式の打ち合わせとかで出歩いてて、ろくに俺と一緒に過ごそうとしない。

この頃じゃ、食事もさっぱり作らないんだぜ。座席表や引き出物にはやたら気を配るのに、新婚旅行のスケジュールとなると途端にやる気なくすしさ。つーか、あいつ、俺が好きっていうより、女友達との付き合いを継続できる環境を得たくて、俺を選んだんじゃないのかなって、不安になってきたっつうか……」

杉下はいかにも甘ったれた声で、表情を崩してみせた。

今さら気付いたのか、と栄利子は心底あきれた。この男はプライドを取り戻したくて、ここに来たことが理解出来た。昔寝た女に会い、愚痴を吐き、なんならもう一度関係を取り戻し、真織の優位に立ちたい――。それだけなのだろう。ところが、栄利子が見る影もなく醜くなっているので、どうしていいのか分からなくなったのだ。杉下は自棄《やけ》になったように白い歯を見せると、かすかに憤《いきどお》りを滲ませた視線をこちらに向けた。

「ま、女ってほんっと怖いよな。いつもドロドロして。女の敵は女！　だな」

ほとんど叫ぶようにそう言った。

女だけじゃないんじゃないの――。

決して当事者にはなるまいとするくせに、女同士の軋轢《あつれき》を身がよじれるほど心待ちにし、同時に女から与えられる気遣いや優しさを当然のように求めてやまない杉下もまた、栄利子にはどこか壊れているように思える。根っからの悪人とは思わない。彼もまた親に何不自由なく育てられ、それと同じ愛情を他者から無条件に与えられることを欲してやまないのだろう。そして栄利子と同じように、こうあらねばならぬという重圧に一人で苦しんでいるように見えた。

五時を告げるアナウンスが響き、子供達がぱらぱらと公園を後にする。あの頃と変わらない「夕焼小焼」のメロディだった。

「あ、そうそう。部長から言付《ことづ》かったんだった。なあ、タンザニアの現地コーディネーターの赤城さんて覚えているか」

日に焼けた肌と素朴な笑顔が思い浮かんだ。栄利子がうなずくと、杉下は興味なさそうに立ち上がる。

「お前が休職中だって言ったらさ、やたら心配してたらしいぞ。コーディネーターとそんなに仲良くなったのか?」

赤城直美と過ごした短い時間もすでに幻同然になっているだけに、彼女の気遣いは胸に染みた。懐かしいダル・エス・サラームの砂浜と青い海がほんの一瞬蘇ったが、すぐに排気ガスにけぶる夕焼けに溶けて見えなくなった。

31

着信が来たのと通話ボタンを押したのはほぼ同時だった。全く覚えのない番号だったが、この数字の先に存在するのが、見知った誰かかもしれない、と思うと、すぐに繋がずにはいられなかった。

個室を飛び出し、もはや三カ所すべてを把握してある、院内の通話可能なエリアに向かって、一目散に走る。すれちがった看護師が、あからさまに嫌な顔をした。

人気ブロガーだった時代と同じくらい、いや、それ以上に翔子は携帯電話が手放せなくなっている。もはやこの小さな機器は、翔子の生きている証《あかし》であり、命綱だった。実家に帰ってきてまだたったの数日だが、何年も離島に一人取り残されている気分だ。東京で結婚しブロガーとして注目されていた日々が、別の誰かのもののように思える。ずっと言葉を発していないせいなのか、それとも、入院患者のために空調の温度が高く設定されているせいか、喉がすぐからからになり、たまに乱暴に塗りつけるニベアクリームでは追い付かないほど皮膚は乾いていた。

その空間にはビニール製のツリーが飾られていた。点滅する白い電飾がいっそう焦りを掻き立てる。あと二週間ほどでクリスマスなのだ。

「はい、もしもし」

勢い込んだ声に、先方がいささか戸惑っているのが伝わってくる。賢介、NORI、橋本くん、もはや花井里子だって構わない。一度でも同じ時間を過ごしたことのある誰かに、自分という人間は確かにまだ世界に存在していることを、言葉のやりとりを通じて思い出させて欲しかった。

聞き慣れない若い女性の声が、東京でよく通っていた図書館の名前と予約した書籍が届いたことを、遠慮がちに告げた。失望のあまり、上手く言葉が出てこなかった。舌がだらりと口の底辺に沈んでいる。

「お取り置きは一週間となっております」

一週間——。一週間でこの事態が収束して、またあの街で賢介と暮らし、図書館に本を借りに行けるようになるだろうか。ほんの五日前までは当たり前のように繰り返していたありふれた行為が、今の翔子にはどんなに手を伸ばしても触れられない距離にある。少なくとも、一週間では到底辿り着けない。ならば、どれくらいの時間を必要とするのだろうか。それを考えたら、このますべてを放り出して、自分のことを知る人が居ない土地へと逃げてしまいたくなる。

「すみません、予約取り消していただけますか？　申し訳ありません」

ようやく声を振り絞り電話を切ると、その場にわっと叫んでうずくまりたくなった。身体に命令を出し、のろのろと踵を返す。帰りの廊下はやけに短く感じられ、細長い窓から途切れることなく見える山並みがこちらを圧するようだった。父が待つ個室に戻ることが、嫌で仕方がない。こんな場所まで来てしまっても、自分はまだ父と向き合いたくないのだ。一時間ばかり前に片付いた昼食の酢豚のにおいがそこかしこに残っていて、胸がもたれた。

父は死んでいなかった。

自宅で倒れて小一時間しか経過していなかったらしい。脳梗塞《のうこうそく》の初期症状によるしびれと目眩《めまい》でうつぶせになっていただけだったという。救急車を呼ぶと、最寄りの一番大きな病院に搬送された。翔子は戸棚をあさり住所録を見付け、何年かぶりに叔父の家に電話をかけた。白髪を不自然な色に染めた叔父に会うのは大学卒業以来かもしれない。翔子の発見が早くて本当に良かった、と医師は言い、しつこく褒め称えた。

——翔ちゃん、最大の親孝行だね。

叔父も何度もそう言った。しかし、どうしても、翔子にはこれが良かったとは思えないのだ。意識が戻るなり、わけの分からない言葉を叫び、暴れ続けた父は集中治療室から個室のベッドに移されて以来、手足を固定されている。

病室の引き戸を開けて中に入ると、横になって点滴を受けていた父の目がくるりと動いた。酒焼けした赤ら顔の中にあって、茶色の瞳は落ち窪んでいるのにやけに冴え冴えと見開かれ、イギリスの民話に出てくる小人を思わせる。

「ろこいってたの」

まだ少し言葉が出にくいようだ。

「ちょっと電話」

そう、とつぶやくと、父は舌をぴちゃりと鳴らして目を閉じた。手足がむずむずと動き、ベルトの擦れる音がする。これも脳梗塞の症状のうちなのだろうか。父もまた、娘と何を話していいのか分からないのかもしれない。

病院から借りている病衣がはだけている。おむつから伸びる太もも、すね、足首は細く生白く、さらに毛が薄いために女の脚のようだ。もしかすると、翔子より華奢なのではないか。蛍光灯に照らされた足の裏は思わず見入ってしまうほど、荒れていた。長年裸足で過ごし、毛羽立《けばだ》った畳に擦りつけられてきたことが分かる。皮膚が分厚く、黄土色の角質で覆われ、ほとんどカバーが張りついた状態である。看護師の手で拭き清められているはずなのに、その身体からは家と同じ煮詰めたようなにおいが漂ってくる。ベルトで固定された手首と足首が、痛々しいほど擦りむけて血が滲んでいた。

哀れだとは思わない。翔子はベッドの脇に置かれた背もたれのない丸椅子に腰掛ける。こんな風に穏やかなのは、二人で居る時だけなのだ。看護師に対してろれつの回らない口調で聞くに堪えない暴言や性差別的発言を浴びせる父は、翔子の知らない男だった。でも、心のどこかで薄々知っていたおそらく父本来の姿だった。無学で粗暴で、まともな会話が誰とも成立しない。一つでも気に入らないことがあると、声を荒らげ相手を威嚇し、罵倒するしか術を知らない。医師や看護師の顔に隠しきれないほどの軽蔑の色がよぎる度に、どこかで安堵している自分が居る。ああ、父を苦手だと思うのはごく一般的な感覚なんだ、と。

暴れる父をぼんやりと他人の顔で眺めているだけの翔子は、次第に医師や看護師からも怪訝そうな態度で扱われるようになった。

若い女性看護師に対する父の横暴を目の当たりにして、翔子はようやく謎が解けた気になっている。この人は、家族であれ他人であれ、女ならば先に折れて、自分にとって都合良く動いてくれるのを、どこかで当たり前だと思っているのだろう。先代から引き継いだ財産は、彼をどうしようもなく傲慢にしたのだ。意識が戻ってからも、翔子にお礼は一言もないし、東京を離れていることを慮る様子もない。

——いえにもどりたい

の一点張りである。

自分だけは許されて当然と言わんばかりの態度は、そのまま賢介に対するこれまでの自分のふるまいを思い起こさせ、苦さがこみ上げてくる。

今は亡き祖父母が、跡取り息子である父を幼い頃からたいそう甘やかし、欲しいものはなんでも買い与え、学校を休みたいと言えば好きなだけ家に居させたという話を思い出す。地元の大学を中退し、親の車を乗り回し、近隣を遊び歩いていたらしい。周囲にやれやれ、と笑って許されていた父の武勇伝は、本人の口からも得意げに幾度となく聞かされたものだ。もちろん、若くして将来を定められ、家に縛られ、祖父母ともに最期を看取った父には、彼なりの鬱屈もあったのだろう。せめて許された領域で楽しく生きようと、捨て鉢になった部分も少なからずあるのだろう。

そうであれば、やはり、この人はあのまま誰にも発見されず、たった一人であの大きな家と一緒に息を引き取るべきだったのだ。もう少し遅く、せめて数時間遅れで帰るべきだった。いや、そもそも翔子は実家に帰るべきではなかった。自分のすべての行動が、いちいち悔やまれてならない。どうしてこんなにも父から離れさせてくれないのだろう。

「どうして、なんで、なんのために、使っちゃったのよ」

すでに寝息を立てつつある父に向かって、翔子はつぶやいた。

入院代を支払うため、めちゃくちゃに詰め込まれた引き出しから通帳を探し出した。銀行で記帳してその額の少なさに驚き、先代から懇意にしている司法書士に問い合わせたところ、ここ数年の父のいい加減な暮らしぶりが浮かび上がった。

麗美さんとはとっくに離婚が成立し、彼女は実家のある新潟に帰ったとのことだった。そもそも父が長年頼っていたその六十代の司法書士はただの見習いであることも判明した。数年前から我が家にはほとんど現金がなく、父がアパートや駐車場、田んぼもとうに手放していることを初めて知って、体が冷たくなっていくのを感じた。その時、一部の親族とかなり揉めたらしく、絶縁状態にあるそうだ。おそらくすべてを夜遊びと酒に使ってしまったであろうことは、叔父もなんとなくほのめかしていた。

ならば、もう裏山を売るしかないのではないか、と翔子はとくに考えもなく提案したら、叔父の柴犬のようにふさふさした眉が大きく上がった。

——売るって簡単に言うけれど、誰に売るつもり？　こんな辺鄙な土地の買い手が簡単に見付かるわけないでしょう。企業の寮や工場だって、今はもっとアクセスのいい場所に建てるよ。

叔父の声は穏やかだけれどよそへ逃げた者への、言いようのない苛立ちが滲んでいた。翔子の知っている、幼き自分に向けられた面倒見の良いあの面影は、皺と疲労の向こうに押し込まれていく。てっきり叔父家族につきっきりで入院生活をサポートしてもらえるかと思いきや、あれきり訪ねてくる様子はなく、叔母も、そして美和も電話一つくれない。

——ねえちゃんがしばらくこっちに居てくれれば、安心なんだけどな。

弟の洋平はちらりと見舞いに来たきり、寄り付く気配はなかった。

——どうせすぐ退院出来るんだろ？　俺もまたちょいちょい、様子見に来るからさ。

何か出来ることとあったら、いつでも言ってよ。

と何も滲まない声で、言い放った。

父の体調を心配する人間が見事に一人もいない。いずれ、自分もこうなるのではないだろうか。

軽度とはいえ、脳梗塞は退院してからが本番だと医師から説明を受けた。家族がやることは山のようにあるらしい。生活のサポートや食事療法、リハビリへの付き添い。状況から考えてみれば、翔子がこのまま父の元で暮らすのは、神様が強く示した道筋で、そこから逃れることは許されないように思われる。父以外に自分を必要としている人間はおらず、逃げようにももうどこにも居場所はないのだ。父をはねのけるほどの気力も、東京で一人暮らしするほどの財力もない。

確かに夫婦間に亀裂をもたらした自らの行いは褒められたものではなかった。しかし、ここまでの報いを受けねばならないものなのだろうか。父と過ごした幼年期の温かい場面を懸命に思い出してみるが、なんの感慨も湧かなかった。どうしてもこのまま死んでくれとしか思えない。たぶん、父にも伝わっているのだろう。時折自分を見る目に、怯えと媚びが滲んでいるのが分かる。こんなに冷酷な人間だから、自分には友達がいないのだろう。そして、この父の娘だから、こんなにも冷酷なのだろうか。

友達が欲しい。誰かと話したい。翔子は夢中で願った。この状況を明るく笑い飛ばしてくれる「誰か」の存在を心の底から欲している。どうでもいいテレビ番組や食べ物の話題で、気を紛らわせてくれれば、もう魂が通い合わなくても構わない。いっそ、栄利子相手の疲れる会話だって、今なら我慢出来るような気がした。

誰かに触れ合って、自分の輪郭を確かめたい。

美和は何故、一度も見舞いに来ないのだろう。あの笑顔が嘘だったなんて思いたくない。あの約束はどうなったのだろう。そして、ＮＯＲＩは自分を忘れてしまったのだろうか。メールの返事はただの一度もこない。自分は他人に見えているのだろうか。そもそも、自分は本当に世界に存在するのだろうか。

頼むから、誰かに思い出して欲しい。こんなに寂しいのに、彼女達はなんて冷たいんだろう。恨みがひたひたと身体を満たしていく。動くことがどんどん億劫になる。

悪い夢を見たのか、父が少女のような甲高い短い悲鳴を上げて、目を開けた。

32

アルコールウェットティッシュを取り出した。

冷んやりと濡れた質感が指紋の溝を押し広げ、肉の内側にまで容赦なく染みていくようだ。まず最初に栄利子はかつての習慣を取り戻そうと、デスクを隅々まで拭き清めた。キーボードを裏返して、奥の奥に入り込んだ消しゴム屑まで丁寧に取り除く。休んでいた間にどれほど資料が溜まっているかを心配していたが、部長によって仕事が引き継がれていたせいか、回付書類と郵便物がほんのふた山ほどあるだけだった。

三週間以上も離れていたオフィスは冷ややかで、かつてよりずっと狭く天井も低く感じられた。ただの空間だ、恐るるに足りない、と足を踏み入れる時、何度も自分にそう言い聞かせた。

もはや、身体のあちこちに突き刺さる視線も、かすかに聞こえてくるデスク越しの小声のやりとりもそれほど気にならなくなっている。それでも、どこまで噂が広まっているのか、と考えてしまい、デスクに突っ伏したくなる瞬間が訪れる。そんな時は深呼吸し、作業に没頭するよう努めた。たった一人の世界に入り込めば、他人などどうでもよくなる。そうやって自分を守るしか、ここでの時間をやり過ごしていく方法はない。

何事もなかったように出社さえ出来れば、自分を取り戻せるはずだと考え、心配する両親を説き伏せ、勇気を出して外に出た。風呂に入り、髪を一つにまとめ、BBクリームを塗り、久しぶりに眉を描いた。母が買ってきたゆったりしたニットとコートを身に着けた。かつてのサイズはもうほとんど入らなくなっている。久しぶりの電車通勤は人に押しまくられ、目眩を覚え、会社に着く頃にはへとへとに疲れ切っていた。でも、どんなことをしてでも、翔子に出会う前のペースを取り戻したかった。

　神泉の夜に見せた厳しさはどこにもなく、部長はひたすら寛大だった。始業前に面談があり、こちらが心情を吐露することを封じるように、よくしゃべった。

　――本当に大丈夫なのか。すぐに元に戻ろうとしなくていいんだからね。まずは数日おきの出社にして、少しずつ慣らしていこう、な。配置換えすることだって念頭に置いていいんだよ。

　この人と寝ようとしたことが、もはや自分でも信じられなくなっていた。あの時は、表面だけの関係の先にある、マグマのような生身の人間にこの手で触れてみたかったのだと思う。けれど、栄利子が辿り着いたのは、これまで以上に上っ面な、はりぼてのような表情や対応でしかない。部長は決して踏み込んでくるなとばかりに強く微笑み、皺を深めていた。かつての上司の娘だから、サポートしているだけなのだろう。この笑顔の向こうに妻や娘が居る。守りたいものがあるゆえ感情をいくらでも武装出来る彼が、よりいっそう遠くに感じられた。

　大量のメールに一件一件返信し、自分宛の封書を開いているうちに、またたく間に数時間が過ぎていった。部長の報告通り、ナイルパーチの輸入業務は、隣の部署の田代《たしろ》という三年先輩の男の手に引き継がれていた。栄利子が訪ねていくと、彼は素っ気なく経過を伝えた。

「ああ、タンザニアの工場ね。いったん保留にさせてもらってるよ。現地まで出向いて尽力したみたいなのに申し訳ないけれど、決まりかけていた工場のパッカーが直前でゴネちゃってね。やっぱり全体的に見通しが甘かったんだよ。設備投資だってあのプランじゃ数年は回収出来ないよ。輸送中、ブロックされてる資金の問題も解決してなかったんだろ」

今後、アフリカからの魚の輸入市場はますます縮小していく傾向にあると、田代はこちらに資料を差し出しながら説明した。

自分が現地をもっとシビアな目で観察し、中途半端なところで無責任に手を離さなければ、こんなことにはならなかったのかもしれない、と栄利子は奥歯を嚙み締めながら、デスクへのろのろと引き返していく。現地で力になってくれた赤城さんや工場長や従業員の顔が次々に浮かぶ。栄利子のせいで、仕事を失う人間は確実に発生しているはずである。

なによりも、改めてナイルパーチが哀れだった。ビクトリア湖は今、生態系が壊れたせいで藻とプランクトンが大量発生し、水質汚染が起きている。人間に生存競争を迫られ、必死に闘い、無我夢中で他種を食らってきたのに、逆にそのせいで本来の自分の居場所を失っていく――。

目を上げるともう二時を過ぎている。外に出る気力が湧かないので、新入社員時代から足を運んだ記憶がない、社員食堂に行ってみることにした。栄利子が席から腰を浮かすだけで、視界の端で、おおうとのけぞるような仕草をして薄く笑う男が何人も居た。

ピーク時を過ぎた社員食堂は閑散としていた。白身魚のフライのトマトソースがけ、ごはん、味噌汁、ポテトサラダにひじきの煮物。A定食のチケットを券売機で買うと、トレイを手に、中が見通せる厨房に沿って作られたカウンターから、一つ一つ小鉢や皿を受け取り、窓側の席に腰を落ち着けた。目を見張るほど美味しくもないが、値段の割にはそうまずいとも思えなかった。会社の外に出る必要もなく、適度に作り手の気配りが感じられる、温かい食べ物を口に出来るのは有り難い。これまで、もっと利用してみても良かったのかもしれない。分厚い衣に包まれた白身魚はどうやら銀だらのようだった。

かつては一人で食事をしているのを見られるのが嫌で、デスクでパソコン画面を睨みながら買ってきたものをさも慌ただしく詰め込むか、時間のある時でも、誰とも顔を合わせる可能性がなさそうな、会社から離れたレストランで済ませることが多かった。

社内に友達が一人もいないことも、自分の容姿の変化や行動が噂されていることも、もはや栄利子には、ほぼどうでもいいことのように思える——。その通りであり、もはや否定するつもりもない。表面上は上手くやっていても、どこか敬遠され遠ざけられていたのは、これまでだって同じだったのだから。一つだけ耐え難いのは、自分の行いがそのまま、父が積み上げてきた評価を地に落としているということだ。だから、せめてだらしない出で立ちやミスだけは防いでいこうと思っている。ゆっくりでもいい。このまま、この場所で再び泳げるようになるしかない。

白身魚のフライは揚げ直してあるのかやや胃にもたれた。ペットボトルの冷えた飲み物では、油が固まる気がする。栄利子は数カ月ぶりに営業部と同じ階にある給湯室に行くと、でがらしのほうじ茶を淹れ、立ったまま飲み干した。首から下にじんわりと温もりが広がると、ここ数時間分の緊張が解けていくようだ。壁に寄せられたワゴンテーブル上のクリップで留められた芋けんぴの袋が目に入った。ホワイトボードにこう書かれている。

「週末、川越に行ってきました。よろしかったら、みなさんで食べて下さい。ヘルシーかなと思ったんですけど、調べたらすごいカロリー（泣）一人で抱え込むと、ますます太っちゃいそうなんで（笑）　真織」

丸っこく右に傾いた文字に小豚のイラストが添えてある。その周囲を「ごちそうさま、真織ちゃん、ブライダルエステがんばって」「こら、太ってないってば」「これ、ぽりぽりして美味しいね。ありがとう」などと、様々な筆跡の走り書きが取り巻いている。栄利子は知らず知らずのうちに微笑んで、そっと手を伸ばしていた。指の先に水性インクが滲み、藍色に溶けていく。会社の中でここだけが、血が通っているように思えた。たわいもないやりとりが、眩《まばゆ》かった。

川越ということは杉下の実家に行ったのだろう。式は少し延期すると言っていたが、やはり、二人の関係は周囲に祝福されたまま、滞《とどこお》りなく続いているのだろう。あの男の言うことを真に受けたりしなくて良かった。愛はないと言いながらも、外堀を埋め、時間を一切無駄にせず、思い通りにことを進めるやり方はいかにも真織らしいと思った。

ふいに、背中に誰かが覆い被さってきた。栄利子にはその気配だけで誰だか、振り返らずとも分かった。

「やめて、離して」

必死で身をよじったが、杉下は恥じらいだと誤解したようだ。

「真織さんと上手くいってるんでしょ。だって、ほら、実家に行ったんじゃ……。ね、誰か来るから、やめて」

なんとかして、彼の目線がホワイトボードに向くように身体をくねらせる。しかし、後ろから抱きしめる手にいっそう力が込もった。声を上げたいが、誰かが駆けつけて来ては困る。かつては栄利子の腰をやすやすと一周半した腕が、今ではどうにか巻きついている程度だ。

「いいよお、俺、気にしないよ。志村がデブでも。これくらいなら許容範囲だよ。自分を引け目に感じる必要なんてない。俺、なんかお前のこと分かるんだ。もしかすると、好きなのかもしれないな。今朝、久しぶりに見た時から、目が離せなかった」

首を回して間近で彼を見た。遠目には普段通りの身綺麗な杉下だが、肌は荒れ、口臭が酷い。栄利子は精一杯の嫌悪感を表明するために、眉をひそめた。

「ひとりぼっちでメシ食ってたんだな。女友達がいないお前が、女に嫌われるお前が、俺、マジで好きなのかもしれない。本当はプライドが高いくせに、おずおずと女の顔色を窺っては、すぐに拒絶されるお前が好きなんだよお。可愛くって仕方がないんだよ。なんか、安らぐんだよ」

杉下の力は強く、栄利子はもう抗うことを諦めた。一度は裸を見せ合った仲なのだから、何をしても時間が無駄な気がした。自分に近付いてきて、やがて離れていった男達も、多かれ少なかれ、こんな理由を抱いていたのだろうと、栄利子は冷え冷えと悟る。女の輪に入れずぐずぐず立ち尽くしている栄利子を見ていると、優越感と庇護欲で一杯になり、自分達も同じように気安く立ち入れないその領域を、安心して憎めるのだろう。

「もういい加減、あいつから逃げたい。俺はこれでもうんと頑張ったんだよ。気力も体力も限界だ。このままじゃ、おかしくなる。式を延期してから、あいつ、丸っきり様子が変わったんだ。向こうの母親にしつこくせっつかれて仕方なく籍だけは入れたんだけど、間違いだったよ。真織がますます……」

杉下の声が震え、低い嗚咽《おえつ》に変わる。真織さんだけじゃない。あなたも、もうとっくにおかしくなっているよ――。こんなところまで追い込まれても、まだ何も気付かず、見ようともせず、当然のように女から甘やかされることを求めているなんて。

「ほら、真織って、あの通り低レベルだから、女友達に囲まれていることだけが心の拠り所なんだよな。頭がいかれたみたいに女友達に執着してさ。この一週間、一日も食事を作らず、俺のことなんて放ったらかしで、プライドメイドがどうのこうのって毎晩女子会してるんだぜ。おかしいよ。あいつ、自信満々に見えるけど、本当は人と比べてびくびくしてるんだよ」

「そんな風には見えないけど……」

「よく思い出せよ、あいつのスペックを。美人じゃないし、本当は高校出ているのかどうかも怪しいよ。母子家庭で貧乏、頭も良くない。どんどん若くなくなる。だから、あやって、周囲に同性をはべらせて、必死に自分を支えてるんだよ。自分は女じゃなくてまだ女の子で、未来は無限に広がってるって信じたいんだよ。だから、女子会女子会ってあほみたいに騒ぐんだ。本当は好かれているわけじゃないのに」

「そうかな……。私には真織さんが、本当にみんなから好かれているように見えるよ……」

それは本心だった。視線の先のホワイトボードには真織の文字がある。彼女がどれほど激しい気性を隠し持っていたとしても、こうして職場へのお土産を忘れず、それとなくユーモアを交えてメッセージを残すセンスは、貴いものに思えた。箱根に行った時、自分は職場に居る女達を思い出しただろうか。ちらりとでも、お土産を買い給湯室に持ってくることを思い付いただろうか。もともと出張が多いのだから、いくらでもチャンスはあったのに、一度として思い至らなかった。

「違うよ。女が女を本気で好きで、味方になるわけないだろ。どこまで君は、のんびりしたお嬢さんなんだよ。おめでたいよな。天然だよ。でも、そこが本当に好きなんだ」

愛しさすら滲ませる声で耳に息を吹きかけられ、全身が粟立《あわだ》った。彼はようやく手をほどき、こちらの肩をいかにも優しく抱いている。

「あいつのレベルが低いから女は安心しているだけなんだって。ランチやお茶で支えられてるもろい絆なんか信じちゃってさ。女って残酷だし、びっくりするくらい陰湿だよ。真織も可哀想なんだぜ。あいつらの使い捨てピエロ……」

杉下の言葉が途絶えた。ふんわりと鉄のにおいを感じたかと思うと、リボンくらいの幅の赤いものが自分の胸に流れていることに気付く。肩に掛かった杉下の右手から、それが始まっているのが分かった。男にしては白い手の甲に垂直に刺さっているのは、蜜のきらめく芋けんぴである。目にしたものが咄嗟には信じられず、栄利子はかすかに笑っていたかもしれない。

いつの間にか真後ろに立っていた真織は、芋けんぴをすっと引き抜いた。杉下は上擦《うわず》った声にならない叫びを上げ、栄利子を突き放し、腰をよじるようにして床にうずくまった。傷口に押し当てられた左手の指の間から溢れ出した血で、床に小さな点が出来、それがどんどん大きくなっている。

「大変……。医務室に行かないと」

口ではそうつぶやきながらも、栄利子はようやく自由になった身体のどこにも動く意志がないのを感じていた。金輪際、許可なく男に肌を触られたくない。

「大丈夫だよ」

落ち着き払った様子で真織は言い、杉下の腰の辺りを社内用のサンダルで軽く蹴る。この三人の中で、最も強者で、社会に適合して生きていける者のように思われた。

「その人が死んだらどうするつもりなんですか……」

久しぶりに目にする真織の身体は分厚く、すでに母親の貫禄を漂わせ、いかにも頼れそうだった。このまま杉下が死んでしまい、真織と二人で遺体を処理し、逃亡する、という生き方もそう悪くはないのかもしれない。

「死なないように加減してちゃんとやってるから、大丈夫だよ。こいつこれくらいやんないと分かんない莫迦だからさ。あたしが、一から教育してやんないと、被害者が増えるだけでしょ」

真織は場違いなくらい爽やかに、黒く戻した艶やかな髪をかきあげた。杉下がぶるぶると小刻みに震えている。彼の首筋にある不思議なかさぶたは、もしかすると真織が噛みついた跡だろうか。

「でも、こんなところで、こんなことしたら……、会社に居られなくなるよ。誰が見てるか分かんないんだから……」

「サセ子で頭のおかしい、あんたにだけは、そういうこと言われたくないんですけど？いいよ、見つかったら、全部あんたがやったことにするから。誰も疑わないよ。あたしは好かれてるけど、あんたは嫌われてる。デブスになったせいで、あんたの男ファンも、もう一人も居ない。男ってこれだから嫌だよ。圏外の女には最低限の思いやりさえ抱かないんだよね」

夫の血で赤く染まった芋けんぴをかざし、真織はからりとした笑い声を上げた。つられて、栄利子も媚びるように微笑んでしまう。二人の足元でうめき続ける杉下が、次第に気にならなくなっていた。

こんな場面なのに、真織のふっくらしたお腹が気になる。あの中に入りたい——。まるで似ていないのにもかかわらず、杉下と真織が若き日の両親に重なって見えたのだ。おぼっちゃん育ちの営業部員とたくさんのライバルを蹴落として寿退社を決めた短大卒の事務ＯＬ。この二人が年を重ねたら、本当に父と母のようになるのかもしれない。ならば、杉下と真織の子供として生まれ、もう一度生き直したい。同じような家庭環境でありながら、親のことをもっと理解した上で育っていける。真織から女友達の作り方を学び、毎日のように同級生を連れて帰る。真織はきっと市販のおやつで、気軽にほがらかにもてなしてくれるだろう。「面白いおかあさん」として友達に誇れるだろう。足元からの震える声が、栄利子を現実に引き戻した。

「何が女友達だよ。何かにつけて友達友達って。レズかよ。気持ち悪いんだよ。本当にお前が友情に満たされて、誰かと強い絆があれば、そんなに汚い言葉を吐いたり、夫に暴力をふるったり、出来るかよ。歪んでんだよ。満たされてないんだよ、お前」

「あ？　絆？」

真織が鼻を鳴らし、なんのためらいもなく、杉下の腰のあたりにサンダルの爪先をめり込ませた。

「あたしに友達がたくさんいるのが、あたしがいいやつだからとでも思ってたか？　志村に友達がいないのは、こいつが嫌なやつだからとでも思ってた？　あたしが金にこだわる暴力女なのと、女友達に恵まれて互いを思いやって楽しく暮らしているのは、まったく関係ないことなんだよ。どこまでおめでたいんだ、お前。なんも見えてないんだな」

彼女は目を細め、杉下の苦痛に歪む顔を覗き込んだ。

「何、女の友情に過大な期待しちゃってんの？　お前、女嫌いじゃん。女を見下さないでは一瞬だって生きていけないくせにさ？　そのくせ、なに、本とか映画とかに出てくるみたいな、切れない絆とか期待しちゃってんの。お花畑みたいな麗《うるわ》しい女の園を勝手に思い描いてんだろ、おおかた。そこに苦い感情が少しでも交じってると、指差して喜ぶんだよな。やっぱ女の敵は女、ほら見ろ男の方が偉い、って手ぇ叩いて、囃《はや》し立てて大騒ぎしやがって。ガキか、このボケが」

真織が杉下の髪をぞんざいに後ろに引っ張ると、彼は激しく咳き込んだ。

「くそダセえ。大人になれないのはあたしじゃねえ、てめえだよ。ママの大事な僕チャンをいい加減、卒業しろよ。自分だけは大切にされて当たり前とでも思ってんだろ。この短小が。あたしのことをどうこう言う前にてめえのテクのなさをどうにかしろよ。おら、立て、おら。そもそも、もろくない人間関係なんてこの世界にあんのかよ。女と女も、男と女も、男と男もみんなおんなじだろうが。どんな関係も形を変えたり、嫌ったり嫌われたり、距離を測ったり、手入れしながら、辛抱強く続けていくしかねえんだよ。たかが関係一つ手に入れただけで腹一杯になれるもんか。なんもしないですべてが満たされて承認されて、問題全部解決するわけないだろうが。莫迦かてめえ。あのババアに甘やかされ過ぎて、ついに頭のネジ飛んだか、この野郎。そう言ってるお前こそ、一人も男の友達いないくせに。お前、同期の男に陰でなんて呼ばれてるか知ってるか？」

「女はほんと、怖いよ……。大っ嫌いだよ。ああ、頼む、救急車……」

とうとう杉下が泣きじゃくりはじめた。真織は流しの上の濡れたぞうきんを乱暴に投げつけた。それは杉下の身体にぶつかって、ぴしゃりという音としぶきを上げて床に落ちた。

「そん中でもとびきり恐ろしい女と結婚するしかないのが、あんたの運命みたいだね。こんなひとっ飛びにクラスが上がるチャンス、あたしが逃すと思う？　妊娠させた派遣社員を入籍直後に捨てたとなったら、僻地に飛ばされるんじゃね？」

この洞察力としたたかさがあれば一人で生きていくことも可能なのに、男にしがみついて暮らす術しか知らない真織が、愚かにも、哀れにも思えた。そして、こんなに女を憎んでいるのに、母性に包まれて承認されることをしぶとく求めてやまない杉下の傍に居られるのも、やっぱり彼女だけなのかもしれない、と思った。

「ほら、行きなよ」

真織がようやくこちらを思い出してくれたようで、嬉しかった。彼女の許可が下りるまで、動くわけにはいかなかった。何よりも、今はまだここに居たいと思う。どんなに緊張を強いられても、この給湯室には血と心が通っているのだ。上辺の取り繕いもなく、生きた人間の温度があった。シンクのかび臭さや杉下から放たれる鉄のにおいが何故か心地良い。真織はごく当たり前といった表情で、芋けんぴをぽりぽりとかじっている。その仕草は子リスのように愛らしい。

「もう二度と会社に来るんじゃないよ。すぐ辞表出しなよ。やっぱりあたし、あんたがものすごく嫌いみたいだよ。今日、久々にあのデスクに志村栄利子が居る姿を見ただけで、胃が重くなった。みんなそう言ってるよ。あんたが居るだけで、酸素が薄くなっていくみたいで、すごく息苦しいの。あんた見てるだけで、なんか辛くなってくるの。きっとみんなも同じだよ。あんたが嫌いっていうより、むしろ、見てると自分の恥部がえぐられるみたいで、みんな、居たたまれないんだよ。だから、友達が出来ないんじゃん?」

「でも……」

どうしても諦めきれない。父の勤めた会社で評価され自慢の娘になることを、周囲を変えずに自分だけが変わることを。その方法を自分はまだ見付けていないだけなのではないか。こちらの思いを、光の速さで真織は読み取ったようだ。

「同じ場所で歯を食いしばって踏ん張ることで、自分は成長出来るとか、おい、てめえまだそんなこと思ってんの？　いい加減、てめえの水槽を変えろよ。大好きなパパやママの教えを忘れろっつってんの。だって、何年もどんなに努力しようが、あんた少しも上手くいってないじゃん。だから、離れなきゃいけないんだよ。この場所から」

　真織はかじりかけの芋けんぴを、唐突に栄利子の口に押し込んだ。鋭利な刃物が喉を突き刺しそうになって、慌てて歯を立てる。ぽきり、と耳の奥で音がした。優しいさつまいもの味が広がる。それは少女時代、母と圭子と三人で作った、スウィートポテトを思い出させた。鍋に残った温かい甘いクリームを木べらですくい、そのまま舐めたのと同じ風味だ。思わず美味しい、と涙ぐんでつぶやくと、真織がふん、と口を歪めて笑った。

　足元の血だまりがまた少し大きくなったようだ。

33

　八時二十分。そろそろ病院に行かねばならない時間だ。病院へのバスは一時間に一本だから、逃したら裏山を見つめながら待ちぼうけを食うはめになる。疲労や惨めさよりも、やさぐれた気持ちがはるかに勝っている。どうせ自分は何も選べない。これまでも、そしてこれからもそうなのだろう。

栄利子の支配がようやく終わったと思ったら、再び父親だ。

父が電気代とガス代を滞納しているため、石油ストーブが一台使えるのみである。雨戸が閉まらないせいで、一枚の薄いガラス戸だけで守られた古い日本家屋は凍えるようだ。おまけに、頬に触れる空気が冷え切って、骨が痛い。埃っぽい上に、樟脳《しょうのう》くさく重たい布団だけれど、いざそこから出るとなると億劫でならなかった。今年もそろそろ終わるのだろう。高校時代の趣味で一杯の室内から目を逸らしたくて、天井の木目をぼんやり見上げる。

賢介はどうしているのだろう。一日に必ず二度はメールをしているけど、返事がきたことは一度もない。暮れのセールや福袋の準備で、さぞ忙しい日々を過ごしているはずだ。自分が居なくて困っているだろうか。いや、普段通りだろう。翔子は主婦としてほぼ何もしていないのに等しかったのだから。

結婚してから、おせちを作ったり、大掃除をしたことがない。一緒に紅白を見ながら、インスタントの年越し蕎麦を食べ、賢介のスーパーでの初売り出しが終わった後、彼の実家に挨拶に行くことだけが夫婦の恒例行事だった。たったそれだけでも十分に、一年が終わる静かな感慨も、年始の華やぎも味わえた。賢介が隣に居たおかげだろう、と考えたら瞼が熱くなる。

この家で過ごした年末年始は、いつだって緊張感に満ちていた。家中のどこもかしこも美しく磨き立てられ、食卓はごちそうで溢れんばかりなのに、翔子は早く休みが明けてボーイフレンドに会うことばかり考えていた。母がいつにも増して父や兄弟に召使いのように扱《こ》き使われるのを見ていたくなかったのだ。テレビに夢中になっているふりをしながらも実は母をじっと観察している父が、時折研ぎ澄まされたナイフのような言葉を放つ。家族そろって近所の寺に除夜の鐘を聞きに行こうとしたら、母の姿が見当たらず、翔子が捜したところ、土間の片隅ですすり泣いているのを見付けたことがある。年始になり親戚が集まると、別人のように愛想が良くなり、ひょうきんに振る舞う父が不気味で仕方がなかった。

　母の野菜の切り方やぞうきんの絞り方一つにも、厳しく目を光らせていたのに、わずか十五年ほどで、ここまで無頓着になるなんて。あの人は何がしたかったのだろう。本当に、どんな自分になりたくて、どんな環境を望んでいたのだろう。

　父の病院に通うようになってから、仕方なくこうして実家で寝泊まりしている。リハビリも体の拭き清めも、ろくに手を貸さず、ただ看護師の仕事を横で見ているだけなのに常に心身が疲れていた。何年も触れていない、しなびた父の皮膚に手を伸ばすことが憚られた。日を追うごとに横柄になっていく父の態度に、若い看護師がそうとは分からないように顔を歪める度、胃が締めつけられた。

　翔子はようやくベッドからのろのろと身を起こす。

　掃除をする気力はない。こんな汚くて寒い場所で過ごしたくない、と初日は泣きたいような気持ちだったが、この近辺にはカプセルホテルも漫画喫茶もないのだった。病院内の付き添い用のシャワーを借りて、コンビニでビールと弁当をろくに内容を確認せずに買うと、一目散に家に帰り、石油ストーブと懐中電灯を頼りに自分の部屋に翌朝まで籠もる。襖をぴったり閉め、他の部屋の光景は必死で思い出さないようにする。壁一枚隔てた向こうで無数の虫が這い回り、家を蝕《むしば》み、生ゴミが発酵を続けていることは決して考えまいとした。布団を被り、眠くなるまでひたすら、煙草を片手に病院でこっそり充電した携帯電話を見て過ごす。NORIの行方を追い、NORIに現状をメールし、返信があるかどうかを三十分おきに確認することだけが、楽しみだった。

ブログによれば、NORIはクリスマスに向けて家を飾り付け、毎日のようにパイやクッキーを焼いている。受験を控えた上の娘が風邪気味らしく、ビタミンと休息をとらせるよう、心掛けている。彼女がプロデュースしたコンビニのドリアは、東京でしか販売しないらしい。ホームページで見る限りチーズの焦げ目がとても美味しそうだ。冬休みは一家でニューヨークに行くという。なんて上手く時間を使い、こまめに金を生み出しているのだろうか。友達と我が身を比べ、ますます暗澹《あんたん》たる気持ちになった。NORIがこの家の片付けを手伝ってくれたら。相談に乗ってくれたら。一瞬ですべてのストレスから解放される気がした。心の底からNORIに会いたかった。

そんなありったけの気持ちを、メールの文章に込めている。

父の退院は来週に迫っている。ならば、この家を看病しやすいように整えねばならないが、どうしてもそんな気にはなれなかった。手を付けようにも、何をすべきか分からない。

ああ、煙草が吸いたい――。昨日買ったキャメル三箱はすべて空になっている。父の好みのメビウスは翔子には辛すぎるものの、ニコチンが摂取出来るならなんでも良かった。食器棚の引き出しに、判子や通帳と一緒にしまってあるはずだ。極力他の部屋を目に入れたくはないが、一服せずにはとても身支度を整え外出する気力が湧きそうにないので、やっとのことで身体に布団を巻きつけたまま、部屋を出た。靴下を履いていても廊下の冷たさに飛び上がりそうになる。ぼんやりした暗がりを午前の陽射しが何度も遮り、その中を細かい埃が踊っている。ここ数日恐ろしいイメージを抱き過ぎたのか、それとも薄明かりの中で見るせいか、ゴミが散乱しているだけで、思ったよりも室内はまともな汚れ方をしていた。

ぱんぱんに中身が詰まった食器棚の引き出しを何度もつっかえながらどうにか外し、そのまま床にぶちまける。封を切っていない手紙、土地に関する書類、鍵が四つも出てきた。いくらあさっても煙草は見つからず、代わりに目に飛び込んできたのはジップロックに入った薬である。翔子はしばらくの間、シートに整列したその青い錠剤を眺めていた。

ようやく立ち上がり、仏壇の前まで行くと、祖父母の写真立てを伏せた。花瓶を掴み、土間に汚れた水を勢いよく撒いた。それだけで大分、気分は晴れたような気がした。凍えそうになりながら濡れた土間へと降り、流しで花瓶を何度もすすぐ。手が切れるほど冷たく澄んだ水で花瓶を満たすと、仏壇の前に戻って、乱暴に置く。水滴が跳ね、伏せた写真立てが濡れた。ジップロックを手に自室に戻り、携帯電話で「バイアグラ」を画像検索し、目の前にあるものと何度も見比べる。

医師に報告すべきだろうか――。翔子は考えを巡らせながら、昨日と同じ服を身に着け、高校時代に着ていた綿のはみ出たダウンジャケットを羽織ると、ようやく外に出た。晴天なのに、指先がかじかむような冷気だった。山の甘く朽ちたにおいにもすっかり慣れ、もうなんの感慨もない。誰ともすれ違わずに田んぼの脇道を歩く。時間通りにやって来たバスに乗り込んだ。

あの錠剤が脳梗塞を引き起こした原因だとは考えられないだろうか。麗美さんとの間で使われたのか。それとも、風俗だろうか。いや、相手などどうでもいい。窓の外を迫ってくる三階建ての病院が、そこで待つ父そのものに思えた。あの粗暴で無感情な男の内側に、自分と同じような生臭さが存在すると思うだけで、これまで以上に身体が拒絶反応を起こしている。誰とも打ち解けないくせに、温もりを感じたくてたまらない。誰かのために動くことは嫌なのに、自分の中にくすぶるエネルギーは受け止めてもらいたい。どこまでも勝手な欲望を満たすためにあんな薬に頼る父を、許すことが出来なかった。

このままどこかに逃げたい。父に会いたくない。父を改めて、大嫌いだと思った。バスは容赦なく、病院の名のついた停留所に着いた。何人かの老人と一緒に、翔子は昇降口に緩く吐き出された。

いつものように、見舞い客と急患用の出入り口を使って院内へと入っていく。エレベーターで三階に着き、ガラス張りの談話室の前を横切ろうとし、翔子は立ち止まった。賢ちゃん、とかさかさの唇から裏返った声が飛び出した。十数時間ぶりに聞く自分の声である。テレビの前に座る小太りの男が軽く手を上げ、こちらにやってきた。

二週間ぶりに会う夫はやつれているわけでも、身汚くなったわけでもない。いつも通りの、つやつやした丸顔である。ユニクロのフリースを身に着けているだけなのに、どことなく満たされた雰囲気の男だった。女なしでは生きていけない父とは違うのだ。自足していて、他者に寄りかからないから、この人を好きになったんだ、と改めて感じた。それに引き換え、いつにも増してだらしない服装の自分が恥ずかしかった。泣きじゃくりながら抱きつきたかったが、にこっと笑った仕事用のその顔が、静かに翔子を拒絶している。

二人は談話室の片隅にある、自販機前のソファに腰を下ろした。ここにも安物のクリスマスツリーの電飾がちかちかと輝いていた。

「夜行バスで来たんだ。お義父さんに会ったよ。結婚式以来だったけど、ちゃんと覚えててくれたみたいだね。思ったよりも、元気そうじゃない。心配だから、年が明ける前には一度顔を見ようと思ったんだ」

「今日はどこに泊まるの？」

自分はきっと縋るような顔をしていたと思う。賢介は冷酷さを滲ませないやり方で、やんわりと目を逸らした。

「今からすぐ、新幹線で東京に戻るよ。昼には出勤するつもりだから。年末だし」

ここに来たのはおそらく友達としてだ、と翔子はその横顔を食い入るように見つめ、ややあって、しょんぼりと判断する。彼が、同僚の家族に何かある度に、手を貸していたのを思い出したのだ。ならば、余計な期待をするのはやめよう、と翔子は必死で気を取り直そうとする。

わざとはすっぱな口調でここ数日の出来事をぶちまけて、父やこの街の停滞ぶりをありったけの悪い言葉でののしる。賢介がとうとう苦笑いを浮かべたので舞い上がってしまい、勢いよくジップロックを突きつけた。

「莫迦みたいでしょ。バイアグラだって。恥しらずにもほどがあるよね。いい年して好色で。あ、私も人のこと言えないか……」

自虐的なジョークにしたつもりだが、賢介から笑顔が消えたので、すぐに口元を引き締めた。

「一応、お医者さんに報告してみたら？　詳しいことは分からないけど、血圧が変動する原因の一つにはなっただろうね……」

賢介がおもむろにリュックサックに手を入れる。かつて自分が贈った財布から現れた、シートに入った五粒ほどの錠剤は、こちらのジップロックの中にあるのと同じものだった。急なことに、翔子は現実が飲み込めない。

「何これ」

「昔、男ばっかりの飲み会で、ふざけてプレゼントされたんだ。なんとなく捨てられなくて」

「賢ちゃん、まだそんな年でもないじゃない。必要ないような……」

翔子はおどけてみせるが、賢介が真面目そのものであることに気付く。

「……君の浮気を責める権利は自分にはあんまりないんだよ。本当は」

「ああ、私以外の女とのハプニングに備えてってことか。そうだよね」

軽く笑ったつもりだったが、口の端が引きつれてしまう。賢介が他の女と関係する可能性をただの一度も考えたことがなかった。想像してみただけで、よりいっそう孤独が増した。この世界で翔子が縋れるものの、頼れるものも、何一つありはしないのだろう。パートナーに裏切られる心情とはこんな風に、相手だけではなく、目に入るあらゆるものが信じられなくなるということなのか。彼に抱いている罪悪感が、重みを増した。しんとした午前中の談話室に彼の言葉だけが響いていく。

「違う。別に誰ともしたいと思ったことないよ。でも、なんていうか、お守りみたいなもの。中年になりかけの男にとって」

「お守り?」

「あるでしょ、お守りって。君のブログもそういうものだろうと思っていた。自分が自分でいるための命綱っていうか。だからやばいくらいのめり込んでも、やめろとは言わなかった」

賢介は自販機で缶コーヒーを買うと、プルトップを開け、一口飲んだ。翔子はその一連の動作を取りこぼすまいと見つめる。この男の何も見ていなかった。あれだけの時間を共に過ごしたのに。

「怖いよな。年取るのって。男じゃなくなっていく、って毎朝感じる。特に僕は翔ちゃんみたいに、どんどん次の世界に羽ばたいていける人間じゃない。今、離婚したら、僕には次あるか分かんないけど、君ならすぐ出来るでしょ。毎日が不幸ってわけじゃなくても、可能性がなくなっていくって辛いことだよ。たくさんの選択肢に取り囲まれた中で、安定した暮らしを選び取って続けていけたら、それが一番だけど、そんな人ほぼ居ないだろうし」

もともと二人は、上司とアルバイトで良き仲間だった。長いこと恋愛対象にはならなくても、なんでも話せる彼との時間は、友達のいない翔子にとってなくてはならないものだった。こんな風によく、市販の飲み物を手に職場のバックヤードで並んで過ごした。その優しさが誰にでも向けられていることに気付いた時、どうしても独り占めしたくなり、いつものように罠にはめるようなやり方で賢介を手に入れた。もし、今なお仲間のままだったらどうだったのだろう、ひょっとしたら、夫婦でいるよりも、風通しのいい、良好な関係だったのではないか。もし翔子が、心を通わせられる相手を賢介以外にも作ることが出来たなら。やっきになって彼を独占し狭い処に閉じ込めることもなく、お互いにたくさんの選択肢に囲まれた暮らしを別々の場所で送りながら、緩やかに繫がっていられたのかもしれない。

「君がしようとしていたことも、考えていたこともなんとなく分かるよ。あの男が好きで、僕を捨てたいってわけでもない。ただ、可能性を感じてみたかったんだよな。うん。真剣な関係じゃないって分かるだけに、まだ許せないのかもしれない……、とにかく、お義父さんを恥ずかしいだなんて思わないでよ。僕に免じて、ね」

賢介は立ち上がった。デニムに包まれた、女のようにたっぷり肉のついた腰が目の高さにある。そこにしがみついて、思い切り顔を擦りつけたかった。賢介の体温が恋しい。

「ええと、私」

やり直せないかな、と口にすることがどうしても憚られた。彼が困った顔をするのを見たくはない。拒絶されることも怖かった。

「じゃ、元気でね。なんの役にも立てなくてごめん」

「ううん、来てくれてありがとう」

バス停まで送る、と言う翔子を遮り、彼は談話室を後にする。エレベーターに乗り込むと手を振って、視界から消えた。

夢を見ていたような気持ちで、しばらくの間、ガラス窓越しのエレベーターの扉から目を離せなかった。さっきまで賢介が座っていた、まだへこんでいるソファをそっとなでる。温かい、と思ったら、とうとうここに来て初めて涙がこぼれた。

逆の立場だったら、とてもこんな風に相手の家族を見舞うことなど出来ない。賢介こそ、自分などには決してない、あらゆる可能性があることを知ってもらいたい。そのためには、どうすればいいのだろう。

他人の視線を感じて、顔を上げる。慌てて涙を拭うと、携帯電話をポケットから取り出し、熱中するふりをする。見ればこの数分の間に着信があるではないか。花井里子、からだった。とにかく今はこれだけで大事件だ。翔子は通話エリアに駆け込み、喜び勇んで携帯電話を耳に押し当てる。一人でめそめそしているくらいなら、もはや誰が相手でも構わない。

「ご無沙汰しております。花井です」

ああ、このてきぱきした口調、ハスキーな声。以前はあまりにも淀みのない対応に本心が見えず、疎んじたこともある女だが、今は社会との唯一の架け橋だった。翔子はたちまち有頂天になった。

「お久しぶりです。さっきは出られなくて、すみません、書籍化のことですよね。やります。やらせて下さい。今、仕事が欲しいんです。ブログは今、実家に戻っていて、ちょっと更新出来ないんですけど」

久しぶりに家族以外と話をした嬉しさで、いくらでもしゃべり続けられそうだったが、里子は短く遮った。

「いえ、今日、連絡させていただいたのは、仕事の件ではないんです……。池田紀子《いけだのりこ》さんにこれ以上、連絡をするのはやめてもらえますか？」

「池田紀子さん？　は？　誰ですか。それ」

聞き覚えのないその名前に、自分でもあきれるほどすっとんきょうな声が出た。

「ご存じないんですか？　ＮＯＲＩさんの本名ですよ」

「ああ、そうなんですか。へえ」

ＮＯＲＩにはそんな平凡な名前があったのか、と翔子は思わず笑いそうになる。表参道にオープンしたパンケーキ屋のレセプションに呼ばれ、巨大アウトレットモールのイメージキャラクターに選ばれた、あのスターの本名が池田紀子だなんて。

「とにかく、丸尾さんからあまりにも大量のメールが来るのでご本人は困惑しています。とくに今朝のメールはかなりびっくりしたらしく……」

クリスマスをＮＯＲＩやその家族と一緒に過ごせたらどんなにいいか、と素直な気持ちを書いたに過ぎないので、きょとんとしてしまう。

「え、ちょっと待って下さい。だって私達は友達なんですよ……」

面食らって反論しようとすると、またしても、有無を言わさぬ勢いで封じ込まれた。

「ご実家ということは、今ご家庭が大変なんですよね。丸尾さん、きっと心がお疲れなんだと思います。今は休む時期と前向きに捉えて下さい。そうだ、この間のインタビューと対談のお金を振り込みますね。せめてものお見舞いに色をつけさせていただきます。

では、また、時機を見てこちらから連絡します」

里子は「こちらから」を必要以上に強めているように思えた。通話は一方的に途絶えた。しばらく携帯電話を見つめるうちに、とうとう翔子は自分の太ももに突っ伏した。体の奥からじわじわと、笑いがこみ上げてくる。

ああ、おかしい。面白すぎる。なんとNORIは翔子をストーカーだと思っているのだ。これではまるで、まるで――。

自分が志村栄利子になったみたいではないか。

あの恐ろしい女の、意味不明な行動の数々が、翔子は今やっと理解出来たのだ。縋るものを必死で探して生きていた栄利子の目の前に、たまたま現れたのが自分だったのだろう。こんな辺鄙な場所で仕事も金もなく父と二人きりの自分と、東京の真ん中で何不自由なく暮らしている栄利子が同じ心持ちだったなんて、信じられないような話だ。豊かさも場所も、何も人を救わないということか。心を開く相手がまるで居ない状況が続くということは、それほどまでに我を失わせてしまうものなのだろう。自分がしていることが相手にどう映るか、振り返ってみるということがなくなる。実際、NORIに自分がどれほどのことをしたのか、翔子はまだよく理解出来ていない。一つ一つ行動を点検したら、そこにもう一人の栄利子が現れ、こちらを見つめるはずだろう。

あの女を嫌い、遠ざけていた自分のなんと滑稽なことか。

ははは、と声に出したら、本当に笑いが止まらなくなった。通りかかったパジャマ姿の初老の女性が、哀れみを浮かべた目でこちらを見ている。優しげな青白い瓜実顔《うりざねがお》がどことなく叔母に似ているな、と思った。

その時、ふいに脳が自分のものではないように俊敏に回転した。

今までなら絶対に使わない、他者の事情を慮る機能が作動した。

面倒見の良い叔父が、あっけらかんと親切な美和が、何故、自分に手を差し伸べないのか。どうして叔母が、いつまで経っても病院に姿を見せないのか。翔子はそのまま携帯電話を操作する。しばらくして、叔父の乾いた声がした。

「ああ、翔ちゃんか」

「あの、おじさん、あのね」

疲労を感じさせるため息に、翔子は確信を強める。

「もしかして、おばさん、体調悪いんですか?」

しばらくの間、叔父の息遣いが耳の奥を撫でた。小さく唾を飲み込む音がする。

「ああ、翔ちゃんが一番大変な時だから、言い出せなかったんだ。ごめん」

翔子は声にならない短い悲鳴を上げた。喉の奥の塊がすとんと内臓に落下していった気がした。

「実は去年から、気管支を患って寝たきりでね。美和には苦労をかけてるよ。今はつきっきりで面倒を見ていて、ほとんど家を離れられない。子供も小さいのにな。別居の原因も介護を巡って旦那と意見が合わなかったかららしいんだ。可哀想なことをした」

美和はばったり会ったあの日、そんな苦労を微塵も感じさせなかった。

つまり、あの誘いはただの社交辞令だったのである——。

NORIの『いつでも連絡して。どんな相談でも聞く』という言葉と同じなのだ。それを真に受けて、相手の連絡をじりじりと待ち構えていた自分。栄利子をまったく笑えない。どうして、彼女をあんなにも邪険に扱ってしまったのか今なら分かる。自分とあまりにも似ているのだ。人との距離を測りかねて空回りする、あまりにもぶざまな様子が。彼女を見ていると辛かった。

「あの、今度お見舞いに行ってもいいですか」

美和から連絡が来ないことにずっと苛立っていたけれど、彼女に出歩けない理由があるのではないか、と少しも気遣えなかった。出来ることなら、美和を手伝いたい。初めて、素直にそう思う。美和こそ、今もっとも救いと話し相手を必要としている人間だと思ったのだ。何よりも、叔母の様子が気になる。

「ありがとう。あいつも美和も喜ぶよ。誰にも会ってないから、さすがにうちの空気も煮詰まっていてね。でも、大変な時じゃないか。無理しないで」

「無理じゃないです。私が会いたいんです」

電話を切った後、自販機の前に立ち、小銭を入れると、賢介と同じ缶コーヒーを買った。翔子はもう一度、携帯電話を握り直すと、登録済みの番号を表示する。賢介は移動中らしく、留守番電話のアナウンスが聞こえてきた。なんとか指定時間ですべて言い終わらせようと、渾身の早口になった。

「もうバスは駅に着いたかな。あのさ、賢ちゃん。私ね、ずっとなんにも残さないで生きていくことが怖かったんだ。言い訳にはならないけど、あの男の子に好意を持たれた時、自分もまだまだ捨てたもんじゃないって思うと、ほっとした。ブログが褒められた時も、同じだった。自分が生きた痕跡のようなものをつけたかった。あなたの言うように、可能性を感じたかったんだと思う。でも、そうやって自分の評価を他人に委ねたせいで、私は一番大事なものを失っちゃったんだと思う。賢ちゃんは、そういうこと一切しない人だから、私はきっとそこが好きだったんだと思う。だから、一緒に居て落ち着けたんだと思う。私、もう人に自分を委ねたりしない……。調子いいと思われるかもしれないけど」

舌が乾いて、上手く言葉が出てこない。缶コーヒーを一口含み、飲んだ。おかげで、すっと澄んだ声が出た。

「私、賢ちゃんとやり直したい。傍に居るだけで、たくさんの可能性があるって、世界は広いんだってあなたが感じられる、そんな相手になるようにありったけ努力するよ」

電話を切ると、翔子はゆっくりと瞬《まばた》きした。よく見ると傷だらけの床、寝間着姿で点滴と繋がっている患者、磨りガラスで目隠しされた電球。目に入るもののどこかに希望の光を見出そうと必死で探す。でも、何もなかった。

伝えただけだ――。伝えることしかしていない。そして、このまま二度と会えなくなる可能性は高い。まだ、たったの一歩だ。元居た場所を取り戻せたとして、気の遠くなるような道のりを辿らなければならないのだろう。でも、翔子はもう、引き返そうとは思わなかった。

とにかく病室に行かなくてはならない。今日はまだ始まったばかりだ。立ち上がり、コーヒーを一気に飲み干す。缶を握り潰し、ゴミ箱に放る。体はすっかり温まっていた。翔子は気付いた。いつの間にか、あれほど苦手だった父とこれから二人きりになることが、そう怖くなくなっていることに。

34

幼い頃、シーソーの向かいに圭子が座りこちら側がぽんと跳ね上がる時、またはブランコを一生懸命漕いでいるうちに足が一番高い位置まで上がる時、栄利子達が暮らすマンションが視界に飛び込み、ほっとしたものだ。仲良しの圭子と遊んでいても、やはり一番くつろげるのは変わらず、両親の傍だった。

今、こうしてベンチに腰掛けただけでマンションが目に入るのは、公園の前にあったペンシルビルが駐車場に変わったからだろう。

「ねえ、あのマンションから引っ越そうとは思わなかったの?」

「何度も考えたけど、ママにそれを決める権利はないものね。パパが仕事やローンのことを色々考えて、住み続けることを決めたから、それに従ったのよ」

しんと冷たい白い空が広がっている。今年ももう終わる。木枯らしが体の隅々まで感覚を研いでくれるようで、むしろ心地良いと思えた。

こんな風に母と散歩に出るのは久しぶりである。会社には相変わらず通い続けているけれど、特にミスをしていないにもかかわらず事務仕事しかふられなくなった。おかげで週末も疲れを溜めずに、こうして淡々と過ごせるようになっている。この間の口論以来、よそよそしかった母に自分から声を掛け、こうして外に出た。

自然光の下で見る母は皺やしみが目立ち、若々しさはどこにもなかった。人の良さそうな垂れ目、困ったように下がる口角。改めて、自分は母に似ていない、と思う。

「パパは私にはもったいないくらいの人だって、最初から分かってたの。たくさんいた同僚の女の子の中から勝ち抜いたのよ、これでも。うんと背伸びして、無理して、何かをねじ伏せるような結婚だったと思う」

ああ、真織だ。やっぱり真織と一緒だ。母にどこか似た面影を感じさせるから、あの人が気になるのかもしれない。母は乾いた唇を舐め、歯をかちりと鳴らした。

「生まれてきたあなたの方が、パパにずっとふさわしく思えたの。だから、あなたの望むことはなんでも叶えてやりたいと思ったし、サポートすることがママの全部だと思ったの。今でも、あなたがちょっと怖いのよ。まさにこうなりたいなって思う自分だからかもね……」

「こんなに太ってても?」

思わずそう問うと、

「ううん、どんなになってもあなたは綺麗よ」

母はにっこりして、冷たく柔らかい手をこちらの手に重ねた。栄利子の考えていることはすべて分かっているようだ。

「きっと全部ママがいけないのね。パパとあなたの奴隷みたいになって、何一つ言いたいことを言わなかったんだもの。二人のせいだっていうんじゃないのよ。ママがそうしたかったの。こうありたいっていう理想の父娘《おやこ》を見ていたかった。ママはね、実はおじいちゃんとあんまり仲が良くなかったの。だから、父親と仲良しの娘っていうのに憧れてた。あなたはパパの嫌な部分を知らないでしょ。私が間に入って懸命に見せまいとしたからね。……あなたは女がみんなママみたいだと思っちゃったのよね」

口調はおっとりしているけれど、今までにない隔たりを感じた。しかし、それはそっけないものではなく、配慮に満ちている。母は今、栄利子の手をそっと振りほどこうとしているのだ。何故、自分がこんな風になったのか、栄利子はやっとほんの少し分かった気がするのだ。一番身近な同性である母の心情さえ理解していなかった。自分に女友達がいないのは、両親の育て方に問題があったというより、栄利子が両親の心情を想像してこなかったからではないだろうか。父について考えてみる。母の言うように、穏やかで思慮深い面しか思い描けない。そもそも昔は留守がちな人だった。栄利子がどんなに荒れていても困ったように見つめるだけで、矢面に立ってくれたのはいつも母だった。父のこともろくに見えていないのかもしれない。

「ママ、家を出ようと考えたことはある……？」

「何度もある。踏み止まったのはね、圭子ちゃんのお母さんのおかげ」

え、と口にしたきり、栄利子は母の顔をまじまじと見つめる。様々な謎が一度に解けた気がする。道理で、圭子がこちらの事情に精通しているはずだと思った。

「あの人によく、いろんな悩みを聞いてもらってたの、あの家に遊びに行って。圭子ちゃんもよく隣に居た。あなたには話したことなかったけれど」

最初の驚きが去ると、それはじわじわと大きな裏切りに思えてくる。母に友達が必要だったのは分かる。でも、自分の失敗が知らないところで共有されていると思うと、言いようのない恥ずかしさに身がすくむ。たぶん、すねるような口調になっているはずだ。

「圭子のお母さんや圭子が、ママの気持ちなんて分かるのかな……。私のことだって、たぶん、許してないだろうし」

しばらくして、母はマフラーを巻き直しながら、ゆっくりと言った。

「そうね、もしかすると、ちゃんとは分からないのかもしれない。でも、もう隠し事のしようがない、何一つ見栄を張る必要のない相手に、黙って話を聞いてもらえるだけでママは救われたの。圭子ちゃんの家がママの駆け込み寺だったの」

黙って話を聞くだけでもいいの？

分からなくてもいいの？

いくつかの質問が喉の奥までこみ上げてくる。するだけ無駄だ、と栄利子は言葉を飲み込むことにした。母のような人好きのする優しい女性だからこそ、可能なのだろう。自分には関係のない話なのかもしれない。

「私、どうしても他人の気持ちが分からないの。いつもしくじって、読み違えてばかりなの。分かったふり、なんて芸当も出来ない。どうしたらいいのかな」

どんなに振り絞っても、か細い声しか出てこないのが恥ずかしかった。母の前で羞恥心を抱くなんて、これまでないことだった。自分はもう小さな女の子ではないのに。どうして進むべき道すら、見定められないのだろう。

「そうね、人の気持ちを理解するのはとても難しいね。でも、栄利子ちゃん、ママみたいに何も言わなくても全部分かってくれる女の人なんて、いつもにこにこして自分から動いてくれる女の人なんて、この世界にはどこにも居ないのよ。それをちゃんと教えてあげればよかったのよね。友達は家族ではないのよ」

風がより一層冷たくなった。友達とは家族以上のものである、とどこかで信じ込んでいた。考えてみれば、家族ともすれ違っていた自分が、それ以上のものを得られるわけはないのに。

ここに居る母と本当の意味で友達になれない限り、自分には友達など永遠に出来ないのではないか。そのためには、たぶん距離が必要なのだろう。

公園の入り口に、小学生らしい五人の女の子がもつれあうようにして現れた。そのうちの二人にどことなく見覚えのあることから察すると、同じマンションの住人の娘かもしれない。彼女達は砂場に飛び込むと、スカートが汚れることもいとわず、相撲をとりはじめる。甲高い笑い声が白い空に響き、砂埃がここまで吹き付けてくる。

それに驚いたらしいゴミ箱の周りにいたカラスが飛び立った。母が数回咳き込んだ。

35

窓の磨りガラスの向こうに大きな蛾が止まっている。

茶色い羽にすみれ色の斑点《はんてん》が散ったこれとよく似た蛾を、幼い頃、母との入浴中に目にしたことがある。怯える翔子をなだめ、母は決して追い払うような真似をしなかった。

——きっとお山が退屈で寂しいから、翔ちゃんに会いに来たのよ。

と笑い、背中を掌で流してくれた。やはり故郷の水は翔子の肌に合うようだ。午前中の光を浴び透明に輝く湯は柔らかく、反発せずに、全身をゆらゆらと撫でていく。公共料金を一度に支払ったおかげで、こうしてガスや電気が使えるようになった。翔子は手足を思い切り伸ばす。カビだらけの浴室をここまで清めるには、冷蔵庫のような空間での漂白剤とたわしによる長時間の掃除を必要としたが、その甲斐はあった。熱い湯に浸かるだけで日頃の疲れが溶けていくようだ。

風呂上がりに鏡を見たら、目の周りや口元が乾燥していることにようやく気付いた。今日は病院に行く前に、ドラッグストアに寄ることに決める。このところのスキンケアといえば、ニベアクリームと家から持ってきた携帯用のスプレー式化粧水を乱暴に吹き付けるのみだったのだから、無理もないだろう。

ドライヤーで髪を乾かすと、ありったけの服を着込み、ニット帽を被る。土間の片隅にまとめておいた、空き缶や酒瓶を詰め込んだずしりと重たいポリ袋を両手に家を出た。今日は燃えないゴミの日である。

田んぼ沿いを歩き、指定された場所に置かれているケースに缶や瓶を並べ入れた。固まった首筋をほぐそうと、頭を左右に振る。最近はこうして少しずつ、家の中のゴミを捨て始めている。とても一気に片付くものではないが、我が家から不要なものが減る度に、もしかすると、自分は自分が思うほど、怠慢ではないのかもしれない、という小さな自信が湧いてくるのだ。

停留所にちょうどバスが滑り込んでくるところだった。慌てて駆け出すが、翔子が乗り込むまで、初老の運転手はちゃんと待っていてくれた。もはや顔見知りである彼に会釈をし、いつものように運転席の真後ろの席に腰を下ろす。

翔子の家のものである山が、車窓を流れていく。出口の見えない日々ではあるが、向かう先にこぼれる光はないでもない。あれからたった一度だけ、賢介からメールがあった。

――冷凍庫の中のうどん、これいつから入ってるの？　食べて問題ないよね？　たわいもない内容だったが、嬉しさで体が熱くなった。

今夜は叔父の家に行く約束をしている。そこに洋平も参加させる予定だ。のろまで思いやりのない弟だけれど、強く言えば決して断らない。味方は一人でも多い方がいい。美和と会うのはあの日以来だ。なんといっても、十数年ぶりに叔母の顔を見られる。こなさねばならぬ予定があることが、これほどまでに背筋をしゃんとさせるとは、これまで知らなかった。

バスの行く手にいつものように緩やかに病院が現れる。

昨晩、賢介と別居している事実をようやく告げても、父の顔に娘を労わる色は見えなかった。

――なら、帰ってきたらいいじゃないの。いいぞお、田舎は。

ひょっとしたら父なりに、家族を愛しているのかもしれないという予感は、この期におよんでも捨てきれない。読み取れない自分に欠陥があるのかとも考えてしまう。父の仕草や何気ない表情に必死で目を凝らし続け、失望を繰り返している。

哀しいかな、人間は超能力者ではない。何も発そうとしない相手から、何かを読み取ることなど出来ないのだ。今日こそはぐっと飲み込んできた怒りも哀しみもすべてぶちまけてやろう、と翔子は何度目かの決心をする。あさってはいよいよ退院なのだから。

言わなくても感じ取ってもらえると思い込み、何もしないでいることほど傲慢なことはない。コミュニケーションを怠けることが、どれほど周りの人間を混乱させ、傷つけるか、父に教えてやれるのは自分だけかもしれない。もう恥だの怖いだのと言っていられない、と思った。翔子は座席の上のブザーを勢いよく押した。

一つ手前の停留所で降り、大型ドラッグストアへと足を向ける。開店したばかりで客の姿が見当たらない。広大な空間の片隅にある化粧品コーナーで乳液と化粧水、パックを購入する。こうしたものをどうしても買いたくなかったのは、この土地に本格的に腰を落ち着けてしまうのが恐ろしかったからだと思う。しかし、安物ばかりとはいえ、買い物かごに次々に商品を放り込んでいく感覚は、翔子の心をピンボールのように弾ませた。ずっと忘れていた感覚だった。やはり、少額であっても、自由になるお金を好きに使うというのは楽しい。

「冬の角質とさよならしよう」という手書きのポップが目に飛び込んできた。その棚には、やすりや軽石、魚の目をとるスティック、クリームなどが並んでいる。父の足を綺麗にしよう、と突然思い付いた。やすりで角質を削り取り、あの黒ずんだ爪を短く整え、いっそペディキュアを塗るのもいいかもしれない。ふざけたことを考え、我ながらいいアイデアだと笑みが浮かぶ。どうせ病院に行ってもすることがないのなら、何か少しでも楽しめることを見つけた方がいい。自分が老廃物が溜まらない体質ゆえ、あそこまで汚い父の足には若干の羨ましささえ覚えていたのだ。父を苦手に思う感情とは別次元の感覚である。あの黄ばんだ足から角質や魚の目をごりごりと削り取ることを考えただけで、唾がじわりと湧き、指先がわくわくと震える。足のケアに使うものをあれこれと籠に入れ、レジへと向かった。

停留所一つ分余計に歩いたため、病院に着いたのはいつもより三十分近く遅かった。父は何も言わないが、どことなく責める色を滲ませている。

「おはよう。お父さん、昨日の話の続きだけどさ」

いかにもきょとんとした、おどけた様子で父は首を傾げてみせた。このまま、いつものように黙ってやり過ごせばいい。ぶつかる必要なんてないのかもしれない。しかし、翔子はありったけの気力を総動員し、ベッド脇の丸椅子にどしんと腰を下ろす。ここまで来ても、この人の心に切り込むのが恐ろしくて仕方がなかった。

「私はこっちには戻らないよ。だって、どうしても、戻りたくないから」

父の飴玉のような茶色い瞳が翔子を飲み込もうとしている。怖い――。翔子は咄嗟に父の足に手を伸ばす。か細い、今にも折れそうな足首は、もう男のものではなかった。足の裏に触ってさえいれば、顔を見なくて済むのがとても有り難かった。ナースステーションでもらってきた熱いタオルで丁寧に拭き清め、ビニール袋の中から角質を軟らかくするクリームを取り出し、しっかりと塗り込んでいく。想像以上に父の足の裏は硬く、人のそれではないように冷たかった。

「そうやって黙ってても、気遣ってもらえて当たり前って思ってるでしょ」

「そんなこと、俺一言も言ってねえだろう」

父の言葉遣いが荒いことが、昔からたまらなく嫌だったっけ。もう死ぬまで直らないだろう、と思ったら、初めて父を哀れだと思った。自分はまだ幸せなのだろう。少なくとも、父よりは変わることが出来る可能性を持っている。父の足の裏をせっせとマッサージしながら、翔子は言葉を続けた。

「うちにはお金は全然ないよ。私にもないの。だから、家と山を売るしかない。お父さんが守った場所だけど、もうそれくらい家計はギリギリなの。それだって、買い手が付くか分からない。売れたら御の字だと思う。少しでもお金を作らなきゃ」

そもそもあの場所は家の形態を成していない。もっと早くに手放すべきだったのだ。

足の指の間を広げ、クリームを塗りつける。もくもくと手を動かしているだけで気まずい時間が過ぎていき、何も考えずとも、一応は父親に接していることになるので、卑屈にならずに済み、心は穏やかさを保っている。もしかすると、自分は人と交わらない職人的な仕事が向いているのではないだろうか。今から何かを身に付けることは可能だろうか。

「お父さんがどんなに不幸でも、孤独でも、それは私のせいじゃないんだよ。お母さんのせいでもないし、お兄ちゃんや洋平のせいでもない。責めてるわけじゃないんだよ。それは私が今どんなに不幸で何も持ってなくても、お父さんのせいじゃないのと同じなんだよ」

翔子はタオルを広げて足の下に敷き、やすりを取り出すと、父の右のかかとに当てた。

ほんの一撫でしただけで、白い粉状のものがぼろぼろと面白いくらいに落ちていく。父を完全に捨てる勇気も、受け入れる勇気もない。父が怖い。不幸をこれ見よがしに見せつけて、周囲を呪う父が怖い。掌にこの小さなやすりがなければ、逃げ出しているところだ。この足首から下は父ではない何かだ、と必死に言い聞かせる。命や魂の宿らない何かだ。

「お父さんのせいなんだよ。すべてを面倒くさがって、お酒や自分をちやほやしてくれるその場限りの楽しい空気だけを重んじた、お父さんのせいなんだよ。お父さんの行動は意味不明に見えるけど全部、構って欲しいだけなんだよね。でも、言葉を口に出すことも、日常を豊かにすることも、自分の力で状況を変えることも、何もしなかった。面倒くさいっていうのは、結局自分が一番可愛くて、自分以外の誰かのために一分だって時間を割きたくないってことなんだよ。でも、ありがとう。その生き方を貫いたら、こうなるってことを教えてくれただけで、親としてはもう十分。私はもうお父さんに何もしてあげられないんだ。そんな力はないんだよ。お父さんもお母さんも私に授けなかったせいもあるし、私自身もこの通り、心が冷たいせいで友達が作れなかったし、旦那とも上手くいっていないし、なんにも続かない怠け者だから」

右足の親指がぴくりと動いた。翔子の手の中で、角質がぞりぞりと小気味よく剝がれ落ちていく。

翔子や洋平が結論を出さずに逃げているから、この人も何もしないのだろう。期待するな、と翔子はやすりを握る手に怒りを込める。頼むから、家族に期待するな。あなたの気持ちを盛り上げて許し、孤独を救い、何かあるように錯覚させてくれる誰かはもうこの世界には一人も居ないんだよ。翔子にもそんな相手が居ないように。なんとかして父を満たそうとしたから、母は壊れたのだろう。足のずっと上の方から声がした。

「何言ってるか、分かんないなあ、翔ちゃんの言うことは難しくて。東京に行ったから、すっかり進んじゃったんだね。お父さん、田舎の人で、莫迦だから」

父はへらへらとおどけた口調で言うが、足の裏の中心が細かく震えていた。この人は根の所がすでに崩れていると思った。再生することはないだろう。翔子がどんなに言葉を尽くしても届かない。この世界には、どうしても分かり合えない相手がいるということを、翔子は今、身を以て感じている。

自分は父親と心が通わない。

それを直視するのが嫌だった。栄利子のことをどうしても受け入れることが出来なかったのと同じように。何かミラクルが起きて、二人に絆が生まれ、幼き日に交わしていたそれなりの情愛が戻ってくるものと、どこかで信じていた。たった今、希望は完全に消えた。でも、それがなんだというのか。あやふやな都合の良い未来のイメージが失われたおかげで、翔子がやるべきことは可視化されたのだ。唇を舐め、やすりを持ち替えた。

「分かった。周囲を悪者にしてでも、どうしても動きたくないんだよね、お父さんは。

分かったよ。私もなんも出来ない。でも、あの家を整理することと、身の回りを整えることなら出来る。とにかく家と山を売ろう。どれくらいの時間がかかるか分からないけれど、それが終わったら、私はここを離れて、仕送り出来るような仕事と住む処を見つけなきゃ。それだけじゃ絶対足りないから、洋平達にも協力させる。そのあとどうするかは……」

父には施設に入ってもらう――。

第三者を介さずにこの人と向き合うことはもう無理だ。すべての決定権が自分に委ねられていることに、翔子は胃がえぐられるようだ。父はじっと試すようにこちらを見ているのが、顔を上げずとも分かる。その様は挑んでいるといってもいい。お前も俺を切り捨てるんだろう？　母親がそうだったように、とでも言いたげだった。

私達を競争に巻き込むもの――。

栄利子の言葉を思い出す。あの時は、なんと大げさな、と苦笑したが、それは必ずしも、社会や組織など、強大なものだけではないのかもしれない。ごく身近な場所に居る個人からも発されるものかもしれない。

決して認めないだろうが、父は確かに今、命を張って実の娘に闘いを挑んでいるのだ。親を切り捨てた極悪人になるか、自由を完全に差し出し奴隷として縛られるかの二つの選択肢を翔子に突きつけている。父はその身体を擲《なげう》ってでも、一度きりの人生を無益なものにしようとも、自分の孤独や鬱屈を他人になんとかしてもらおうとしているのだ。

母にそうしたように。なんて無駄な命の使い方だろう、と我が親ながら、翔子は冷え冷えと思う。

だからこそ、巻き込まれてはならないのだ。挑発には乗らない。翔子は勝ちでも負けでもない、中立の道の在り処を全身に神経を行き渡らせて見極めようとする。それが一番面倒だと分かっていても。もう父の様に面倒を避ける生き方は諦めたのだ。

翔子は息を吸い、いっそう強くやすりをかける。手を動かしているせいで、頭の中は決して乱れない。

父が一人で暮らすことはもう不可能。そして、翔子が一緒に住み、つきっきりで過ごすことも不可能。だから、父を受け入れてくれる施設を探し出す。自分はこの街を出て、仕事を見付け一人暮らしと仕送りを始める。もちろん東京に戻るのが理想だが、家賃の高さとここに通う交通費を考えると、かなり厳しいだろう。賢介との関係はどうなるか分からないし、今は彼にだけは甘えるべきではない。絶縁するわけではなく、一月に一度は様子を見に来る。しぶとく、長期戦に持ち込むしかない。かすかに見えている出口の光を信じて進むしかない。そのためには周囲を味方に付け、巻き込むことを恐れず、絶対に短気を起こしてはならない。こうして危機に瀕した時に粘り強い姿勢を取るために、人は勉強をしたり、仕事を通じて何かを学ぼうとするのだろう。そうした努力を怠ってきた自分に、こんな年齢になっていきなりそれが出来るかどうかは分からない。でも、栄利子のように愚かな暴走に身を投じる余裕は、今の自分に、まったくないことは知っている。やることをリストにして、一つずつ潰すのだ。退院する前に介護保険を申請してみる。医療ソーシャルワーカーに相談し、どれくらい援助を受けられるか、粘り強く探ってみる。同時進行で、あの土地と家を現金に換えられるよう地元の不動産業者や近隣住民に働きかける。弟の洋平にも仕事を割り振る。音信不通の兄を捜し出して協力を求める。先祖代々の位牌の整理を始めるためにも、菩提寺の住職を訪ねなければ。そして、もうずっと会っていない母。さすがにサポートは望めないだろうが、顔を見て話したい。最後まで母の苦悩を見て見ぬふりをした自分だけに、話したいこと、詫びたいこと、相談したいことは山のようにあった。

「まあ、いいや、今はこの足をなんとかしちゃいたい。私、色々考えてみるよ」

タオルの上にはもはや角質のきらめく小山が出来上がっていた。今度は左の足に取りかかるとしよう。

無益な競争に巻き込まれないためには女同士手を取り合うべきだ、とかつて栄利子は言った。本当にその通りだと思う。今、愚痴を聞いてくれ、相談に乗ってくれる気の置けない女友達が一人でもいたら、それだけで翔子のストレスは半分になるだろう。

でも、それがままならない人間だって居るのだ。どうしても同性と上手くやれない人間も居る。そもそも誰かと出会うことすら不可能な人間も。少なくとも、翔子は当分の間、友達を求めて出歩くことは出来そうにない。屈託がまるでなさそうな美和もそうであるように。

それでも、仕掛けられた競争から逃げることは可能なのだ。挑発されても、くるりと背中を向けて、目の前の作業に没頭することはいつだって出来るのだ。どんなに弱くても、何も持たなくても、たとえたった一人でも。

「あの家を掃除するスキルなんて私ないよ。だから、ネットで調べて、格安の便利屋さんを雇うことにした。それくらいのお金なら私にも出せる。ブログのアフィリエイト収入と出版社から貰ったお金があるの。そんなこと言っても、お父さんには分かんないと思うけど」

左足を掴む手に力を込める。ここを離さない限り、誰も翔子を責められないと思うと、何故か勇気が出てきた。世界中、誰がどう見ても、翔子は父をケアしている長女でしかない。自分は悪い娘なのではないか、何か重大なサインを見落としているのではないか、とびくついて、父の顔色を窺う必要はないのだ。

ようやく白さと軟らかさを取り戻しつつある、父の足の裏をしげしげと見つめる。だいぶましになった。集まった皺が笑った顔のように見え、翔子は思わず微笑みかけた。こんな風にあのわけの分からない家からも、恐ろしくないものを取り出すことは可能だろうか。時間を掛ければ、汚れていないみずみずしい何かを発見することは出来るのではないだろうか。

「お父さん、足マジで酷いね。角質がどんどん出る。なにこれ、化石みたい。ちょっと後で、耳の中も見せてよ。なんかすごいのとれそうな気がする」

――ブログにアップしたい、この角質。

目の前で起きたささやかな事件を、自分の内に仕舞っておけず、世界に発信して誰かを面白がらせたい欲求がふつふつと湧いてくる。それははるか昔、ブログを純粋に楽しんでいた時代の感情であることを自覚した。が、すぐに改める。身内のものだから面白いのであって他人が見たら老廃物だ。不潔だと猛反発を呼ぶだろう。ネット上のトラブルを早いうちに経験しておいて良かった。自分はなんと思慮深くなったことか。

今、身内って思った、私――。

そもそも、こうして肌や老廃物に触れられる時点で、自分はまだこの人を家族だと思っているのかもしれない。

翔子はくすりと笑って、今度は父のミルフィーユのように幾層にも重なった黒ずんだ爪を整えようと、爪用のやすりを手に取った。幼い頃、縁側で父が足の爪を切っているのを見つめていた時、その大きさや分厚さに驚かされた感覚とほとんど変わっていない。

36

とろとろとまどろみ続けていたが、突然くっきりと覚醒し、栄利子はベッドから身を起こした。枕元の携帯電話を引き寄せディスプレイを確認すると、午前三時半を少し過ぎたところだった。

ある予感に駆られ、ブックマークを辿る。やはり、おひょうのブログは消えていた。

これで翔子と栄利子の繋がりは完全になくなった――。栄利子はしばらく、カーテン越しの街灯の光にぼんやり浮かぶ、荒みきった室内を見渡していた。何分くらい過ぎたろうか。外の空気を吸いたい、少し歩きたい、と唐突に身体が欲した。部屋着の上にコートを羽織り、眠っている両親を起こさないよう足音をしのばせながら、そろそろと玄関を出た。

冷気が肌に心地良かった。こんな時間に一人歩きするのは不用心だろうか、とエントランスを出る時に足がすくみかけたが、三十過ぎの太った女なんて襲われないだろう、と気を取り直す。美しさを完全に失ったことで、最近栄利子はひどく自由になっていた。

青く澄んだ闇がどこまでも続いている。住宅地を抜け、大通りに出ても、誰ともすれ違わない。ゴミ収集車が生臭さを撒き散らしながら、追い越していくくらいだ。魚になって湖の底をふらふら彷徨《さまよ》っている気がした。まるでこの街には今、栄利子一人しか居ないようにさえ思える。もしかして、生きているのはこの世界で自分だけなのではないだろうか。最初から、両親も翔子も同僚も存在しなかったのではないだろうか。

ああ、自分はずっとこんな風に過ごしたかったのかもしれない。何にも縛られず、気が向いた時にふらりと散歩に出掛けるような生き方がしたかったのだ。周囲の期待に応えることばかり考えていて、自分が本当は何を好きか考えてみたことがなかった。散歩、外食、旅行。栄利子が憧れるものは、よく考えてみれば、友達がいなくても出来ることばかりだった。箱根に一人で行ったとしても、どうせ同じものしか見られなかったろう。ならば、誰かを巻き込まず、一人旅で良かったのかもしれない。気を使ったり、心を乱すことなく、見たいものを自分のペースで見ることが出来たら、それはどんなに豊かな時間だったろう。

高架下のあの黄色い灯りになんの躊躇もなく吸い込まれていく。苦い思い出しかないけれど、この時間、受け入れてくれる場所といえばここしかない。りんとベルを鳴らしてドアを押すと、聞き覚えのある低い声がした。

「いらっしゃいませ。禁煙席になさいますか？」

奇妙な格好の帽子、桃色と白のストライプが鮮やかなワンピース型の制服とエプロン。それらは、にこりともしないむくんだ三十代の顔となんともちぐはぐな取り合わせに思えた。圭子はぶっきらぼうに言い放った。

「何、その顔。ここでアルバイト始めたの。深夜から早朝にかけては時給もいいし、ご覧の通りここ人もあんまり来ないから、堂々とサボれるし」

「……どうして？」

圭子に誘導されるままに窓側の席に腰を下ろすと、栄利子はまじまじと彼女を見上げた。他に客の姿がないのをいいことに、圭子は平気な顔で向かいに腰を下ろした。

「さあね、ずっと家に居て、ぶらぶらしているとろくなことがないかもって、気付いたからかな。あんたとかおひょうさんを見ているうちに」

「……そっか。東京に実家がある女の自立は難しいね」

思わずそう漏らすと、圭子はふんと鼻を鳴らした。

少女の頃から、雑誌に出ているような店にはすべて電車と徒歩で行くことが出来た。都内の実家から通っていると言うと、大学でも会社でも羨ましいと言われた。見知らぬ土地に憧れを募らせることもなく、断ち切ってしまいたいようなバックグラウンドもない。望郷や別離の切なさを知らない代わりに、時間はただのっぺりと流れていく。流行やニュースの発信源のすぐ傍で生きているせいで、いつでも行けると思い、結局同じようなところにしか足を運ばない。何も変える必要がないから、知らず知らずのうちに保守的になり、想像力は失せ、未知なるものに対して臆病になっていく。卒業以来会っていないけれど、同級生の多くがそうだと分かる。誰もが少しずつ街と一緒に年を重ね、気付けばなんの抵抗もなく、母親と同じ顔と姿勢になっていくのだ。そもそも、東京はもうなんでも揃う特別な場所ではないのかもしれない。ここととよく似た街が、日本中のあらゆる土地にあるのだから。小さい頃好きだった個人書店は今、チェーンのパチンコ屋になっている。駅ビルはこの沿線ならどの街にもあるものだ。先週も、老舗のケーキ屋さんが一つ潰れた。特徴やみずみずしさは東京からどんどん消えていく。

轟音が灰皿を震わせた。二人の頭上を電車が通り過ぎたらしい。この時間であれば、回送列車だろうか。どこか遠くにこの屈託を運んでいって欲しい、と栄利子は祈るように思う。誰も自分のことを知らない遠い遠いどこかへ。新天地に行けば、違う自分としてやり直すことは可能なのだろうか。それは少女時代、密かに考えていたことだった。ここではないどこかで、すべてを捨ててやり直すことを夢見ていた。ならば何故、一度としてこの街を離れようとしなかったのだろう。

たとえ、どこに行ったとしても、やはり世界は男と女の二種類で出来ていることに変わりはない。自分はまた全く同じ問題に直面するのだろう、と冷静に予想する。都合の良い未来など、三十一歳になろうとしている栄利子には到底思い描けなくなっている。

圭子はふっと天井を見上げた。

「同じ世田谷の女子校なのに、莫迦みたいに電車を乗り継いだよね。あの頃」

「うん。地図で見ればすごく近い距離なのに。タクシーなら十五分くらい。自転車でも三十分かからない」

「朝六時に早起きして、母親に毎朝手間をかけたお弁当まで作らせて」

「とくに栄利子んとこのお母さんは、料理凝ってたからねえ」

ごく普通に、あの頃のように二人は話している。それでも、栄利子はかつて翔子と親しくなった時のように、はしゃいだりはしない。きっと今だけのことなのだろう、と分かっているから。

「あんな学校出て親にも大事にされたのに、結局は二人とも三十になっても独身で仕事も上手くいかない。実家は出ていない。恋人どころか友達もいない。私達の親は金をドブに捨てたようなもんだね」

圭子は小さく笑った。栄利子もほんのりと口元をほころばせる。この街で人生をやり直したかった。両親や圭子の見ている前で、この場所で、友達を作りたかった。

「学校が自転車通学を許してくれていたら、私の人生もましだったかな」

そうすれば、新しい仲間に囲まれる圭子と同じ電車に乗り合わせて嫉妬を募らせることもなかったし、三十歳にして初めての二人乗りをして、舞い上がって我を忘れてしまうこともなかったのではないか。圭子が何も言わないので恥ずかしくなり、栄利子は話を変えることにする。

「なんでうち、自転車通学禁止になったんだっけ？」

「二人乗りしていた女の子達が事故で死んだからでしょ。二人とも即死だったんだって。私達が入学する数年前の話。すごく仲の良い二人だったんだってさ。だから、学校で注意されても、頑なに二人乗りをやめなかったんだって。自転車に乗ってる間もずっとしゃべっていて、トラックが突っ込んできた時もきっと気付かなかったんだろうって言われてたよ」

初めて聞く話だった。どんな友情にも必ずピークがある。あの最初の夜、翔子と死んでいればよかったんだろうか。

「その子達、もしかしたら、幸せなのかもしれないよね。なんか羨ましい」

「どうして」

「だって、女の子同士なんて難しいじゃない。女子会、女子会なんて言うけど、友情なんて一瞬のきらめきじゃない。ずっと続くことなんてお話の中でしか、ないじゃない。一番楽しいきらきらした瞬間を真空パックにして閉じ込めて、そのままにしておけることが出来るなら、それは……」

言葉が詰まって上手く話せない。最高に楽しく笑い合っている瞬間に二人同時に死ぬしかないよね――。それはあまりに悲惨過ぎる結論で、栄利子はとても口にすることが出来ない。

「私はそうは思わないな」

顔を上げると、圭子はかつてないほど真面目な目つきをしていた。

「そりゃ、どんな関係にもピークはあるかもしれないよ。その女子高生二人がもし生きていたとするよ。二学期が来たら、どちらかにもっと合う友達が出来て、どちらかが寂しさに耐えられなくなって、ぎくしゃくして離れていくかもしれない。やがて進級して、大学も別々になって、もう名前さえ思い出さなくなるかもしれない。でも、二人が大人になった時、街でばったり出会う可能性はあるよ。その時、数分でいいから気分良く立ち話が出来たら、それで十分なんじゃないのかなって私は思う」

「たかが、立ち話……。そんなの……」

どうせ取り繕った上っ面な言葉が交わされるだけ。笑顔を絶やさずに語り合ったとしても、決して次の約束が結ばれることはない。分かったふりでしかない。母の言うようにそれが救いになるとはどうしても思えない。偽りの親しさを向けられるくらいなら、いっそ冷たく拒否される方がはるかにまし、と今の栄利子は思う。

「ううん。それは違うよ。栄利子」

思い出す限り、冷めた色しか浮かべて来なかった圭子が、首筋まで朱に染めている。栄利子は目を見張った。そこに浮かび上がったあざは、高校の時、栄利子のせいで付いたものではないか。

「その時こそ……。二人が離れていた間、培ってきたスキルが花開くんじゃないのかな。女の上っ面の慰め合いや愚痴や井戸端会議を、軽蔑したり、莫迦にして笑う男……、そうだね、女にもよく居るよね。じゃあ遠くで笑うやつらに何が出来るってのよって感じ。相手の心をえぐって真実を突きつける辛辣さが、人を傷つけないように配慮された言葉よりも高尚だなんて誰が言えるのよ？　あの能力はすごいことだと、今なら分かるんだ。そういうことを莫迦にし続け、面倒くさがってきたせいで今、私は何も持たずにここに居るから……」

テーブルに載った圭子の手が握り締められた。血管が青白く、痛々しいほど浮いている。

「女の一瞬でもその場を楽しくする花火みたいな社交性が、楽天的な調子の良さが、次に繋がらないかもしれない小さな約束が、根本的な解決にはならなくても、実は通りすがりのいろんな人を救っているんじゃないのかな。さっきの話に戻るけど、かつての親友二人が、そうやって頭をフル回転させて懸命に話を繋いでいる間に、その横を女子高生が二人乗りした自転車が通り過ぎていったら……。二人はきっとほっとして、心から笑い合えると思うんだよね。その一瞬だけでもう十分なんじゃないのかな」

栄利子は翔子との最後の二人乗りを思い出していた。あの日こしらえた膝のすり傷は今も消えない。いつまでも泣いていた翔子の声が蘇る。忘れることなど出来ない。

「だから、死んだ方がましだなんて私は思わない。あんたも思っちゃ駄目。やっぱり、生きなきゃ駄目なんだよ。どんだけ、恥かいても傷ついても、たとえ友達がいなくてもね」

圭子が必死になってくれているのは自分のためなんだろうか。

すっかりぎくしゃくした栄利子との関係を一時的であれ回復しようと、堕ちるところまで堕ちた元親友がこれ以上おかしくなるのを防ごうと、考えをめぐらせているのだろうか。もう二人が心から打ち解けることはないし、次の約束は決してないだろう。でも、確かに今、この瞬間だけ、圭子と栄利子は見えない糸で繋がっていた。こんな風に、翔子ともいつかどこかでまた出会えるのだろうか。その時、栄利子は彼女を追い詰めることなどなく、楽しく軽やかな立ち話が出来るようになっているのだろうか？

「あの時、無視したり避けたり嘘ついたりして、ごめん」

なんの前触れもなく、圭子は言った。咄嗟にはなんのことか分からなかった。

「あんたと居るより、他の子と居る方が楽しくなっちゃったんだ。あんたがいけないっていうより、私が変わったんだと思う。私がちゃんと面と向かってあんたにそう言っていれば、もしかしたら、こんなことにならなかったのかもね」

おそらく、圭子と会うことはもうあまりないのだろう、とぼんやり思った。これはたぶん、彼女なりの別れの言葉なのだ。きっと自分はもうすぐ、この街を離れるのだろう。どうやら、栄利子は大切な誰かの傍に居るとその人を傷つけてしまう性分らしいから。身の振り方はまだ決めかねているが、ここを巣立つべき時が来たのは分かっていた。きっと、もっと早くそうすべきだったのだろう。でも、過去は変えられない。栄利子が自由に出来るのは、みなすべて明日からのことなのだ。

翔子は今、ここからそう遠くないマンションで何を考えているのだろう。

ねえ、いつか思い出してくれるよね――。いつかまたどこかで会えるよね――。

栄利子の問いに対する答えのように、二人の頭上を電車が通り過ぎ、さざなみが伝わるように店全体が震え出した。もしかするともう始発だろうか。圭子はおもむろに立ち上がると、レジまで歩いて行った。すぐにモーニングメニューを何冊も抱えて引き返してくる。そして、それぞれのテーブルにメニューを置き始めた。ひょいひょいと放り投げるような雑なやり方が、いかにも圭子らしかった。そこに表示される食材のどれほどが、母の言う「本物」なんだろう。いや、そんなことはどうでもいい。

栄利子は携帯電話を取り出すと、息を止めて、丸尾翔子の連絡先を削除した。作業はほんの数秒のことだった。大きく息を吐くと、背筋を伸ばして、窓の外に目をやる。

こんな時間にひとりぼっちの人間を受け入れてくれる明るい空間があることの方がず

っと重要だ。塩分が強く高カロリーのまがい物が人々の身体を蝕むとして、また街の固有の文化や香りを将来奪っていくとしても、今はそれがなんだろう。このファミレスが若くもなくスキルもない圭子に仕事を与え、友達が一人もいない、そしてこの先もおそらく友達が出来ないであろう栄利子にひとときの温もりらしき何かをくれたことに間違いはないのだ。翔子にもそんな場所が存在することを、心から願った。

夜がじわじわと明けはじめている。

朝日の逆光を受けた積乱雲が、巨大な掌のように伸びてきた。やがてそれは闇を覆い尽くす勢いで広がっていく。もう少し夜が長ければいいのに、と栄利子は小さく息をつくと、目の前のメニューに手を伸ばした。

（了）

参考文献

BOPビジネス潜在ニーズ調査報告書　タンザニアの農漁業資機材分野　（日本貿易振興機構）
レシピブログで夢をかなえた人たち　井垣留美子　（ヴィレッジブックス新書）
毒婦たち　東電OLと木嶋佳苗のあいだ　上野千鶴子・信田さよ子・北原みのり　（河出書房新社）
地球の歩き方　東アフリカ　'12〜'13　（ダイヤモンド社）
タンザニア100の素顔　もうひとつのガイドブック　東京農業大学タンザニア100の素顔編集委員会　（東京農業大学出版会）
似魚図鑑　（晋遊舎）
外来生物クライシス　松井正文　（小学館101新書）
ダーウィンの箱庭ヴィクトリア湖　ティス・ゴールドシュミット　（草思社）
アフリカ農村と貧困削減―タンザニア開発と遭遇する地域　池野旬　（京都大学学術出版会）
タンザニアに生きる―内側から照らす国家と民衆の記録　根本利通　辻村英之　（昭和堂）
日本の外来生物　多紀保彦　財団法人自然環境研究センター　（平凡社）
タンザニアを知るための60章　栗田和明　根本利通　（明石書店）
平成23年度　アフリカ支援のための農林水産業情報整備事業　タンザニアの農林水産業　（プロマーコンサルティング）

（映画）「ダーウィンの悪夢」　監督・フーベルト・ザウパー　（2004年／フランス＝オーストリア＝ベルギー）

取材でお世話になった方々（順不同・敬称略）
株式会社ドルフィン　代表取締役社長　藤本勝久
水族館プロデューサー　新野大
東京海洋大学教授　末永芳美

解説

重松　清

ともに女子校出身、三十代の小説家と四十代のコラムニストが語り合っている。小説家は柚木麻子さん、コラムニストはジェーン・スーさん。先輩と後輩の「女子会」という趣である。

舞台は雑誌『ダ・ヴィンチ』二〇一五年十二月号――〈いま、一番女性の支持を集める作家〉として柚木さんの特集が組まれ、その目玉企画の一つがジェーンさんとのロング対談だったのだ。

話が佳境に差しかかった頃、柚木さんは「女子校って偏見持たれること多くないですか？」と訊いた。「ヒエラルキーがあるんだろうとか、お嬢様なんでしょう？　とか」同年の講談社エッセイ賞を受賞した『貴様いつまで女子でいるつもりだ問題』そのままに、ジェーンさんの回答は歯切れが良い。

「そういうこと言ってる人とわかり合えなくても、全然問題ないと思います」

柚木さんも、我が意を得たりと「そっか。わかり合えなくてもいいって大事ですよね」と賛意を示す。

続けてジェーンさんが曰く。「そこに絶望はないので。一瞬、胸に冷たい風が吹かなくはないけど、その人とわかり合う苦労を考えたら……」

それを受けて、柚木さんはこんな一言を返した。

「わかり合わなきゃ、共感できなきゃということから失うものって大きいですもんね」

この言葉をご紹介した時点で、拙稿――『ナイルパーチの女子会』の読書ガイドの任は、半ば以上果たしたことになるだろう。

対談の数ヶ月前、二〇一五年三月に柚木さんが上梓した本作は、まさに「わかり合わなきゃ、共感できなきゃということから失うもの」の大きさについて描かれた長編小説だったのではないか。

大手総合商社のキャリア社員の栄利子と、ダメ奥さんのブログで人気の翔子、一見対照的な、けれど栄利子の言葉を借りれば〈趣味や性格は正反対、でも根本のところで同じ〉二人は、ふとしたきっかけで友達になる。

とても美しく、幸福感に満ちた情景が、物語の序盤で描かれる。女友達ができないタイプだと自認する栄利子が〈たった一人でも女友達がいるだけで、己《おのれ》の色や形がくっきりとなぞられ、存在に自信が湧いてくる〉と感激にひたる一夜があった。未読の方の興趣を削ぐのは申し訳ないので詳細は省かせてもらうが、すでに本作を読了した方にはすぐに「ああ、あそこだ」とうなずいて、頬を自然とゆるめていただけるだろう。

だが、その幸福感は束の間のものだった。長い物語の中盤、そして終盤に向かって、栄利子と翔子はひたすら追い詰められていく。二人は、あの幸せな夜に確かに〈くっきりとなぞられ〉たはずの〈己の色や形〉、すなわち輪郭を見失ってしまう。

二人の関係は軋み、歪んで、罅《ひび》割れていく。違う、友達の関係が壊れるのではない、友達という関係が壊すのだ、彼女たち自身を。いや、もっと焦点を引き絞るなら、友達がいなければ、という思いこそが、彼女たちを自家中毒に陥らせ、とことんまで苦しめる。〈人と人との繫がりの中に飛び込んで、自分の輪郭を確認したかった〉栄利子は、どんなことをしでかすのか。〈誰かに触れ合って、自分の輪郭を確かめたい〉と希《こいねが》う翔子は、なにをしてしまうのか。むろん、それをここで明かすのは野暮の極みである。

代わりに、問わせてもらおう。友情の始まりにあるものは何なのか。人と人とを友達として結びつけてくれるのは、どんな思いなのか。

作中で栄利子は思う。〈この世界で何よりも価値があるのは、共感だ〉

栄利子だけではない。〈誰もが、身をよじり涙を流すほど、共感を求めている。共感するためなら、いくら金を払ってもいいと思っている。共感を求めているからこそ、誰もがネットを手放すことが出来ない〉

ＳＮＳの「いいね」やリツイートを持ち出すまでもなく、この世の中は、誰かに共感されたい思いや誰かに共感したい願いに〈時に息苦しさを感じてしまうほど〉充ち満ちている。

共感を、承認や肯定、さらには意訳を許していただくなら「ともにあること」と呼び換えてもいい。

栄利子は翔子と、ともにあろうとする。共感で繋がり合いたいと求めて、自分たちが〈支え合えれば無敵の二人組になれるってずっと思ってたのよ〉と翔子に訴える。〈私はあなたと二人で、おしゃべりをしたり、共通の何かを楽しんだりしてエネルギーを蓄え、大きなものへ向かっていきたいと思っているよ〉

その〈大きなもの〉とは、〈私達を競争させるものたち〉――作中の翔子と同様、本作を未読の方は、栄利子の〈意図するところが分からず〉首をかしげるだろう。それでいい。それが、いい。既読の人は、きっとうらやむはずだ。僕だってうらやましい。新しい読者は、栄利子が続けて口にする言葉をまっさらな状態で読めるのだから。〈私達を競争させるものたち〉の正体を知らされた瞬間の「そうだったのか！」という衝撃と、それでいて「ああ、自分は誰かにこう言い切ってもらえるのをずっと待ち望んでいたんだ」という安堵、その相反するものを同時に、存分に味わえるのだから。

しかし、ここからが本作の、そして柚木麻子さんという作家の真骨頂（の前半）――。

本作は決して、二人が再び〈無敵の二人組〉になって〈私達を競争させるものたち〉と闘い、あまつさえ勝利を収めるような、単純な共感バンザイの物語ではない。むしろ共感を追い求める栄利子が大きなものを失っていく様子を容赦なく描き尽くし、冷静であったはずの翔子の弱さにもよけいな斟酌を加えず、読者一人ひとりの中にある「栄利子のような部分」「翔子に似たところ」をえぐっていく。

なにしろ、女友達に最も恵まれている真織の描き方を見てもらえないか。並みの書き手なら彼女を座標の原点、誰よりも安定した、読者が共感しやすい位相に置くはずなのに、柚木さんは、なんともエキセントリックな、共感の極北にあるような人物として造型したのだ。これ、同業者の端くれとして、「ホントにすごいことなんですよ」と声を大きくして、完敗のお手上げのポーズとともに言っておきたい。

なるほど、ということは……と、あなたはうなずきかけるだろうか。いや待ってくれ、早とちりしないでいただきたい。「人間なんて、しょせん一人で生まれて一人で死んでいくんだから」という醒めた着地点を持つ物語なんだな、と誤解しないでもらいたい。

ここからが、作家と作品の真骨頂の後半になる。

栄利子と翔子は、物語の最後の最後で、共感とは違うものに根差した、「ともにあること」を打ち消したうえで成立する友情を結ぶ。あの幸せな一夜は取り戻せなくとも、二人の未来は、取り戻せない一夜の記憶にこそ支えられるはずなのだ。

既存の価値観の中では、それを「友情」とは呼べないかもしれない。しかし、柚木さんは、その価値観を激しく揺さぶって、最後はねじ伏せるように、読者に肯《うべな》わせる。

これは、すさまじく、素晴らしい、友情の物語なのだ――と。

打ち明けておく。

ここまでは、じつは単行本の刊行時に一読して感じたことを、ちょっと理屈を整えて語ってみただけである。「二〇一五年三月時点での『ナイルパーチの女子会』案内」とでも言えばいいだろうか。

僕は、同時代を生きる現役作家の作品を追いかける最大の愉しみは、新作と過去の作品とを結ぶ、いわば星座をつくることにあると思っている。

二〇一五年三月の時点では、『ナイルパーチの女子会』が柚木麻子さんの最新作――線を引いて結ぶ先はすべて過去の作品である。できあがった星座から浮かび上がるものは「(女性同士の)友情」であったり、「女性同士の人間関係に向けられるステロタイプな決めつけへの(時として辛辣で、時としてユーモラスな)異議申し立て」であったりした。実際、二〇〇八年に「オール讀物」新人賞を受賞したデビュー作「フォーゲットミー、ノットブルー」以来、それらの主題は常に柚木さんの作品群に流れていて、本作はその到達点の一つになる作品だと思っていたのだ。

だが、二〇一七年秋、拙稿執筆のために再読したときには、また違うことを感じた。もはや、本作は柚木さんの最新作ではない。当然である。柚木さんは現役の最前線、誰よりも新作が待ち望まれている作家なのだから。

そんな「『ナイルパーチの女子会』以降の作品」の中に、二〇一七年四月刊行の長編『BUTTER』がある。実際に起きた首都圏連続不審死事件(裁判では「殺人」として、木嶋佳苗被告の死刑が確定した)のディテールが見え隠れするこの作品もまた、

『ナイルパーチの女子会』同様に刊行直後から大きな反響を呼んだのだが、両作品を線で結んでみると、『ナイルパーチの女子会』の見え方が、いままでとは違ってきた。単行本での初読時には小さな遠景に過ぎなかった一人の女性の存在が、急に迫り上がってきたのである。

一九九七年に起きた、東電ＯＬ殺人事件の彼女――。

一流企業のキャリア社員でありながら、夜な夜な街娼を続けていたすえに何者かに殺されてしまった、未解決事件の被害者――。

作中では中盤に、二、三度〈東電ＯＬ〉として登場するだけの彼女だが、『ＢＵＴＴＥＲ』の読後に当該箇所を読み返してみると、とても通りすがりではすまない重い存在感を持っていることに気づかされる。

〈東電ＯＬにはきっと、女友達がいなかったのだろう。（略）悩みや悲しみを分かち合う同性の友達がいない、会社と家との往復だけの日々。自分が本当はどんな好みを持ちどんな鬱屈を抱えているかもよく分からず、透明人間のような気持ちで日々を生きていたのではないか。だからこそ、見知らぬ男達の中に自分の輪郭を探しに行ったのだ〉

ここにも、栄利子や翔子と同じ、輪郭という言葉が出てくる。

東電ＯＬ殺人事件と首都圏連続不審死事件という、二つの現実の事件が、優れたフィクションである両作にどこまでの影響を与えたかの考察は、この小文の任と書き手の力量を超えている。ただ、両作に共通する参考文献が『毒婦たち　東電ＯＬと木嶋佳苗のあいだ』（上野千鶴子・信田さよ子・北原みのり著／河出書房新社刊）だというのを考えると、〈東電ＯＬ〉〈木嶋佳苗〉よりもむしろ、二人の〈あいだ〉にいる存在（そこには栄利子も翔子もいるし、真織もいるし、もちろん読者一人ひとりも、男性女性の別を超えて、いるのだろう）への作者のまなざしを、意識せざるをえなくなる。

そうやって両作を結んで、新たな星座を夜空に描いてみると、不思議なことに、『ナイルパーチの女子会』の読後に最も印象深く思いだすのは、『ＢＵＴＴＥＲ』のこんな箇所——。

現実の木嶋佳苗死刑囚を彷彿させる梶井真奈子、〈熟れた巨峰〉に譬えられる〈黒々とした大きな丸い瞳〉を持つ彼女（その瞳の描写は、ナイルパーチの〈大きな赤く光る目玉には何の感情も湛えられてはいないのに、すべてを見透かしているような厳しさが感じられた〉にも重なり合うだろう）は、物語の主人公・里佳に、問いかけるのだ。

〈さあ、この世界は生きるに値するのかしらね？〉

『ナイルパーチの女子会』には、同じフレーズは登場しない。登場しないのに、なぜか、その問いかけこそが、『ナイルパーチの女子会』の、「（女性同士の）友情」よりもさらに柄の大きな主題に思えてならない。

同性の友達がいなくても。

ひとりぼっちでも。

自分の輪郭をはっきりと定められなくても。

夢見るころは過ぎ、奇跡のような美しい瞬間も過ぎ去ったあとも。

この世界は、生きるに値するのか——。

その問いかけに対して、『BUTTER』の里佳が物語の最後の最後——ほんとうに単行本の本文最終頁で返す答えは……もちろん、それを明かすほど、僕は無粋ではない。

では、同じ問いに、栄利子と翔子なら、どう答えるのか。

こちらもまた、先回りして語るべきものではないだろう。本作を読了したときに、あなたの胸に残るもの、それがすべてである。


現役の最前線の作家の作品を追いつづける醍醐味は、「過去の作品」はもとより、「次の作品」との間に描かれる星座を堪能できることだろう。

本作『ナイルパーチの女子会』は、柚木麻子さんがデビュー以来追い求めてきた主題の一つの到達点であり、その後の柚木さんが展開する文学への結節点でもある。

その意味で（あわてて言っておかなくちゃ）——本作が第二十八回山本周五郎賞を受賞したことは慶賀にたえないが、それに負けないほど／もしかしたらそれ以上に、第三回高校生直木賞に輝いたことを言祝《ことほ》ぎたい。

若い世代の読者は、選考会の議論で、〈はじめは女子特有の関係性の物語だと思って読んでいたが、今日の議論を通じてもっと普遍的なものにつながっていると気づきました。もがいているところは男でも女でも一緒〉〈これを読むことで私の中に新しい価値観が生まれた〉などと素晴らしい評言を次々に口にした。作者より二十歳近く年長、だから高校生にとっては親父さんよりさらにオジサンの僕は、いいぞ、頼もしいぞ、と高校生たちに拍手する一方で、そうか、きみたちにも栄利子や翔子の苦しさや悲しさがわかるんだなあ、と少し胸が締めつけられて、だからこそ、もう一度、喝采とともに語りかけよう。

よかったな、きみたちには柚木麻子さんがいる。きみたちは、柚木さんが書きつづける作品群から、どんな星座を描くのだろう。それをいつか教えてほしい。

一生付き合える作家だぜ、このひとは。

（作家）

初出　『別冊文藝春秋』二〇一二年十一月号〜二〇一三年九月号

単行本　二〇一五年三月　文藝春秋刊

文春文庫

ナイルパーチの女《じょ》子《し》会《かい》

定価はカバーに
表示してあります

2018年2月10日　第1刷
2024年10月30日　第6刷

著　者　柚《ゆず》木《き》麻《あさ》子《こ》

発行者　大沼貴之
発行所　株式会社 文藝春秋

東京都千代田区紀尾井町3-23　〒102-8008
TEL 03・3265・1211㈹
文藝春秋ホームページ　https://www.bunshun.co.jp

落丁、乱丁本は、お手数ですが小社製作部宛お送り下さい。送料小社負担でお取替致します。

印刷・萩原印刷　製本・加藤製本　Printed in Japan
ISBN978-4-16-791012-9

（　）内は解説者。品切の節はご容赦下さい。

山本文緒
ばにらさま
モテない僕の初めての恋人は、白くて細くて、手が冷たくて……日常の風景がある時点から一転、戦慄の仕掛けと魅力に満ちたスリリングな6編。著者最後の傑作作品集。（三宅香帆）
や-35-4

山口恵以子
ゆうれい居酒屋
新小岩駅近くの商店街の路地裏にある居酒屋・米屋。定番のお酒と女将の手料理で、悩み事を抱えたお客さんの心もいつしか軽くなって……。でも、この店には大きな秘密があったのです！
や-53-5

山口恵以子
スパイシーな鯛
ゆうれい居酒屋2
元昆虫少年や漫談家、元力士のちゃんこ屋の主人、アジア系のイケメンを連れた中年女性などなど、新小岩の路地裏にひっそりと佇む居酒屋・米屋に、今夜も悩みを抱えた一見客が訪れる。
や-53-6

山口恵以子
写真館とコロッケ
ゆうれい居酒屋3
売れっ子のDJや女将さんの亡夫の釣り仲間、写真館の主人などなど、新小岩の路地裏にある米屋には今日もいろいろなお客さんが訪れます。ちょっと不思議で温かい居酒屋物語第3弾。
や-53-7

山口恵以子
とり天で喝！
ゆうれい居酒屋4
新小岩の路地裏に佇む居酒屋・米屋には、今夜も一見さんがやって来ます。元ボクサーや演歌歌手、歌舞伎役者から幽霊まで！美味しいつまみと女将の笑顔でどんな悩みも癒されます。
や-53-8

唯川　恵
テティスの逆鱗
女優、主婦、キャバクラ嬢、資産家令嬢。美容整形に通う四人の終わりなき欲望はついに、禁断の領域にまで――女たちが行き着く極限の世界を描いて戦慄させる、異色の傑作長編。（齋藤　薫）
ゆ-8-4

（　）内は解説者。品切の節はご容赦下さい。

柚木麻子
あまからカルテット
女子校時代からの仲良し四人組。迫り来る恋や仕事の荒波を、稲荷寿司やおせちなど料理をヒントに解決できるのか――彼女たちの勇気と友情があなたに元気を贈ります！（酒井順子）
ゆ-9-2

柚木麻子
ナイルパーチの女子会
商社で働く栄利子は、人気主婦ブロガーの翔子と出会い意気投合。だが同僚や両親との間に問題を抱える二人の関係は徐々に変化して――。山本周五郎賞受賞作。（重松　清）
ゆ-9-3

柚木麻子・伊吹有喜・井上荒野・坂井希久子
中村　航・深緑野分・柴田よしき
注文の多い料理小説集
うまいものは、本気で作ってあるものだよ――物語の扉をそっと開ければ、味わった事のない世界が広がります。小説の名手たちが「料理」をテーマに紡いだとびきり美味しいアンソロジー。

ゆ-9-51

柚月裕子
あしたの君へ
家裁調査官補として九州に配属された望月大地。彼は、罪を犯した少年少女、親権争い等の事案に懊悩しながら成長していく。一人前になろうと葛藤する青年を描く感動作。（益田浄子）
ゆ-13-1

吉村　昭
闇を裂く道
大正七年に着工、予想外の障害に阻まれて完成まで十六年を要し、世紀の難工事といわれた丹那トンネル。人間と土・水との熱く長い闘いをみごとに描いた力作長篇。（髙山文彦）
よ-1-53

吉田篤弘
空ばかり見ていた
小さな町で床屋を営むホクトは、ある日、鋏ひとつを鞄におさめ、好きな場所で好きな人の髪を切るために、自由気ままなあてのない旅に出た……。流浪の床屋をめぐる十二のものがたり。

よ-28-1

濱　嘉之
警視庁公安部・青山望
完全黙秘
財務大臣が刺殺された。犯人は完黙し身元不明のまま。捜査する青山望は政治家と暴力団・芸能界の闇に突き当たる。元公安マンが圧倒的なリアリティで描くインテリジェンス警察小説。
は-41-1

濱　嘉之
警視庁公安部・片野坂彰
紅旗の陰謀
コロナ禍の中、家畜泥棒のベトナム人が斬殺された。警視庁公安部付・片野坂彰率いるチームの捜査により、中国の国家ぐるみの〝食の簒奪〟が明らかに。書き下ろし公安シリーズ第三弾！
は-41-43

濱　嘉之
警視庁公安部・片野坂彰
群狼の海域
地方公務員への国際結婚斡旋にロシアンマフィアが暗躍。警視庁の片野坂彰チームの更なる調査で、日本の防衛情報が盗まれている事実が判明した。片野坂は決戦の場を日本海に定め——。
は-41-44

濱　嘉之
警視庁公安部・片野坂彰
天空の魔手
ドローン競技大会や新進のゲーム会社を訪れた片野坂彰。中国による台湾侵攻への対抗策を練るが……激変する世界情勢の中、日本を守る公安マンたちの活躍を描く大人気シリーズ第五弾！
は-41-45

羽田圭介
スクラップ・アンド・ビルド
「死にたか」と漏らす八十七歳の祖父の手助けを決意した健斗の意外な行動とは!?　人生を再構築中の青年は、祖父との共生を通して次第に変化してゆく。第153回芥川賞受賞作。
は-48-2

蜂須賀敬明
横浜大戦争
保土ケ谷の神、中の神、金沢の神——ある日、横浜の中心を決めるため、神々の戦いが始まる。はたして勝者は？　ハマに大旋風を巻き起こす超弩級エンタテイメント！　未体験ゾーンへ！
は-54-2

蜂須賀敬明
横浜大戦争　明治編
「ハマ」を興奮の渦に巻き込んだ土地神たちが帰ってきた！　今回は横浜の土地神たちが明治時代にタイムスリップ。前代未聞の大ボリュームで贈る特別付録「神々名鑑と掌編」も必読！
は-54-3

（　）内は解説者。品切の節はご容赦下さい。

バイク川崎バイク
BKBショートショート小説集
電話をしてるふり

思わず涙するドラマ化もされて話題の表題作や、巧みなユーモアに笑い展開に驚くショートショートなど、見えていた世界がガラリとかわる50篇。モモコグミカンパニーとの対談も収録。

は-58-1

東野圭吾
レイクサイド

中学受験合宿のため湖畔の別荘に集った四組の家族。夫の愛人が殺され妻が犯行を告白、死体を湖に沈め事件を葬り去ろうとするが……。人間の狂気を描いた傑作ミステリー。（千街晶之）

ひ-13-5

東野圭吾
手紙

兄は強盗殺人の罪で服役中。弟のもとには月に一度、獄中から手紙が届く。だが、弟が幸せを摑もうとするたび苛酷な運命が立ち塞がる。爆発的ヒットを記録したベストセラー。（井上夢人）

ひ-13-6

辻村深月・伊坂幸太郎・阿川佐和子
恩田　陸・柚木麻子・東野圭吾
時ひらく

350年の長い時を刻んできた老舗デパート。楽しいときも悲しいときも、いつでも迎えてくれる場所。過去と今が繫がっていく、人気作家6人が紡ぐ心揺さぶる物語。文庫オリジナル。

ひ-13-51

姫野カオルコ
彼女は頭が悪いから

東大生集団猥褻事件で被害者の美咲が東大生の将来をダメにした〝勘違い女〟と非難されてしまう。現代人の内なる差別意識に切り込んだ社会派小説の新境地！　柴田錬三郎賞選考委員絶賛。

ひ-14-4

姫野カオルコ
青春とは、

名簿と本から蘇る、地方の共学の公立高校時代の鮮明な記憶。スマホもコンビニもなく家より学校が居場所だったあの頃。恥ずかしさも理不尽さもすべてが青春だった。（タカザワケンジ）

ひ-14-5

東山彰良
僕が殺した人と僕を殺した人

一九八四年台湾。四人の少年は友情を育んでいた。三十年後、人生の歯車は彼らを大きく変える。読売文学賞、織田作之助賞、渡辺淳一文学賞受賞の青春ミステリ。（小川洋子）

ひ-27-2

（　）内は解説者。品切の節はご容赦下さい。

東山彰良
小さな場所
台北の猥雑な街、紋身街。食堂の息子、景健武は、狡猾で強欲なだらしない大人たちに囲まれて、大人への階段をのぼっていく……。切なく心に沁み入る傑作連作短編集。（澤田瞳子）
ひ-27-3

平山夢明
デブを捨てに
「うで」と「デブ」どっちがいい？　最悪の状況、最低の選択。究極の選択から始まる表題作をはじめ〈泥沼〉の極限で咲く美しき〝クズの花〟〈最悪劇場〉四編。（杉江松恋）
ひ-29-1

百田尚樹
幻庵《げんなん》（全三冊）
「史上最強の名人になる」囲碁に大望を抱いた服部立徹、幼名・吉之助は、後に「幻庵」と呼ばれ、囲碁史にその名を刻む風雲児だった。天才たちの熱き激闘の幕が上がる！（趙　治勲）
ひ-30-1

藤田宜永
愛の領分
仕立屋の淳蔵はかつての親友夫婦に招かれ、昔追われるように去った故郷を三十五年ぶりに訪れて佳世と出会う。二人は年齢差を超えて惹かれ合うのだが……。直木賞受賞作。（渡辺淳一）
ふ-14-6

藤原伊織
テロリストのパラソル
爆弾テロ事件の容疑者となったバーテンダーが、過去と対峙しながら事件の真相に迫る。乱歩賞&直木賞をダブル受賞した不朽の名作。逢坂剛・黒川博行両氏による追悼対談を特別収録。
ふ-16-7

古川日出男
ベルカ、吠えないのか？
日本軍が撤収した後、キスカ島にとり残された四頭の軍用犬。彼らを始祖として交配と混血を繰り返し繁殖した無数のイヌが、あらゆる境界を越え、〝戦争の世紀＝二十世紀〟を駆け抜ける。
ふ-25-2

福澤徹三
侠飯《おとこめし》
就職活動中の大学生が暮らす1Kのマンションに転がり込んできたヤクザは、妙に「食」にウルサイ男だった！　まったく異質なふたつが交差して生まれた、新感覚の任侠グルメ小説。
ふ-35-2

藤崎彩織
ふたご
彼はわたしの人生の破壊者であり、創造者だった。異彩の少年に導かれた孤独な少女。その苦悩の先に見つけた確かな光とは。第158回直木賞候補となった、鮮烈なデビュー小説。（宮下奈都）
ふ-46-1

藤野恵美
淀川八景
陰惨な家庭をサバイブした姉妹、婚活バーベキューにいそしむ男女、妻から逃れるように淀川縁を歩く夫、気儘に暮らす個人投資家——大阪人の機知と哀愁があふれる短編集。（北上次郎）
ふ-49-1

誉田哲也
武士道セブンティーン
スポーツと剣道、暴力と剣道の狭間で揺れる17歳、柔の早苗と剛の香織。横浜と福岡に分かれた二人は、別々に武士道とは何かを追い求めてゆく。「武士道」シリーズ第二巻。（藤田香織）
ほ-15-3

誉田哲也
増山超能力師事務所
超能力が事業認定された日本で、能力も見た目も凸凹な所員たちが、浮気調査や人探しなど悩み解決に奔走。異端の苦悩や葛藤を時にコミカルに時にビターに描く連作短編集。（城戸朱理）
ほ-15-7

誉田哲也
増山超能力師大戦争
超能力関連の先進技術開発者が行方不明となり、妻から調査を依頼された事務所の面々。だが、やがて所員や増山の家族にも危険が及び始めて——。人気シリーズ第二弾。（小橋めぐみ）
ほ-15-9

本城雅人
崩壊の森
日本人記者・土井垣侑が降り立ったソ連は「特ダネ禁止」の場所だった。謎の美女、尾行、スパイ。ソ連崩壊を巡る情報戦を圧倒的リアルさで描くインテリジェンス小説の傑作！（佐藤　優）
ほ-18-5

万城目　学
プリンセス・トヨトミ
東京から来た会計検査院調査官三人と大阪下町育ちの少年少女が、四百年にわたる歴史の封印を解く時、大阪が全停止する!?万城目ワールド真骨頂。大阪を巡るエッセイも巻末収録。

ま-24-2

（　）内は解説者。品切の節はご容赦下さい。

真山　仁
コラプティオ
震災後の日本に現れたカリスマ総理・宮藤は、原発輸出を推し進めるが、徐々に独裁色を強める政権の闇を暴こうとするメディアとの暗闘が始まる。謀略渦巻く超本格政治ドラマ。（永江　朗）
ま-33-1

真山　仁
売国
日本が誇る宇宙開発技術をアメリカに売り渡す「売国奴」は誰だ!?　検察官・冨永真一と若き研究者・八反田遙。そして「戦後の闇」が二人に迫る。超弩級エンタメ。（関口苑生）
ま-33-2

真山　仁
標的
東京地検特捜部・冨永真一検事は、初の女性総理候補・越村みやび厚労相の、サービス付き高齢者向け住宅をめぐる疑獄を追う。「権力と正義」シリーズ第3弾！（鎌田　靖）
ま-33-3

真山　仁
神域
アルツハイマー病を治す「奇跡の細胞」を巡る日米の鍔迫り合い。老人たちの失踪事件を追う刑事が見たものは？　バイオ・ビジネスの光と闇を描く迫真の医療サスペンス！（香山二三郎）
ま-33-4

又吉直樹
火花
売れない芸人の徳永は、先輩芸人の神谷を師として仰ぐようになる。二人の出会いの果てに、見える景色は。第一五三回芥川賞受賞作。受賞記念エッセイ「芥川龍之介への手紙」を併録。
ま-38-1

水野敬也
雨の日も、晴れ男
二人の幼い神のいたずらで不幸な出来事が次々起こるアレックスだが、どんな不幸に見舞われても前向きに生きていく……人生で一番大切な事は何かを教えてくれる感動の自己啓発小説。
み-35-1

三浦しをん
まほろ駅前多田便利軒
東京郊外〝まほろ市〟で便利屋を営む多田のもとに、高校時代の同級生・行天が転がりこんだ。通常の依頼のはずが彼らにかかると、ややこしい事態が出来《しゅったい》して。直木賞受賞作。（鴻巣友季子）
み-36-1

森　絵都
風に舞いあがるビニールシート
自分だけの価値観を守り、お金よりも大切な何かのために懸命に生きる人々を描いた、著者ならではの短編小説集。あたたかくて力強い6篇を収める。第一三五回直木賞受賞作。（藤田香織）
も-20-3

望月麻衣　画・桜田千尋
満月珈琲店の星詠み
満月の夜にだけ開店する不思議な珈琲店。そこでは猫のマスターと店員たちが、極上のスイーツと香り高い珈琲、そして運命を占う「星詠み」で、日常に疲れた人たちを優しくもてなす。
も-29-21

望月麻衣　画・桜田千尋
満月珈琲店の星詠み～本当の願いごと～
家族、結婚、仕事…悩める人々の前に現れる満月珈琲店。三毛猫のマスターと星遣いの店員は極上のメニューと占星術で迷える人を導く。美しいイラストに着想を得た書き下ろし第2弾。
も-29-22

森見登美彦
熱帯
どうしても「読み終えられない本」がある。結末を求めて悶えるメンバーは東奔西走。世紀の謎はついに……。全国の10代が熱狂、第6回高校生直木賞を射止めた冠絶孤高の傑作。
も-33-1

山崎豊子
大地の子（全四冊）
日本人戦争孤児で、中国人の教師に養育された陸一心。肉親の情と中国への思いの間で揺れる青年の苦難の旅路を、戦争や文化大革命などの歴史を背景に壮大に描く大河小説。（清原康正）
や-22-1

山崎豊子
運命の人（全四冊）
沖縄返還の裏に日米の密約が！　戦後政治の闇に挑んだ新聞記者の愛と挫折、権力との闘いから沖縄で再生するまでのドラマを徹底取材で描き出す感動巨篇。毎日出版文化賞特別賞受賞。
や-22-6

山本文緒
プラナリア
乳がんの手術以来、何もかも面倒くさい二十五歳の春香。矛盾する自分に疲れ果てるが出口は見えない――。現代の〝無職〟をめぐる心模様を描いたベストセラー短篇集。直木賞受賞作。
や-35-1

（　）内は解説者。品切の節はご容赦下さい。

宮下奈都
静かな雨
行助はたいやき屋を営むこよみと出会い、親しくなる。こよみは事故に巻き込まれ、新しい記憶を留めておけなくなり——。文學界新人賞佳作のデビュー作に「日をつなぐ」併録。（辻原　登）
み-43-3

湊　かなえ
望郷
島に生まれ育った私たちが抱える故郷への愛、憎しみ、そして憧憬……屈折した心が生む六つの事件。日本推理作家協会賞・短編部門を受賞した「海の星」ほか全六編を収める短編集。（光原百合）
み-44-2

水生《みずき》大海《ひろみ》
ひよっこ社労士のヒナコ
ひよっこ社労士の雛子（26歳、恋人なし）が、クライアントの会社で起きる六つの事件に挑む。労務問題とミステリを融合させた新感覚お仕事小説、人気シリーズ第一弾。（吉田伸子）
み-51-2

村山由佳
星々の舟
禁断の恋に悩む兄妹、他人の恋人ばかり好きになる末っ子、居場所を探す団塊世代の長兄、そして父は戦争の傷痕を抱えて——愛とは、家族とはなにか。心震える感動の直木賞受賞作。
む-13-1

村山由佳・坂井希久子・千早　茜・大崎　梢・額賀　澪・阿川佐和子・嶋津　輝・森　絵都
女ともだち
人気女性作家8人が「女ともだち」をテーマに豪華競作！　「彼女」は敵か味方か？　微妙であやうい女性同士の関係を小説の名手たちが描き出す、コワくて切なくて愛しい短編小説集。
む-13-51

村田沙耶香
コンビニ人間
コンビニバイト歴十八年の古倉恵子。夢の中でもレジを打ち、誰よりも大きくお客様に声をかける。ある日、婚活目的の男性がやってきて——話題沸騰の芥川賞受賞作。（中村文則）
む-16-1

森　絵都
カラフル
生前の罪により僕の魂は輪廻サイクルから外されたが、天使業界の抽選に当たり再挑戦のチャンスを得る。それは自殺を図った少年の体へのホームステイから始まって……。（阿川佐和子）
も-20-1

（　）内は解説者。品切の節はご容赦下さい。

三浦しをん
まほろ駅前番外地
東京郊外のまほろ市で便利屋を営む多田と行天。汚部屋清掃、遺品整理に子守も多田便利軒が承ります。まほろの愉快な奴らが帰ってきた！　七編のスピンアウトストーリー。（池田真紀子）
み-36-2

三浦しをん
まほろ駅前狂騒曲
多田と行天に新たな依頼が。それは夏の間、四歳の女児「はる」を預かること。男手二つで悪戦苦闘していると、まほろ駅前では前代未聞の大騒動が。感動の大団円！（岸本佐知子）
み-36-4

三浦しをん・あさのあつこ・近藤史恵
シティ・マラソンズ
社長の娘の監視のためにマラソンに参加することになった広和は、かつて長距離選手だったが（「純白のライン」）。NY、東京、パリ。アスリートのその後を描く三つの都市を走る物語。
み-36-3

道尾秀介
月と蟹
二人の少年と母のない少女、寄る辺ない大人達。誰もが秘密を抱えるなか、子供達の始めた願い事遊びはやがて切実な儀式に変わり——哀しい祈りが胸に迫る直木賞受賞作。（伊集院　静）
み-38-2

道尾秀介
スタフ　staph
ワゴンの移動デリを経営するアラサーでバツイチの夏都。あることをきっかけに、中学生アイドル・カグヤとその親衛隊に出会い、芸能界の闇を巡る事件に巻き込まれていく。（間室道子）
み-38-4

宮下奈都
田舎の紳士服店のモデルの妻
ゆるやかに変わってゆく。私も家族も——田舎行きに戸惑い、夫とすれ違い、子育てに迷い、恋に胸を騒がせる。じんわりと胸にしみてゆく、愛おしい「普通の私」の物語。（辻村深月）
み-43-1

宮下奈都
羊と鋼の森
ピアノの調律に魅せられた一人の青年が、調律師として、人として成長する姿を温かく静謐な筆致で綴った長編小説。伝説の三冠を達成した本屋大賞受賞作、待望の文庫化。（佐藤多佳子）
み-43-2